정 도 전

천황을
맨발로
걸어간 자

# 정도전

김용상 장편소설

그린날

# 정 도 전

**1판 1쇄 인쇄** 2014년 1월 10일
**1판 1쇄 발행** 2014년 1월 17일

**지은이** 김용상
**펴낸이** 윤승일
**펴낸곳** 고즈넉

**출판등록** 2011년 3월 30일 제319-2011-17호
**주소** 서울시 동작구 등용로 37, 106동 201호
**대표전화** 02-6269-8166 **팩스** 02-6166-9199
**이메일** realfan2@naver.com

ⓒ 김용상, 2014

ISBN 978-89-6885-002-8 03810

그 시대에 오늘의 민주주의라 할 수 있는
'백성이 먼저인 나라'를 꿈꾸었다는 건 정말 대단한 일이다.

작가의 말 중에서

## |차 례|

# 철령의 산마루에 서다

　"명나라에 쫓겨 북쪽으로 밀려난 북원의 사신이 온 것은 고려의 힘을 빌려 명나라를 어찌 해보자는 것이었습니다. 간신히 숨만 붙어 지내는 북원과 손을 잡았다면 어찌 됐겠습니까. 명나라 군에 고려가 짓밟힐 게 뻔한데, 그래도 그 명을 받들어야 했을까요?"

　"그래도 윗분들을 설득한다면 모를까 정면으로 거부했다는 건 좀……."

　"간쟁보필(諫爭輔弼)하는 신하는 국가에 없어서는 안 되는 신하요, 군주의 보배라고 했습니다."

　"……."

　"간(諫)은 임금이 잘못된 계책을 세웠을 때 이의를 제기해서 받아들이면 좋고 아니면 물러난다는 것이요, 받아들이지 않으면 목숨을 버리더라도 거듭 간하는 것이 쟁(爭)입니다."

　"간과 쟁이라……."

"내가 이성계요. 나를 찾아오셨다고?"

소리 나는 쪽으로 눈을 돌리니 거기 장군이 서 있었다.

말투가 거칠었다. 눈빛도 고약했다. 하긴 그는 무장이라 선비들과 살아온 자신과는 다를 것이다. 아마도 저 투박함은 무인들의 몸에 밴 버릇일 터.

"시생은 전 전의부령 정도전이라고 하옵니다."

"정도전 공이라……. 전에 우리가 만난 적이 있던가?"

어느새 반말 투로 변했다. 게다가 사뭇 시비조였다. 그 말 속에서 '한 번도 만난 적 없는 사람이 나는 왜 찾아왔느냐'고 다그쳐 묻고 있었다. 기분이 상했다. 무엇보다 고약한 눈초리가 거슬렸다.

장군은 어쩌면 자신이 당연하게도 낯설 것이다. 많은 사람들이 뒤엉켜 있을 때 그 무리 중에 함께 한 적이 있을 뿐이다. 기억하고 있을 리가 만무할 테지.

그렇지만 도전은 장군을 여러 번 봤다. 먼발치였어도. 그때 본 이성계는 지금 같지 않았다. 오만하고 무례하기는커녕 당당하고 듬직했다. 명불허전(名不虛傳)이라더니 과연 겉모습도 남다르다 여겼다.

그런데 지금 앞에 선 이성계는 전혀 딴 사람 같았다. 처음 대하는 사람을 향해 저렇듯 뭐 보듯 하는 눈초리로 위아래를 훑어보다니, 무례한 수준이었다.

그래도 어쩌랴, 지금 여기 서 있는 데는 누구의 강요도 없었으니. 스스로 판단하여 제 발로 찾아오지 않았는가.

"멀리서 몇 번 뵌 적은 있지만 직접 마주한 적은 없습니다. 다만 장군을 존경해 온 터라 지나던 길에……."

"나를 존경했다? 나와 마주한 적도 한 번 없다면서 존경했다니, 그게 말이 되는가? 그리고…… 선비가 지나던 길에 군영에 들렀다니, 그건 또 무슨 까닭인지 알 수가 없군."

"……."

도전은 판관을 돌아보았다. 안내해 온 판관이 나가지 않고 버티고 있으니 입을 열 수가 없었다. 자신을 자주 흘금거리는 생쥐 같은 눈길도 불편했다. 쯧쯧, 저절로 혀를 차고 말았다. 제대로 된 가신이라면 모시는 장군이 손님에게 이처럼 무례하게 굴 땐 민망해하며 둘을 번갈아 살펴야 옳다. 헌데 이성계에겐 눈길 한 번 주지 않고 자신만 흘금거렸다. 하긴 이런 작태를 보아 온 게 하루 이틀이 아니라면, 장군을 살피거나 민망해할 까닭도 없을 터다.

"내게 하고 싶은 말이 무엇이오?"

"그게……."

장군의 독촉을 받고 말을 꺼내려다 도전은 다시 판관을 돌아보았다. 그쯤 되면 단 둘이 얘기하고 싶다는 걸 알 만도 한데 그는 여전히 나갈 생각이 없는 모양이었다.

눈치를 챘다는 듯 이성계가 바로 내뱉었다.

"처음 본 그대와 내가 단 둘이서 은밀히 나눌 얘기가 뭐 있겠소. 판관은 나의 수하이니 개의치 말고 말해보오."

장군의 말투가 다소 누그러진 것 같아 안도했지만 난감하기는 마찬가지였다. 김포에서 여기까지 수백 리 길, 그 길 위에서 머릿속에 숱하게 떠올렸던 그림과는 너무나 달랐다. 지금 이 순간에 무슨 이야기를 꺼내야 좋을지 생각나지 않아 코털이 셀 지경이었다.

도전이 말을 잇지 못하고 어물거리자 장군이 몇 걸음 움직여 털썩 의자에 앉아버렸다. 그러더니 두 발을 탁자 위에 올려놓으며 판관에게 버럭 화를 냈다.

"수상한 사람을 군영에 들이면 어떡해? 데리고 나가서 신문해봐! 난 한숨 자야겠어."

그리고는 손님을 내쫓듯 눈을 감아버렸다.

그때서야 장군의 이상한 차림새가 눈에 들어왔다. 토끼가죽 털옷!

수천 군사를 지휘하는 무장이 군막에서 갑옷이 아니라 토끼가죽 털옷이라니. 해도 너무 하는군.

판관이 도전의 한쪽 팔을 거칠게 움켜잡았다. 신문해보라는 명을 받았으니 밖으로 데리고 나갈 모양이었다.

그때였다. 영문에서 장군 막사에 들어오기까지 듣고 보았던 이상한 몇 장면들이 하나의 꼬챙이에 꿰어진 것 같은 상태로 도전의 머리를 쳤다. 아니, 영문 앞에 이르기 훨씬 전 그러니까 철령을 막 넘어섰을 때 무심코 지나쳤던 것도 그 꼬챙이에 꿰어졌다.

"하하하……."

도전이 별안간 웃어젖히자 장군이 감았던 눈을 슬며시 떴다.

느닷없는 반응이 불편하다는 듯, 관찰자의 음험한 눈빛이 도전을 응시했다. 판관도 슬며시 움켜쥔 팔을 놓았다. 빌거나 매달리거나 하는 게 상정이거늘! 비웃듯이 내뱉는 웃음소리가 장군은 못마땅했다.

"왜 웃는 거요?"

장군이 미간을 찌푸리며 물었다.

"제가 둔한 게 많아도 귀 하나는 밝은 편입니다. 보통 사람이 듣는 거리의 배 이상 떨어진 곳에서 나는 소리도 제 귀엔 들립니다."

"그래서? 그게 어떻다고?"

"철령 고개 마루에 서자 제 눈엔 널따란 함흥평야가 담기고 귀엔 분명 우렁찬 함성소리가 들려왔습니다. 장군께 한 가지 여쭙겠습니다. 이곳 뻐꾸기는 겨울에도 웁니까?"

"갑자기 무슨 말이오?"

"제가 알기로 뻐꾸기는 봄여름에만 우는데 고개 마루 근처에서 뻐꾸기 한 마리가 울더이다. 그 소리를 받아 그 아래쪽에서도 뻐꾸기가 울었고요. 그러자 함성소리가 딱 그쳤지요."

"그래서, 그게 뭐 어떻다고?"

"그땐 산과 들에 자라는 초목도, 새도, 짐승도 다 지역마다 달라 그런가, 이곳엔 겨울에도 뻐꾸기처럼 우는 새가 있을지도 모른다고 생각했지요."

"맞아! 뻐꾸기는 아닌데 뻐꾸기처럼 우는 새가 이곳에 있소."

그 정도 했으면 장군의 표정이 변할 줄 알았다. 아니었다. 여전히 대지른 표정 그대로였다.

도전은 스스로에게 주문을 걸 듯 침착하자고 되뇌며 말을 이었다.

지금부터 조금만 벗어나면 말짱 헛일로 끝날지도 몰랐다.

"군영 가까이 오자 저잣거리처럼 그냥 시끌벅적하기만 하더군요. 군영을 지키는 군사들이 죄다 흐트러져서 실망스러웠지요. 군영 안은 더욱 가관이었습니다."

"지금 내 군사들을 모욕하는 것이오!"

장군이 더는 못 참겠다는 듯 몸을 일으키며 버럭 화를 냈다. 도전은 개의치 않았다.

"둘러앉아 시시덕거리거나 아예 벌렁 누워 자는 군사들도 있었습니다. 몇이 뒤엉켜 치고받고 욕설을 내뱉으며 싸우기도 했습니다. 그때 이 판관께서 '저 자식들, 또 싸우고 자빠졌네' 그러더니 '귀화한 여진족이 많다, 반도 넘는다, 그래서 자주 싸움이 벌어진다, 골치 아파 죽겠다'고 했습니다."

"수천 군사가 한곳에 있다 보면 싸울 수도 있는 거지, 그게 뭐 그리 대수라고……."

"그뿐이 아니지요. 두 군사가 제 옆을 지나며 뭐라 했는지 아십니까?"

"……."

"이성계는 왜 여진 놈들을 끌고 와 이 사단을 만드는지 모르겠다. 그야 저도 여진 놈이나 마찬가지라 제 편들어 달라고 불렀겠지. 기가 막혔습니다."

이성계의 표정이 일그러졌다. 어떤 심정으로 그런 표정을 짓는 것인지는 알 수 없었다. 하긴 군사들이 자신을 두고 여진 놈 운운했다니 평정심을 유지하기는 어려웠을 것이다.

"어떻게 수장의 이름을 함부로 부르면서 그런 소리를 지껄인단 말입니까. 그런데 이상하더이다. 저희들끼리 나지막이 해야 할 얘기를 마치 저더러 들으라는 듯 제법 큰 소리로 투덜거렸습니다. 왜 그랬을까요?"

"그놈들이 어떤 놈들인지 나중에 잘 알아봐!"

이성계가 화난 표정으로 지시하자 판관이 예, 하고 짤막하게 대답했다.

정도전이 다시 말을 이었다.

"여기로 오는 도중 백여 보 떨어진 곳에 습사장(習射場)이 보였습니다. 과녁에 꽂힌 화살이 수북하더군요. 과녁판 밖에 떨어진 화살은 거의 보이지 않았습니다. 제가 눈도 밝은 편이라서요. 그뿐만이 아니었습니다. 한 군막의 뒤쪽에선 병사들이 몸을 감춘 채 열심히 병장기를 손질하고 있는 모습도 얼핏 보였습니다."

"그게 뭐 어떻다고? 설마 과녁 밖에 떨어진 화살이 수북해야 하고, 병장기를 손질하는 사람이 있으면 안 된다는 말이라도 하려는 겐가!"

"장군께선 지금 저를 속이고 있다, 그런 말씀을 드리는 겁니다."

"내가 그대를 속이고 있다?"

"무뢰배 흉내를 내시듯 일부러 저를 함부로 대하셨습니다."

"……"

"장군께 여쭙겠습니다. 제가 본 게 연전연승의 막강 이성계군의 진짜 모습, 맞습니까? 예의와 염치를 모르는 장수 아래 오합지졸 군사! 궁합이 딱 들어맞는다는 걸 보여주고 싶으셨던 것입니까?"

그 말이 끝나기가 무섭게 장군이 갑자기 뒤돌아서더니 허리에 손을 얹었다. 고개를 거칠게 좌우로 꺾자 우드득 소리가 들렸다. 잠시 침묵이 흘렀다.

곧 흐흐흐, 하는 새는 소리가 들리더니 이내 호탕한 웃음소리로 퍼졌다. 고개까지 젖히며 껄껄대기 시작했다.

다시 휙 돌아선 그의 표정은 완연히 달라져 있었다.

"소장이 큰 결례를 했소."

전혀 미안한 표정이 아니었지만 궁색해 보이지 않았다. 사람을 가지고 놀았으니 이만저만한 결례가 아닌데도 오히려 해맑고 짓궂은 아이가 웃음을 터트릴 때처럼 얼굴이 활짝 펴졌다. 성큼성큼 다가오더니 큼지막한 두 손으로 도전의 두 손을 감싸듯 했다.

도전은 일시에 긴장이 풀려 하마터면 그 자리에 주저앉을 뻔했다.

두 사람 곁으로 다가온 판관도 활짝 웃었다.

장군이 아까와는 전혀 다른 따뜻한 말투로 말을 이었다.

"여기는 전쟁터나 다름없소. 언제 누가 어떤 식으로 우리 군영을 염탐하거나 기습해올지 몰라 우리 딴엔 대비를 한다고 한 건데 정공의 눈을 속이진 못했구려."

"정말 대단하십니다."

판관도 거들었다. 그 역시 아까와는 전혀 다른 사람처럼 보였다. 좀 경망스러워 보였는데 지금 보니 그 반대로 퍽 진중해 보였다.

"이해합니다. 처음 보는 자에게 군막의 실체를 보여줄 수는 없었겠지요."

"염탐하려는 자들이 워낙 많아 단단히 경계를 하지 않으면 큰일 납니다. 그나저나 이 먼 곳까지 어쩐 일이시오? 삭방도(朔方道: 지금의 강원도 북부)에 연고가 있습니까?"

"아닙니다. 김포에서 장군을 찾아뵈러 왔습니다."

"김포라면 한양 근처 아닙니까? 그 먼 곳에서 소장을 보러 오셨단 말씀입니까?"

장군은 말을 하다 말고 군막 밖을 향해 얼굴을 쳐들며 '이보시게!' 하고 불렀다.

다정하면서도 예를 갖춘 말소리가 떨어지기 무섭게, 단단하면서도 날렵하게 생긴 군사 하나가 군막 안으로 들어섰다.

"장군! 부르셨습니까?"

"내당에 가서 손님이 오셨으니 저녁을 준비하라 이르시게."

"예, 장군!"

판관도 그제야 장군에게 군례를 올린 뒤 밖으로 나갔다.

드디어 둘만 남자 도전이 말을 이었다.

"아드님께서 문과에 급제하셨다는 얘길 들었습니다. 늦었지만 하례 드립니다."

"그런 걸 다 들으셨습니까? 방원이라고, 다섯째 놈인데 그 녀석이 운 좋게 급제를 했습니다. 솔직히 얼마나 기뻤던지……."

장군은 아들의 과거 급제 이야기에 유난히 기뻐했다.

조금 전까지 조용하던 병영 안에서 다양한 소리들이 들려왔다. 판관이 나가서 훈련을 재개하라는 말마기를 보냈을 것이다.

"남전(藍田)에서 옥이 난다더니……."

무심코 혼잣말처럼 뇌까렸다. 그 말을 용케 장군이 들은 모양이었다.

"그게 무슨 말씀이요?"

"남전이라는 중국의 산에 고운 옥이 많이 나온다고 합니다. 어진 아버지가 어진 자식을 두었을 때 쓰는 말이지요."

"이제 보니 남의 귀를 즐겁게 해주는 재주도 타고 났구려. 하지만 사람은 열 번 된다는 말이 있으니 그 아이는 그렇다 쳐도, 나는 한낱 무부에 불과한데 정공이 어진 아버지로 지칭하신 건 좀 과한 것 같습니다."

"그럼 장군께선 스스로 하찮은 분이라 여기십니까?"

도전이 정색을 하며 묻자, 장군은 다소 뜨악한 표정으로 받았다.

"그 정도까지는 아니라 해도 어질다고는……."

"그럼, 마음이 너그럽지 않으십니까?"

"간혹 너그럽다는 말을 듣기는 하지만……."

"그럼 악한 분이신가요?"

"악하진 않소."

"슬기롭지 않으십니까?"

"멍청하진 않다고 생각하오만 슬기롭다고는……."

두 사람은 마치 기 싸움이라도 하듯 빠르게 한참 동안 말을 주고받았다.

"스스로 생각하시기에 장군의 덕행은 높은 편입니까, 아니면 낮은 편입니까?"

"형편없다고 생각하진 않지만, 그렇다고 나는 덕행이 높은 사람이라고 당당하게 말할 자신은 없소."

"스스로 자신의 덕행이 높다고 말하는 사람은 가짜고 그렇지 않다고 말씀하시는 분이 진짜입니다. 어질다는 게 뭐겠습니까, 마음이 너그럽고 착하며 슬기롭고 덕행이 높으면 어진 것이지요. 저는 이 고려 땅에서 장군만큼 어질고 슬기로운 분은 드물다고 확신합니다."

이성계의 얼굴이 벌겋게 달아올랐다. 기분이 좋았을 것이다. 그런 말을 듣고도 덤덤해할 사람이 어디 있겠는가.

"정공 이야기에 취해 귀한 손님을 박대한 꼴이 됐구려. 어서 올라가십시다."

도전은 휘장을 걷고 밖으로 나서는 이성계를 따라 나갔다.

군영은 아까 들어올 때 본 것과는 딴판이었다. 한쪽에선 수박희(手搏戱)를 하고, 다른 무리는 격검(擊劍) 훈련을 하고 있었다.

훈련을 끝내고 휴식 중이던 한 무리의 군사 중 몇이 벌떡 일어서며 장군을 향해 '충!' 하고 군례를 올렸다.

그 소리를 신호로 모든 군사들이 일어나 '충! 충! 충!……' 하고 외쳤다. 창을 든 자들은 창대를 땅에 부딪쳐 소리를 냈고, 칼을 차고 있는 자들은 칼집을 두드렸다. 수박희를 하던 자들은 불끈 쥔 주먹을 위로 치켜 올리며 군례를 올렸다. 그 소리는 우렁찬 함성이 되어 산천을 흔들었다.

장군이 우뚝 서더니 양손을 번쩍 들어 군례를 그만하라고 제지했다. 그 손짓을 따라 병영 안에 일순 정적이 감돌았다.

장군이 이번엔 두 손을 모아 약간 위로 치켜들어 좌우의 군사들을 향해 힘차게 흔들어 보이는 것으로 답례를 했다.

와, 와, 와……. 군사들이 다시 함성을 올렸다. 그 함성들이 산허리에 부딪쳤다가 되돌아와 정도전의 가슴에 박혔다.

이게 진짜 이성계의 군대군.

도전을 벅차게 한 게 한 가지 더 있었다. 장군의 됨됨이는 예상보다 뛰어났다. 어떤 경우라도 경계를 늦추지 않는 세심함이며, 말하는 품새나 신중한 몸가짐, 결연한 표정에서 도전은 안도했다. 사람을 잘못 보지 않은 것이다.

한 번도 본 적 없는 선비가 먼 곳에서 찾아왔다는 이유만으로 따뜻하게 맞아준 것도 고마웠다. 하지만 무엇보다 더 미덥고 든든하게 느껴진 건 군사들이 열심히 훈련을 하고 있고, 장군의 일거수일투족에 눈과 귀를 모아 집중하는 것이었다. 아마도 그들은 장군의 명령 한마디면 물불을 가리지 않을 것이다.

　내당으로 향하며 도전은 사나흘 안에 얘기를 끝내고 돌아가야겠다고 마음먹었다. 이곳에 눈이 내려 쌓이기 시작하면 한두 달은 꼼짝 못하고 갇히고 만다는 얘기가 떠올라서였다.

　어떻게 풀어 가야 좋을까?

　내당 앞에 막 이르렀을 때 문이 열리며 아직 서른도 안 돼 보이는 젊고 아름다운 여인이 어린아이를 안은 채 나와 '어서 오십시오' 인사를 했다. 목소리도 낭랑했다.

　그 여인의 뒤에 세 살쯤 돼 보이는 남자 아이가 어머니의 치맛자락을 잡고 서 있었다.

　"방번은 뭐하느냐. 어른께 인사드리지 않고!"

　장군의 말에 아이가 수줍게 앞으로 나서며 꾸벅 인사를 했다.

　장군이 인도한 내당은 호화롭게 잘 꾸민 집은 아니었지만 방이 여러 개였다. 아까 올라올 때 보니 내당 바로 뒤에도 집이 한 채 있었다. 별채일 것이다.

　방으로 들어가 앉자 여인이 다기와 찻잔을 내려놓으며 말했다.

　"곧 저녁을 올리겠습니다."

　도전은 물끄러미 여인의 뒷모습을 보며 생각했다. 저 여인은 아마도 장군의 경처일 것이다.

이미 결혼한 지방 출신의 호족이 관직을 얻어 개경에 장기간 머물게 될 땐 다시 결혼을 할 수 있다. 고향에 두고 온 처는 향처(鄕妻), 새로 맞은 부인은 경처(京妻)라 했다.

그간 쌓은 군공(軍功)이 적지 않아 겉으로는 권문세족과 어깨를 나란히 할 정도는 됐을 것이다. 그렇다 해도 지방 호족 출신에다 향처의 처가도 변변치 못하니 정략적으로 명문가의 딸인 강씨(康氏)와 혼인을 한 게 아닌가 싶었다.

"고려에 이런 군사들이 있다니, 제 마음이 다 든든해졌습니다."

"우리 군사들이 쓸 만하다 여기신 것입니까?"

"그렇다마다요."

"그걸 어찌 아십니까?"

"장군께 올리는 군례 소리만으로도 군율이 엄정하고, 사기가 하늘이라도 찌를 듯 높다는 것을 느꼈습니다."

"고맙소. 그렇게 잘 봐주셔서."

"빈 말이 아닙니다. 이런 군사만 있다면 두려울 게 뭐 있겠습니까."

이성계는 잠시 정도전을 말없이 바라보다 웃음을 지으며 대답했다.

강씨 부인이 다기를 갖춰 방안으로 들어와 자리를 잡았다.

"평소 군비만 충실히 하고 있으면 두려울 건 없겠지요. 그건 그렇고……. 먼 길을 마다 않고 찾아오신 솔직한 연유가 무엇인지 듣고 싶구려."

정도전은 얼른 털어놓으라는 듯 기습적인 질문에 움찔했다. 가만히 한숨을 내쉰 뒤 천천히 입을 열었다.

"어쩌시렵니까! 나라꼴이 이 지경인데 보고만 계실 것입니까?"

이성계가 좀 놀랍다는 표정으로 말없이 정도전을 찬찬히 바라보다, 잠시 후 피식 웃었다.

"정공! 나에게 할 얘기는 아닌 것 같소. 나랏일이야 왕실과 조정대신들이 하는 것이고, 나야 동북면을 철저히 방비하면 될 뿐……. 멀리서 지켜보는 것 말고 무슨 수로 나랏일을 살필 수 있겠소?"

속마음이라고 느껴지지는 않았다. 도전은 장군이 아직도 자신을 경계하고 있음을 깨달았다. 당연한 처세였다. 이럴 땐 한 발 물러서는 게 옳다. '쇠뿔도 단김에 빼라'는 말은 이런 경우엔 적합지 않다. 좀 더 시간을 두고 상대의 의중도 파악해 가며 밀고 당기는 전략이 필요할 것 같았다.

"하지만 걱정은 해봐야지요. 시생은 다만 나라 걱정을 해보자고 찾아왔나이다. 허락해주신다면 군영의 운영과 훈련은 어떻게 이루어지는지도 배우고 싶습니다."

"함께 나라를 걱정한다? 하긴 나라와 백성 걱정을 하는 사람이 많아지는 건 바람직한 일이겠지요. 또한 선비라고 서책만 파고들 게 아니라 무인들이 나라를 방위하는 데 무엇을 어떻게 하며 살아가고 있는지 알아둘 필요가 있을 것입니다. 아무튼 잘 오시었소."

도전은 강씨 부인을 흘깃 바라보며 망설이다 가만히 무릎을 꿇고 앉았다. 억지로라도 의심을 누그러뜨려야 했다. 무릎을 꿇은 이상 이야기는 진전될 수밖에 없을 것이다.

"정공! 왜 이러시오?"

강씨 부인도 놀랐는지 눈을 휘둥그렇게 뜨고 남편과 정도전을 번갈아 바라보았다.

"장군! 왕은 사냥 다니고 주색잡기에 빠져 노느라 바쁘고, 권력을 쥔 이인임 패거리는 온 나라를 휘젓고 다니며 백성의 땅을 빼앗고 양민 자식들까지 데려다 노예로 부린다 합니다. 국고는 텅 비어 있는데 그들은 재물 쌓아 둘 곳간이 모자라 애를 먹는답니다. 나라가 이 지경인데도 정녕 두고만 보실 것입니까?"

그때 정도전은 보았다. 강씨 부인의 눈이 반짝이는 것을. 그는 남편이 뭐라고 대답할까 궁금한 모양인지 이성계의 입을 뚫어져라 바라보았다.

"정공! 알았소. 우선 편히……."

"장군의 대답부터 들어야 하겠습니다."

"나라고 왜 나라 사정을 모르겠소. 하지만 저들의 세력이 만만치 않아요. 비분강개해서 삿대질만 한다고 해결될 일이 아닙니다. 지금은 힘을 기르면서 기다려야 할 때입니다."

"언제까지 기다리실 작정이십니까? 때를 놓치면 방법도 없습니다."

다그치듯 하는 도전의 말에 장군은 묵묵부답이었다. 대답을 안 하는 것인지, 못 하는 것인지는 알 길이 없었다. 다만 무릎을 꿇고 앉은 자신을 바라보는 장군의 눈길이 무엇 때문에 불편해 보이는 건지 헤아려볼 뿐이었다.

그날 밤, 이성계는 잠을 이루지 못했다.

정도전이 한 말들이 계속 귓전에서 머물렀다.

헌데 일개 선비가 혼란에 빠진 고려를 구하자며 자꾸만 부추기는 까닭은 뭘까? 도대체 나더러 뭘 어찌하란 말인가. 설마 역모라도 하자는 걸까? 이런 객기를 받아주어야 하는지도 잘 몰랐다. 그러나 그가 비범하다는 데는 의심의 여지가 없었다. 시험을 통과했고, 학식도 자신과는 비교할 수 없는 격차로 차원이 다름을 자연스레 느꼈다.

불현듯 떠오른 게 있었다. 십 년도 더 지난 일이었다. 잠시 영흥(永興) 집에 들러 며칠 머무르고 있을 때 종복이 서자[1] 한 장을 내밀며 말했다.

"어떤 스님이 지리산 바위 속에서 얻은 거라며 이걸 장군께 전해드리라 하였습니다."

스님이 지리산 바위 속에서 얻은 것이다?

이상하다 여기며 서자를 펴보니 '목자(木子)가 돼지를 타고 내려와 다시 삼한을 바로잡을 것' 운운한 글이 적혀 있었다. 또 그 밑에 삼전삼읍(三奠三邑), 비의(非衣), 주초(走肖)라는 글자도 보였다. 그에 관한 설명은 없었지만 자획을 풀어 나눈 파자(破字)가 아닐까 싶었다.

"너, 어서 가서 그 스님 모셔 오너라!"

종복 아이가 부리나케 나가더니 한참 있다가 돌아와 말했다. 아무리 찾아봐도 없다고.

전읍(奠邑)은 정(鄭)인데 그렇다면 혹 저 정공이 三奠三邑일까?

그러나 이성계는 이내 고개를 저었다. 어떤 스님이 주었다는 서자의 신빙성도 의심되는데다 무슨 뜻으로 썼는지도 알 수 없는 것에 의미를 부여한다는 게 스스로 생각하기에도 어이가 없었다. 더구나 奠邑이라면 모를까 三奠三邑이 아니던가.

내가 그 따위 부질없고 헛된 생각을 왜 하고 있는 거야. 스스로에게

---

1) 書字: 간단한 편지.

은근히 화가 났다.

잠을 이루지 못하고 있는 건 정도전도 마찬가지였다.

먼 길을 왔으니 피곤할 법도 하건만 잠을 청할수록 별의별 생각이 다 났다.

십 년 전 문과에 급제한 뒤 큰 뜻을 품고 벼슬살이를 시작할 때만 해도 그는 누구보다 의욕에 넘쳤다.

기철 같은 친원(親元) 세력을 제거하며 고려 혼(魂) 되찾기에 나선 공민왕을 하늘처럼 여겼다. 이제야 나라가 바로 서기 시작했구나, 이런 때 미력이나마 나랏일에 힘을 보탤 수 있다는 건 천행이다 여겼다.

하지만 왕후인 노국공주가 세상을 떠난 뒤 왕이 이상해지면서 그는 절망했다. 사람이 살다 더러 변하기도 한다지만 왕은 변해도 너무 변해버려 감당하기가 어려웠다.

각별했던 노국공주 사랑을 이해하지 못한 건 아니었다. 왕이 흥왕사에 머물 때 역적 김용의 수하들이 왕을 시해하려 하자 문 앞을 가로막고 '나부터 죽이고 들어가라' 호통을 쳐 목숨을 구해준 은인이었다. 원나라 사람이면서도 자신의 반원정책을 지지해준 조력자였다. 사랑도 이만하면 하늘이 내린 운명이라 여겼을 것이다.

하지만 혼인 16년 만에 가진 아이를 낳다 난산 끝에 아이와 함께 왕의 곁을 떠나버리자 왕은 정신이 나가버린 사람처럼 돌변했다. 정사를 팽개치고 시도 때도 없이 울었다.

손수 공주의 대형 초상화를 그려놓고 그 그림을 바라보고 쓰다듬으며 산 사람과 대화하듯 중얼거리기도 했다.

모든 게 더욱 엉망이 돼버린 건 왕이 사승(邪僧) 신돈에게 홀려 그에게 정사를 맡긴 뒤부터였다.

노국공주가 죽은 뒤 정사를 내팽개치다시피 했던 왕은 석 달이 지났을 무렵 어느 날 문득 신돈을 떠올렸다고 한다. 오륙년 전 한 측신의 소개로 만나보고 그에게 매료됐던 기억이 난 것이다.

왕은 확신했다. 승려라니 사리사욕 같은 건 모를 것이고, 어느 파당에도 속해 있지 않으니 그런 사람을 내세우면 자신이 추진했던 개혁을 잘 마무리해줄 것이라고.

왕은 그를 궁으로 불러들였다. 사부로 삼았다.

신돈 역시 처음엔 전면에 나서기를 꺼렸다. 그가 맨 처음 한 일은 왕에게 '신돈을 가까이 하지 말라'고 충언했던 이인복과 최영을 파직시킨 것이었다.

그러고 난 이듬해부터 정사에 본격 개입하기 시작했다.

신돈은 노비와 토지개혁부터 서둘렀다. 권문세족들이 빼앗은 땅을 원래 소유주에게 돌려주고, 권력자들이 부당하게 노비로 삼아 부려온 양민들의 신분도 회복시켜주었다.

당시 신돈은 권문세족들에겐 흉악한 적도였으나 힘없는 백성들에겐 위대한 성인이었다.

울분을 참지 못한 귀족들이 두 차례나 신돈을 살해하려 했으나 실패했다.

권력도 쥐고 백성의 지지까지 얻어낸 이후 신돈은 자멸의 길을 걷기 시작했다. 승려라는 자가 첩을 하나 둘도 아니고 여럿 거느린 채 주색에 빠져 지내는 날이 많았다.

추악한 소문이 돌자 민심이 먼저 돌아섰고, 왕도 차츰 그를 불신해 거리를 두었다. 결국 그는 신해년(1371년) 7월 역모죄로 유배된 후 최후를 맞았다. 5년여 이어졌던 신돈 천하가 막을 내린 것이다.

신돈이 막 설치기 시작했을 때 정도전은 고려엔 이제 희망이 없다고 판단했다. 중원 대륙뿐 아니라 서쪽 먼 나라까지 정복했다는 원나라와 싸우느라 애꿎은 백성 수십만이 죽고 다치고, 또 수십만이 끌려가 처참한 삶을 살아가고 있는 걸 생각할 땐 늘 가슴이 미어졌다. 홍건적과 여진족, 왜구들에게 죽고 다친 사람은 얼마이며 빼앗긴 재산은 얼마던가. 삼별초까지 난을 일으켜 한동안 혼란스러웠다.

다행히 원나라가 북쪽으로 패퇴하고, 홍건적, 여진족은 물리쳤으며, 삼별초의 준동도 진정됐지만 백성들은 너나없이 기진맥진하던 참이었다.

헌데 이번엔 원나라를 밀어낸 명나라가 자주 어깃장을 놓았다. 남쪽 해안에서 가까운 고을만 나타나던 왜구들도 이젠 서북면, 동북면까지 진출해 백성들을 괴롭혔다.

바깥의 적들도 감당키 어려웠지만 고려 안에 있는 도적들은 더 무서웠다. 권문세족으로 일컬어지는 자들이었다.

그들은 남의 땅을 강제로 빼앗은 뒤 애써 거둔 곡물의 절반 이상을 가져갔다. 같은 땅의 주인이 둘, 셋인 경우도 흔했다. 저마다 땅 주인임을 자처한 그들은 농민들이 땀범벅이 돼 가며 애써 거둔 것들을 이중 삼중으로 훑어갔다. 그렇게 다 빼앗기고 나면 끼니 이을 방도가 없었다.

어디 그뿐인가. 툭하면 전쟁터로 나오라 하고, 나라와 권세가들이 명하면 노역도 해야 했다. 멀쩡한 백성을 제멋대로 노예로 삼아 부리는 권세가들도 부지기수. 그러니 도무지 살아갈 맛이라곤 눈을 씻고 찾아봐도 없다는 푸념들만 늘어졌다.

정도전은 모든 것을 다 내려놓고 깊은 산속으로 들어가 은거할 궁리도 했다. 제 힘으로는 어찌할 수 없는 백성들의 참상을 더 보고 있을 수가 없어서였다.

병오년(1366년) 정월에 아버지가, 섣달엔 어머니가 돌아가시자 관행처럼 돼 있던 백 일 탈상을 마다하고 3년간 여묘살이를 한 것도 시정(時政)에 대한 실망감이 워낙 큰 탓이었다.

탈상한 뒤에도 그는 개경으로 가지 않고, 한양 삼각산 기슭에 있던 집으로 가 학문에만 몰두했다.

다행히 경술년(1370년) 10월, 왕이 친정(親政)에 복귀하면서 정국은 다소 진정되는 듯했다. 헌데 곧 다시 민망한 소문들이 바람 따라 떠돌았다. 왕이 미소년들을 뽑아 자제위(子弟衛)라는 경호집단을 만들어 놓고 그들을 살친구로 삼는다느니, 후궁들과 자도록 하고 눈흘레를 즐긴다느니, 해괴망측한 소문들이었다.

그러던 어느 날, 실로 경악할 만한 일이 벌어지고야 말았다. 왕이 시해를 당한 것이다.

정도전이 공민왕을 오래 떠올린 건 정신이 온전했을 때의 그가 그립기도 했지만 아버지와 왕의 인연이 깊었던 탓이기도 했다. 아버지 정운경을 개경으로 불러 올린 것도 왕이었고, 그 덕분에 아버지는 승승장구해 형부상서까지 제수되었다.

왕이 비명에 간 뒤 그 후사를 두고 설왕설래가 이어졌다. 공민왕의 모후인 명덕태후와 일부 재상들은 종친 중에서 덕이 높은 사람으로 보위를 잇게 해야 한다고 주장했으나 무신년(1368년) 이후 정국을 좌지우지해 온 이인임 일파를 당해낼 도리가 없었다.

이인임 무리는 선왕의 유지라며 궁인 한씨 소생이라는 열 살짜리를 왕으로 세우니, 그가 지금의 주상(우왕)이다.

신돈의 자식이라는 설까지 파다한 어린아이를 왕으로 세운 까닭은 불 보듯 뻔했다. 아무것도 모르는 아이를 용상에 앉혀놓고 제 놈들이 정사를 제 마음대로 주무르겠다는 속셈이었다.

　예상했던 대로 그 왕이 재위 9년째를 맞은 지금은 이인임의 세상이나 다름없었다. 이인임이 마음먹어서 안 되는 일도 없고, 그의 의중과 어긋나는 일이 이루어지는 일도 없었다.

　정도전은 한때 최영 장군에게 기대를 걸어본 적이 있었다. 그러나 꽤 오래 지켜보고 나선 그 역시 글렀다는 판단을 내렸다. 최영이 이인임의 사람이라는 걸 모르는 사람이 없을 정도인데다, 정사년(1377년) 3월 이인임의 독선과 독주에 제동을 걸고 나섰던 지윤 일파를 이인임과 연합해 제거하는 것을 두 눈으로 똑똑히 보았기 때문이다.

　일개 군졸로 출발해 많은 무공을 세워 정방제조까지 역임한 지윤은 이인임의 심복 노릇을 하며 신진사대부들을 탄압하고 많은 첩을 거느리는 등 옳지 않은 짓도 많이 했다. 하지만 최영이 가세해 지윤을 처단한 것은 지윤의 잘못을 단죄키 위한 게 아니라 이인임의 세력을 더욱 공고히 해주기 위한 소행에 다름 아니었다.

　어쨌든 당시 도전은 시도 때도 없이 솟구치는 의분으로 부글부글 끓어올랐다.

　엎친 데 덮친다더니 갑인년(1374년) 11월부터는 도전이 이인임의 눈 밖에 나고 말았다. 명나라에 쫓겨 북쪽 한구석에서 겨우 명맥을 유지하던 북원(北元) 사신을 맞이하라는 걸 거부한 게 화근이었다.

　고려와 힘을 합쳐 명나라를 협공하자는 서신을 가지고 온 사신을 이인임은 정도전에게 영접하라고 명했다. 도전은 완강히 거부했다. 다 망해 가는 북원과 손을 잡고 신흥 강국 명나라를 치자니, 그건 전화(戰禍)를 자초하는 일이었다.

이인임은 재상의 명을 거역하고 나랏일을 기피했다는 이유로 그를 전라도로 귀양 보냈다. 그게 을묘년(1375년) 5월이었으니 8년하고도 반 년이 더 지난 일이었다.

다음 날 중참을 하고 별채 마당을 서성이다 이성계 장군의 혼맥이 의외로 짱짱하다는 데 생각이 미쳤다.

그중에서도 압권은 도전의 귀양 전후에 성사된 강씨와의 혼인일 것이다. 이 혼사로 이성계는 날개를 단 셈이 됐으니까.

신돈이 집권했던 시절, 수많은 무장들이 벼슬을 잃거나 귀양을 갔지만 이성계는 건재했다. 그건 순전히 처가 덕분이었을 것이다. 손위 동서인 신귀는 충목왕 때 신왕(辛王)이라 일컬어질 정도로 막강한 권세를 휘둘렀던 신예의 아우다.

인기척이 나 고개를 들어보니 강씨 부인이 올라오고 있었다. 그 뒤에 다구를 챙겨 든 계집종이 따라왔다.

"차 한 잔 하시라고 가져왔는데, 제가 방해한 건 아닌지 모르겠습니다."

계집종이 툇마루에 찻상을 놓고 내려가자, 강씨 부인이 두 개의 찻잔에 차를 따랐다.

"저어……."

방이 아니라 툇마루긴 해도 부인과 마주 앉아 있자니 몹시 어색했다. 강씨 부인도 마찬가지일 것이다. 어색함을 털어버리려는 듯 부인이 입을 열었다.

"남정들끼리 나누신 말씀에 여자가 끼어든다고 흥보실까 주저됩니다만……. 제가 경망스럽게도 궁금한 건 참지 못하는 편입니다."

"개의치 마시고 말씀하십시오."

그런데도 한참을 망설이다 도전이 재차 재촉을 하자 그때서야 말문을 열었다.

"단순히 나라 걱정을 함께 하자고 이 먼 길을 오신 것 같진 않아서요. 어젯밤에 하신 말씀들도 예사롭지 않고 해서……. 그 진의가 무엇인지 알고 싶습니다. 무리한 청인 줄은 알지만 말씀해주시겠습니까?"

도전은 이미 그가 무슨 말을 하려는지, 어떤 걸 궁금해 하는지 간파했다. 교묘함이 필요 없는 이 산속의 여자에게 저 순진한 눈빛은 도저히 감출 수 없는 것이야! 그리고 또 생각했다. 강씨 부인이 도와준다면 장군의 마음도 보다 쉽게 움직일 것이라고.

"말씀드린 그대로입니다. 위기에 처한 고려를 구하실 분은 장군뿐입니다."

"하지만 변방의 장수가 무슨 힘이 있다고……. 그리고 자칫 불충이 될 수도 있는 위험한 일인 것 같습니다만."

"무조건 군왕의 명을 따른다고 충성은 아닙니다. 임금이 바르지 못하면 그걸 바로 잡는 것도 신하들의 몫이지요. 곧은 길, 널따란 길만 길이겠습니까? 지름길, 험로도 길입니다. 곧고 넓은 길을 가는 게 정상이지만 경우에 따라 지름길이나 험난한 길로 갈 수 있고, 꼭 그 길로 가야 한다면 힘들어도 가야 하는 게 인생입니다. 나라도 마찬가지고요."

"하지만 변방을 지키는 장군이 무슨 수로……."

"전한(前漢) 말기에 작은 고을을 다스리던 유수라는 사람이 있었습니다. 어느 날 그가 지도를 펴놓고 한탄했답니다. 세상이 이렇게 넓은데 나는 겨우 이 조그만 고을 하나를 다스리고 있다고요."

"맡은 고을이나 잘 다스리면 됐지 무슨 그런 허황된 생각을 했을까요?"

"워낙 꿈이 큰 탓이었겠지요. 그 말을 듣고 수하 한 사람이 말했습니다. 지금 천하는 매우 어지럽고 앞날이 어찌 될지 모르니 백성들은 어진 임금님이 나타나기를 목 빠지게 기다리고 있습니다. 주군께서도 얼마든지 천하의 주인이 되실 수 있으나 그리 되시려면 부지런히 덕부터 쌓으시라고."

"누구나 덕만 쌓는다고 천하의 주인이 되겠습니까?"

"어림없는 말이지요. 얼마 안 돼 유수의 관할 지역 몇 곳에서 농민들이 파당을 지어 반란을 일으켰습니다. 중국은 땅덩어리가 워낙 커 고을이라 해도 고려의 고을보다 몇 배, 몇 십 배나 크지요. 아무튼 유수가 군사를 풀어 무리들을 무력으로 진압하자 나머지는 겁을 먹고 항복했습니다."

"농민반란군이라 변변한 무기 같은 게 없었겠네요."

"농기구와 엉성한 활 같은 것밖에 더 있었겠습니까. 그런데 유수는 붙잡은 반란군들을 처벌하지 않고 곳간을 열어 배불리 먹여주고 나선 부지런히 농사나 지으라며 고향으로 돌려보냈다고 합니다."

"반란군이라면 역도나 다름없는데 그들을 그냥 풀어주었다? 잘 이해가 안 가는데요."

"그뿐이 아닙니다. 얼마 후 그는 단 한 사람의 수하만을 데리고 반란군들이 준동했던 지역을 돌아보았답니다."

"수하 한 사람만 데리고 갔다고요? 날 죽여주오, 하는 거나 다름없지 않은가요?"

"만약 누군가 유수를 도모하려 했다면 그때처럼 좋은 기회는 없었을 겁니다. 그러나 반란을 주도했던 자들이 유수를 따르기 시작했습니다. 자기 마음을 남의 속에 둔 것처럼 남을 의심할 줄 모르니 참으로 도량이 큰 분이라면서요."

"그걸 도량이 넓다고 해야 할지, 무모하다고 해야 할지, 저로서는 잘 모르겠습니다."

"생각하기 나름이겠지요. 어쨌든 그들은 자진해서 유수가 인근 고을들을 치러 갈 때 출병해 큰 힘을 보태주었습니다. 영지가 커지자 그들은 유수에게 천자가 되어달라 청했고, 여러 번 사양하다 결국 나라를 세우고 임금의 자리에 올랐습니다. 그가 바로 후한(後漢)의 시조인 광무제입니다."

말을 끝내고 강씨 부인을 바라보니 표정이 묘했다. 두려워 어쩔 줄 몰라 하는 것 같기도 하고 살포시 미소를 머금고 있는 것 같기도 했다.

그러나 그의 입에서 나온 말은 엉뚱했다.

"송구합니다만, 지금 저에게 들려준 고사는 장군이 마음만 먹으면 반역을 해도 승산이 있을 것이라는 뜻을 넌지시 전해주신 것으로 들리는군요."

도전은 그렇다고 그게 맞다 말할 순 없었다. 얼른 말길을 돌렸다.

"저는 장군께 반역을 하시라는 게 아니라 개혁의 선봉에 서 달라는 말씀을 드린 겁니다."

강씨 부인은 더 이상 아무 말도 하지 않았다. 표정도 덤덤했다. 어찌 보면 무슨 말을 하는 건지 잘 모르겠다는 듯 딴청을 피우는 것 같기도 했다.


　그날 어둑해지기 시작할 무렵부터 눈이 쏟아졌다.
　한양이나 아래 지방에서 보던 눈과는 사뭇 달랐다. 다음 날 아침, 일어나보니 눈이 한 길이나 쌓여 있었다.
　"내일이나 모레 떠나려 했는데 눈에 갇혀 버렸으니……."
　"철령을 넘어가려면 두 달은 기다려야 할 것이오. 애면글면하지 마시고, 마음 푹 놓고 가져온 서책이나 읽으며 보내시오."
　장군은 남의 속도 모르고 태평하게 말했다. 아침을 함께 먹는 자리에서였다.
　"식구들이 걱정되시겠지만 어쩌겠소. 하늘이 한 일인데……."
　밥상이 나간 뒤에 들어온 찻잔을 입에 가져갔다가 내려놓으면서 장군이 입을 열었다.
　"한 가지 물어볼 게 있소."
　"예, 말씀하십시오."
　"꽤 오래전 얘기인데……. 한 재상이 하급 관리에게 북원 사신의 접대를 맡으라 하자 그걸 거부했다 귀양까지 갔다는 얘기를 들은 적이 있소. 그 사람 참 어리석구나, 그리 생각했습니다. 왕명을 대신한 재상의 명을 받드는 것은 신하된 자의 도리 아닙니까. 정공께서는 그 일에 대해 어떻게 생각하십니까?"
　자신에 관한 이야기였다. 장군은 그 사람이 바로 자기 눈앞에 있다는 건 까맣게 모르고 있는 것 같았다.

"명나라에 쫓겨 북쪽으로 밀려난 북원의 사신이 온 것은 고려의 힘을 빌려 명나라를 어찌 해보자는 것이었습니다. 간신히 숨만 붙어 지내는 북원과 손을 잡았다면 어찌 됐겠습니까. 명나라 군에게 고려가 짓밟힐 게 뻔한데, 그래도 그 명을 받들어야 했을까요?"

"그래도 윗분들을 설득한다면 모를까 정면으로 거부했다는 건 좀……."

"간쟁보필(諫爭輔弼)하는 신하는 국가에 없어서는 안 되는 신하요, 군주의 보배라고 했습니다."

"……."

"간(諫)은 임금이 잘못된 계책을 세웠을 때 이의를 제기해서 받아들이면 좋고 아니면 물러난다는 것이요, 받아들이지 않으면 목숨을 버리더라도 거듭 간하는 것이 쟁(爭)입니다."

"간과 쟁이라……."

"보(輔)는 임금이 받아들일 수밖에 없도록 모든 벼슬아치들이 힘과 지혜를 합쳐 나라의 걱정을 더는 것으로, 그것도 바람직한 것이지만 군주의 뜻에 반하거나 명을 거역해서라도 나라를 위기에서 구하고 나중에 임금이 치욕을 겪는 일이 없도록 해주는 필(弼)도 필요한 것입니다. 그는 필을 행한 것입니다."

그 말을 하고 나서 장군을 바라보니 빙그레 웃고 있었다.

장군은 이내 호탕하게 웃으며 말했다.

"하하하, 그 의기 넘쳤다는 선비를 이제야 만나다니……. 더욱 반갑소."

"제가 누구인지 처음부터 알고 계셨습니까?"

"처음엔 몰랐는데 어디선가 많이 들어본 이름 같아 어젯밤 곰곰이 생각해보니 차츰 기억이 났습니다. 미안하오."

"어떻게 십 년 전 일을 기억하고 계십니까?"

"당시에도 얼핏 들었는데, 몇 달 전 함주까지 밀고 들어온 왜구를 물리칠 때 조전원수[2]로 참전했다 돌아간 정몽주 공에게 자세한 얘기를 들었습니다."

도전은 내심 감격했다. 무엇보다 벌써 그와 일정 부분 통하고 있다는 사실이 반가웠다. 도전의 목소리가 축축해졌다.

"왜구와 호발도를 잇달아 물리치시느라 힘드셨겠습니다."

"그게 나의 일인 걸 어쩌겠소."

"그나저나 주로 전라, 경상, 양광도(楊廣道: 지금의 충청도)에 출몰하던 왜구들이 개경 근처, 황해도와 평안도까지 나타난다는 말을 듣고 걱정했는데 이번엔 여기까지 왔다니, 정말 큰일 아닙니까."

도전은 문득 이른 바 황산대첩이 떠올라 농을 하듯 물었다.

"혹시 황산에서의 패배를 설욕한답시고 장군을 노리고 온 건 아닐까요?"

"그럴 리가요."

3년 전 경신년(1380년) 9월, 장군은 전라도와 경상도 연안 마을들을 휩쓸고 다니는 왜구를 토벌하라는 명을 받고 수백의 군사를 이끌고 출병했다.

당시 왜구를 지휘하던 자는 16세 안팎의 소년장수 아기바투라는 자였는데 온몸에 철갑을 두르고 종횡무진하며 전장을 누볐다.

---

2) 助戰元帥: 도원수(都元帥), 상원수(上元帥) 등 주장(主將)을 돕던 장수.

보름달이 환히 밝은 밤에 장군은 지리산 인근 황산에서 왜구들과 대치했다. 아기바투의 칼춤에 수십 명의 군사가 쓰러지는 것을 본 장군은 이두란과 시선을 주고받은 뒤 장군이 먼저 아기바투의 투구를 쏘았다.

투구가 뒤로 젖혀지며 이마가 드러난 순간 이두란이 그의 이마에다 화살을 박아 넣었다.

여진족 출신으로 귀화한 이두란은 이성계 장군과는 의형제를 맺은 사이. 두 사람은 언제나 잘 통했지만 특히 전장에선 호흡이 딱딱 들어맞았다.

백전백승의 소년 장군이 이마에 화살이 박힌 채 말에서 떨어져 죽는 것을 본 왜구들은 어쩔 줄 몰라 우왕좌왕하기 시작했고, 고려군이 그 틈을 놓치지 않고 일제히 화살을 퍼부은 끝에 자그마치 2천7백여 명에 이르는 왜구를 전멸시켰다.

이때 왜구의 피로 인근 인월천과 화수천은 사흘 동안이나 시뻘건 핏물로 넘쳐났다는 얘기가 회자되었다.

"그래, 귀양에서 풀려난 뒤로는 어디서 뭘 하고 지내신 게요?"

"한양 삼각산 밑에 집을 짓고 글을 가르치며 지내다 부평을 거쳐 지금은 김포에서 삼봉학숙(三峰學塾)이라는 걸 열어 재생[3]들을 가르치고 있습니다. 저는 아직도 집권세력엔 눈엣가시 같은 존재라 개경으론 들어갈 수가 없습니다."

"가만, 가만……. 지금 삼봉학숙이라 하셨습니까?"

"제 아호가 석 삼, 봉우리 봉을 쓰는 삼봉입니다."

---

3) 齋生: 성균관이나 향교 등의 기숙사에서 숙식을 하며 학문을 닦던 선비.

"아……."

이성계는 순간 등골을 타고 내려가는 찌르르한 느낌에 자신도 모르게 부르르 몸을 떨었다. 벼락을 맞으면 이런 느낌이 들까?

이럴 수가……. 그러니까 三奠三邑은 삼봉(三峰) 정도전을 뜻하는 파자일 수도 있다는 얘기 아닌가.

"왜 그러십니까?"

몸을 떠는 걸 본 것인지 정도전이 물었다. 이성계는 시치미를 뚝 떼고 받았다.

"움츠린 개구리가 멀리 뛴다고 했소. 공께서도 오래 움츠려 있었으니 반드시 멀리, 높이 뛸 수 있을 거요."

"그리 말씀해주시니 힘이 납니다."

도전은 고개를 숙여 인사한 뒤 자리에서 일어났다. 조심조심 계단을 올라 별채로 향했다.


구구구구…….

철령이 소리였다. 철령이는 영내의 군구(軍鳩)들과는 별도로 강씨 부인이 친정과 교신하기 위해 애지중지 기르는 흑비두리(비둘기)였다. 비두리의 이름을 철령이로 지은 건 험준한 철령을 넘어 오가기 때문이었다.

개경 등지에서 관북지방인 함경도로 가려면 회양, 고산, 용지원, 원산을 거쳐 반드시 철령(鐵嶺: 지금의 함경남도 안변군 신고산면과 강원도 회양군 하북면 사이의 고개)을 넘어야만 했다. 오르막 40리, 내리막 40리에 아흔아홉 굽이. 구름도 쉬어간다는 높고 험준한 고개지만 철령이는 별로 힘도 들이지 않고 잘도 넘어 오갔다.

강씨 부인은 나흘 전, 정도전이 어떤 사람인지 자세히 알아봐달라는 서자를 묶어 철령이를 날려 보냈다. 그 답이 온 모양이었다.

계집종이 철령이가 가져온 서자를 강씨 부인에게 전했다. 눈에 익은 막내 오라버니의 글씨였다.

정도전은 목은(이색)의 문인으로 문과에 급제했다. 무(武)에도 관심이 많은 재사라 한다. 성격이 곧고 호방하나 자기주장이 강한 편이며, 북원 사신 접대를 거절해 2년여 귀양살이를 했다는구나. 집권세력의 경계로 개경에 들어가진 못하고 김포에서 학숙을 열고 있는데 재생이 꽤 많다고 한다. 그의 외조모 출신이 비천해 출중한 능력에도 불구하고 벼슬길은 좀 더딘 편이었다더구나. 그가 네 남편을 왜 찾아갔는지 잘 모르겠지만 외가의 신분 때문에 출세에 지장을 받자 네 남편에 기대어 복직을 하거나 보다 출세를 해보고 싶은 것인지도 모르겠다.

아무튼 일단 경계를 늦추지 말고 잘 살펴보는 게 좋겠다.

가계가 비천하다? 그렇다면 노림수가 따로 있다는 건가? 나라 걱정은 겉치레고 속내는 비천한 신분을 감싸줄 호위가 필요해서 접근한 것일 수 있다?

그의 눈을 보면 마음이 맑아 보이고, 말을 들으면 성정이 곧고 바른 것 같았는데, 사람을 잘못 본 걸까?

마음이 복잡했다. 옷을 든든히 차려 입고 밖으로 나갔다. 찬바람을 쐬고 나면 엉킨 마음의 갈피를 잡을 수 있을 것 같았다.

바깥 기운은 생각보다 그리 차갑진 않았다. 밤이면 산바람이 세차게 내려오지만 낮엔 괜찮은 편인데 오늘은 바람이 거의 멎다시피 해 포근하게 느껴질 정도였다.

연병장에선 오늘도 군사들이 훈련을 하고 있었다. 군사들이 훈련하는 모습은 언제 봐도 아름답고 든든했다.

여자의 몸으로 태어났는데 병사들이 훈련하는 모습을 보면 가슴이 뜨거워지는 까닭은 무엇일까. 몸은 여자지만 마음은 남자로 태어난 것일까.

그런 생각을 하다 강씨 부인은 혼자 풀썩 웃었다. 방석에게 젖을 먹여야 할 것 같아 돌아서 집으로 들어가려는데 별당 마당에서 철령 쪽을 바라보고 서 있는 정도전이 눈에 띄었다.

부인은 저도 모르게 중얼거렸다. 정체가 도대체 무얼까? 무엇 때문에 장군에게 접근한 것일까?

그가 돌연 몸을 돌리는 바람에 눈길이 딱 마주쳤다. 고개를 숙여 인사를 하더니 천천히 내려왔다.

"날이 찬데 왜 나와 계십니까?"

그가 다가서며 말을 붙였다.

"이곳에서 몇 년 단련이 돼서 그런지 오늘 같은 날씨면 봄날이나 다름없게 여겨집니다."

"제가 김포를 떠날 땐 가을이었는데 여기 오니 한겨울이더군요. 철령 마루에 서자 바람이 어찌나 세차던지 춥기도 하려니와 바람소리도 거세 귀가 멍멍해질 정도였습니다."

"철령은 구름도 쉬어 간다는 고개이고 이곳 바람은 거칠기로 악명이 나 있지요."

강씨 부인의 그 말을 끝으로 침묵이 두 사람을 가로 막았다. 약속을 하고 그런 건 아니었다. 그 침묵을 걷어낸 건 강씨 부인이었다.

　"귀양살이도 하셨다고 들었는데, 고생이 많으셨겠습니다."

　"고생은 좀 했지만 그 대신 배운 게 더 많았습니다."

　"뭘 배우셨는데요?"

　"가난한 백성들이 어떻게 살고 있고 권문세족이나 왕실을 어떻게 생각하는지, 그들이 꿈꾸는 세상은 어떤 것인지 조금은 알 수 있었습니다."

　"나랏일을 하는 사람이 백성들이 어찌 살고 있으며 무슨 생각을 하고 사는지 살펴보는 것은 참으로 중요한 일이지요."

　"명문가 출신인 부인께서 그런 생각을 하시고 계시다니 우러러 보입니다."

　"별 말씀을 다 하십니다……. 저는 아이를 돌봐야 해서 이만 들어가겠습니다."

　도전을 뒤로 하고 집 안으로 들어선 부인은 고개를 갸웃거렸다.

　안팎과 앞뒤가 다른 사람 같지는 않아…….

# 곳간에 숨은 시궁창 쥐

"나랏일은 혼자 하는 것도 아니고 혼자 할 수도 없습니다. 중국의 천자들도, 아무리 지혜가 뛰어난 재상이라도 혼자, 아니 몇 사람이 힘을 합쳐도 나랏일을 다 잘해내기는 어려운 일입니다."

"하긴 나랏일이 얼마나 많은데 제왕 혼자, 재상 몇 사람이서 다 해낼 수 있겠습니까."

"옛말에도 고을을 잘 다스리는 방법으로 자기 혼자 열심히 하는 것은 하수(下手)고, 다른 사람의 힘을 이용할 줄 알면 중수(中手)며, 다른 사람의 지혜를 빌려 다스린다면 상수(上手)라고 했습니다."

"상수(上手)는 다른 사람의 지혜를 빌려 다스린다고요?"

도전은 얼마 전, 몸은 비록 조정 밖에 있더라도 상소를 올릴까 생각한 적이 있었다. 인접국의 정세를 토대로 대책을 촉구하기 위해서였다.

그가 그동안 파악한 주변국의 정세는 복잡 미묘했다.

왜구가 수년 전부터 기승을 부리기 시작한 덴 그럴 만한 까닭이 있었다. 두 차례에 걸쳐 침공한 여몽 연합군이 태풍 때문에 물러나긴 했지만 그 후유증으로 가마쿠라 막부가 무너지며 곳곳에서 내란이 일어나 여러 소국으로 나뉘고, 저희들끼리 서로 싸우는 동안 실전경험이 많이 쌓이면서 더 강해졌다. 게다가 타국과의 교역량도 늘리고, 농사법 개선으로 2모작, 3모작까지 하며 먹고 사는 데 여유가 생기자 경인년(1350년)을 전후해 본격적으로 고려를 넘보기 시작했다. 대규모 선단을 꾸려 남도의 내륙까지 쳐들어와 행패를 부리더니 이젠 서북면과 동북면까지 집적거리고 있는 것이다.

또 다른 골칫거리였던 홍건적은 원나라의 패망으로 생겨났다. 세계를 누빈 초강국 원나라가 송나라 본거지였던 강남에서 봉기한 반란군에게 야금야금 먹히더니 북쪽으로 밀려나 한낱 토호국 수준으로 쪼그라들었다.

대송국을 자처한 반란군은 중원을 통일하겠다며 세 갈래로 기세 좋게 진격해 나갔으나 내몽고 지역으로 짓쳐들던 중로군이 북원의 역습을 받고 본대와 단절된 채 고립되고 말았다. 본대인 동로군과 서로군도 원나라 군의 공격을 받고 무너졌고, 패잔병들은 나중에 명나라를 세운 주원장 휘하로 들어갔다.

하지만 중로군은 명나라와 원나라 사이에 끼어 오도 가도 못하게 돼버렸다. 살 길을 찾아 주위를 두리번거리다 자신들이 살아남을 길은 고려 땅뿐이라는 걸 깨달았다.

그때부터 머리에 붉은 띠를 둘렀다 해서 홍건적으로 불리게 된 중로군은 국경을 넘어 의주와 정주를 함락한 데 이어 서경(평양)까지 손에 넣으며 순식간에 고려의 서북면을 집어 삼켰다.

막강한 원 제국에도 버텼던 고려는 속절없이 많은 영토를 홍건적에게 내주고 말았다. 여기에도 그럴 만한 이유가 있었다. 오랜 기간 원나라에 시달려 피로가 극에 달했고, 군사력도 형편없이 저하돼 있었다. 무신정권을 받쳐주던 강력한 군벌도, 정예병으로 구성됐던 삼별초도 다 없어진 뒤였으니까.

그나마 다행인 건 홍건적이 남하를 멈추고 서경 이북에만 머물러 있었다는 것이다. 고려군이 서경을 포기하고 떠날 때 일부러 집과 식량 창고를 내버려둔 덕분이었다.

예상대로 그들은 서경에 머물며 전열을 정비하는 한편 서경에 남아 있던 고려인 장정들을 징발해 훈련시키느라 더 이상 남하하지 않았다.

그 사이 고려 조정은 전국에 징집령을 내려 2만 군사를 모아 서경을 탈환하는 데 성공했다. 아쉬운 건 그들이 징집한 고려인 1만 명 안팎을 모두 죽이고 도망쳤다는 것이다.

그 뒤로 홍건적과 고려군은 평안도 지방에서 일진일퇴를 거듭하다, 관군과 동북면의 천호장들이 힘을 합치면서 일단 압록강 너머로 몰아내는 데 성공했다.

하지만 홍건적은 십 만 가까운 대군을 이끌고 다시 남하, 서북면을 장악한 데 이어 황해도에 친 고려군의 방어선마저 뚫었다. 개경은 홍건적 손에 들어갔고, 공민왕은 도망치듯 안동까지 피난을 가야 했다.

전국에 흩어져 있던 군사들을 안동으로 집결시켰다. 그때 최영, 이성계, 안우, 이방실, 김득배 등 용장들이 모두 모였다.

고려군은 전열을 정비한 뒤 개경으로 향했다. 군사의 수는 여전히 홍건적이 많았다. 하지만 고려군은 홍건적의 약점을 파고들어 기어이 개경 탈환에 성공했고, 그 여세를 몰아 그들을 압록강 밖으로 밀어냈다.

고려군이 밀어낸 홍건적은 원나라 군대에 궤멸돼 2년여를 끌어온 홍건적과의 지긋지긋했던 싸움을 끝낼 수 있었다.

그 싸움에서 가장 큰 몫을 해준 건 병신년(1356년)에 수복한 철령 이북 동북면을 지키던 이성계의 고려인, 여진인 혼합 정예병들이었다.

그들은 치고 빠지는 기습전으로 홍건적에 막대한 피해를 주면서 남하도 지연시켜 고려군이 대비할 수 있는 시간을 벌어주었고, 그 덕분에 고려군은 승전고를 울릴 수 있었다.

어쨌든 과거에 비하면 형편이 많이 나아진 건 사실이었다. 무엇보다 흉포하기 짝이 없던 원나라의 손아귀에서 벗어났으니 얼마나 다행스런 일인가.

지금 중원을 차지하고 있는 명나라도 만만치는 않지만 원나라에 비하면 그래도 낫다.

또 홍건적은 이미 씨가 말랐고, 전엔 꽤 귀찮게 굴던 여진족도 지금은 잠잠하다.

다만 점점 더 기세가 오르고 포악해지는 왜구들이 걱정이었다.

함주의 겨울 해는 유난히 짧았다. 중참을 먹고 난 뒤 얼마 후면 산그늘이 별당의 지붕에 내려앉았다.

눈도 많이 내렸다. 아니, '많이' 라는 표현으론 부족했다. '엄청' 이라고 해야 할 것 같았다.

도전은 지금껏 눈이 내리는 건 숱하게 보았으나 눈이 내리는 소리를 들어본 적은 없었다. 헌데 함주에선 밤이면 눈이 내리는 소리를 자주 들었다. 사위가 다 잠든 저녁, 불을 밝히고 서책을 읽노라면 지붕에, 마당에, 겨울에도 푸르른 솔잎 위에 사각사각 눈이 내려앉는 소리가 들렸다.

밤이면 또 무척 춥기도 했다. 구들에 불을 넉넉히 지펴 방바닥은 따뜻했지만 어깨 위쪽은 시렸다. 그럴 때면 화로에 따끈하게 덥힌 물에 향긋한 차를 넣고 마시며 몸을 데웠다.

그 적막함이 대체론 쓸쓸하고 외롭게 느껴지기도 했지만 때론 더없이 편안하게 느껴지기도 했다.

어느새 50여 일이 지나가버렸다. 남의 집에서 한 해를 보내고 새해도 맞았다. 어머니의 기일인 섣달 열여드레 날엔 소반에 술 한 잔 올려놓고 영주 쪽을 향해 절하는 것으로 대신했다.

어쩔 수 없었다. 눈이 그치지 않고, 하루 이틀 뜸해도 쌓인 눈이 녹지 않으니 감히 나설 수가 없었다.

다행히 사흘 전부턴 웬일인지 봄날처럼 따뜻한 날이 계속되었다. 이렇게 따뜻한 겨울날은 난생 처음이라고 사람들은 입을 모았다.

그 덕분에 눈이 제법 많이 녹았다. 어서 떠나야겠다고 생각했다. 만약 이때를 놓치면 아버님 기제사에도 참례할 수 없게 될 것이다.

도전은 함주막에서 참으로 많은 것을 보고 듣고 체험했다. 장군 막사에서 장수들이 모여 방어 계획을 세우고 훈련 일정을 짜는 등의 전략회의도 여러 번 참관했다.

특이한 것은 군사들 중 귀화한 여진족이 많다는 것이었다. 전략회의에 참석하는 장교들 중에도 이두란을 비롯해 여진인들이 적지 않았다. 물론 그들은 이미 누구보다 더 용맹무쌍한 고려군이 되어 있었다.

군사들과 두루 얘기도 나눠보았고, 그들의 막사에서 여러 날 숙식도 함께 해보았다. 그런 과정을 거치면서 간간히 스치듯 지나가던 자글거림도 없어졌다. 왜 그러는지, 어디에서 발원하는 건지 알 수 없는 힘이 불끈 솟아오르는 것 같은 느낌이 들기도 했다.

이곳 군사들은 군령과 군율이 엄정하고 민첩했다. 지휘체계도 잘 잡혀 있었다. 훈련강도도 만만치 않았다. 그보다 더 눈길이 가는 건 장졸들이 하나 같이 장군을 잘 따르고 좋아한다는 것이었다.

상대는 장군이고 자신들은 휘하 장졸이니 마땅하다 여겨 그러는 것 같지만은 않았다. 겉치레가 아니라 마음으로 좋아하고 존경하고 있는 게 분명해 보였다.

만약 간자들이 이 군막을 엿보았다면 이성계군은 포기하는 게 낫다는 보고를 올릴 수밖에 없을 것 같았다.

어느 날, 강씨 부인이 도전에게 넌지시 물었다.

"저 양반은 전장에서 싸우는 것 밖에 모르는 분인데 나랏일을 맡아 할 수 있을까요?"

그가 말하는 나랏일이 조정의 시중 같은 재상인지, 아니면 군왕인지 정확하게 판단하긴 어려웠지만 그것까지 염두에 두고 대답할 일은 아니었다.

"나랏일은 혼자 하는 것도 아니고 혼자 할 수도 없습니다. 중국의 천자도 아무리 지혜가 뛰어난 재상을 둔다고 혼자, 아니 몇 사람이 힘을 합쳐 나랏일을 다 잘해내기는 어려운 일입니다."

"하긴 나랏일이 얼마나 많은데 제왕 혼자, 재상 몇 사람이서 다 해낼 수 있겠습니까."

"옛말에도 고을을 잘 다스리는 방법으로 자기 혼자 열심히 하는 것은 하수(下手)고, 다른 사람의 힘을 이용할 줄 알면 중수(中手)며, 다른 사람의 지혜를 빌려 다스린다면 상수(上手)라고 했습니다."

"상수(上手)는 다른 사람의 지혜를 빌려 다스린다고요?"

"그렇습니다. 나랏일도 마찬가집니다. 현명한 인재들을 두루 찾아 그들의 지혜를 빌린다면 장군께선 능히 대업을 감당하실 수 있을 것입니다."

도전이 생각하는 장군의 장래는 재상이 아니라 군왕이라는 뜻을 은근히 내비친 말이었다. 강씨 부인의 표정이 묘했다. 잠깐 눈동자가 흔들린 것 같았는데 뒷귀 먹은 시늉을 했다. 제대로 알아들었을 것 같은데 얼굴에 떠올린 반응은 '못 들었다'거나 '그게 나와 무슨 상관이냐거나 '무슨 말을 하는지 나는 모르겠다'였다.

그날 밤, 도전은 장군과 겸상을 해 저녁을 먹고 난 뒤 강씨 부인도 있는 자리에서 말했다.

"내일 떠날까 합니다."

"아직 눈이 다 녹지 않아 위험할 터인데······."

"그럴 만한 사정이 있습니다. 그동안 너무나 많은 폐를 끼쳤습니다."

"폐는 무슨. 오히려 손님 대접이 소홀했던 것 같아 마음에 걸리오."

"며칠만 더 계시다 가시지······."

강씨 부인이 뜬금없는 말을 입 밖에 내놓았다.

"문득 정공 같은 분이 장군의 군사(軍師)가 되신다면 참 좋을 것 같다는 생각이 드네요."

도전도 놀랐지만 장군도 뜻밖의 소리를 들어서인지 난감한 표정을 지어 보였다.

"당치 않으십니다. 제가 군국(軍國)의 일엔 일자무식이나 다름없는데 어찌 군사가 될 수 있겠습니까."

못 들은 척할 수 없어서였는지, 장군이 그 말을 받았다.

"일자무식이라니, 지나친 겸손이시오. 내가 보기엔 병법도 꽤 많이 아시는 것 같고, 공께서도 스스로 군병이나 전략 같은 것에 관심이 많다고 하지 않았소?"

"관심이 많다는 것과 안다는 건 엄연히 다른 법이지요."

잠시 말이 끊겼다. 부인은 아녀자가 더 이상 나서는 건 옳지 않다고 여기고, 장군 역시 한 번도 생각해 본 적이 없는 일이라 셈들지 않았을 것이다.

도전이 동을 달았다.

"저는 내일 떠나지만 장군께선 저를 영원한 막료로 생각해주십시오. 장군을 고려를 구할 유일한 영웅으로 모시겠습니다."

"왜 이러시오. 내가 뭐라고 정공으로부터 영웅 대접을 받아야 한단 말이오."

"고려를 구할 수 있는 분은 장군뿐이십니다!"

방을 나온 도전은 막사를 돌며 일일이 군사들과 인사를 했다.

다음 날 아침, 병영 문을 나서기 전 도전은 다시 한 번 이성계에게 속삭였다.

"이만한 군사력이라면 무슨 일인들 못 하겠습니까!"

도전의 말을 알아듣고도 모르는 척하는 것인지, 아니면 단순한 칭찬으로 받아들인 건지는 알 수 없지만 장군은 그냥 웃어 넘겼다.

장군은 지형지물에 익숙한 기병 하나를 불러 철령 아래까지 모셔다 드리고 오라고 명했다. 아직 다 녹지 않은 눈길에 미끄러지면 어쩌나 은근히 걱정을 하던 터라 도전은 사양하지 않았다.


정도전이 군영을 떠난 다음 날 그를 수행했던 기병이 돌아와 이성계에게 보고했다.

"선비님이 철령으로 가는 길에 노송의 껍질을 벗기고 그곳에 시 한 수를 새겨놓고 갔습니다."

"소나무에 시를?"

"예!"

"어딘가? 가보세."

의자에서 일어서려다 이성계 장군은 다시 자리에 앉으며 병사에게 말했다.

"윤 부사를 들라 하시게."

시문을 가장 잘 짓는 사람은 윤 부사라기에 그를 찾은 것이다.

윤 부사가 휘장을 걷고 들어서자 이성계가 나설 채비를 했다.

"어제 떠난 선비가 군영 밖 노송에다 시를 새겨놓았다는군. 내가 시문엔 좀 약해서 같이 가보자고 불렀네."

이성계가 앞장서고 윤 부사가 반걸음쯤 뒤따라왔다. 군막을 벗어나자 이백여 보 앞에 껍질이 벗겨진 채 허옇게 속살을 드러낸 소나무가 눈에 들어왔다.

"종이에 써서 주고 가면 될 걸 왜 저기에다 시를 새겼을까?"

"글쎄요. 나름대로 무슨 생각이 있었기에 그랬겠지요."

두어 걸음 앞에서 걸음을 멈춘 이성계가 소리를 내 시를 읽기 시작했다.

창망세월일주송(蒼茫歲月一株松) 생장청산기만중(生長靑山幾萬重)
호재타년상견부(好在他年相見否) 인간부앙편진종(人間俯仰便陳蹤)

"창망세월일주송은 아득한 세월을 버텨 온 소나무 한 그루라는 것 같고……. 그 다음부터 해석을 해보시게."

장군이 말하자 부사는 찬찬히 몇 번 더 시를 살펴 읽고 나서 대답했다.

"아득한 세월을 버텨 온 소나무 한 그루, 깊은 청산에서 잘도 자랐구나. 좋은 시절에 서로 만나지 못하였으니 세상을 굽어보고 우러러보아도 묵은 흔적뿐이구나, 그런 것 같습니다."

"세상을 굽어보고 우러러보아도 묵은 흔적뿐이구나. 그건 무슨 뜻일까?"

"글쎄요. 그건 저도 잘······."

모르겠다는 말이었다.




쉬엄쉬엄 남쪽으로 향했다. 말 타는 게 서투른데다 미끄러운 곳이 많아 그야말로 조심 또 조심하며 말을 몰았다.

장군은 내가 그 먼 길을 마다 않고 찾아간 까닭을 정확히 알고 있을까?

눈치를 챈 것 같기도 하고 아닌 것 같기도 했다. 하지만 그래도 상관없다. 강씨 부인은 장군보다는 더 깊은 생각을 하고 있는 것 같고, 베갯머리송사만큼 효과적인 건 없는 법이니까. 부인의 얘기를 들으면서 도전이 했던 얘기들을 뒤섞어 떠올려보면 장군도 이내 깨치게 될 것이다.

길을 떠나기 전날 낮에 부인을 찾아가 당부했다. 기회 있을 때마다 장군께 웅지를 품으시라, 덕을 쌓으시라, 가까이 있는 군사들 하나하나에 모두 다 정을 흠뻑 주어 장군을 위해선 목숨도 걸게 하시라고.

강씨 부인은 그리하겠다고 약속했다.

말 등 위에서 흔들리다 도전은 문득 자신에게 질문을 던져보았다.

도대체 네가 원하는 건 뭐냐?

그건 명확했다. 자신의 궁극적인 목표는 왕이 없는 나라다. 왕이란 있어 봤자 도움이 되기는커녕 거추장스럽기만 한 존재라고 도전은 생각했다. 이인임 일파가 국정을 농단할 수 있었던 것도 그의 뒤에 왕이 있기 때문이었다.

그렇다고 왕이 없는 나라를 당장 실현할 수 있을 것이라고는 생각하지 않았다. 몇 세대가 지나는 동안엔 불가능할 것이다. 그래서 생각해낸 것이 왕은 재상들을 잘 헤아려 뽑아 그들에게 정사를 맡기고 최종 재가만 해주는 형태의 왕정이었다.

재상들을 뽑을 땐 무엇보다 '하늘의 소리'라는 백성의 소리를 잘 들을 줄 알고, 가문의 뿌리가 서로 달라 상호 견제가 이루어지도록 해야 할 것이다.

아울러 지혜로운 자와 우직한 자를 섞어 뽑는다면 금상첨화가 될 것이다. 그런 형태의 정치가 시행됐다면 이인임 같은 자가 나올 순 없었을 것이다. 나랏일을 맡은 재상들 간에 서로를 견제하게 돼 그런 자는 다른 재상들에 의해 진즉 축출됐을 테니까.

그러한 정치체제는 아직 듣도 보도 못한 것이라 무엇이라고 해야 할지 모르겠지만, '백성이 가장 귀하고, 나라가 그 다음이며, 임금은 가볍다'던 맹자님의 말씀을 따르는 건 분명했다.

나라를 구성하는 분자는 백성이다. 그러니 가장 존귀하게 여겨져야 당연한 데도 지금까지 그런 마음으로 정사를 살폈다는 군왕이 있었다는 얘기는 들어본 적이 없었다.

그럼 왜 이성계지?

그 역시 명확하게 답할 수 있을 것 같았다. 지금은 난세다. 난세는 수백 년을 이어져 내려왔다. 난세엔 공맹도 맥을 추지 못하는 법이다. 잠시 이색(李穡)과 정몽주(鄭夢周)를 떠올려보았으나 금방 지우고 만

것도 그 때문이었다.

난세를 평정할 수 있는 사람은 힘을 가진 자다. 실체가 없는 권세가 아니라 무력이라는 힘! 이성계에겐 그런 힘이 있었다. 몇몇이 파당을 지어 조정을 휘어잡은 권세 같은 게 아니라 활과 칼이 뒤를 받쳐주는 그런 강력한 힘 말이다.

묵묵히 자기의 길을 가고 있는 뚝심 또한 미덥다. 원나라가 반원개혁을 추진하던 공민왕을 폐한 뒤 새 고려 국왕으로 봉한 덕흥군이 군사들을 거느리고 의주를 거쳐 남하했을 때도 이성계 장군은 그들을 저지, 격퇴하는 등 많은 전공을 세웠다.

이 때문에 이성계 장군은 근래 조야에서 가장 주목받고 있는 장수로 꼽히고 있었다. 이 난세에 그런 이성계 말고 나라와 백성을 편안케 할 사람이 누가 있겠는가. 고려를 구하든 새 왕조를 세우든 그런 건 상관없다. 사직이 안정되고 백성들이 헐벗고 굶주리지 않으면 그만이다.

최영 장군을 따르는 무인들도 많기는 했다. 하지만 그는 이인임과 가깝다. 근래 이인임은 문하시중, 최영은 수문하시중이었다가 지금은 영문하부사, 영삼사사로 계속해서 손발을 맞추고 있었다. 경위야 어찌 됐든 이인임과 같은 역도와 손을 잡고 있다는 건 중대한 결격사유 아니겠는가.

또 하나의 자문을 던졌다. 정도전, 너는 누구냐, 어떤 사람이냐!

가슴이 먹먹해졌다. 곰곰 생각해보니 자신은 모난 돌이라는 생각이 들었다. 그래서 함부로 차이고 정을 맞곤 하는 게 아니겠는가.

지금 생각해보면 이인임과 경복흥이 북원 사신을 영접하라 지시했을 때도 꼭 그렇게까지 했어야 했는가 싶다. 간곡한 말로 사양할 순 없었을까?

당시 도전은 시중 경복흥의 집으로 가, 나에게 북원 사신 접대를 강요한다면 나는 그들의 목을 베어버리든가 명나라로 묶어 보내겠다고 당당하게 맞서기만 했다.

　당당한 건 좋지만 입장을 바꿔 생각해봐도 종4품이 시중에게 대들며 그렇듯 고약한 언사를 늘어놓았으니 누가 자신을 곱게 보겠는가.

　도전이 경복흥에게 했다는 말이 공론화되자 때는 이때다 하고 물고 뜯는 자들이 부지기수였다. 이인임도 옳다구나 하고 귀양 보냈다. 그 후로도 많은 이들이 자신에 대한 비방을 멈추지 않고 있다는 걸 정몽주의 서찰을 통해 들었다.

　정몽주는 '그들은 소인배들이니 그들이 주절거리는 말에 신경 쓰지 말라'고 했다. 안 그래도 그러고 있었다.

　다만 아내가 보낸 서찰 속에 담긴 푸념들은 아팠다. 그 서찰에서 아내가 물었다.

> 모진 고생을 하면서도 당신의 입신양명만을 바라며 참고 살아왔는데, 영광을 누리기는커녕 국법에 저촉되어 이름을 더럽히고 몸은 남쪽 변방에 귀양 가서 가문이 망하다시피 됐을 뿐 아니라 세상 사람들의 웃음거리가 되고 있으니 당신이 말해 온 현인, 군자의 삶이란 게 바로 이런 것이었소?

　아내는 남편을 함부로 대하거나 돼먹지 않은 잔소리를 늘어놓는 사람이 아니었다. 남편에게 순종하면서도 의롭고, 자식들 가르침에는 자애롭고 엄격했다. 노복들에게도 엄하면서 관대해 큰 잘못이 아니면 두루 용서할 줄도 알았다. 그건 타고난 기품의 아름다움에서 나오는 것이라고 도전은 여겼다.

그런 아내가 얼마나 비통했으면 이런 서찰을 보내왔을까 생각하니 가슴이 미어지는 듯했다. 원망스럽기는커녕 미안하기만 했다.

하지만 어쩌겠는가. 사나이가 한 번 작심한 바가 있으니 끝을 봐야지 이대로 주저앉을 수는 없는 것 아닌가.

정월 스무 날, 김포 집에 도착했다. 어느새 봄기운이 느껴지던 날, 점심 무렵이었다.

정6품인 낭장으로 출사해 개경에 가 있는 맏아들 진을 제외한 식구들이 모두 나와 반겨주었다. 아내와 아들 유, 영, 담과 세 며느리였다.

재생들도 여섯이나 남아 있었다.

"눈에 갇히셨습니까?"

아내가 물었다.

"그렇소. 그렇게 짐작하시었소?"

"재생들에게는 스승님이 눈 때문에 오래 지체하실 것 같으니 여기서 스스로 공부할 사람은 남고 아니면 집에 가 있다 연통을 보내면 오라고 일러두었습니다."

"잘하시었소."

아내는 이처럼 현명한 여자였다. 일일이 다 얘기 하지 않아도 매사 혼자서 척척 잘도 알아서 필요한 일을 처리해주곤 했다. 사흘 뒤는 아버지의 기일이다. 청렴하고 후덕한 인정으로 백성을 어루만져 후세 사람들의 칭송을 받았던 어진 분이었다.

도전은 다시 일상으로 돌아갔다. 그의 일상이란 재생들을 가르치는 것이었다.

도전이 김포에 삼봉학숙을 열기까진 우여곡절이 많았다. 그가 처음 찾아간 곳은 영주지만 그곳에만 머물진 않았다. 안동과, 제천, 원주 등을 오가며 유랑하듯 4년을 보냈다.

한양으로 올라온 건 신유년(1381년) 가을이다. 한양 삼각산 기슭 옛집으로 돌아온 것이다.

이듬해 그리 크진 않아도 나름 깔끔한 집 한 채를 짓고 자신의 호를 붙여 삼봉재(三峰齋)라 이름 지은 학숙을 열었다. 소문이 널리 퍼지면서 전국에서 많은 재생들이 찾아들었다. 일방적으로 가르치고 외우는 데 그치지 않고 배운 것을 주제로 토론도 하게 하는 교육방식이 먹혀든 것이다.

하지만 이게 또 문제가 되었다. 정도전의 문하에 많은 제자들이 모여들자 이 지역 출신 재상이 도전을 내쫓고 삼봉재를 헐어버렸다.

할 수 없이 재생들을 이끌고 아는 이의 도움으로 학숙을 부평부(富平府) 남촌으로 옮겼다. 이곳에서도 오래 버티지 못했다. 역시 재상 왕모가 별장을 짓는다며 나가라고 했기 때문이다. 그래서 찾아든 곳이 김포다.

이 과정에서 도전은 사우(士友)들의 도움도 받고 밭갈이도 했다. 그런 어려움을 겪는 사이, 이 땅에 민본정치를 뿌리내리게 해야겠다는 결심은 더욱 굳어져 갔다.

지난 일을 회상하고 있는데 김훈이라는 재생이 몇 번 헛기침을 해 스승의 주의를 끌더니 눈이 마주치자 조심스럽게 입을 열었다.

"스승님, 시궁창에 사는 쥐는 음식물 쓰레기나 더러운 벌레들을 잡아먹고 살고, 곳간에 사는 쥐는 곡식을 먹고 삽니다. 같은 쥐인데도 어디 사느냐에 따라 그처럼 처지가 다르듯 사람 또한 몸을 어디에 두느냐에 따라 지위나 가치가 달라진다고 하는데, 스승님께선 이 대목에 대해 어찌 생각하십니까?"

"그건 태생적 한계의 문제가 아니겠느냐. 사람은 저마다 복이나 재주를 갖고 태어나는 것이다. 처복, 자식복, 인복 같은 복도 있고, 시문을 잘 짓는 재주나 무엇이든 잘 만드는 손재주, 말 잘하는 재주 등등. 타고난 것들을 잘 활용해서 바르게 열심히 살아야지 제 분수를 모르고 함부로 날뛰었다간 탈이 나는 법이다."

"그렇지만 가령 시궁창에 살던 쥐를 곳간으로 보낸다면 곡식을 먹고 살지 않겠습니까?"

"그렇지 않을 것이다. 시궁창에 살던 쥐는 처음엔 곡식을 잘 먹으려하지 않을 것이고 먹을 게 곡식뿐이라 어쩔 수 없이 오래 먹게 되면 탈이 생기지 않겠느냐. 농사짓던 사람이 몸을 어디에 두느냐에 따라 자신의 지위가 달라질 것이라는 말을 믿고 도당을 기웃거린다고 해서 재상이 될 수 있으며, 혹 맡겨진다 해도 재상의 직임을 다 할 수 있겠느냐?"

그 말이 끝나자 이번엔 김훈의 아우인 김영이 해괴한 얘기를 했다.

"스승님께선 멀리 북방에 다녀오시느라 듣지 못하셨는지도 모르겠습니다만 고성(固城)의 한 절에 사는 이금이라는 승려가 몇 달 전부터 자신이 미륵불이라면서 '만약 내 말을 믿지 않으면 오는 3월, 해와 달에 모두 빛이 없어질 것'이라고 말해 걱정하는 백성들이 적지 않다 들었습니다. 스승님께선 어찌 생각하시옵니까?"

"일고의 가치도 없는 말이다. 그런 사위스런 말로 백성들을 현혹시키는 그 땡중을 잡아들이지 않고 조정에선 구경만 하고 있었단 말이냐?"

"조정에선 어찌하고 있는지는 잘 모르겠습니다. 다만 왕사(王師)인 찬영 스님이 나서 그의 헛된 말을 믿지 말라고 했답니다. 그럼에도 불구하고 동요하는 백성이 적지 않다고 합니다."

"허허허……. 둘 다 별반 다를 게 없는 자들이다."

재생들은 눈을 휘둥그렇게 뜨며 놀란 표정을 지어보였다. 왕사인 승려나 백성들을 현혹시키는 땡중이나 거기서 거기라고 했으니 놀랄 만한 일이었다.

도전은 다시 한 번 타락한 불교의 사치와 허황된 말로 인해 나라와 백성들의 삶이 더욱 고단해지고 있음을 깨닫고, 반드시 이 땅에서 불교를 내쫓아내야 한다는 생각을 더욱 단단하게 다졌다.



판문하부사 최영 장군이 군량미에 보태라며 곡식 80석을 내놓았다.

장군이 제 곳간을 털어 군량미를 내놓았다니 고마운 일이다. 하지만 곰곰 생각해보면 참으로 어이없는 일이기도 했다. 국고의 사정이 어떻기에 장수가 군량미에 보태라며 자신의 곳간을 열었단 말인가.

올해 예순여덟이나 되는 노장 최영은 집현전 대학사를 배출한 문신 가문에서 태어났다. 그러나 어렸을 때부터 기골이 장대하고 용력이 출중해 병서를 즐겨 읽고 무술을 부지런히 익혀 무장의 길을 걸었다.

맨 처음 양광도 도순문사 휘하에서 주로 왜구를 토벌하는 일을 맡았다. 출세를 하기 시작한 것은 30여 년 전인 임진년(1352년) 9월. 개혁에 나선 공민왕을 겁박해 권세를 누리던 조일신을 제거하는 공을 세우면서부터다.

두 달 뒤엔 원나라가 제멋대로 공민왕을 폐하고 새 고려왕으로 봉한 덕흥군이 1만 군사를 이끌고 압록강을 건너오자 이성계 장군과 함께 의주에서 섬멸하기도 했다.

병진년(1376년) 7월엔 홍산(鴻山: 충남 부여) 일대를 휩쓸고 다니던 왜구들을 물리치기도 했다. 그때 이미 환갑을 넘겼던 장군은 흰 머리를 휘날리며 삼남 지역 해안에 창궐하던 왜구들을 여러 차례 격파했다.

최영과 이성계는 철령 이북(함경도 일대) 수복 작전 때부터 자주 만났다. 최영이 스무 살이나 많아 이성계는 최영을 스승처럼 깍듯하게 모셨고, 최영은 그런 이성계를 아꼈다.

최영은 한때 정권을 장악했던 신돈에겐 눈엣가시여서 6년이나 유배 생활을 하기도 했으나 왕은 신돈을 죽인 뒤 곧바로 최 장군을 개경으로 불러 올렸다.

그때 왕은 윤환을 문하시중, 한방신을 찬성사, 이색을 정당문학으로 삼고, 이성계를 종2품 지문하부사로 삼았다.

이렇듯 만고의 충신이던 최영 장군이 어정쩡한 행보를 보이기 시작한 것은 이인임이 열 살 아이를 왕으로 옹립한 뒤 조정을 쥐락펴락할 무렵부터다. 이인임이 정사를 독점하면서 군권(軍權)을 최영 장군에게 맡기자 이를 수용, 그와 동행하기 시작한 것이다. 하긴 두 사람 모두 친원 권문세족의 후손이라는 공통점이 있으니 얼핏 보기엔 이상할 것도 없었다.

하지만 최 장군은 부친의 가르침에 따라 청렴결백한 무장의 체모를 굳건히 지킨 반면 이인임은 권세를 남용해 남의 것을 빼앗고 벼슬자리를 팔아 재물 불리기에 바빴다는 점에서 큰 차이가 났다.

정도전이 최영에 대해 아쉬워하는 것은 바로 그 대목이다. 탐욕스런 이인임이 나라를 망칠 때 적극적으로 제지했거나 벼슬을 박차고 나와야 했거늘. 도전의 눈엔 최영 장군이 이인임과 늘 같이 하며 그가 하는 짓거리들을 구경만 하는 것으로 보였다.

최 장군이 군량미 80석을 내놓을 정도로 나라 곳간이 비게 된 이유 중엔 왕의 잘못도 크지만 이인임의 수탈 행위에도 큰 책임이 있다는 건 세상이 다 아는 일이었다. 도전은 한때 신돈의 수하 노릇까지 하며 제 욕심 채우는 데만 급급해 온 이인임과 잡은 손을 최영이 끝내 놓지 않는 까닭을 지금도 알지 못했다.

최영 장군 말고도 고개를 갸웃거리게 하는 중신은 또 있었다. 스승 이색이다. 나이 열넷에 성균시에 합격해 소년시절에 이미 명성을 떨쳤고, 계사년(1353년, 공민왕 2년)엔 과거에 장원급제했다. 이듬해 원나라로 가서 제과[4]에 우수한 성적으로 입격했다.

정도전은 열세 살 때 이색의 문하에 들어가 유학의 기초를 닦고 성리학의 개념을 익히기 시작했다. 도전의 부친과 이색의 부친이 이미 교유한 연유로 각별한 인연이 후대까지 이어진 덕분이었다.

하지만 스승 이색은 그동안 이인임의 신임을 받아 자신의 부귀를 지켜 왔다.

그는 이인임이 그 일당 임견미, 염흥방 등과 함께 벼슬과 옥사를 미끼로 재물을 모으는 등 탐욕을 자행하는 걸 잘 알면서도 묵인으로 일관했다. 아쉽고 또 아쉬운 일이 아닐 수 없었다.

이에 반해 이성계는 애써 이인임을 멀리 하려는 것처럼 보였다. 이

---

4) 制科 중국의 황제가 친히 시험을 보이던 과거.

인임과 이성계는 생판 남도 아니었다. 이성계의 사위인 이제가 이인임의 조카니 사돈지간인 것이다.

도전은 언젠가 이성계에게 서찰을 보내 '이인임과는 지금처럼 거리를 두는 것이 합당하다, 오히려 더 멀리 하는 것이 좋겠다'는 충언을 올리기도 했다.



뜻밖의 손님이 찾아왔다.

점심을 먹고 여러 식경이 지났을 때 한 젊은이가 찾는다기에 마당으로 내려가 보니 낯선 얼굴이 서 있었다.

키가 작지는 않지만 허약해 보이고 얼굴색도 파리해 보이는 선비였다. 하지만 몸가짐이 반듯하고 눈빛도 초롱초롱해 예사로운 젊은이는 아닌 듯싶었다.

"내가 정도전이오만, 누구신지?"

젊은이가 깊숙이 고개를 숙여 인사한 뒤 입을 열었다.

"이방원이라고 하옵니다. 제 아버님이……."

그가 채 말을 다 끝내기도 전에 도전은 더 들을 것도 없다는 듯 다가가 덥석 그의 손을 잡으며 말했다.

"이성계 장군님의 다섯째 아드님 아니시오?"

"어떻게 제 이름을 다 기억하십니까?"

"장군께선 아드님 자랑에 침이 마르실 지경이었소. 우리 방원이, 우리 방원이 소리를 수십 번도 더 들었는데 어찌 기억하지 못하겠소. 누추하지만 들어갑시다."

방으로 들어 온 방원이 넙죽 큰절을 했다.

"아버님께서 꼭 어른을 찾아뵙고 인사 올리라고 하셨습니다. 박식하시고 덕행 또한 높으신 분이라고 들었습니다."

"실없는 말씀을 하셨구먼……. 장군께 긴히 드릴 말씀이 있어 지난해 11월이 다 가던 날 함주에 도착했는데 그만 눈이 쏟아지는 바람에 50여 일이나 폐를 끼치다 왔습니다."

"말씀 낮추시지요."

"글쎄, 그래도 괜찮을지……."

"그래야 제가 어른을 편히 대할 수 있을 것 같아 그렇습니다."

"그럴까 그럼……."

가까이 두고 몇 마디 나눠보니 겉모습과 달리 속은 다부질 것 같았다. 무슨 일을 맡기든 잘 해낼 것 같은 느낌까지 들었다. 잠깐 보고 섣불리 판단할 일은 아니지만 첫 인상에서 풍겨 나오는 자품(資稟)만 놓고 본다면 장군의 뒤를 이을 자격이 충분하다고 여겼다.

차를 마시며 가벼운 이야기를 나누던 끝에 이방원이 좀 망설이는 표정으로 말문을 열었다.

"어른께 몇 가지 여쭤봐도 되겠습니까?"

"어서 말씀해보시게."

"그 먼 길을 마다 않고 아버님을 찾아뵌 까닭이 무엇인지 알고 싶습니다."

"아버님께 말씀드린 그대로네. 망가져 가는 고려를 다시 일으켜 세울 분은 장군뿐이라고 생각하네."

"왜 그렇게 생각하십니까?"

"지금은 난세일세. 난세엔 장군을 의지하게 되는 법이지."

무언가를 곰곰이 생각하는 듯 고개를 숙이고 있던 방원이 고개를 쳐들며 또 물었다.

"어르신께선 지금의 제 아버님을 어떻게 보고 계십니까?"

"글쎄, 단숨에 천리를 달릴 수 있는 준마가 쥐를 잡고 있는 격이랄까……."

방원이 슬그머니 웃음을 빼물었다. 이번엔 도전이 말을 이었다.

"나는 불교를 좋아하지 않지만 석가라는 부처의 왼편에 있는 보살을 문수보살이라고 한다지. 그 보살은 말도 잘하고 재치도 넘치고 지혜도 뛰어나서, 문수하면 지혜의 상징처럼 돼 있어 세 사람이 모이면 문수의 지혜가 나온다는 말도 있다네. 훗날 뭔가 도모할 일이 생겼을 때를 대비해 문수의 지혜를 짜낼 벗들을 많이 사귀어 두는 게 좋을 것이네."

"예, 잘 알겠습니다."

"정직하고, 믿음이 가며 박학다식한 벗들을 골라 사귀고, 표리부동하며, 아부 잘하고 말만 번지르르한 자들은 멀리 해야 하네."

"예, 그렇게 하려고 노력하고 있나이다."

어느새 어둑해지고 있었다. 저녁도 함께 먹고 늦으면 자고 가라 했지만, 내일 아침 일찍 성균관에 가서 강론을 해야 한다며 자리를 털고 일어났다.

"아버님께선 어르신을 스승의 예로 대하고 모르는 것이 있으면 찾아뵙고 가르침을 받으라고 하셨습니다. 그래도 되겠는지요."

"내가 자네의 스승 될 자격이 있는 사람인지 모르겠네. 하지만 묻는 게 내가 아는 것이라면 성심껏 알려주기는 하겠네."

"감사하옵니다, 스승님."

이방원이 다시 몸을 굽히며 사례했다.

"내가 한 달 후쯤 다시 함주로 가 장군을 찾아뵈려고 하네. 장군께 전할 물건 같은 거라도 있으면 가져 오시게. 내가 전해 드림세."

"예, 아직은 없사오나 그런 게 생각나거든 다시 찾아뵙도록 하겠습니다."

정도전과 이방원의 첫 만남은 그렇게 끝이 났다.


아무래도 왕은 정신이 나간 듯했다.

주명이 환관으로 대궐에서 산 지 25년이 넘었지만 이런 왕이 있었다는 건 듣도 보도 못했다. 한마디로 음란하고 무도하며 잔인하고 끔찍했다. 신돈의 자식이라 저런가, 그런 생각이 들 때도 적지 않았다.

어느 날, 왕이 피리를 불며 환관과 시녀들에게 놀이판을 벌이라고 하더니 한 춤꾼에게 춤을 춰보라 했다. 그 춤꾼이 말에서 떨어져 허리를 다쳐 춤을 출 수 없다 하자 춤꾼을 몽둥이로 마구 때려 거의 죽을 지경에 이르렀으나, 그래도 분이 풀리지 않는지 순군옥에 가두라 했다.

석탄일엔 화원(花園)에서 연등행사를 구경하다 한 사관이 왕이 뭐라고 하는지, 그 말을 자세히 들으려고 곁으로 다가가자 왕은 '이놈이 왜 검은 갓을 쓰고 있어?' 하며 또 몽둥이질을 했다.

이건 약과다. 뭔가 마음에 안 들면 환관이든, 병사든, 지나가는 백성이든 가리지 않고 칼까지 휘둘러 죽고 다친 사람이 부지기수다. 아무리 생각해봐도 왕은 정상이 아니었다. 미쳤다.

그는 사람들에게 몽둥이질을 하고 칼을 휘두르는 걸 재미로 여긴다. 어떤 땐 몽둥이를 들고 저자거리로 나가 아무에게나 휘두르기도 해 근래엔 왕이 오는지 망보는 사람까지 세워놓고 있다 한다.

또 어떤 때는 느닷없이 말을 몰고 힘껏 저자거리를 달려 말에 채여 죽거나 다친 사람이 한 둘이 아니고, 팔기 위해 쌓아둔 물건들이 모두 망가져 큰 손해를 본 사람도 적지 않았다.

밤에 여자들과 음탕한 짓을 하는 건 그러려니 하고 말겠는데 대낮에도 누가 보든 말든 때와 장소도 가리지 않고 예사로 음란한 짓을 했다.

한밤중에 민촌을 다니며 닭과 개를 마구 죽이는 건 또 왜 그러는지 알 수 없었다.

그런가 하면 어느 날은 교외에서 사냥을 하고 밤에 돌아오는 길에 생황을 불고 노래를 부르고, 북을 치고 춤을 추며 야단법석을 떨더니 느닷없이 '사람 한 평생, 풀에 맺힌 이슬과 무엇이 다르랴' 하고 탄식하며 갑자기 한참 동안이나 하염없이 눈물을 흘리기도 했다.

주명은 나도 그렇지만 신료들이나 백성들이 어쩌다 저런 왕을 만났는가 싶어 나오는 건 한숨뿐이었다.


왜구들이 사나흘이나 대엿새 간격으로 나타나 온 나라 곳곳을 헤집고 다녔다.

닥치는 대로 백성들을 죽이거나 상하게 하고 집을 불태우는가 하면 양곡 등을 빼앗은 뒤 사라지곤 했다. 여러 마을의 장정들이 힘을 합쳐 왜구들을 물리쳐 보자며 뜻을 모으고 나름대로 전략도 짜보곤 했으나 별무소용이었다. 왜구들이 전과 달리 떼거리를 지어 다니기 때문에 당할 재간이 없는 것이다.

얼마 전엔 자그마치 천삼백여 명에 달하는 왜구 떼가 춘양(春陽: 지금의 경북 봉화)과 영월, 정선 등을 휩쓸다시피 한 뒤에야 물러났다고 했다.

하지만 왕은 백성들이야 죽건 말건, 어떤 고초를 당하건 알 바 아니라는 듯 허구한 날 사냥터와 놀이터를 찾아다니고 술과 여자들에게 빠져 허우적거리고 있었다.

얼마 전엔 간신배 이인임이 반반하게 생긴 제 집의 여종 봉가이라는 아이를 왕에게 바쳤다. 왕이 그 아이를 하룻밤 품어보고는 마음에 들었는지, 그 뒤론 밤낮을 가리지 않고 뻔질나게 이인임의 집에 드나들자 제 집은 왕을 위해 비워두고 별서로 거처를 옮기기까지 했다.

왕은 심지어 이인임을 부친으로, 그의 처 박씨를 모친이라 칭하고, 이인임도 은근슬쩍 왕을 데릴사위 대하듯 한다니, 기가 막힐 노릇이었다.

왕의 광포한 짓이 나날이 심해지자 재추[5]들은 지난 정월엔 제사까지 지냈다.

공민왕의 진영(眞影)을 모신 혜명전과 현릉을 찾아가 전하께서 정사에 전념할 수 있게 해 달라고 간절히 빌었다. 그런다고 무슨 소용이 있을까만 하도 답답하니 그렇게라도 해본 것이다.

저러고 다니다 큰 탈이라도 나면 어쩌나 싶어 신하들은 호위 군사

---

5) 宰樞: 재부(宰府)의 재신(宰臣)과 중추원의 추신(樞臣) 등 중신들을 아울러 일컫는 말.

들이라도 데리고 다니시라고 간했으나 왕은 그것도 마다했다. '구중 궁궐에 박혀 지내는 것이 너무 답답해 나가는 것인데 도성 밖이라면 모를까 도성 안까지 호종을 받을 필요가 있겠느냐'는 거였다.

백성들이 수군거렸다. 망나니가 따로 없다고. 그래도 왕인데 오죽 했으면 그런 말들을 했겠는가. 고려가, 임금이 미쳐 돌아가고 있었다.

# 숙청의 조건

"장군! 오래 지체해선 안 될 것 같습니다."

"무슨 말이오?"

"중병을 앓고 있는 고려를 이대로 두었다간 온 백성이 다 함께 죽게 될 것입니다!"

"하지만 어디서부터 뭘 해야 할지······."

"조정에서 나쁜 자 하나를 제거하면 나라가 다스려지고, 고을에서 나쁜 자 하나를 제거하면 고을이 다스려진다고 했습니다. 밭에 무성한 잡초를 제거하면 곡식이 잘 자라는 이치와 같은 것이지요."

정도전은 다시 함주로 길을 잡았다.

집을 나설 때부터 도전은 이번엔 에두를 것 없이 바로 말하자, 그렇게 작정했다. 모든 걸 다 털어놓고 가능한 한 다짐까지 받아내기로 작심한 것이다.

군영 앞에 이르렀을 땐 사위가 어둑해지기 시작할 무렵이었다. 그래도 금방 알아볼 수 있는 낯익은 얼굴들이 수두룩했다. 그들 모두가 반갑게 도전을 맞아주었다.

그들과 수인사 후 장군 막사로 향했다. 마침 장군이 막 막사를 나서고 있었다. 장군은 도전을 알아보지 못하고 내당 쪽으로 향했다. 도전이 걸음을 빨리해 30여 보 거리를 두고 큰 소리로 말했다.

"장군! 정도전입니다."

그때서야 이성계는 몸을 돌렸다. 도전을 보자 환하게 웃으며 반갑게 맞아주었다.

"어서 오시오. 안 그래도 오늘은 오려나 싶었는데 어둑해지도록 소식이 없어 내일 오려는가 하던 참이었소. 오시느라 고생 많으셨소."

"강건하신 장군을 뵈오니 기쁘기 한량없습니다."

"정공도 건강해 보이는구려. 다행입니다."

두 사람은 어깨를 나란히 하고 내당으로 향했다.

두 사람이 내당 앞에 이르렀을 때 어떻게 알았는지 강씨 부인이 이젠 네 살이 된 아이의 손을 잡은 채 서 있었다.

"반가운 분이 오셨네요. 어서 오세요."

"그동안 안녕하셨습니까?"

"예, 덕분에 잘 지냈습니다. 무탈하셨는지요."

"그럭저럭 잘 지내다 왔습니다."

제법 예를 갖춰 인사를 하는 아이 방번도 몇 달 새 부쩍 큰 것 같았다.

방에 들어가 앉은 지 얼마 안 돼 강씨 부인이 차를 내왔다. 전하께서 하사하신 용봉차라며.

"지난 달, 북방의 정세를 살펴보러 여러 사람이 왔는데 그때 정몽주 공도 왔었소."

"혹 정몽주 공에게 제가 이곳엘 다녀갔다는 말씀을 하셨는지요?"

그럴 리는 없겠지만 혹시나 해서 물어본 건데 장군이 껄껄 웃으며 받았다.

"내가 무엇 때문에 그런 말을 남들에게 하겠소. 우리는 은밀히 만나는 사이 아닌가?"

도전은 무안했지만 웃음으로 얼버무리며 혹시나 해서 여쭤봤다고 했다.

"요즘 민심은 어떻게 돌아가고 있소?"

"들리는 소문으로는 나라엔 한 달을 버틸 비축도 있을까 말까 한데 이인임 시중과 그의 측근들이 가진 땅과 노비는 온 나라에 널려 있다시피 하답니다. 그들에게 뇌물을 주고 벼슬을 얻은 자들 또한 벼슬 사는 데 들인 재물을 뽑고 더 챙기느라 백성들의 피땀을 쥐어짜기만 할 뿐 수령이 해야 할 일은 뒷전이라 합니다."

"농사짓는 땅은 백성의 목숨 아니오?"

"그렇습니다. 그러니까 백성들의 땅을 빼앗는 건 숨통을 끊는 것이나 마찬가지고, 백성들의 숨통이 끊어지면 결국 나라가 망하게 되는 것이지요. 그들은 백성이 있어야 나라도 있다는 걸 모르고 있습니다."

"혹 아시는지 모르겠소만 이인임 그분은 내 사위의 백부가 되는 사람이라 나와는 사돈지간인데……."

"알고 있습니다. 사돈지간이라도 가까이 지내시지 않는 게 좋겠다는 서찰을 제가 보낸 적이 있지 않았습니까."

"그랬었지……. 아무튼 고려가 어디로 가려는 건지 잘 모르겠소."

두 사람은 말없이 가만히 한숨을 내쉬는 것으로 나라 걱정을 함께 했다.

도전이 동을 달았다.

"군주가 백성들에게 요구하는 건 두 가지라고 합니다. 자신을 위해 수고할 것과 자신을 위해 죽을 것. 반대로 백성들이 군주에게 요구하는 건, 굶주린 자는 먹여주고, 수고한 자는 쉬게 해주고, 공이 있는 자에겐 덕을 베풀어달라는 것이라고 합니다."

"굶주린 자는 먹여주고, 수고한 자는 쉬게 해주고, 공이 있는 자에겐 덕을 베풀어라?"

장군은 잊지 않고 꼭 기억해두겠다는 듯 도전이 말한 걸 그대로 되뇌었다.

"백성들은 자의건 타의건 간에 군주의 요구 두 가지를 다 들어주기 마련인데, 군주들 중엔 백성들의 요구를 들어줄 생각도 않거나 들어 주려다 마는 경우가 적지 않습니다. 그런 군주는 백성의 사랑을 받지 못해 나라를 다스리기가 어렵게 되고 군사력도 약해져 결국 패망의 길로 가게 마련입니다."

"……."

"지금 고려는 왕은 물론이고 재상이라는 자들까지도 굶주린 백성을 먹여주기는커녕 백성들이 입에 넣으려는 밥숟가락까지 빼앗는 꼴이니 더 이상 말해 뭘 하겠습니까."

장군은 침통한 표정으로 눈을 감았다. 당장 무엇을 어찌할 수 있는 것도 아니니 그도 답답할 것이다.

도전은 장군이 생각할 시간을 주려는 듯 잠시 말을 끊었다가 장군이 눈을 뜨자 다시 이었다.

"시생이 귀양을 가서 백성들이 무지몽매한 것만은 아니고 다 나름의 생각과 바람이 있다는 것을 알고 배웠다는 말씀을 드린 적이 있습니다."

"그랬었지요."

도전은 귀양살이 중에 서책을 읽을 때 말고는 집을 나와 여기저기 돌아다니곤 했다.

그러던 어느 날 들에 나갔다 머리가 하얗게 센 늙은 농부를 만났다. 온몸이 흙투성이 채로 김을 매고 있는 그의 옆으로 가서 말을 걸었다.

처음엔 못들은 척, 고개도 돌리지 않고 일만 하더니 일이 다 끝나자 도전의 옆으로 다가와 앉으며 입을 열었다.

"옷은 비록 헤졌으나 긴 도포자락과 넓은 소매차림에 거동하는 품이 점잖으니, 아마도 유자(儒者)인 듯하고, 손발에는 못이 박히지 않았고 뺨이 통통하고 배가 불룩한 걸로 보아 조정의 벼슬아치인 것 같은데, 여기엔 무슨 연유로 온 것이오? 여긴 죄를 짓고 유배를 당한 사람 외엔 아무도 오지 않는 곳인데⋯⋯."

그 마을은 천민들만 모여 사는 부곡이었다. 그런 곳에 사는 노인이 그렇게 말하는 걸 듣고 도전은 내심 깜짝 놀랐다.

"무슨 죄를 지었소?"

그러더니 도전이 대답할 틈도 주지 않고 노인이 말을 이었다.

"자신의 배를 채우기 위해 끝없이 탐욕을 부리다 벌을 받은 것이거나 세력가에게 빌붙어 그들의 행차에 졸졸 따라다니다가 남은 술과 찌꺼기 안주를 얻어먹고 굽실거리며 아첨 떨다 하루아침에 그 세력가가 실세(失勢)하는 바람에 벌을 받게 된 것이겠지."

"그렇진 않습니다."

"그럼 옳지 못한 방법으로 작록과 직위를 낚아챈 다음, 국가와 백성의 안위 같은 건 마음에 두지 않고 있다가 결국 속임수가 드러나 이곳에 온 것인가?"

"그것도 아닙니다."

"아하, 그럼 그대가 무슨 죄를 지은 건지 짐작이 되는군. 역량은 별로이면서 큰소리만 치고 다녔거나, 눈치코치 없이 너무 바른말만 나불댔거나, 윗사람의 뜻을 거슬렀거나, 그 중 하나였겠지."

도전은 웃으면서 그런 것 같다고 대답했다.

도전은 그 노인이 뭐 하시던 분인데 예까지 흘러 들어와 살게 된 걸까 궁금해서 은근슬쩍 말을 돌려가며 물어봤지만 '난 그냥 농사짓는 늙은이'라고만 했다.

"그 뒤로도 그 노인을 비롯해 다른 이들과도 자주 만나 그들이 생각하는 시정에 관한 이야기며 곤궁한 백성들의 삶에 대해 많이 듣고 많이 배웠습니다."

"그러니까 정공의 민본사상이랄까 그런 건 그때 귀양을 가서 다져진 것이구려."

"겉으론 한낱 무지렁이로 비쳐지는 하찮은 백성들도 저마다 세상을 보는 눈은 가지고 있다는 것을 그때 알았습니다. 참다운 정치는 백성의 소리를 듣는 것으로부터 시작돼야 한다는 것도 거기서 깨달았지요."

"정공의 말대로 귀양 가서 고생만 한 건 아니었소 그려."

"저에겐 참으로 귀중한 시간들이었습니다."

"그곳에서 2년여를 보냈다 했지요?"

"정배에서 풀려난 뒤 4년은 영주, 안동, 제천 등지를 떠돌며 후학들과 담소를 나누며 지냈고, 그 다음엔 한양, 부평을 거쳐 김포에 정착하기까지 3년이 걸렸습니다."

"그러니까 거의 9년을 유랑하다시피 보내신 셈이구려."

도전은 문득 한가한 옛날이야기에서 그만 나와야 한다고 생각했다. 도전은 등을 꼿꼿이 세우고 장군을 똑바로 바라보며 결연한 표정으로 말했다.

"장군! 오래 지체해선 안 될 것 같습니다."

"무슨 말이오?"

"중병을 앓고 있는 고려를 이대로 두었다간 온 백성이 다 함께 죽게 될 것입니다!"

"하지만 어디서부터 뭘 해야 할지……."

"조정에서 나쁜 자 하나를 제거하면 나라가 다스려지고, 고을에서 나쁜 자 하나를 제거하면 고을이 다스려진다고 했습니다. 밭에 무성한 잡초를 제거하면 곡식이 잘 자라는 이치와 같은 것이지요."

"……."

"현명한 수령은 부임하자마자 먼저 어떤 자가 힘 있는 토착세력이고 누가 패거리를 만들고 있는가를 잘 가려내 간사하고 교활한 자를 쳐내는 일부터 한다고 합니다. 그래야 고을이 잘 다스려지니까요. 나라도 마찬가지 아니겠습니까."

"정공이 무슨 말을 하는지는 알겠소. 나 또한 그래야 한다고 생각하고 있지만 나는 지금 동북면에 발이 묶여 있지 않소. 그렇다고 군사를 몰고 개경으로 갈 수도 없는 일이고."

"고려의 운명이 장군의 두 어깨에 걸쳐 있다 생각해주시고, 기회가 오면 놓치지 마시고 결단하셔야 합니다."

"그게 언제가 될지 모르지만 그리하리다."

도전은 느꼈다. 장군도 어느새 결심을 굳혔다는 걸.

도전은 천천히 몸을 세워 무릎을 꿇었다.

"이 순간부터 장군을 저의 주군(主君)으로 모실 것입니다."

"정공! 이러지 마시오!"

"제 뜻이옵니다. 주군께서 이러지 마라, 저렇게 해라 하실 일은 아니옵니다. 제가 장군을 주군으로 모시는 몸가짐이나 말투는 주군과 소신, 단 둘이 있을 때만 그렇게 할 것입니다."

"소, 소신이라니? 누가 듣기라도 하면 어쩌시려고……."

장군은 손사래까지 치며 통사정하듯 했다.

그러지 말라고 버티는 장군을 설득하는 데 자그마치 두 식경은 족히 걸렸을 것이다.

방문 밖에 얼비치는 뭔가가 있었다. 틀림없는 강씨 부인이었다. 다른 사람이라면 모를까 강씨 부인이라면 상관없다. 도움이 되면 됐지 그로 인해 탈이 생길 리는 만무할 테니까.

도전이 물었다. 순자(荀子)가 신하의 길로 제시한 세 가지 중 어느 것을 원하느냐고.

폭군을 섬길 때의 태도는 빼놓고, 자기 멋대로 결정하지 않고 자기 멋대로 주고받지 않으며 웃전의 뜻에 따라 순종하는 성군(聖君)을 섬길 때의 자세와 아부하지 않고 아첨하지 않으며 의연한 태도로 마음을 단정하게 하여 어느 편에도 기울지 않고 선악의 시비를 분명히 하는 중군(中君)을 섬길 때의 자세 중에서.

"그건 더 생각하고 말 것도 없소. 나에게 필요한 것은 중군을 섬길 때의 자세요."

"주군! 명심, 또 명심하겠습니다."

이로써 장군과 도전 사이엔 군신의 맹약이 맺어졌다.

김포로 돌아오자 포은 정몽주에게서 서찰이 와 있었다. 어제 구실아치 차림의 사내가 찾아와 두고 갔다고 했다.

급한 용무가 있으니 가급적 빨리 개경으로 오시게.

무슨 일이지? 그동안 서찰은 자주 주고받았으나 얼굴 본 지는 한참 되었다.

포은은 중서문하성의 종2품 정당문학이다. 정당문학이란 국정을 총괄하는 관직이다. 말하자면 실세 중의 한 사람이었다.

포은은 두 말할 것도 없는 재사 중의 재사다. 스승님(이색)마저 포은은 우리나라 성리학의 창시자라 할 만 하다고 추켜세웠다.

그와 함께 공부할 때의 기억도 생생했다. 스승님이 물으시면 포은은 어떤 질문에도 명확하게 낭랑한 목소리로 대답했다. 그 답변을 듣고 난 스승님은 매번 단 한 치도 어긋남이 없다며 칭찬하셨다.

포은도 도전을 좋아했다. 다섯 살이나 차이가 나는데도 '마음을 같이 하는 벗'이라는 뜻의 동심우(同心友)가 되자고 했던 것도 그 때문이었을 것이다.

존경하는 선배가 다녀가라는데 미룰 수는 없는 일이었다. 다음 날 아침 일찍 집을 나서 낮에 중서문하성으로 찾아갔다. 예상보다 훨씬 더 반갑게 맞아주었다. 도전 역시 지기지우(知己之友)를 만나니 반가웠다.

"그동안 어찌 지냈는가? 얼굴이 까칠해 보이네."

"저는 그럭저럭 잘 지냈습니다."

"집을 비웠다던데 어디 다녀온 것인가?"

"그냥…… 여기저기 다녔습니다."

"자네 같은 인재가 그렇게 허송세월해서야 되겠는가."

그러더니 대뜸 서랍을 열어 왕지(王旨) 한 장을 내밀었다. 정도전을 전교부령으로 삼는다는 왕명이었다.

종4품 벼슬이었다. 귀양 갈 때는 정4품 전의부령이었으니 9년 만에 다시 받은 관직이 오히려 뒷걸음질한 셈이다. 그래도 그런 것엔 마음 쓰지 않았다.

"너무 서운해하지 마시게. 아직도 자네를 견제하는 자들이 많아 어쩔 수 없었네. 그럴 바엔 좀 더 초야에 있으라 하고 싶었지만 워낙 다급한 일이라……."

"개의치 마십시오. 작은 일이라도 나라에 쓰일 수 있으니 기쁘기 한량없습니다. 그런데 다급한 일이란 무엇입니까?"

"홍무제(洪武帝: 주원장)의 생신을 축하하는 성절사로 명나라에 가는데, 자네의 도움이 필요하네. 서장관으로 나와 함께 가주시게. 그러려면 품계가 낮더라도 벼슬이 필요해 자넬 견제하는 자들의 말대로 할 수밖에 없었네."

"저야 영광이지요."

포은이 잠시 주저하다 입을 열었다.

"삼봉도 잘 아시겠지만 명나라와 사이가 껄끄럽네. 일부 권문세족이 아직도 북원과 내통하고 있다고 의심하고 있어. 세공(歲貢)이 애초 약속했던 것에 크게 미치지 못한다며 지난번 간 사신들에겐 곤장을 때리고 먼 곳으로 귀양까지 보냈다네. 그래서 모두들 명나라엔 한사코 가지 않으려고 터울거리네."

"그 얘긴 저도 들어 알고 있습니다."

"이번엔 밀직부사 진평중이 가기로 돼 있었는데 임견미에게 노비 수십 명을 바치고 꾀병을 부려 가기 어렵다고 하자 친원파들이 입을 모아 나를 추천했다네. 이 기회에 날 제거하겠다는 심보겠지. 하지만 우리 둘이 간다면 저들이 차마 우리에게도 곤장질을 하고 귀양 보내고 그러기야 하겠는가."

"아무리 고려가 저들에 비하면 작은 나라라 해도 어떻게 사신에게 매질을 하고 귀양을 보낸답니까! 예의와 염치를 안다면 그래서는 안 되는 것이지요. 그 점을 부각시키면 알아들을 것입니다."

"헌데 문제는 진평중이라는 자와 임견미가 시간을 끄는 바람에 시일이 얼마 남지 않았다는 것이네. 남경(南京)까진 석 달이나 걸리는데 성절까지 남은 기일은 겨우 두 달밖에 남지 않았어. 운이 나빠 발해에 역풍이라도 불면 성절이 지나야 도착하게 될 것 같아 그게 걱정이네."

"짐을 꾸려 내일 중참을 전후해 떠날 수 있게 준비하고 오겠습니다."

"미안하이."

"별 말씀을……."

정몽주는 이미 네 차례나 명나라에 다녀왔다. 맨 처음 서장관으로 갔을 땐 귀국길에 풍랑으로 배가 난파돼 서른아홉 명이 익사하는 변을 당하기도 했다. 정몽주는 살아남은 이들과 함께 근처에 있던 바위로 기어 올라가 자그마치 열사흘이나 버틴 끝에 구조되었다. 한 달 넘게 사경을 헤매다 겨우 살아나 이듬해 귀국했다. 그때부터 명나라는 조공을 3년에 한 번씩만 바치도록 했다.

임술년(1382년, 우왕 8년) 4월엔 세공에 정성이 부족하다는 이유로 국경에서 내쫓겨 돌아왔고, 그해 11월엔 남경까지 갔으나 그냥 돌아가라고 해 허탕만 치고 귀국하기도 했다.

그러니 누군들 명나라에 다시 가고 싶겠는가. 포은이니 다시 나선 것이다. 나라를 위해 목숨이라도 내놓을 그런 충신이었다.

개경에서 남경까지는 8천 리 길이다. 하루 백 리를 잡으면 80일 거리지만 압록강과 발해, 양자강을 건널 때 바람과 물살 같은 변수를 감안하면 10일은 더 잡아야 안심할 수 있었다. 그런데 60일도 채 남지 않은 것이다.

다음 날 아침 중참 전에 개경을 떠난 성절사 일행은 성 밖으로 나서자마자 내달리기 시작했다. 마치 전장에 나가는 기병들 같았다. 말이 지칠 때쯤 잠시 쉬었을 뿐 밤낮없이 달렸다. 얼마나 빨리 달렸던지 압록강을 건너 단동을 지나 요동반도 끝자락까지 한 달도 채 안 걸렸다.

이젠 발해를 건너 산동반도 최북단인 등주로 가야 할 차례였다. 풍랑이 거세면 아예 배가 뜨지 못하고, 역풍이 불어도 배 이상 걸린다고 했다.

일행이 바닷가에 도착했을 땐 바람이 꽤 거셌다. 그곳의 바람이며 물살의 변화 같은 걸 잘 안다는 현지인이 '두어 시진 후엔 물결도 잔잔해지고 순풍도 불 것'이라고 해 그의 말에 기대를 걸며 기다렸다.

도전은 포구의 주막에서 포은과 마주 앉아 바다를 바라보다 툭 던지듯 입을 열었다.

"선비들은 태평성대엔 재상을 의지하고, 난세엔 장군을 의지한다 했는데, 유능한 재상과 용맹스런 장군이 손을 잡으면 태평성대든 난세든 상관없이 선비들을 잘 이끌어 나랏일을 무난하게 처리하지 않을까요?"

"뜬금없이 무슨 말인가?"

"재상은 포은 형님이 계시니 됐고, 문제는 장군인데……."

"거기서 내 이름이 왜 나와? 그리고 스승님과 최영 장군이 계시지 않은가."

"두 분은 이인임과 가까운 분들 아닙니까. 이인임은 역도나 다름없는 자라서 그런 자의 비호를 받으셨다는 것만으로도 훗날 큰 악재가 될 것입니다."

"이 사람, 말조심하게. 누가 들으면 어쩌려고……."

도전은 그때 알았다. 포은의 마음속엔 이성계 장군이 없다는 걸.

과연 두 시진이 채 안 돼 거칠기만 하던 물결도 잠잠해지고 순풍까지 불어주었다.

등주에 내린 일행은 다시 부지런히 말을 달려 봉래, 용산 등을 거쳐 회음에 도착했다. 여기서부턴 양자강을 거슬러 올라가 강령, 용담을 지나면 남경이었다.

양자강의 물살이 거세 잔잔할 때보다 훨씬 더 오래 걸렸지만 일행은 성절 이틀 전에 남경에 도착할 수 있었다.

아슬아슬한 사행 길이었다. 만약 발해를 건널 때 역풍이 불었거나 압록강과 양자강의 물살이 빨라 며칠 더 기다려야 했다면 어쩔 뻔했는가. 모두가 가슴을 쓸어내렸다.

고려 사신들의 영접을 맡은 명나라 예부 관원들은 자못 거들먹거렸다. 하지만 그날 저녁을 먹는 자리에서 시문을 주고받은 뒤로는 금방 태도가 달라졌다.

다음 날엔 예부상서 다음 직위인 좌시랑이 일부러 찾아와 환담까지 하다 돌아갔다.

성절잔치가 벌어진 날, 정몽주가 미리 준비해 간 왕의 축하문과 함께 하례의 말을 전하자 황제는 퍽 만족한 표정을 지으며 치하까지 했다.

한참동안 정몽주를 바라보던 홍무제가 물었다.

"그대는 낯이 익는데……."

대단한 눈썰미였다.

"어찌 저 같은 자를 다 기억하고 계시옵니까? 맞습니다. 십여 년 전에 촉나라 평정 축하차 서장관으로 와서 폐하를 뵈었습니다. 그때 귀국 길에 풍랑을 만나 배가 부서지는 바람에 서른아홉이 죽고 저를 비롯한 백여 명은 명나라 수군에 구조돼 간신히 살았습니다."

"그래, 그런 일이 있었지."

그러더니 배석한 예부상서에게 각별히 신경을 써주라고 명했다. 일행은 일이 잘 풀리려나 보다며 다들 좋아했다.

다음 날 정몽주와 정도전은 예부상서를 찾아가 선대왕의 시호와 승습[6]을 윤허해줄 것을 청했다. 과다한 조공 물량도 줄여주고, 귀양 가 있는 고려 사신 일행을 방면해줄 것도 간곡히 청했다.

이따금 좌시랑이 상서에게 귀엣말을 하는 것이 눈에 띄었다. 그러고 나서 정몽주 일행을 향해 얼굴 가득 웃음을 지어보였다. 그 웃음으로 미루어 해가 될 말을 하는 것 같지는 않았다.

한참 동안 묵묵히 듣고 난 예부상서가 손바닥으로 가볍게 책상을 치고 나서 말했다.

"좋습니다. 우리 예부에선 귀국이 요구하는 것을 모두 들어주겠소. 물론 황상(皇上)의 윤허가 있어야 가능한 일이지만……. 아무튼 당장 귀국하지 말고 좀 더 기다리고 있으시오."

일이 너무 쉽게 풀려 사절단 일행은 오히려 어안이 벙벙할 정도

---

6) 承襲: 아버지의 봉작(封爵)을 이어받음. 여기서는 우왕이 공민왕의 뒤를 이어 왕이 된 것을 뜻한다.

였다.

한 달쯤 지났을까, 어느새 해가 바뀌어 을축년(1385년, 우왕 11년)이었다.

어느 날 중참 무렵, 명나라 예부 관리가 그동안 억류해 온 사신들을 데리고 왔다.

모두가 보기 딱할 정도로 초췌했다. 왜 아니겠는가. 몸 고생도 만만치 않았겠지만 그보다 마음고생이 더 많았을 것이다. 그럴 만도 했다.

정몽주와 정도전은 예부상서를 찾아가 깊이 사례한 뒤 귀국 준비를 서둘렀다.

예부상서는 그동안 끊겨 있던 사신 왕래도 허락한다고 전해주었다. 또 다른 큰 성과였다.

정몽주 일행은 4월에야 개경에 도착했다.

바로 그날 도전은 종3품인 성균좨주 겸 지제고라는 중책을 맡았다.

성균좨주는 왕들의 신위를 모신 사당의 제사를 맡아 보는 관직이다. 그보다 더 의미를 둘 수 있는 대목은 대대로 학덕이 높은 사람들이 맡아 왔다는 것이다.

지제고 또한 왕에게 교서(敎書) 등을 기초하여 바치는 매우 중요한 직책이었다.

명나라에 오고 가느라 고려를 비운 지난 10개월 사이 많은 것이 변했다. 도전이 명나라로 떠난 뒤 11월에 벼슬이 바뀌어 최영이 판문하부사, 임견미는 문하시중을 맡고 있었다.

지난 해 연말엔 이성계 장군을 동북면 도원수로 삼으면서, 동부 지역 군사들과 백성들에 관한 일을 전적으로 맡겼다.

여러 사람의 벼슬이 바뀌고, 왕이 누군가에게 신임을 표시하는 일이야 일상적인 것이라 놀랄 일은 아니었다. 문제는 역시 나날이 광포해가는 왕이었다. 왕이야말로 온 나라 백성들의 걱정가마리였다.

이인임은 여전히 정도전을 눈엣가시처럼 여겼다. 어쩌다 마주치면 도전을 바라보는 그의 눈길이 표독스러웠다. 자신을 천출(賤出) 운운하는 모욕적인 언사를 나불거리며 귀양 보낸 것으로도 분이 풀리지 않은 것일까.

하지만 도전은 이인임을 증오하기보다 오히려 딱하게 여겼다. 근본 있는 집안에서 태어나고 자란 사람인데 어쩌다 저 지경이 됐을까 싶었다.

공민왕이 피살된 지 한 달여가 지난 갑인년(1374년) 11월, 명나라 사신 채빈 일행이 귀국하다 압록강 건너 봉황성 근처 개주참에서 고려 호송군들의 급습을 받았다.

채빈 부자는 죽고 부사 임밀 등은 사로잡혀 포박 당했다. 채빈 부자의 시신은 여기저기 찢기고 부서져 눈을 뜨고 보기 어려울 정도였다.

채빈은 귀국길에 여기저기 들러 수령들이 베푸는 향응을 받았고, 술에 취하면 호송관 김의를 괴롭히곤 해서 참다못한 김의가 그 앙갚음을 한 것이다. 김의는 그들을 죽인 뒤 나머지 명나라 사신 일행과 무장 군인 삼백 명, 공납용 말 이백 필을 이끌고 북원의 장수 나하추에게 귀부해버렸다.

명나라가 발끈해 진상 규명을 요청하고 관련자 문책을 요구하고 나섰다. 당연한 일이었다. 고려는 '호송관 김의라는 자가 사신의 술주정에 견디다 못해 그런 짓을 저지른 것 같다'고 보고하고 백배사죄했다.

그런데 나중에 알고 보니 그 배후엔 이인임이 있었다. 채빈이 의주 근처에 머물고 있을 때 공민왕이 시해되고 그 소식이 그의 귀에까지 들어갔다는 보고를 받은 이인임은 채빈이 제 나라로 돌아가 그 사실을 알리면 재상인 자신에게 책임 추궁이 뒤따를지도 모른다고 판단했다. 측근을 보내 김의에게 압록강을 건넌 뒤 기회를 봐서 사신 일행을 없애버리라고 명했다는 것이다. 이인임은 그런 사람이었다.

이인임의 조부인 이조년은 진중하면서 의지가 굳고 왕에게도 할 말은 하는 충직한 인물로, 아버지 이포 역시 성품이 순박하며 예의가 바른 사람으로 널리 알려져 있었다. 그런 분들의 자식인 그가 왜 이렇게까지 됐을까.

이포는 아들 여섯을 두었는데 그 중 네 아들은 과거에 급제했으나 이인임은 번번이 낙방해 음보로 벼슬살이를 시작했다. 그것은 이인임에겐 지워지지 않는 마음의 멍울이었다.

조부와 부친 그리고 형들 덕분에 그럭저럭 버티던 그가 빛을 보기 시작한 것은 기해년(1359년, 공민왕 8년)이었다. 임시 지방관으로 재직하다 홍건적이 침공하자 이를 격퇴한 공로로 2등 공신, 홍건적이 두 번째로 침입해 개경을 점거했을 때 개경탈환작전에 참가한 공로로 1등 공신이 된 것이다.

그 후 개성부판사, 서북면도지휘사를 거쳐 종2품 첨의평리가 되고, 원나라로부터 새 고려왕으로 봉해진 덕흥군이 밀고 내려오자 이를 막는 데도 힘을 보태 승승장구하더니 금방 수문하시중에 이르렀다.

이인임 세상이 열린 건 갑인년 9월이다. 공민왕이 피살된 뒤 후사 문제가 대두됐을 때였다. 태후와 경복흥은 종친 중에서 왕위를 잇게 하자 했으나 이인임은 그들의 주장을 꺾고 겨우 열 살이 된 어린아이 우(禑)를 보위에 앉히는 데 성공했다.

그 후로는 제멋대로 국사를 주무를 수 있었다. 지윤, 임견미, 염흥방 같은 충복들을 요직에 앉혀놓고 매관매직을 하고 백성들의 땅을 빼앗 아 제 배를 불렸다.

신진사대부들은 반원친명의 기치를 높이 들었으나 이인임은 친원 정책을 고수했고, 자신을 비판한 사대부들은 갖가지 죄목을 씌워 귀 양을 보내버렸다.

한때는 그와 함께 했던 지윤이 그의 독단에 참다못해 항거하고, 경 복흥도 그의 전횡에 불만을 품고 늘 술에 취해 도당[7]에도 참여하지 않 자 두 사람을 참소해 죽여버리기도 했다.

정도전은 그동안 자리만 차지하고 밥이나 축내는 이른바 반식재상 (伴食宰相)이나 능구렁이 같은 재상들은 여럿 보았지만 이인임 일당 같은 흉악한 패거리는 처음 본 터라 그저 놀랍기만 했다.


왕은 점점 더 미쳐 가고 있었다. 그렇지 않고서야 저렇듯 황음무도 할 수는 없었다.

경효왕(敬孝王: 공민왕)의 기일 날, 이인임과 제3비인 의비의 아비 노 영수의 집에 가서 술에 만취해 갖가지 음란한 짓을 하며 놀았다는 소 문까지 들렸다.

---

7) 都堂: 고려시대 최고 의정기관인 도평의사사(都評議使司)의 다른 이름.

원로들을 초청한 자리에서 기생 하나와 사라져 모두를 당혹케 하기도 했다.

또 어느 날은 사냥을 갔다가 오던 중 유우소(乳牛所)를 지나다 소들이 비쩍 말라빠진 걸 보고는 불쌍하다며 눈시울까지 적시더니, '앞으로는 우락(牛酪)을 올리지 말게 하라'고 명한 적도 있었다. 이랬다저랬다 하는 그의 심중은 도무지 알 길이 없었다.

사냥을 떠날 때는 으레 기생 십 수 명이 함께 했다. 사냥 길에 최영 장군은 자주 따라 나섰다. 도전이 한때 최영 장군에게 기대를 걸었다가 포기한 것도 그런 모습들과 무관치 않았다.

만약 예전처럼 결기를 부렸다면 이미 여러 번 죽음을 무릅쓰고 왕에게 간하고 동시에 왕을 바로 모시지 못하는 여러 재상들을 탄핵하고 나섰을 것이다.

하지만 큰일을 마음에 담아두고 있으니 참아야 한다, 참아야 한다고 스스로를 다독였다. 그래도 이따금 울컥울컥 치밀어 오르는 부아를 참지 못해 서안을 부서져라 내려치곤 했다.

그해 9월, 명나라에서 사신이 왔다. 우왕을 국왕으로 책봉하고, 경효왕에겐 공민(恭愍)이라는 시호를 내린다는 황제의 칙서를 들고.

그로부터 보름 남짓 지났을 것이다. 이성계 장군의 부인 강씨가 서자를 보내왔다. 아직 개경 친정에 머무르고 있으니 가까운 시일 내 좀 들려주었으면 한다는.

근래 조정의 일부 권신들은 이성계 장군을 예의주시하고, 일부는 경계의 눈초리를 감추지 않고 있었다. 그 때문에 도전의 운신도 조심스러웠다.

왜구를 대파한 뒤 왕의 부름을 받고 장군이 개경에 왔을 때도 찾아가 만나지 않았다. 장군도 도전을 따로 부르지 않았다. 꼭 필요할 땐 은밀히 아들 방원을 보냈다.

강씨 부인은 아직은 그런 정황까지 세세히 알진 못하고 있을 것이다. 알았다면 친정으로 한번 들려 달라는 서자를 보냈을 리 만무하니까.

썩 내키지는 않았다. 그렇다 해도 모른 척할 수는 없는 일이었다.

어둑해지기 시작할 무렵, 그의 친정으로 찾아갔다.

마침 그날은 왕이 강인유의 딸을 안비로 책봉하고, 이인임의 여종이던 봉가이를 숙녕옹주로, 칠점선이라는 관기를 영선옹주로 봉한 지 사흘 째 되던 날이었다.

수인사 후 강씨 부인은 그 얘기부터 꺼냈다.

"아무리 전하께서 총애한다 해도 어떻게 사비(私婢)와 관기(官妓)를 옹주로 봉할 수 있는지 어이가 없습니다. 그런 전례가 있던가요?"

"그런 일이 어찌 있었겠습니까. 그래서 지금 온 나라 사람들이 다 경악하고 있는 것 아니겠습니까."

"신하들은 왜 전하께 충언을 올리지 않는지, 답답하게 여겨질 때가 많습니다."

"원래 벼슬아치들이란 충신이 많으면 충신들을 따르고, 간신이 많을 땐 간신들을 따르게 마련입니다. 그런데 지금 조정엔 간신들이 더 많으니 그럴 수밖에요."

"그렇다고 모든 신료가 다 그런 건 아닐 것 아닙니까?"

"젊은 신하들 중 몇 사람이 소를 올려 사냥을 중지하고 국사에 전념해달라고 간해보았지만 소용이 없었습니다."

"소용이 없었다는 말씀은?"

"전하께서 오히려 노해 시국이 위태롭고 어지러워 만약에 대비하여

말 타기를 익히는 중인데 나더러 말도 타지 말라니 불충이 아닌가, 이들의 이름을 모두 적어 두었다 여차하면 왜구를 막는 병사로 쓰라고 해 젊은 신료들의 입을 막았습니다. 일부는 사직까지 했고요."

"말 타기를 익히느라 온 개경 바닥을 질주하며 백성들을 괴롭힌다는 말인가요?"

"궤변이지요."

이런저런 얘기를 나누던 끝에 강씨 부인이 느닷없이 꿈 이야기를 했다.

"하도 이상한 꿈을 꿔서 뵙자고 했습니다."

"제가 꿈에 대해선 잘 알지 못합니다만……."

"그냥 들어나 주십사 하고요. 저희가 바닷가에 집을 짓고 살고 있는데 어느 날 집에 불이 나서 모두 다 타버렸어요. 그래서 집을 다시 지었는데, 남편이 바다 속으로 들어가 한참 동안 나오지 않더니 근처에서 커다란 용이 하늘로 올라갔습니다."

"그러니까 장군께서 용이 되어 승천하셨다는 말씀인가요?"

"그렇진 않습니다. 그 용이 남편이었는지는 확실치 않습니다. 그런데 용이 하늘로 올라가면서 일으킨 엄청난 물보라가 우리 집을 덮쳐 또 부서져 버렸습니다."

"처음엔 불이 났고, 그 다음엔 파도가 덮쳐 집이 두 번이나 부서져버렸다는 것이군요?"

"예, 남편은 어디로 갔는지 돌아오지 않고 아이들과 오들오들 떨며 울고 있는데 제 큰 오라버니가 오시더니 왜 이런 데다 집을 지어 이 난리냐며 벌컥 화를 내고는 가버렸습니다. 오라버니의 몰인정에 너무 놀라고 서운해 울다가 꿈을 깼습니다."

"잘은 몰라도 나쁜 꿈은 아닌 듯합니다. 그러나 어떤 꿈을 꾸시든 다른 사람들에게 이게 무슨 꿈이냐고 묻지는 마십시오."

"예, 그렇게 하겠습니다."

그날따라 유난히 강씨 부인의 눈이 반짝거렸다. 무슨 말인가를 할까 말까 망설이는 것 같기도 했다. 결국 입을 열었다.

"민심이 예사롭지 않다는 걸 저도 느낍니다. 때가 가까이 오고 있는 걸까요?"

"아마도 그럴 것입니다. 서리가 내리면 초목이 시들고, 얼음이 풀리면 만물이 소생하는 건 자연의 이치입니다."

"이런 때 제가 장군을 위해 할 수 있고 해야 할 일은 무엇일까요?"

"집 근처 밭에 나가 일하는 사람은 두, 세 끼니만 챙기면 되지만 천 리 길을 가야 할 사람은 석 달 치 양식도 준비하고 옷도 여러 벌, 짚신도 여러 켤레 마련해 넣어야 합니다. 큰일을 할 사람은 큰 준비를 해야 하지요."

"큰 준비라면 무엇을 말씀하시는 건지요?"

"큰 것은 작은 것으로부터 시작되고, 많은 것은 적은 것으로부터 비롯되는 것입니다. 말썽이 될 만한 것은 사소한 것이라도 잘 수습해 막고, 많은 것을 얻으려면 적은 것을 소홀히 여겨선 안 되는 것이니 바로 그런 것이 큰 준비인 것입니다."

"그러니까 작고 적은 것부터 잘 챙겨라, 그런 말씀이신가요?"

"가까이는 집에서 부리는 사람들부터 따뜻하게 감싸주시고, 말단 병사들에게도 늘 부드럽고 온화하게, 병사들의 얼굴색까지 살펴주는 자상한 마음씨를 보여주십시오. 그게 무슨 도움이 될까 싶겠지만 그런 사소한 게 쌓여 나중엔 큰 힘이 되는 것입니다. 그리고……"

도전이 머뭇거리자 강씨 부인은 '무슨 말이라도 좋으니 주저하지 말고 말씀해 달라' 했다.

　　"장군께선 어찌 보면 결심을 굳히신 것 같기도 하고 또 어찌 보면 그렇지 않은 것 같기도 합니다. 부인께선 기회가 닿는 대로 나라와 백성의 장래를 위해 누군가 나서야 하지 않겠느냐고 자주 말씀을 올려주셨으면 합니다."

　　"지금도 그러고 있습니다. 워낙 신중한 분이시라 시간이 좀 걸리겠지만 결국은 나서주시지 않을까 여겨집니다."

　　"앞으론 더 신중하시고 조심하셔야 합니다. 벌써부터 장군을 주시하는 무리들이 적지 않습니다. 오늘 제가 부인을 찾아뵌 것도 무척 조심스러웠습니다."

　　"그 정도인가요? 송구합니다. 저는 그것도 모르고······."

　　도전은 그래서 어둑해질 때 주위를 살펴 가면서 왔다고 말해주었다.

　　자리에서 일어서려 하자 강씨 부인이 또 다른 말을 꺼냈다.

　　"장군께서 오래 전에 한 스님으로부터 지리산 바위 속에서 얻었다는 서자를 받은 적이 있었답니다. 그 서자엔 다른 말도 적혀 있었지만 장군을 도와줄 사람으로 짐작되는 파자들이 적혀 있었는데 삼전삼읍(三奠三邑)과 비의(非衣), 주초(走肖)였다고 합니다. 장군께선 三奠三邑은 바로 정도전 공이 아닌가, 그렇게 여기신다고 하셨습니다."

　　정도전은 그럴 듯하다고 여겼다. 그렇다면 非衣와 走肖는 누구일까? 궁금했다.

어둠이 세상을 삼킨 뒤 족등을 켜들고 그 집을 찾았다. 집 찾기가 그리 어렵진 않았다.

문을 두드리자 기다리고 있었던 듯 그가 얼른 문을 열어주었다.

"송구하옵니다. 스승님 댁으로 찾아뵙기가 좀……."

이방원이었다. 방문한 집은 이방원의 집이 아니라 그의 절친한 벗의 집이었다. 그도 신중하게 움직이고 있는 것이다.

"잘하였네. 앞으로도 그리하시게. 장군과 자네 형제들을 주시하는 눈이 적지 않으니 각별히 조심해야 하네. 나도 신경을 곤두세우고 있어."

방원을 따라 방으로 들어가자 그의 벗이라는 젊은이가 들어와 공손히 인사한 뒤 나갔다.

"물론 믿어도 되는 친구겠지?"

"예, 저와는 결의형제를 맺은 벗입니다. 홀어머니와 단 둘이 살고, 종복도 이 집에서 30년을 산 한 사람뿐이라 말 새 나갈 통로도 없사옵니다."

"다행일세. 그런데 날 보자 한 이유는 뭔가?"

찻물로 입술을 적신 뒤 도전이 묻자 방원이 대답했다.

"아버님께서 서찰을 보내 앞으로 살아가는 데 도움이 될 만한 좋은 말들을 스승님께 물어서 듣고 적어 보내라 하셨습니다."

그 말을 듣고 짐작했다. 장군이 뜻을 세웠다는 걸. 또한 때가 다가오고 있다는 것도 감지한 것 같았다.

도전은 '이를 어찌하나, 이를 어찌할 것인가 하고 걱정하지 않는 자에겐 누구도 어찌해 줄 수 없다. 스스로 고민하지 않고 해결방안을 찾아볼 생각도 않는 사람에겐 도와줄 여지도 없다'고 한 논어의 구절도

빼놓지 말고 전해드리라는 얘기부터 시작했다.

"끊을 때 끊지 않으면 도리어 난을 받는다는 얘기도 있네. 그러니까 큰일을 할 사람은 과단성 있게 결단하고, 해야 할 일은 빠르고 단호하게 마무리를 짓는 게 옳지 좌고우면(左顧右眄)하다가는 역공을 당해 더 큰 혼란에 빠지게 될 수도 있다는 말이지."

"스승님께선 결단할 때가 언제라고 생각하십니까?"

"늘 겪는 별것 아닌 것 같은 현상이라도 무심코 스쳐버리지 말고 꼼꼼히 살피며 살다 보면 바로 이때다 하는 판단이 설 때가 올 것이네."

"잘 알겠습니다. 꼭 그리 전해드리겠습니다."

"참새 천 마리가 지저귀는 것보다 학위 한 번 울음소리가 더 낫다고 하네. 어중이떠중이가 지껄이는 것보다 장군 같은 분이 한마디 하면 더 묵직하고 강한 울림을 자아내는 것이야. 장군께선 그동안은 주로 듣기만 하는 편이었지만 앞으로는 나랏일에 관해 가끔 당당하게 의견을 말씀하시는 게 어떨까 싶네. 필요하다면 내가 도와드릴 수도 있을 것이고."

"그렇게 전해 올리겠습니다."

"그리고 또 하나, 장군께선 늘 당신을 한낱 무부 운운하면서 앞에 나서기를 주저하시는 것처럼 보였네."

"맞습니다. 아버님은 그런 분이십니다."

"지혜로운 자질을 타고난 군주만이 '지혜로운 군주'라는 평판을 얻게 되는 건 아니네. 어진 신하들을 잘 등용해 쓰고 그들의 지혜를 잘 가려 쓰면 그게 바로 군주의 지혜가 되는 것이지. 그러니까 나라와 백성은 군주 혼자 다스리는 게 아니라 여러 중신들의 지혜를 모아 다스리는 것이기 때문에 주저하실 일이 아니다, 그런 말씀을 꼭 드려주시게."

그러면서 다스리는 사람은 우선 사람을 아는 게 무엇보다 중요하며 중히 쓸 사람들은 가능한 속내까지 살펴 그에게 알맞은 일을 맡겨야 하는 것이라고도 말해주었다.

묵묵히 도전이 하는 말을 적어 가던 방원이 고개를 치켜들며 물었다.

"하지만 열길 물속은 알아도 한 길 사람 속은 모른다는 속담도 있는데, 어찌 사람들 속내까지 들여다볼 수 있겠습니까?"

"쉬운 일은 아니지만, 『육도』[8]에 사람의 속내를 살필 수 있는 팔징법(八徵法)이라는 게 있네. 그걸 찾아서 알려드리면 도움이 될 것이네."

"좋은 말씀을 들었습니다. 스승님의 가르침에 깊이 감사드리옵니다."

그러더니 방원이 뜬금없는 얘기를 꺼냈다.

"스승님! 혹시 수정목 얘긴 들어보셨습니까?"

"수정목? 생약인 진피(秦皮)를 채취하는 물푸레나무 말인가?"

"예, 그렇습니다. 그 나무껍질을 진피라 하고 생약으로 쓰는 건 맞습니다. 또 목재는 견고하고 탄력성이 있어 가구를 만들거나 집 짓는데 많이 쓰기도 하고요. 그런데 제가 말씀 올린 수정목은 문하시중 임견미를 비롯한 이인임, 염흥방 무리가 수하들을 풀어 좋은 땅을 빼앗을 때 가지고 다닌다는 몽둥이입니다."

"몽둥이를 갖고 다니며 행패를 부린다는 이야기는 들었는데, 그게

---

8) 六韜: 중국 고대 병서인 『무경칠서(武經七書)』 중의 하나.

수정목이다 그 말이지?"

"예, 땅 주인이 땅 문서가 있다며 그 문서를 내밀거나 그걸 들고 가 관아에 호소해도 소용없다 합니다. 수정목이 땅 문서보다 더 효력이 있다 해서 수정목 공문(水精木公文)이라고 한답니다."

"수정목 공문이라……."

이방원은 셋 중에서도 가장 심한 건 내재추(內宰樞) 임견미라고 했다.

모든 국사는 반드시 내재추를 거치게 돼 있어 그 권한이 막강했다. 궁중에 상주하면서 내재추를 관장한 자가 임견미와 홍영통 그리고 조민수였다. 근래 임견미를 당할 만한 세도가는 없을 것이라는 말이 떠도는 것도 그 때문이라 했다.

"지금은 돌은 떠내려가고 나뭇잎은 가라앉는 시절이네. 사나운 몇 입에서 나오는 대로 세상 일이 죄다 거꾸로 돌아가고 있어. 하지만 백성의 재물은 뺏을 수 있어도 마음까지 뺏을 수는 없는 것이네."

"그렇겠지요."

"그들이 화를 당할 날이 그리 멀지는 않을 것이네."

그로부터 며칠 뒤 임견미는 병을 핑계로 문하시중에서 물러날 뜻을 밝혔다.

왕이 여러 사람이 있는 데서 수정목 공문 운운하며 비아냥거렸다는 말을 아들로부터 듣고, 왕을 떠볼 속셈으로 그리한 것이다.

왕은 그의 사의를 받아들이지 않고, 영삼사사로 자리를 옮겨주었다.

하지만 두 달 뒤인 병인년(1386년) 8월엔 임견미를 내쳤다. 그동안은 그의 세력이 너무 강해 손을 대지 못했으나 이인임과 최영이 뒤를 받쳐줄 것을 약속하자 그를 파직한 것이다.

그러고 나서 문하시중을 좌시중, 수문하시중을 우시중으로 명칭을 바꾼 뒤 이인임을 좌시중으로, 우시중엔 염흥방의 의붓 아우인 이성림을 유임시켰다.

정묘년(1387년) 섣달, 정도전은 남양(南陽: 지금의 수원 화성 지역)부사로 나갔다. 성균좨주 겸 지제고나 남양부사나 다 같은 종3품이긴 했다. 하지만 내직과 외직엔 눈에 보이지 않는 큰 차이가 있었다. 대부분의 벼슬아치들이 외직을 한사코 꺼리는 것도 그 때문이다.

정도전이 남양부사로 나간 건 좌천이 아니라 자청한 일이었다.

사람들은 누구나 마다하는 외직을 자청한 데는 무슨 꿍꿍이속이 있겠거니 했다. 지방관으로 나가 한 밑천 챙겨보려고 저러나 보다, 그렇게 생각하는 자들도 있었다.

그가 남양부사를 자청한 까닭은 두 가지였다. 하나는 '이성계 사람'으로 분류돼 자신의 일거수일투족에 주목하는 시선들에서 벗어나 있고 싶었다. 지금 그런 시선에 갇히는 건 장군에게도, 자신에게도 바람직하지 않다고 판단했다. 대업을 이루게 될 즈음엔 숨긴다고 가려질 수도 없고 그래야 할 필요도 없게 되겠지만 지금은 아니었다.

지금은 남몰래 조언을 하고, 이씨의 나라를 세운 이후 나라와 왕실을 어떻게 운영할 것인가, 또 어떻게 백성들을 보살필 것인지 구체적인 계획을 세우고 다듬어 나가야 할 때인 것이다. 그러기 위해선 상당한 시간이 필요했다. 또 그런 일을 하는 데는 번잡한 개경보다는 덜 번거로운 외직이 나았다.

다른 하나는, 비록 나라가 아니라 한 고을에 불과하지만 백성을 다스리는 경험을 해보고 싶었다. 부사의 직권을 벗어나지 않는 선에서 여러 가지 시책들을 마련해 시행해보고 그에 대한 백성들의 반응 같은 것을 살펴보고 싶었다. 백성들을 보다 넓고 깊이 알아야 그들에게 도움이 되는 좋은 시책을 마련할 수 있을 것이라는 생각도 들었다.

사대부니 양반이니 하는 사람들은 백성들이 무슨 생각을 하며 어떻게 살아가는지 잘 알지 못한다. 굳이 알아야 할 필요성도 느끼지 않지만 그럴 기회도 없다. '백성을 위한 것'이라는 그럴듯한 명분을 내세운 조정의 시책들 중 대부분이 겉도는 것도 그 때문이었다.

많은 벼슬아치가 하루 빨리 품계가 높아져 재추가 되고 재상이 되는 자신의 장래에만 마음을 쓰지 백성들은 안중에 두지 않았다. 외직으로 나가는 걸 꺼려하는 것도 그 때문이었다. 눈에서 멀어지면 마음에서도 멀어진다니 임금의 눈에, 재상들의 눈에 잘 띄는 조정에 어떻게든 빌붙어 있어야 출세의 길이 열릴 수 있는 것이다.

그밖에도 외직을 꺼리는 이유가 한 가지 더 있었다. 각 고을의 향리들 대다수는 고려를 세울 때부터 힘을 보태주었던 각 지역의 호족세력 후예들이 세습해 온 터라 그들을 잘 다루는 일도 만만치 않았다.

조정의 명을 받고 내려온 타 지역 출신 수령들은 지역 사정에 어둡기 마련이고, 그 점을 이용해 예사로 부정을 저지르는가 하면 수령이 조금이라도 까탈을 부리면 지방 사족들과 합세, 수령을 조롱거리로 삼거나 심지어 누명까지 씌워 쫓아내는 경우도 허다했다.

정도전은 다른 벼슬아치들에 비하면 백성들을 꽤 안다고 할 수 있었다. 자신의 의지와는 상관없이 귀양살이를 하면서 얻은 수확이었다. 그런데 더 알고 싶었다. 아니, 반드시 더 깊이 알아야 했다. 그런데 지금이 아니면 외직을 경험할 기회를 마련하기가 쉽지 않을 것이라고 판단해 서두른 것이다.

물론 외직을 청하기 전에 도전은 이성계 시중과 은밀히 상의했다.

부임한 다음 날 아침, 신임 남양부사 정도전은 모든 향리들을 한 자리에 불러 모았다.

향리들은 직역을 맡는 대가로 외역전(外役田)을 지급받고, 향리나 그 자제들은 과거에도 응시할 수 있어 지역에선 만만치 않은 권세를 행사하는 사람들이었다.

도전은 그들에게 '혹 이전에 저지른 잘못이 있다면 그것에 대해선 책임을 묻지 않겠으나 앞으로 발생하는 부정이나 비리에 대해선 엄중히 그 책임을 묻겠다'며 부디 잘 도와 달라고 당부했다.

정도전은 미복 차림으로 자주 관아 밖으로 나가 백성들을 만났다. 농민도 만나고 어부도 만나고 주막집 주인도 만났다.

그냥 만나서 얘기를 들어보는 것으로 그치지 않고 그들을 좀 더 편안하게, 하루 두 끼니라도 먹을 수 있게 해주려면 무엇을 어찌해야 하는지 살피고 생각했다. 향리들의 의견도 들어가며 모든 사안에 대해 꼼꼼히 기록하는 한편 당장 개선할 수 있는 것은 고쳐 나갔다.

특히 갖가지 송사엔 신중을 기했다. 송사를 처리할 때면 그는 늘 아버지를 생각했다. 이런 때 아버님은 어떻게 하셨을까, 아버님이라면 달리 생각하시지 않았을까 하고.

몇 달 지나면서부터 '우리 사또는 어질고 현명하다'는 소리가 들려왔다. 처음엔 거리를 두었던 향리들도 차츰 흉금을 털어놓곤 했다. 격의 없이 얘기할 수 있는 분위기를 도전이 만들어 주었기 때문에 가능한 일이었다.

그 사이 이성계 장군과는 그의 충복 중 한 사람인 박민이라는 사람이 오가며 꾸준히 연락을 했다. 주로 장군이 묻고 도전은 자신의 의견을 적어주는 형태였다.


"우리는 지금부터 백성들의 땅과 그들이 피땀으로 거둔 곡식 등을 빼앗고 벼슬과 옥사를 팔아 치부하는 데만 몰두해온 역도들을 모두 잡아들여 백성들의 한을 풀어줄 것이다. 염흥방은 이미 잡혀 있다 하니 제1대는 이인임, 제2대는 임견미, 제3대, 제4대, 제5대는 그의 일당들을 추포토록 하라! 단 한 치의 실수도 있어서는 안 될 것이다. 알았는가?"

"예, 장군!"

서릿발 같은 장수의 명령에 1천 군사가 일제히 대답했다. 마치 한입에서 나온 듯 절도가 있었다.

어둠이 깔린 개경성 내성 밖에서 명을 받은 군사들은 발소리를 죽여가며 빠르게 성안으로 진입했다. 하늘엔 반달이 떠 있었다. 보름달 같지는 않아도 앞뒤 분간을 못할 정도는 아니었다. 황성에 들어서자 군사들은 여러 방향으로 나뉘어 흩어졌다.

막 축시(丑時: 새벽 1시에서 3시 사이)로 접어들고 있었다. 그 시간에 깨어 있는 건 박쥐와 부엉이 뿐일 터. 게다가 앞에 걸리적거리는 건 가리지 않고 우당탕탕 마구 쳐부수며 들이닥친 정체 모를 군사들에게 그들은 속수무책이었다.

임견미는 동저고리 바람으로 포승줄에 꽁꽁 묶이고 난 뒤에도 이게 무슨 일인가 싶은지 눈만 깜빡거렸다.

병을 앓던 이인임은 연신 콜록거리며 제 몸 하나 가누지 못해 두 병사가 양쪽에서 곁부축을 해야 했다.

이 골목 저 골목에서 오라에 묶인 죄인들과 군사들이 한길을 가득 메우다시피 했다. 그들이 가는 곳은 같았다. 순군옥이었다.

죄인들은 대낮처럼 횃불을 밝힌 순군옥사 앞에 백마를 타고 앉아 있는 사람을 보고 자지러졌다.

"이, 이성계였어?"

그들은 이성계가 반란을 일으켰다고 판단했다. 그러지 않고서야 이렇듯 말도 안 되는 일이 벌어지진 않았을 테니까.

잡혀 온 죄인들은 차례로 순군옥에 갇혔다. 나중에 끌려온 자들은 이성계뿐 아니라 최영 장군도 함께 나란히 말에 올라있는 걸 보곤 더욱 의아해 했다.

이날 밤 잡혀 온 역도들과 그 가족은 모두 이백 명 가까웠다.

죄인들은 날이 밝은 뒤 국문이 시작되고 나서야 모든 게 왕명에서 비롯된 것임을 알았다.

죄인들 중 남자들은 대부분 혹독한 고문을 받은 뒤 임견미, 염흥방 등 오십여 명은 참수되고 백여 명은 귀양을 갔다. 그들의 처와 딸 등 삼십여 명은 관비로 떨어졌다.

이인임은 병을 앓고 있다는 이유로 베지 않고 경산부로 귀양을 보냈다.

훗날 무진피화(戊辰被禍) 또는 정월지주(正月之誅)로 일컬어진 이 숙청작업은 정묘년이 거의 다 저물어 가던 어느 날, 전 밀직지사 조반이 옥에 갇히면서 촉발되었다. 조반이 이광이란 자의 목을 베고 그의 집에 불을 질렀다고 했다.

정도전은 조반에 대해 잘 알았다. 12살 때 아버지를 따라 연경(燕京)에 가서 한어(漢語)와 몽골어를 배웠는데 둘 다 우리말처럼 잘했다. 원나라 승상 타쿠타의 눈에 띄어 중서성의 역사로 일하다 무신년(1368년, 공민왕 17년)에 환국, 벼슬길에 올랐다.

벼슬길도 순조로워 판도판서를 지낼 땐 하정사 겸 주청사가 되어 명나라에 가서 시호와 승습을 청했고, 돌아와 밀직부사가 되었다.

도전이 아는 조반은 사람의 목숨을 가볍게 여긴다거나 시도 때도 없이 불뚝성을 내는 무뢰배도 아니었다. 그런데 왜 그런 일을 저질렀을까.

그때 바람을 타고 날아든 소문을 들어보곤 고개를 끄덕였다.

배주(白州: 황해도 해주 인근)에 조반의 농토가 있는데 그 지역을 맡고 있던 염흥방의 가노(家奴) 이광이 그 땅을 빼앗은 뒤 노비들을 시켜 제 마음대로 갈아엎었다.

조반이 염흥방을 찾아가 전후사정을 털어놓자 그자가 뭘 몰라 결례를 한 모양이라며 땅을 돌려주었다. 헌데 추수를 끝내고 난 11월 말에 이광이 또 나타나 그 땅을 다시 내놓으라 했다.

조반이 어디 와서 행패냐고 나무라자 이광은 제 수하들을 시켜 조반의 노복들을 두들겨 팼다. 심지어 일부 가재도구를 부수기까지 했다. 어이없이 당하고 난 조반은 분을 참지 못하고 그날 밤 이광의 집을 찾아가 그자의 목을 베고 집에 불을 질렀다.

그 소식이 염흥방의 귀에 들어가자 그는 기병 수백을 배주로 보내 조반을 체포, 압송해 오라 했다. 왕에겐 조반이 반역 행위를 했다는 고변이 있어 잡으러 간다고 거짓말을 했다.

조반은 곧 붙잡혀 하옥돼 국문을 받았는데 조사를 맡은 사람들이 모두 염흥방의 측근이거나 수하였다. 조반은 고문을 당하면서도 백성들을 학대하는 큰 도적의 수하 하나를 제거했을 뿐이라고 당당하게 말했다.

염흥방이 직접 고문을 가하자 조반은 '너와 나는 소송 당사자인데 어찌 네 놈이 나를 국문하느냐' 고 꾸짖었다. 염흥방이 길길이 날뛰며 고문을 계속하라고 했지만 계속 고문했다간 그가 죽을 수도 있고, 고위 관료를 왕명 없이 죽이면 큰 문제가 될 수 있다고 말렸다.

그 얘기가 왕의 귀에 흘러들어갔다.

그날 밤 왕이 문하시중 최영의 집을 찾았다. 조반을 어떻게 처리했으면 좋겠느냐고 물었다. 황음무도하기 짝이 없는 왕이었지만 이젠 스물네 살이나 됐으니 더러 국사에도 신경을 쓰긴 했던 모양이었다.

최영은 부정부패의 근원들을 제거해야 나라가 바로 설 것이라고 했다. 왕도 동의했다. 그 자리에서 제거 대상도 정했다. 이인임, 임견미, 염흥방과 그 일당이었다. 최영은 이인임만은 보호하고 싶었으나 그렇게 될 경우 형평성에 문제가 생긴다는 걸 아는지라 입을 닫았다.

거사는 비밀리에 단행키로 했다. 최영은 급히 이성계를 불러 올렸다. 강단도 있고 긴밀하게 추진하는 일을 함께 하기엔 이성계만큼 미더운 장수는 없다고 여겼기 때문이다.

그 사이 왕은 옥에 갇힌 조반에게 의원을 보내 보살펴주게 한 뒤 조반과 배주 옥에 갇혀 있던 그 가족들을 모두 방면토록 명했다. 또 염흥방을 불러 옥에 가두게 하고 아무와도 교통하지 못하게 했다.

왕은 대대적인 숙청작업이 끝나자 전민변정도감(田民辨正都監)을 설치, 각 도에 안무사를 보내 1천여 명에 이르던 이인임과 임견미, 영흥방 등의 가신이나 사노들을 체포해 처형하고 재산을 몰수, 일부는 원래 주인에게 돌려주고, 그들이 노비로 부려 온 평민들도 원상회복시켜 주었다.

왕은 또 재상들은 부유하니 녹봉을 주지 않아도 된다, 먹을 것이 부족한 군졸부터 먼저 지급해주도록 하라고 명했다. 그 소문이 담을 넘어 궁 밖 백성들에게까지 알려지자 다들 이젠 우리 임금님이 정신을 차리셨나 보다며 기대를 품었다.

한편 최영의 배려로 죽음을 면했던 이인임은 얼마 안 돼 유배지에서 병으로 죽었다.

백성들은 이인임이 병사했다는 말을 듣고 왕과 사헌부가 그를 벌하지 못하자 하늘이 대신해 그를 죽인 것이라며 좋아했다.

왕은 최영을 문하시중, 이성계를 수문하시중, 이색을 판삼사사로 삼는 등 대대적인 인사도 단행했다.

# 가장 슬픈 정벌

"주군! 드디어 때가 오고 있습니다."

"때가 오고 있다니, 그게 무슨 말인가?"

"천명을 받을 때가 온 것입니다. 명심하옵소서. 천명을 받지 않으면 오히려 하늘의 책망을 듣게 될 것입니다."

"느닷없이 그건 무슨 말이야?"

"하늘이 누군가에게 대임(大任)을 맡길 땐 그 마음을 괴롭히고 배를 주리게 하고 몸을 고되게 해서 그 일을 해낼 수 있는지 시험을 한다고 합니다. 어떤 형태로든 역경을 겪게 되실 것입니다. 그걸 잘 견뎌내셔야 하옵니다."

　왕은 이른바 정월지주를 전후해 한동안 마음을 다잡고 정사를 살피는 듯했다. 드디어 왕이 왕다워진 것 같았다. 그런데 아니었다.

　왜구들이 강화를 거쳐 서북면, 동북면까지 출몰해 백성들을 죽이고 재물을 빼앗은 뒤 마을을 불태웠다는 장계가 매달 대여섯 건씩 올라왔다. 계속된 가뭄으로 기근이 들면서 개경에선 베 한필로 쌀 닷 되를 사기도 어려운 지경에 이르렀다. 그런데도 왕은 나 몰라라 했다. 여전히 사냥과 가무음주 같은 주색잡기에 빠져 지냈다. 백성들은 왕의 본병이 다시 도진 모양이라며 낙담했다.

　그렇게 보이는 건 왕의 겉모습이었다. 속은 달랐다. 근래 왕은 스스로 위기를 자초한 것 같다는 생각을 하고 있었다. 그 위기를 어떻게 해야 돌파할 수 있을까, 그것에만 몰두했다.

　자신의 명을 따라 이루어진 것이긴 하지만 최영과 이성계가 난공불락일 것 같던 이인임, 임견미, 염흥방 일당을 단숨에 때려잡는 걸 똑똑히 지켜보았다. 문득 저들이 마음만 먹으면 왕인 나도 금방 갈아치울 수 있겠구나, 생각만 해도 뒷골이 서늘해졌다.

저승사자가 환각처럼 불시에 나타날 만큼 겁이 났다. 용상을 지켜온 지난 세월을 돌이켜보니 바끄럽기도 했다.

열 살 때 보위에 오른 왕이 처음부터 그런 건 아니었다. 처음엔 정당문학 백문보의 훈도 아래 학문에도 뜻을 두었다. 그런데 3년여가 지난 뒤 말 타기와 매 사냥 같은 걸 배워보니 글공부보다 재미있었다. 그래도 할머니 명덕태후가 살아계실 땐 마음대로 할 수가 없었다. 할머니가 뒤에 발을 드리운 채 어린 손자를 앞에 앉혀놓고 국정을 살폈고, 올곧지 않은 언행을 하면 따끔한 질책이 뒤따르곤 했기 때문이다.

하지만 경신년(1380년) 2월 할머니 명덕태후가 여든셋에 세상을 떠나신 뒤로는 스스로 생각하기에도 마치 고삐 풀린 망아지나 다름없게 돼버렸다.

신하들의 처첩이나 딸들 중에 미색이 출중하다 싶으면 곧 궁중으로 불러들여 간음했고, 저잣거리를 다니다 눈에 들어오는 여인들을 겁탈해도 별 탈 없이 넘어갔다.

내수들을 시켜 허방다리를 파놓고 대신들을 유인해 그곳에 빠지는 걸 보면 재미있었다.

하지만 지금 돌아보니 신민들의 눈엔 자신이 괴덕스럽고 거불거리기가 이루 말로 다 하기 어려운 괴짜로 담겨 있을 것 같았다. 최영이나 이성계가 반란을 일으켜도 잘했다고 박수칠 백성은 많아도 '왜 왕을 쫓아냈느냐'고 분개하는 사람은 없을 듯했다.

그렇다면 최영이나 이성계는 언제든 그런 민심을 등에 업고 자신에게 칼끝을 겨눌 수 있을 것이다.

좋은 수가 없을까?

아무리 생각해봐도 묘안이 떠오르지 않았다. 중참도 거르고 밖으로 나가자 따스한 봄볕이 춤추듯 내려와 목덜미를 간질였다.

에라, 모르겠다. 동강에 가서 뱃놀이나 하고 오자.

기생들을 데리고 동강으로 가 밤새 뱃놀이를 했다. 얼마나 술을 마셔댄 것인지 정신을 잃었다가 깨어보니 대낮이었다.

왕은 방안에서 바장였다. 한 식경도 넘게 그러던 왕이 문득 걸음을 멈추었다.

이왕지사 살 길도 안에서 찾아야지! 묘수가 따로 있겠나!

왕은 서둘러 환궁했다.

궁에 돌아가자 명나라 황제의 칙서가 와 있었다. 설장수가 귀국하면서 가져온.

철령 이북 지역은 애초 원나라 땅이었으니 이젠 명나라 땅이다. 요동으로 귀속되게 하라!

왕도, 재상들도 어찌할 바를 몰랐다.

하지만 왕에게 더 급한 일이 있었다. 최영 장군을 불렀다. 그를 붙잡고 다짜고짜 지껄여댔다.

"내가 시중의 딸을 왕비로 삼고 싶소."

최영이 깜짝 놀랐다. 왕이 왕비로 삼고 싶다는 최영의 딸은 소실에게서 태어난 늦둥이였다.

"전하! 제 여식은 정실 소생도 아니고 불민해서 왕비가 될 자격이 없사옵니다."

"그래도 상관없소. 어서 시중의 딸을 데려오시오."

최영이 거듭 사양했지만 소용이 없었다. 왕은 그렇게 살 길을 찾았다.

기어이 최영의 서녀를 영비로 책봉하고 제2비로 삼았다. 이제 최영은 왕의 장인이고, 왕은 최영의 사위였다.

군권을 장악한 장인 최영이 버티고 있는데 이성계가 역심을 품은들 어찌할 것인가. 군신(軍臣)들 중에 어떤 자가 반역을 꾀할지는 몰라도 이젠 골치 아프게 신경 쓰지 않을 것이다.

왕은 먼저 새 왕비 책봉 절차부터 끝낸 뒤 신하들의 주청을 받아들여 명나라에 주문사를 보냈다.

철령은 수도인 개경과 불과 3백 리 밖에 떨어져 있지 않으며, 공험진[9]을 국경으로 삼은 게 한두 해가 아니옵니다. 황제폐하께서 넓으신 도량으로 저희를 감싸주시고 도타운 덕으로 어루만져 주소서.

정도전은 생각했다. 왕이 제법이라고.

최영의 여식을 제2비로 삼아 이인임 일파가 제거된 뒤 명실공히 왕 다음 2인자가 된 최영의 보호를 받겠다는 게 아니겠는가. 그리고 보면 무도하고 어리석기만 한 줄 알았던 왕도 그냥 아무 생각 없이 사는 건 아니었다. 하지만 갈수록 어리석고 졸렬해지는 한계가 과연 어디까지일까.

하지만 정도전이 놓친 게 하나 있었다. 왕이 영비를 맞이한 직후부터 아무도 모르게 장인 최영과 단 둘이서 뭔가를 꾸미고 있다는 것을.

---

9) 윤관(尹瓘) 등이 동북여진을 축출하고 개척한 지역에 쌓은 9성 가운데 하나. 두만강 북쪽 700리 선춘령(先春嶺)에 있었다고 알려져 있다.

그건 정도전뿐 아니라 심지어 수문하시중 이성계도 몰랐다. 왕이 요동을 칠 마음을 품었다는 걸.

어느 날 갑자기 왕은 개경의 군사를 동원해 한양의 중흥성을 수축케 하고, 다른 각도의 성곽들도 서둘러 수리하라고 명했다. 또 원수들을 잇달아 서북 국경지대로 보내 만약의 사태에 대비하라 했다.

왜 그런 명을 내린 것인지 부연설명은 없었으나 명나라의 공격에 대비하겠다는 의중이 담겨 있다는 건 누구나 다 짐작했다.

그때 서북면 도안무사 최원지가 장계를 보내왔다. 요동도사가 군사 1천여 명을 보내 강계부(江界府: 지금의 자강도 강계시)에 철령위(鐵嶺衛)를 설치하려 한다는 것이었다.

며칠 뒤엔 명나라가 요동 백호(百戶) 왕득명을 보내 철령위를 설치했다는 사실을 통보해 왔다. 이 상황이 납득하기 어려웠다. 명나라가 고려에겐 더 없이 중요한 일을 천호도 아닌 백호를 보내 통보한 것이다. 젊은 사대부들이 명나라가 고려에게 모욕을 주기로 작정한 게 아니냐며 길길이 뛴 것도 그 때문이었다.

왕득명이 돌아가자 왕이 부산하게 움직였다. 개경 오부(五部)의 장정들을 군사로 징발하는 한편 세자 창(昌)을 비롯 여러 왕비들을 한양에 있는 산성으로 옮기도록 했다.

그즈음 국내 정세는 한마디로 엉망진창이었다. 전라도와 경상도는 왜적의 소굴이 되다시피 했고, 경기도, 교주도(交州道: 지금의 강원도 영서지방), 양광도는 성곽을 수축하느라 백성들은 너나없이 지쳐 있었다.

서해도와 평양도는 사냥을 가장해 출병한 왕의 일행을 영접하느라 소란스러웠고 그 바람에 농사를 망친 백성들은 왕과 권신들의 횡포를 원망하는 소리가 하늘을 찌를 정도였다.

하지만 왕은 그런 건 상관하지 않았다. 자신이 세운 뜻을 밀어붙일 생각만 했다.


방문이 열리자 가마무트름한 얼굴이 맨 먼저 시야에 들어왔다. 그 얼굴을 본 지 두 달쯤 된 것 같다. 무엇 때문인지 상기된 표정이었다.

"어서 오시게. 남양부를 비워놓고 이 밤중에 웬일인가?"

"긴히 드릴 말씀이 있어 달려왔나이다."

방바닥에 엉덩이도 붙이기 전에 감쳐문 입을 열었다. 진중하기 이를 데 없는 그가 오늘 따라 왠지 무척 서두른다는 느낌이 들었다.

"무슨 일이 있는가?"

"주군! 드디어 때가 오고 있습니다."

"때가 오고 있다니, 그게 무슨 말인가?"

"천명을 받을 때가 온 것입니다. 명심하옵소서. 천명을 받지 않으면 오히려 하늘의 책망을 듣게 될 것입니다."

"느닷없이 그건 무슨 말이야?"

"하늘이 누군가에게 대임(大任)을 맡길 땐 그 마음을 괴롭히고 배를 주리게 하고 몸을 고되게 해서 그 일을 해낼 수 있는지 시험을 한다고 합니다. 어떤 형태로든 역경을 겪게 되실 것입니다. 그걸 잘 견뎌내셔야 하옵니다."

"이 사람아, 오늘따라 왜 이러는가?"

"왕과 최영은 곧 요동을 치자고 할 것입니다."

"그럴 것이네."

"고려가 요동을 치면 명나라가 가만있겠습니까?"

"십중팔구 전쟁이 벌어지겠지."

"승산이 있습니까?"

"고려를 깔고 뭉갰던 원나라를 힘으로 제압한 명나라야. 무슨 수로 이기겠나?"

"어떻게 하실 겁니까?"

"전하께서 요동을 정벌하자는 말을 꺼낸 건 이미 오래전이야. 그땐 여러 사람이 말려 물러섰지만 이번엔 최영 장군까지 동조하고 나선 터라 심상치 않네."

"안 될 말입니다. 어떻게든 막으셔야 합니다. 하늘이 주군을 시험하는 것입니다."

"하늘이 날 시험한다? 그게 그 얘기였나?"

"그렇사옵니다, 주군!"

"왕과 최영 장군이 밀어붙이는데, 나더러 뭘 어찌하라는 건가?"

"먼저, 고려와 명나라의 군사력은 비교가 안 될 정도로 고려가 열세고, 농번기에 장정들이 모두 출정하면 올해 농사는 완전히 망치게 됩니다. 또 모든 군사가 요동으로 향하고 나면 왜구들에 의해 온 나라가 쑥대밭이 될 것이고, 여름 장마철엔 활이 제 기능을 발휘하기가 어렵고 전염병도 돌기 쉬우니 출격 시기를 추수 후로 늦추자고 하십시오."

이른바 4불가론(四不可論)이었다.

장군은 말없이 고개를 끄덕이며 무슨 생각엔가 골똘하게 빠졌다. 어쩌면 도전이 일러준 사불가론을 되뇌어보고 있는지도 몰랐다.

4월 초하루 날, 왕이 봉주(鳳州)에 당도했다. 개경과 서경 중간쯤에 있는 봉주엔 이미 각도에서 선발대로 올라온 수천 명의 병사들로 북적거렸다.

그리 크지 않은 고을에 수천 명이 모이니 더러 시끌벅적하기도 했지만 그보다는 팽팽한 긴장감이 감돌았다. 거기에다 어가(御駕)가 몰고 온 전운까지 드리워지자 분위기는 한층 더 무거워졌다. 이맘때면 여기저기서 벌어지곤 하던 탈춤도 군사들이 들이닥치면서 끊겼다. 백성들은 숨을 죽였다.

햇볕이 좋은 봄날인데도 전국 곳곳에서 징발돼 온 병사들의 마음은 스산했다. 전쟁의 공포가 따사로운 봄볕마저 멀찌감치 밀어내버린 탓일 것이다.

왕은 최영과 입을 맞춘 요양[10] 공격 계획을 아직 공식적으로는 밝히지 않았다. 지난 달 수문하시중까지 지낸 이자송이 어전에서 요양 정벌을 따지다가 임견미 일당으로 몰려 매를 맞고 처형당했는데도 여전히 쉬쉬하고 있었다.

말단 병사들까지도 다 짐작하고 있는 일을 왜 수시중에게까지 털어놓지 않는지, 그 까닭을 알지 못했다.

봉주에 도착한 첫날, 왕은 최영에게도, 이성계에게도 엉뚱한 소리만 늘어놓았다.

다음 날 오시가 가까워올 무렵, 환관이 오더니 이성계를 불렀다.

드디어 입을 열려는가? 이성계는 왕이 머물고 있는 행궁으로 향했다. 그때 최영 문하시중도 뒤따라 왔다. 두 시중은 나란히 어전에 나

---

10) 遼陽: 요동과 심양 지역.

아갔다.

"전하! 신들을 찾아 계시옵니까?"

최영이 묻자 왕은 말없이 고개만 끄덕였다. 왕은 한참 동안이나 입을 꾹 다문 채 이성계를 흘깃거렸다. 이성계와 눈이 마주치면 얼른 피했다가 다시 흘금거리기를 거듭했다.

그러더니 공연히 헛기침을 하고 나선 드디어 입을 열었다.

"과인이 두 분에게 할 말이 있소."

"말씀하소서."

"과인이 요양을 공격하려고 하오. 경들은 힘을 다해 과인을 도와주시오."

"당연히 그래야지요. 때가 아주 좋습니다. 명나라는 북원을 치는 데 정신이 팔려 요즘 요동은 무방비 상태일 것입니다."

최영이 재빠르게 대답했다. 이성계가 즉각 이의를 제기했다.

"시중 말씀대로 지금 요동이 무방비 상태라면 요양을 빼앗을 수 있을지도 모릅니다. 하지만 그 후엔 어떻게 하시겠습니까?"

"그 후라니?"

최영이 반문했다.

"고려가 요양을 손에 넣었다는 소식을 듣고 명나라가 가만있겠습니까?"

"그야 요양을 되찾으려고 하겠지."

"요양만 되찾으려 하면 그나마 다행입니다. 하지만 그렇게 끝나진 않을 것입니다. 저들은 대군을 동원해 요양을 되찾고 난 뒤 그 여세를 몰아 물밀듯이 남하할 것입니다. 그렇게 되면 고려는 쑥대밭이 될 게 뻔합니다. 민촌은 불바다가 될 것이고 수많은 백성들이 죽고 다치게 될 것입니다. 아낙네들은 저들의 노리갯감이 될 것이고요."

"그래서…… 어쩌자는 얘긴가?"

"분기(憤氣)만으로 전쟁을 할 수는 없습니다. 증오심만으로는 명나라를 이길 수 없습니다. 냉정하게 판단해야 합니다. 지금 군사를 동원해선 안 되는 이유가 네 가지나 됩니다."

"그게 무엇인가?"

"이 전쟁은 이길 수 있는 싸움이 아닙니다. 전력에 현격한 차이가 있습니다. 또 요즘은 한창 농사철이라 온 나라 장정을 동원하면 올해 농사를 망치게 되고 장마가 들면 전염병이 돌 수도 있습니다. 또 원정에 나선 사이 고려는 왜구들 세상이 될 게 뻔하고, 날이 덥고 장마가 계속되면 우리 군의 주무기인 활이 제 기능을 할 수 없습니다."

왕은 눈을 감은 채 두 사람이 주고받는 얘기를 듣기만 했다. 어찌 보면 이성계의 반론을 수긍하는 것 같기도 했다.

하지만 끝내 '요양 정벌은 없던 걸로 하자'는 얘기는 나오지 않았다.

아무런 결말도 내지 못하고 행궁을 나서면서 이성계는 최영에게 말했다.

"장군! 방금 제가 한 말 중에 잘못 말한 게 있습니까?"

"아니, 틀린 말은 없었네."

"그렇다면 장군께서 내일 다시 전하를 설득해주십시오. 안 그래도 온 나라가 왜구들 등쌀에 힘들어 하는데 명나라와 전쟁까지 할 수는 없습니다."

최영은 가만히 고개만 끄덕였다.

그것은 적어도 수긍이고, 동의지만 자신의 말대로 하겠다는 의지의 표현인지는 가늠할 수 없었다. 도무지 그 속을 알 수 없어도 지금은 또 믿는 수밖에 달리 방도도 없었다.


다음 날, 또 왕이 이성계를 찾았다.

왕과 최영 장군은 장서(丈壻) 간이니 어젯밤에도 따로 만났을 것이다. 어제 낮에 얘기를 나눴을 때 왕은 듣기만 했지만 두 시중이 나누는 이야기를 들으면서 깨달은 바가 있었을 것이다. 일단은 미뤄놓을 수만 있어도 다행이었다.

행궁으로 들어가 어전에 이른 이성계는 최영 장군은 보이지 않고 왕과 대전내관만 있는 걸 보고 고개를 갸웃거렸다.

왜?

퍼뜩 이상한 기분이 들었다. 최영 장군이 그 자리에 없다는 게 신경이 쓰였다. 만약 두 사람이 마음을 돌렸다면 최영 장군도 그 자리에 있어야 옳다.

왕이 좀 머뭇거리다 입을 열었다.

"어젯밤 곰곰 생각해봤는데……. 이미 군사를 일으킨 상태라 중지할 수 없다고 판단했소."

이성계가 왕을 빤히 바라다보다 자신도 모르게 큰 소리를 쳤다.

"이미 군사를 일으켰어도 돌리긴 쉽습니다. 어쨌든 지금은 안 됩니다."

"지금 왕명을 거역하는 것이오!"

"아무리 왕명이라도 안 되는 건 안 되는 것입니다. 수많은 군사들의 아까운 목숨만 잃게 될 뿐 결코 이길 수 없는 전쟁을 굳이 하시겠다는 이유를 저는 정녕 모르겠습니다."

"⋯⋯."

이성계의 눈길이 섬뜩했다. 장군은 그 눈길을 왕에게서 떼지 않았고, 왕은 그의 눈길을 피했다.

"전하께서 꼭 요양을 정벌하고 싶으시면 일단 서경에 머물러 계시다가 추수가 끝난 뒤 군사를 움직이도록 하십시오. 그동안 군사들은 교대로 일부는 농사를 짓고 일부는 훈련을 받게 하면 군사력도 강해지고 군량미 걱정도 덜 수 있습니다. 그렇게 하게 해주십시오."

갑자기 왕이 버럭 화를 내며 말했다.

"경은 이자송이 무엇 때문에 처형됐다고 생각하는가! 단순히 임견미 일당이라고 죽인 줄 아는가!"

협박이었다. 이자송은 임견미 일당이라 죽인 게 아니라 요양정벌에 반대한다는 뜻을 밝혔기 때문에 죽인 것이라는 사실을 털어놓는 것으로.

이성계도 물러서지 않고 받았다.

"전하께서 지금 소장을 겁박하시는 것입니까?"

"그게 아니라⋯⋯."

왕이 당황해하며 한 발짝 뒤로 물러섰다.

"제가 장담컨대, 이자송이 죽긴 했어도 후대엔 훌륭한 인물로 기억될 것입니다."

왕은 화가 나 얼굴이 붉으락푸르락하면서도 더 이상 이성계를 어쩌진 못했다. 더 다그쳤다간 그가 무슨 일을 저지를지도 모른다는 생각이 들어 겁이 나기도 했다.

이성계가 쐐기를 박듯 동을 달았다.

"지금이 요양을 정벌할 때라고 판단하시는 분은 전하와 최영 장군 뿐입니다. 대다수 원수들도 지금은 때가 아니라고 생각하고 있습니다."

"내가 요양을 정벌하겠다는 말을 꺼낸 건 바로 하루 전인데……."

"벌써 여러 날부터 원수들은 물론 말단 병사들까지도 다 짐작하고 있던 일입니다. 분명하게 다시 한 번 간청하옵니다. 요양 원정은 불가하옵니다."

그럼에도 불구하고 왕은 결코 요양 정벌을 단념하지 않을 거라는 걸 이성계는 알았다.

어쩐다? 어떻게 해야 이 전쟁을 막을 수 있을까?

문득 언젠가 정도전이 한 말이 생각났다. '이 세상에서 가장 나쁜 것은 다스리는 자의 실책'이라던. 보통 사람의 실수는 별것 아닐 수도 있지만 군왕이 실책을 저지르면 그로 인해 수만, 수십만이 죽고 다치고 불행해질 수 있기 때문이라고 했다.

지금이 바로 그렇다. 안 그래도 헐벗고 굶주리는 백성들이 수두룩한 판에 전쟁의 참화까지 입게 되면 무슨 수로 버틸 수 있겠는가? 그런데도 어리석은 왕은 중대한 실책으로 백성들을 위기로 몰아넣으려하고 있었다.

그렇다면 어떻게 해서든 요양 정벌을 포기토록 해야 하는데 뾰족한 방법이 떠오르지 않았다. 정도전이 곁에 있었다면 묘안을 생각해주었을지도 모르지만 남양부사인 그는 지금 여기에 없었다.

어전을 물러나오자 대전내관이 배웅하는 척 따라 나와 나직하고 재빠르게 속삭였다. 최영이 어젯밤 홀로 전하를 만나 '공격 이외 다른 어떤 간언도 용납하지 마시라' 했다고.

　망할 놈의 늙은이 같으니라고!

　이성계는 속으로라도 처음으로 최영을 향해 욕지거리를 늘어놓았다.




　다음 날인 4월 초사흘 날, 왕이 서경으로 거처를 옮기고 나서 각 도에 병사들을 징집해 보내라고 독려했다. 또 전국의 승려들을 징발해 압록강에 부교(浮橋)를 놓으라 하고, 경기도 군사들 중 일부는 동강과 서강에 진지를 구축해 왜구들의 기습에 대비하라 명했다.

　임견미와 염흥방 일파로부터 몰수한 재물을 물 쓰듯 했던 왕은 남은 걸 모두 서경으로 가져오라고도 했다. 공을 세운 군사들에게 나눠주겠다는 것이었다.

　왕은 꿋꿋하게 요양 정벌을 밀어붙이고 있었다.

　최영을 팔도도통사, 조민수를 좌군도통사, 이성계를 우군도통사로 삼는다는 전교를 내렸다.

　왕은 겉보기엔 전쟁 준비에 매진하는 것처럼 보였다. 하지만 그 와중에도 툭하면 대동강으로 가 놀이판을 벌이거나 술판을 벌여 신료들의 억장을 무너지게 만들었다. 젊은 사대부들은 왕이 미치지 않고서야 어찌 저럴 수 있느냐고 흥분했다.

　열흘 쯤 지나서부터 각 도에서 보낸 병사들이 속속 서경으로 밀려들었다.

　원수 이상이 참석한 전략회의를 주재한 최영 팔도도통사는 열이레 날 출정하라 명했다.

헌데 그날 아침, 좌, 우군도통사가 출정인사 차 왕을 방문했을 땐 전날 밤 술에 대취해 아직 일어나지 않았다 했다.

느지막이 잠에서 깨어난 왕은 원수 이상 장수들에게 술자리를 베풀고 갑옷, 칼과 활을 내려주고 싶다며 붙잡는 바람에, 출정하는 날짜를 다음 날로 미뤘다.

늦잠을 잔 왕 때문에 군대의 출정이 미뤄지다니! 일이 비꾸러지는 것 같은 예감을 떨칠 수 없었다.

# 강을 건넌 자들의 광기

"하지만 지엄한 왕명을 받은 장수의 몸이라……."

"군막 밖의 불쌍한 병사들을 생각해보십시오. 장정은 절반에 불과하고 나머지는 늙거나 아직 어린아이들입니다. 그들은 전장에 나가면 칼 한 번 휘둘러보지도 못하고 죽을 게 뻔합니다. 저 군사들뿐이겠습니까? 명나라가 짓쳐들어오면 살아남는 백성보다 죽고 다치는 사람이 더 많을 것입니다."

"그걸 모르는 건 아니지만……."

"백성이 없는 나라가 무슨 소용이겠습니까? 무조건 왕명을 받는 것만이 충성이겠습니까! 나라와 백성을 위태롭게 할 땐 왕명을 거역해서라도 종사와 백성을 지키는 것이 진정한 충성입니다."

4월 열여드레 날, 좌군과 우군이 압록강을 향해 출발했다.

  좌군과 우군의 총 병력은 3만8천8백여 명에 사역하는 인원 1만1천6백여 명을 합쳐 5만 명을 넘었고, 동원된 말은 2만2천 필에 가까웠다.

  출정은 누구도 예외가 없었지만 왕은 슬그머니 최영을 붙잡았다. 날 혼자 두고 장인까지 가시면 어떡하느냐며.

  할 수 없이 도통사 최영은 서경에 남기로 했다. 서경에 남은 최영은 원정군에서 자신의 부재가 어떤 변수가 될지는 그땐 아직 아무것도 몰랐다. 아직은 앞만 보고 나가기에 급급할 뿐이었다.

  원정군은 예정된 시일 안에 모두 압록강 가에 도착했다. 왕은 압록강에 부교를 놓으라고 명했지만 강폭이 워낙 넓은데다 물살도 빨라 부교를 놓는다는 건 어림없는 일이었다.

  그렇다면 뗏목으로 건너는 수밖엔 없었다.

  좌군과 우군은 사흘을 머물며 전열도 정비하고 뗏목들을 엮은 뒤 5월 초이레 날 강을 건너기 시작했다.

압록강은 워낙 폭도 넓고 길어서 강 가운데 크고 작은 하중도(河中島)가 자그마치 마흔 개나 된다고 했다.

원정군은 먼저 하구에서 30리 떨어진 신도로 가 잠시 쉬며 한숨을 돌렸다. 그러고 나서 위화도(威化島: 지금의 평안북도 신의주시 상단리와 하단리에 딸린 섬)로 향할 즈음에 비가 내리기 시작했다.

여름이라 춥지는 않았지만 군사들은 내리는 비에 속수무책으로 고스란히 젖을 수밖에 없었다. 간신히 위화도에 도착한 좌군, 우군은 군막을 쳤다. 강을 건너야 요동인데 비가 거세지면서 물살도 빨라져 도저히 나머지 강을 건널 수가 없었다.

신도를 거쳐 위화도에 이르는 동안만 벌써 수백 명이 물에 빠져 허우적거리다 죽었다. 사실 사역원을 포함 5만여 군사 중 제대로 싸울 수 있는 장정은 절반 정도에 지나지 않았다. 나머지는 나이가 많거나 아직 어려 제 몸 하나 간수하기도 어려울 지경이었다. 그새 수백 명이 익사한 것도 그 때문이었다.

원정군이 위화도에 발이 묶여 있는 동안 이의와 홍인계 등 두 원수가 날랜 군사 수십 명과 함께 몰래 요동 땅에 들어가 여러 병사를 죽이고 재물을 빼앗아 돌아왔다. 무모한 짓이었지만 군사들의 사기를 높여준 효과는 있는 것 같았다.

이 소식은 곧 서경에 전해졌다. 왕은 마치 전쟁을 다 이기기라도 한 것처럼 호들갑을 떨었다. 금붙이와 고운 비단을 두 원수에게 상으로 보내주었다.

원정군의 동향을 보고하러 서경에 다녀 온 군사가 머뭇거리며 무슨 말인가를 할 듯 말 듯했다.

"말해보시게."

이성계 장군이 편안하게 말하자 털어놓았다. 서경에 갔다가 이상한 이야기를 들었다고 했다. 왕이 며칠 사이 환관과 호군 등 모두 여섯 명을 잇달아 죽였는데 그 중 네 명은 왜 죽인 것인지, 그 이유를 아는 사람조차 없다고 하더라는 것이다.

왕의 삐뚤어진 성정을 제대로 알 리 없는 그에겐 매우 놀라운 일이었을 것이다. 하지만 장군은 놀라지 않았다. 사람들을 까닭 없이 죽였다는 말을 들은 게 한두 번이 아니었으니.

비가 그칠 줄 모르고 계속 쏟아졌다. 위화도에 머문 지 벌써 여러 날이 지났다.

그 사이 병사들이 하나 둘 슬금슬금 달아나기 시작했다. 처음엔 몇 사람이 슬그머니 빠져 탈영했으나 나중엔 수십 수백 명이 한꺼번에 강을 헤엄쳐 달아났다.

도주하는 병사를 붙잡아 매질을 한 뒤 가두기도 했고, 나중엔 일벌백계를 노리고 전군이 지켜보는 가운데 자그마치 열두 명의 목을 베어 보이기도 했다.

그래도 소용이 없었다. 도망치고 싶은 사람이 어디 그들뿐이겠는가. 달아난 사람들은 물살이 제법 거세지만 헤엄치는 데는 자신이 있어 강을 건널 수 있다고 믿은 사람들일 것이다. 그들처럼 헤엄을 잘 칠 수만 있다면 나도 달아나고 싶다는 생각을 하고 있는 사람은 수천도 넘으리라.

이성계는 언제 비가 그칠지, 언제쯤 물살을 가로질러 나갈 수 있을지 기약이 없는데 이대로 맥을 놓고 있을 수만은 없다고 판단했다.

이레 째 되던 열사흘 날, 이성계는 좌군도통사 조민수를 찾아갔다.

"안 되겠소. 왕에게 회군(回軍)을 허락해달라는 서찰이라도 보냅시다."

조민수도 마다하지 않았다. 오히려 기다렸다는 반응이었다.
곧 상소가 작성되었다.

원정군은 아직도 위화도에 머물며 군량미만 축내고 있습니다. 비는 그치지
않고 물살이 거세서 강을 건너갈 수가 없습니다. 압록강을 건넌다 해도 요동
성까지는 또 군데군데 큰 내가 있어 쉽게 건너기가 어려울 것 같습니다……

위화도까지 오는 동안 물에 빠져 죽은 사람이 수백 명, 도망친 병사
도 수백 명에 이르러 합치면 천 명도 넘는다, 도망치지 못하게 막고
있지만 병사들은 요동에 가서 죽으나, 도망치다 아군의 칼을 맞고 죽
으나, 헤엄쳐 달아나다 지쳐 죽거나 죽기는 매일반이라며 한사코 도
망치고 있다.
장맛비에 활줄이 느슨해지고 갑옷도 무거워져 군사와 말이 모두 지
쳐 있다, 전에도 원정군이 겪고 있는 어려움을 조목조목 적어 이미 상
언한 바 있으나 아직 윤허를 받지 못해 다시 간청하니 회군을 허락해
달라고.
상소에는 적지 않았지만 이런 상태로 요동성을 공격한다는 건 만용
이고, 그러다 군량의 보급마저 끊어져 오도가도 못하게 되면 떼죽음
을 면하기가 어려울 것이었다.
이틀 뒤, 왕이 보내온 답신은 어이가 없었다.

회군은 절대로 안 된다. 도망치는 군사는 모두 참형에 처해 군율이 엄정
함을 보이라.

최영 장군 또한 따로 서찰을 보냈다.

　회군이라니, 그 무슨 가당찮은 소리인가. 다시 한 번 회군을 입에 올리면 군율로 다스리겠다.

서찰을 가져 온 환관 김완은 왕이 하사한 것이라며 술과 금붙이, 비단 따위를 내놓았다. 좌, 우도통사와 휘하 원수(元帥)들에게 나눠주며 진격을 독려토록 하라는 어명이 있었다면서.
진군을 계속했다간 5만 군사가 다 죽게 생겼는데 금붙이와 비단이 무슨 소용이겠는가.
지금 고려 땅 곳곳엔 왜구가 들어와 설치는 바람에 피해가 이만저만이 아니라는 장계도 잇달아 올라온다는 얘기도 들려왔다. 그래도 왕은 모르는 척하고 온천으로 가 밤새 춤추며 놀고 주색에 곯아 떨어져 지내고 있다 했다.
이성계 장군은 김완을 억류하라 일렀다. 서찰을 움켜쥐고 좌도통사 조민수의 군막을 다시 찾아갔다.
"조공께선 우리가 명나라를 이길 수 있을 것으로 보십니까?"
"무슨 수로 이길 수 있겠습니까. 어림없는 말입니다."
"그러면 우리가 힘을 모아 회군해야 하지 않겠습니까."
"하지만 지엄한 왕명을 받은 장수의 몸이라……."
"군막 밖의 불쌍한 병사들을 생각해보십시오. 장정은 절반에 불과하고 나머지는 늙거나 아직 어린아이들입니다. 그들은 전장에 나가면 칼 한 번 휘둘러보지도 못하고 죽을 게 뻔합니다. 저 군사들뿐이겠습니까? 명나라가 짓쳐 들어오면 살아남는 백성보다 죽고 다치는 사람이 더 많을 것입니다."

"그걸 모르는 건 아니지만……."

"백성이 없는 나라가 무슨 소용이겠습니까? 무조건 왕명을 받는 것만이 충성이겠습니까! 나라와 백성을 위태롭게 할 땐 왕명을 거역해서라도 종사와 백성을 지키는 것이 진정한 충성입니다."

"틀린 말은 아니지만 그래도 어떻게……."

이성계는 조민수를 말로는 설득하기 어렵겠다는 것을 깨닫고 그의 군막을 나왔다.

우군으로 돌아온 이성계는 한 원수를 불러 귀엣말로 뭔가를 지시했다.

다음 날, 우군에 먼저 이상한 소문이 나돌았다. '이성계 장군이 친위병은 물론 원하는 모든 우군을 이끌고 동북면으로 돌아가기로 했다'는 것이다.

소문은 금방 좌군에도 퍼졌다. 소문을 들은 조민수는 어쩔 줄 몰라 바장였다.

그러더니 더 이상 이대로만 있을 수 없다는 듯 군막을 나가 우도통사 이성계를 찾아갔다.

"이공! 군사들을 거느리고 동북면으로 가겠다는 소문이 참말이오?"

"안 그래도 다시 조공을 찾아뵈려던 참이었소. 인사는 하고 떠나야 겠기에."

"그냥 소문이 아니었단 말씀……."

"이 섬을 떠날 생각입니다."

"이공까지 가버리시면 나더러 어찌하란 말입니까!"

조민수가 체통 없이 눈물까지 글썽였다.

"함께 가시든가, 여기 남으시든가. 그건 조공께서 결정하실 몫입니다."

"저도 함께 동북면으로 가자고요?"

"조공께서 뜻을 함께 해주시면 개경으로 가야지요."

"그, 그럼…… 개경을 치자는……."

뒷말을 삼킨 채 놀란 눈으로 이성계를 한참 동안 바라보던 조민수가 입을 앙다물더니 드디어 결심을 굳힌 듯 또박또박 말했다.

"이공이 떠난다면 나도 가야지, 여기 나 혼자 남아 내가 뭘 어찌할 수 있겠소."

"우리가 지금 나라와 백성들을 위해 할 수 있는 것은 회군뿐입니다."

조민수가 돌아간 뒤 우군도통사 이성계 장군은 군막 밖으로 나와 좌우를 살폈다. 쏟아지는 빗줄기 때문에 보이지는 않지만 왼쪽은 요동, 오른쪽은 고려였다.

그때 도롱이를 쓴 원수 한 사람이 이성계 도통사를 향해 걸어왔다.

"형님! 어서 오십시오."

"아우, 할 말이 있으니 안으로 들어가세."

"예, 형님."

두 사람의 대화가 이상했다. 상관인 도통사는 하급자인 원수에게 존대하고, 원수는 도통사에게 하대를 하고 있었다.

이성계 도통사를 찾아온 이는 팔도도통사 조전원수인 이원계(李元桂)였다. 그는 이 도통사보다 다섯 살이 많은 이복형이었다. 공민왕 때 문과에도 급제했지만 무공 또한 만만치 않은 문무겸전의 재사였다. 홍건적의 1, 2차 침입 때나 심양왕 왕고가 왕위를 노리고 국경을 넘어왔을 때 그들을 격퇴하는 데 앞장섰고, 황산대첩 때도 많은 포로와 말

1천6백여 필을 포함해 수많은 무기를 노획하기도 했다.

"형님, 혹시 회군해선 안 된다는 말씀을 하시려고 오신 겁니까?"

"그게 아니라면 내가 무엇 때문에 왔겠는가!"

"형님은 고지식한 분이잖습니까! 신하된 사람은 무조건 왕명을 따라야 한다, 그리 생각하시지요? 하지만 요양 정벌은 성공할 가능성도 희박할 뿐더러 그 후가 더 문젭니다. 요양 정벌이 성공하든 실패하든 명나라가 고려를 가만 두겠습니까? 그들이 짓쳐 들어오면 죽어나는 건 백성들입니다. 백성들을 생각해서라도 회군해야 합니다."

평소 형에겐 깍듯하던 아우가 워낙 강경하게 나오자 이원계는 더는 군말을 보태지 않았다.

형을 배웅한 뒤 군막으로 돌아간 이성계는 휘하 원수들을 모두 불러 모으라 했다. 아마 원수들도 판세가 어떻게 돌아가는지 대충은 눈치를 채고 있었을 것이다.

"수만 군사를 통솔하는 장수가 할 소리는 아니지만 아무리 생각해 봐도 고려의 전력으론 명나라를 이길 수 없소. 이 전쟁에서 이기느냐, 지느냐가 문제가 아니라 명나라를 잘못 건드리면 고려로 짓쳐 들어올 것이고 애꿎은 백성들만 죽고 다치고, 여인들은 명나라 병사들의 노리개가 될 것이오."

"그렇습니다. 왕과 권문세족들은 또 강화도로 도망칠 테니, 죽어나는 건 불쌍한 백성들일 것입니다."

"그래서 어찌하시렵니까, 장군! 용단을 내려주십시오."

여기저기서 원수들이 불끈거렸다.

이성계는 양손을 들어 좌우를 진정시킨 뒤 말을 이었다.

"고심 끝에 군사를 돌려 그대들과 함께 전하를 뵙고 이 전쟁을 부추겨 온 측근들을 제거해 백성들의 걱정을 덜어주려 하오. 그대들은 어찌 생각하시오?"

장수들이 즉각 찬동하고 나섰다. 진즉 회군했어야 마땅했다는 거였다.

상원수 지용기가 벌떡 일어나더니 괄괄한 목소리로 말했다.

"고려의 안위가 오직 장군의 한 몸에 달려 있으니 우리는 모두 장군의 명령을 따를 것입니다. 이 자리의 제장들도 다 나와 같은 생각일 것이라고 믿습니다만 무례를 무릅쓰고 한마디만 덧붙이겠습니다. 만약 이 중에 수서양단[11]하는 자가 나온다면 반드시 내가 그의 목을 치겠습니다."

이성계 도통사가 저지하려 했으나 말은 이미 그의 입 밖으로 튀어나온 뒤였다. 다행히 지용기의 말에 불쾌해하는 장수는 없었다.

이번엔 도원수 정지가 일어서더니 지용기의 말을 받아주었다.

"나 역시 상원수와 같은 생각이오. 상원수가 그렇게 하지 못하면 내가 그렇게 할 것이오."

그 말이 끝나기를 기다렸다는 듯 장수들이 모두 일제히 일어나 '충! 충! 충!' 하는 함성으로 장군의 명에 따라 목숨도 내놓겠다는 맹약을 대신했다. 장막 밖의 군사들도 영문도 모르면서 '충! 충! 충!'을 연호했다.

마침내 도강(渡江) 명령이 내려졌다. 도강의 방향은 서북쪽 명나라 땅 안동이 아니라 동남쪽 고려장성(長城)이었다.

---

11) 首鼠兩端: 구멍에서 머리를 내밀고 나갈까 말까 망설이는 쥐라는 뜻으로, 머뭇거리며 진퇴나 거취를 정하지 못하는 상태를 이르는 말.

이성계 장군이 백마를 타고 강 언덕에 우뚝 서 군사들이 도강하는 모습을 지켜보았다.

오늘따라 백마는 눈부시듯 더욱 하얗게 보였고 그 말 위를 타고 앉은 이성계 장군의 모습에선 서릿발 같은 위엄이 넘쳐흘렀다.

참 이상한 일도 있었다. 여러 날 장맛비가 내렸는데도 돌아가는 강물은 크게 불어나지 않아 고려군은 그리 어렵지 않게 모두 강을 건넜다. 헌데 고려장성 쪽으로 길을 잡으며 뒤돌아보니 그 사이 상류에서 큰물이 들이닥친 것인지 섬이 모두 흙탕물에 잠겨 흔적을 찾기가 어려웠다. 5월 스무이틀 날의 일이다.

좌우군은 사흘 뒤 안주(安州: 지금의 평안남도 안주시)에 도착해 들판에 막영을 설치했다.

조민수가 이성계의 군막으로 찾아왔다. 왜 그런지 무척 초조해 보였다.

"안색이 어두워 보입니다."

이성계가 자리에서 일어나 그를 맞으며 말문을 열었다. 조민수가 털썩 자리에 앉으며 동을 달았다.

"이공! 나, 치룽구니는 아니지요?"

"그게 무슨 말씀이십니까?"

"부끄러운 말이지만 걱정이 돼 밤잠도 이루지 못할 지경입니다. 왕명 없이 회군하고 있으니 우리는 반역을 한 게 아닙니까."

"반역이라……. 그렇게 볼 수도 있겠지요. 하지만 이미 벌어진 일이고, 이제 와서 걱정한다고 해결될 일도 아니잖습니까."

"어찌하실 생각이십니까?"

"어리석은 왕을 폐하고 그 주변도 정리해야지요."

"와, 왕을 폐하자고요?"

"조공께서 방금 전 그러지 않으셨습니까. 회군은 반역이라고. 왕을 폐하지 않으면 우리는 벌을 받게 됩니다. 참수형 정도가 아니라 사지가 찢기고 효시될 것입니다. 그런 꼴을 당하지 않으려면 어떻게 해야 하겠습니까?"

"하긴……."

"하지만 제가 왕을 폐하자고 말씀드린 건 우리가 살기 위해서가 아닙니다. 그동안 어리석은 왕 때문에 신민들이 얼마나 많은 고통을 받았습니까. 그래서 폐하자는 것이지요."

"그럼 후사는 어쩌시려고요?"

"당연히 왕씨로 이어야지요. 또 다시 신씨로 왕위를 잇게 할 수는 없는 것 아닙니까."

"옳은 말씀입니다. 다시 왕씨로 돌아가는 게……. 그럼 그렇게 알고 가겠습니다."

이성계는 군막 밖까지 나가 조민수를 배웅해주고 돌아서며 혀를 찼다. 전장에서 본 조민수는 어리보기처럼 느껴진 때문이었다.

자신이라고 마음이 안온하기만 한 건 아니었다. 겉으로 드러내진 못해도 속으론 자글거리고 있었다. 실패하면 천하에 둘도 없는 역도가 돼 멸문지화를 당할 판인데 왜 안 그렇겠는가. 다만 죽고 사는 건 하늘에 달려 있는 것이고, 회군은 천명이라 여겨 결행하는 것이니 후회하진 말자 스스로를 다독였다.

느닷없이 살아온 날들을 돌아보고 있는 까닭은 무엇일까? 도무지 알 수 없는 일이다. 불현듯 어린 시절이 떠오르더니 그 후부터 오늘에 이르기까지 지난날들이 생생하게 떠오르고 있었다.

대대로 문신 벼슬을 한 집안에서 태어난 건 대단한 행운이었다. 선조는 개국공신이었고, 아버지는 관원들의 잘잘못을 가려 그 죄를 묻는 사헌규정(司憲糾正)이었다.

아버지는 청렴결백하기로 소문난 분이셨다. '황금을 돌같이 보라'는 유언을 남기셨다. '견금여석(見金如石)'이란 네 글자를 새긴 띠를 평생 지니고 다니는 것도, 지금껏 장군으로, 재상으로 살아오며 뇌물, 청탁을 멀리해 온 것도 다 아버지의 유지를 받들기 위해서였다.

가세는 늘 빈곤해서 서당이나 학숙, 향교를 다니며 공부할 형편이 안 됐다. 무관의 길로 들어선 건 학문이 부족한 탓도 있지만 자신에겐 문신보다는 무신이 더 어울린다고 판단했기 때문이다. 어려서부터 기골이 장대했고 완력도 남달랐다. 그렇다면 무관이 되는 게 더 나을 거다!

남들은 말한다. 내가 고지식하고 학문이 모자란 데다 매사 독단으로 결정하고 처리하려다 낭패를 본다고. 그 말들에 일리가 없는 건 아니다. 다만 출세를 위해 이인임에게 빌붙었고 무도하기 짝이 없는 왕을 바르게 이끌지 못했다는 세평엔 동의하기 어렵다.

이인임이 이끌어준 건 사실이지만 출세 때문에 그에게 아부하거나 한 적은 없고, 부정부패를 일삼는 그를 모른 척한 것도 아니다. 언젠가 수상(首相)의 몸으로 국정은 걱정하지 않고 축재에만 신경을 쓰는 것 같아 보기 안 좋다고 대놓고 말한 적이 있었다. 그때 이인임은 얼굴이 벌게지며 아무 말도 못했다.

허구 한 날 놀기에만 바빴던 왕도 여러 번 말렸다. 어느 날인가 사냥 나갈 준비를 하는 왕에게 직언을 올렸다. '농사철이 다가왔는데 노는 데만 정신이 빠져 농사일로 바쁜 백성들에게 고통을 주는 것은 옳지 않다'고. 그때 왕은 '충숙왕도 놀이를 즐긴 것으로 아는데 왜 나는 그러면 안 되는 거냐'고 물어 대답해주었다. 그땐 해마다 풍년이 들어 백성들의 삶이 그리 곤궁하지 않았다고.

귀양을 간 것도 신돈에게 잘 보이려 딸을 바쳤다는 얼빠진 관원을 불러 꾸짖은 일로 신돈에게 밉보인 때문이었다.

물론 잘하기만 한 건 아니다. 전함을 80척이나 건조하고 일흔 넘은 노인들에게까지 차등을 두어 쌀을 과렴[12]해 군량으로 충당하는 바람에 백성들의 원성을 산 건 지금 생각해봐도 잘한 일이라고 하기는 어려울 것 같다. 다만 나라가 무너지면 백성도 갈 데가 없게 되는 것이니 병사들을 배불리 먹이려면 그 수밖엔 없었다.

전장에서 뒤로 물러서는 장졸은 그 자리에서 목을 베는 등 사람들을 함부로 죽여 위세를 과시하고 즐겼다는 비판이 있는 것도 알지만 그 역시 일벌백계로 군율을 세우고 나라의 기강을 바로 잡으려 한 데서 빚어진 일일 뿐 사감(私感)으로 그런 적은 드물었다.

그나저나 요양 정벌은 정말 불가능한 일일까?

쉽지는 않아도 불가능한 일이라고 보지도 않았다. 전쟁의 승패가 나라의 크기로 결판나는 건 아니니까. 명나라도 처음엔 하찮은 적도(賊徒)에서 출발해 대원제국을 무너뜨리고 오늘에 이른 게 아닌가.

---

12) 科斂: 고려 후기에 부족한 국가 재정을 충당하기 위해 거두어들인 임시 세목(稅目)의 한 종류.

헌데 이성계의 사불가론을 듣고 나선 잠시 흔들렸다. 그의 주장이 대부분 맞는 얘기였기 때문이다. 그래도 이미 시작된 일이라 밀어붙이긴 했지만 지금도 조마조마한 건 사실이었다.

꼬리를 물고 이어지던 회상에서 그를 건져낸 건 헐레벌떡 달려 온 한 장수였다.

"시중어른! 큰일 났습니다."

"무슨 일인가?"

"그게……."

"왜 말을 하다 말아?"

"좌, 우군이 모두 회군했다 합니다."

"회군?"

"이틀 전에 회군해 지금 안주에 머무르고 있다 합니다."

눈앞이 캄캄해졌다. 명령 없이 회군이라! 반란을 일으켰다는 얘기 아닌가?

낭패였다. 남겨둔 군사가 거의 없다. 웬만하면 맞서 싸워보겠건만 고려군 대부분은 저들의 손에 들어 있었다. 여기엔 약간의 시위 군사뿐이다. 판단은 금세 섰다. 대적하긴 불가능하다고. 그렇다고 죽이든 살리든 마음대로 하라며 맥 놓고 있을 수만은 없는 일 아닌가.

위화도에 있던 군사들이 회군 중이라 고하자 왕은 단박에 코납작이가 돼 덜덜 떨었다. 잠시 후엔 이제 어쩌면 좋으냐며 울기까지 했다.

최영 시중은 일단 개경으로 돌아가면서 생각해보자며 왕을 호종해 개경으로 길을 잡았다. 왕은 그 와중에도 서경에 들러 값나가는 물품을 챙긴 뒤 대동강을 건너 지름길로 급히 말을 달렸다. 5월 스무엿새날의 일이었다.

다음 날 아침, 왕은 개경에 도착해 화원(花園)으로 들어갔다. 서경을 떠날 땐 삼백 명을 넘었는데 궁궐까지 따라온 사람은 겨우 쉰 명 남짓에 불과했다.

최영은 백관들에게 무장을 갖추고 왕을 호위토록 하는 한편 전국에 징집령을 내렸다. 낫을 들 힘만 있으면 모두 나와 역도들을 무찌르자고 독려했다.

하지만 사흘이 지나도록 호응해주는 사람이 많지 않았다. 고작 몇십 명에 불과했다.

왕도 창고에 있던 비단 따위를 나눠주며 군사를 모았으나 징집령에 응한 사람 역시 창고를 지키던 노예와 시정잡배를 합쳐도 백 명이 채 안 됐다. 회군한 장수들의 처자식들을 인질로 잡아 가두려고 했으나, 그마저 여의치 않았다. 사태가 워낙 급박해서 실행하지 못한 것이다.

한편 원정군이 서경에 도착하자 백성들이 길가로 나와 만세를 부르며 환영해주었다. 고려군이 명나라와 일전을 벌여 이길 리는 만무하고, 괜히 잘못 건드려 대군이 쳐들어오면 또 피난을 가야 할 판인데 싸움 없이 회군을 했다니 그리 반가울 수가 없었다.

서경에서 잠시 숨을 돌리려는데 장수들이 다투어 서둘렀다.

"왕이 말을 달려 개경으로 돌아갔답니다. 어서 추격합시다."

"그렇습니다. 장군! 이러고 있을 때가 아닙니다."

"맞습니다. 서두릅시다."

"어서 가서 덜떨어진 왕과 최영을 잡아 죽여야 합니다."

이성계는 가만히 고개를 내저었다.

"왕을 호종하는 군사는 별로 많지 않겠지만 우리가 서둘러 진격하게 되면 어쩔 수 없이 전투가 벌어질 것이다. 그리 되면 많은 사람이 죽고 상하게 될 것 아닌가."

그 말을 받아 원수 황보림이 발끈하고 나섰다.

"제가 왕이나 최영이라면 회군한 장수들의 가족부터 잡아들일 것입니다. 왕을 호종하는 군사들의 목숨을 구하자고 우리들의 가족을 희생시키자는 말씀이십니까?"

또 다른 장수가 버럭 소리를 지르듯 말했다

"저 흉포한 왕은 반드시 이참에 잡아 죽여야 합니다. 서두르십시오."

이성계가 재빨리 그 꼬투리를 잡아챘다.

"말조심하라. 우리는 반란군이 아니다. 백성들이 전쟁의 참화로 신음하는 것을 막기 위해 전하에게 윤허를 받아내기 위해 가는 길이야."

안주에서 조민수에겐 왕을 폐하고 왕씨로 왕위를 잇게 할 것이라 했던 이성계였다. 그런데 지금 휘하 장졸들에게 하는 말은 전혀 달랐다. 마음은 그대로였으나 정도전이 급히 보낸 서찰을 보고 말만 바꾼 것이다.

장수들은 도통사가 갑자기 왜 저런 해괴한 말을 하느냐는 듯 눈짓을 주고받았다.

장군이 다시 말을 이었다.

"내 분명히 말하거니와 전하를 해치는 자는 용서하지 않을 것이야! 장졸에게도 그리 전하도록 하시게. 또한 백성의 재물을 훔치거나 여인을 희롱하는 따위의 잘못을 저지르면 큰 벌을 받게 될 것이라는 것도."

말을 끝낸 장군은 군사들을 이끌고 사냥을 시작했다. 진격 속도도 늦추고 사냥한 짐승들로 군사들의 배도 채워주자는 속셈이었다.

장수들은 겉으론 대범한 척했지만 속으론 가족들의 안전이 걱정돼 죽을 맛이었다. 꾸물거리는 이성계 장군이 마땅치 않고 원망스럽기까지 했지만 그렇다고 우리는 먼저 갈 테니 장군은 천천히 오시라고 할 수는 없지 않은가. 그대로 따르는 수밖엔 없었다.

좌군도 우군이 하는 모습을 지켜보다 그대로 따라할 뿐 앞서 가지는 않으려 했다.


아스라이 개경이 보였다.

개경성은 누구도 쉽게 넘볼 수 없는 요새였다. 북쪽은 천마산과 제석산이, 동북쪽엔 화장산, 동남쪽엔 진봉산, 서북쪽엔 만수산이 병풍을 두른 듯 서 있었다.

그 안쪽을 흐르는 예성강 유역, 임진강, 한강 하류를 끼고 광대한 농경지가 널려 있었다. 황해로 빠지는 예성강변 벽란도에는 전국 각처에서 들어오는 각종 세공(稅貢)과 물자들이 쌓이고, 중국이나 회회인(回回人: 이슬람을 믿는 위구르인)들의 상선이 머물기도 했다.

고려를 세운 태조 왕건이 해상 세력을 이끌었기에 해상 진출이 용이한 곳으로 도읍을 정한 것이다. 그 중심부의 궁궐터는 자그마치 25만 평에 달했다. 궁궐터를 50리쯤 되는 궁성(宮城)이 감싸고, 그 밖은 다시 약 120리나 되는 황성(皇城)이 막았다.

이밖에도 자남산과 지네산을 축으로 하는 내성과 용수산에서 부흥산까지 이르는 능선을 따라 축조된 외성이 빙 둘러 서 있었다. 그러니까 왕이 사는 궁궐은 바깥쪽에서부터 보면 외성, 내성, 황성, 궁성으로 4중 방어망을 갖춘 요새였다.

원정군은 6월 초하루 날, 개경성 성문 밖에 도착했다.

조민수가 지휘하는 좌군은 서문인 선의문 앞에, 이성계가 지휘하는 우군은 동문인 숭인문과 동북쪽 탄현문 앞에 나누어 진을 쳤다.

밀직부사 진평중이 나오더니 어찰이라는 것을 전했다. 장수들을 회유하는 글이었다.


쓸데없는 망상을 버리고 개과천선하여 짐과 함께 부귀를 누리자.


장수들이 돌려가며 읽고 실소를 터뜨렸다.

두어 식경이 지난 뒤 이번엔 설장수가 나오더니 왕이 보냈다며 술을 내밀었다. 당연히 모두가 거절했다. 술 마실 때도 아닐 뿐더러 독이 들어있을지도 모를 일이니까.

그때 한 떼의 군마가 먼지를 일으키며 성문 쪽으로 다가왔다.

이성계 장군이 회군했다는 소식을 듣고 장군을 돕기 위해 달려온 맏아들 방우와 둘째 방과였다. 이두란의 아들 화상을 비롯한 동북면 백성들과 여진인들도 다수였다.

이들은 서경 근처에서 왕에게 조달할 물자를 싣고 오던 일행과 마주쳐 물품을 가득 실은 수레와 말들까지 모두 빼앗아 왔다 했다.

듣자하니 왕은 조민수와 이성계를 비롯해 왕명을 어기고 군사를 돌린 장수들의 관작을 모두 삭탈, 그 벼슬을 궁 안에 있던 대신들에게 나눠주었다고 했다. 곳곳엔 '역도들의 괴수를 사로잡거나 죽인 사람에겐 큰 상과 높은 벼슬을 내리겠다' 는 방문도 붙였다.

그래봤자 소용없다는 건 백성들도 알고, 방을 붙인 군사들도, 방을 붙이라 명한 왕도 알고 있었다.

6월 초사흘 날, 숭인문 밖 산대암에 마련한 군막에 있던 이성계 장군은 좌군의 유만수가 선의문 인근 작은 문을 열고 도성 안으로 들어가려다 최영 장군이 지휘하는 관군에 쫓겨 허겁지겁 도망쳐 왔다는 보고를 받았다.

이성계는 피식 웃고 나선 천천히 일어나 마구(馬具)를 챙겨 말 등에 얹더니 그 위에 올라앉았다. 황룡대기를 앞세운 이성계 군이 자남산으로 향했다.

자남산에 진을 친 수백여 관군들이 새까맣게 올라오는 이성계 군을 보자 앞뒤 가릴 새도 없이 꽁무니가 빠지게 달아나버렸다.

이성계 군은 곧장 자남산 능선에 있는 팔각전(八角殿)으로 향했다. 공민왕이 잔치하고 놀이하는 곳으로 쓰기 위해 지은 이궁(離宮)이었다.

갖가지 화초를 심은 화원 안에 팔각정을 2층으로 올려 멀리서 봐도 화려하고 아름다워 보였다. 화원 앞에 도착한 이성계는 찬찬히 산책하듯 돌아보고 나선 칼을 빼들고 소리쳤다.

"저 담장을 허물고 팔각정 안으로 들어가 최영을 잡아 오라!"

와, 하고 함성을 올리며 군사들이 담장으로 몰려가 일제히 힘을 주어 밀자 담장은 맥없이 뒤로 넘겨졌다.

어지러운 장졸들의 발소리와 곳곳에서 우당탕탕 하는 시끄러운 소리가 꼬리를 물었다.

"최영이 여기 있다!"

팔각정 안에서 들려 온 소리였다. 곽충보의 군대가 부리나케 달려갔다.

백발의 장군이 날이 시퍼런 칼을 빼든 채 우뚝 서 있고, 그 뒤에 왕과 장군의 딸인 영비가 벌벌 떨며 서 있었다.

최영의 나이 일흔 셋. 보통 사람이면 땅속에 묻힌 지 이십년은 됐을 법한 세월을 살고 있었다. 노인 중에서도 상노인이지만 젊고 날랜 병사들이라도 감히 범접키 어려운 위엄이 그를 받쳐주고 있었다.

"장군을 잡아라!"

곽충보의 명을 받고도 누구 하나 앞으로 나아가는 병사가 없었다. 그때 찌렁찌렁한 목소리가 성벽을 타고 흘렀다.

"네 이놈, 곽충보! 내가 누군지 모르느냐! 정녕 네놈이 죽고 싶으냐!"

최영이 한 걸음 앞으로 다가오자 곽충보는 하얗게 질려 너댓 걸음이나 물러났다.

장군이 다시 군사들을 향해 일갈했다.

"나는 최영이다. 내 스스로 자진을 해도 할 것이다. 한 발짝도 떼지 말고 기다려라!"

그러더니 왕과 자신의 딸이기도 한 영비에게 두 번 절한 뒤 입을 열었다.

"요양을 정벌해 고구려의 옛 영토를 회복하려 했던 전하와 소장의 꿈을 이룰 수 없게 된 것이 억울하고 분하지만 이제 와서 어찌하겠습니까. 그것이 하늘의 뜻이려니 여기십시오."

"아버님……."

"불민한 소장이 할 수 있는 건 이젠 없는 듯합니다. 부디 용체를 잘 돌보시옵소서. 세상을 떠나시는 그날까지 의연하고 당당하게 대처하시길 바라옵고 또 바라옵나이다. 그리고 딸아! 네 신명을 다 바쳐 전하를 모시도록 하여라."

"아버님! 저희는 어쩌라고……."

왕과 영비가 울음을 터뜨렸다.

최영 장군이 다가가 넓은 품에 두 사람을 끌어안은 채 말없이 둘의 등을 토닥여 주었다.

"가자!"

포옹을 풀고 나서 짧게 한마디를 던지고 난 장군은 뚜벅뚜벅 걸어 방문 밖으로 나가려다 다시 왕과 영비를 향해 몸을 돌렸다. 그리고는 환하게 웃으며 그들을 향해 오른손을 흔들어 주는 것으로 작별을 고한 뒤 방문을 나섰다. 장군의 옷자락에 통곡소리가 매달렸다.

화원으로 내려가자 이성계가 기다리고 있다가 몸을 바로 하고 고개 숙여 예를 표했다.

최영이 흘금 이성계를 바라보고 난 뒤 덤덤하게 말했다.

"내 어깨에 태웠더니 머리 위를 밟고 올랐네 그려."

"그리 생각하십니까? 저는 장군을 존경하긴 했지만 장군의 어깨를 탄 적은 없습니다."

"반역을 하겠다고?"

"반역이 아니라 바로 잡겠다는 것입니다. 저 왕이라는 작자가 지난 14년간 한 짓을 모르십니까? 나라를 거덜낸 것 말고 한 일이 뭐가 있습니까?"

"그렇다고 반역을······."

"정녕 모르셔서 그런 말씀을 하십니까! 요양 정벌은 대의(大義)에 반하는 일이었습니다. 백성들에게 고통만 안겨줄 뿐! 뒤로 미루자고 말씀드렸는데도 받아주시지 않아 벌어진 일입니다."

최영 장군은 할 말을 잃은 것인지 이성계의 얼굴을 빤히 쳐다보다 다시 말을 이었다.

"이인임이 전에 했던 말이 떠오르는구면. 그가 그랬어. 이성계가 필시 나라의 주인이 되려고 할 것이니 조심하라고. 그래도 난 믿지 않았는데 그가 옳았어."

"무슨 말씀을 하시는 겁니까!"

이성계가 버럭 하자 최영이 희미하게 웃으며 받았다.

"내가 늙고 병들어 지금은 이렇게 물러나지만, 누가 선하고 누가 악했는지, 누가 잘하고 잘못한 것인지, 대장부의 한평생은 관을 덮은 뒤에야 판가름 나는 것일세."

"명심하지요. 잘 가십시오."

이성계 장군이 다시 예를 표하고 나서 장졸들에게 말했다.

"장졸들은 들으라! 장군을 공손히 모시도록 하라! 만약 장군에게 결례를 범한 자가 있다면 나중에라도 결코 용서치 않을 것이다!"

최영은 그 길로 고봉현(高峯縣: 지금의 경기도 고양시)으로 유배되었다.

최영 장군이 이성계 군에 붙잡혀 성문을 나서자 선의문과 숭인문은 저절로 열렸다.

좌군이 물밀 듯 궐 안으로 들어왔다.

조민수가 말을 몰아 이성계 쪽으로 다가와 나지막이 말했다.

"이제 어쩝니까?"

"아직은 고려의 왕이니 전하를 뵈어야지요. 원수들과 함께 뵈러 갑시다. 부득이 회군한 사실은 조공께서 말씀하시는 게 좋을 것 같습니다만."

"제가요? 그러지요."

이성계는 먼저 왕을 정전인 회경전으로 모셔 오도록 했다. 그런 다음 좌우군 도통사는 서른네 명의 원수들과 함께 어전으로 나아갔다.

용상에 앉은 왕은 침착함을 유지하기 위해 무진 애를 쓰는 것 같았으나 잘 안 되는지 이따금 몸을 떨면서 두 도통사를 흘금거렸다.

좌군도통사 조민수가 입을 열었다.

"전하! 회군하지 말라는 왕명을 받았으나 나라와 백성을 위해 부득이 회군했사옵니다."

왕은 아무 말도 하지 못했다. 할 말도 없겠지만 설사 할 말이 있더라도 주눅이 든 터라 입 밖으로 꺼내기 어려웠을 것이다.

이성계가 동을 달았다.

"저희는 군사들을 일단 성문 밖으로 물릴 것입니다. 전하께선 전과 다름없이 정사를 살펴주시기 바라옵니다."

왕은 여전히 묵묵부답이었다. 왕은 한 가지만 생각했다. 지금 자신이 할 수 있고 해야 할 일은 어떻게 든 살아남는 것이라고. 그러려면 저들의 비위를 거슬러선 안 된다고. 그저 쥐 죽은 듯!

"이제 와 돌이켜보니…… 과인이 경솔했소. 과인이 판단을 잘못해 하마터면 나라가 결딴날 뻔 했는데 경들이 알아서 회군을 해주어 고마울 따름이오."

뒤쪽에 있던 원수들 중엔 피식거리거나 서로 눈짓을 주고받으며 왕을 비웃었다.

다음 날, 왕은 조민수를 좌시중, 이성계를 우시중, 조준을 대사헌으로 삼고 삭탈했던 장수들의 관작을 모두 회복시켰다.

# 민심은 땅에 있다

"아무래도 전제개혁(田制改革)을 서둘러야겠습니다."

"하긴 해야 하는데, 그게 말처럼 쉬운 일이 아니니……. 무신정권 이후 지난 백여 년 동안 수많은 신료들이 수도 없이, 쉴 새 없이 전제개혁을 부르짖었지만 성공한 적은 단 한 번도 없었잖은가."

"그랬기 때문에 더욱 서두르고, 이번엔 어떻게든 밀어붙여야 합니다. 전제개혁만 성공하면 민심은 확실한 우리 편이 될 것입니다. 그렇다고 민심을 얻기 위해 부당한 일을 하자는 것도 아니잖습니까. 생민(生民)에겐 전제개혁만큼 절실한 게 없습니다."

원수 이상 서른여섯 명이 흥국사(興國寺)에 모이기로 했다.

무신정권 시대로 돌아가겠다는 건 아니지만 당면한 문제들을 원수들은 어찌 생각하는지, 그 의견을 들어보고 취합해 판단하는 절차가 필요했다.

흥국사로 가기 위해 막 군막을 나서려는데 허겁지겁 정도전이 들어섰다.

"지금 가시는 길이십니까?"

도전이 가쁜 숨을 몰아쉬며 누가 들을 새라 속삭이듯 말했다.

"가려던 참일세."

"주군! 오늘 모임에선 반드시 주상을 폐하고 죽이자는 얘기가 나올 것입니다."

"자네도 그리 생각하는가?"

"어쩌실 생각이십니까?"

"이젠 허수아비나 다름없는데 죽여서 뭘 하겠나."

"그렇습니다. 지금 죽이면 민심을 얻기 어려울 것입니다. 아무리 망나니 같은 왕이었다 해도 바로 죽이면 말이 무성해질 것이고, 그 허물은 죄다 주군께 돌아오게 된다는 점을 명심하소서."

"알았네. 그리하지."

이성계 우시중이 흥국사에 도착했을 땐 원수들이 대부분 모여 있었다. 아직 오지 않은 이들도 우시중의 뒤를 따라 오기라도 한 듯 연이어 들이닥쳤다.

모임은 좌시중 조민수가 주도했다.

이성계는 가급적 말을 삼간 채 주로 듣기만 했다.

그 사이 마음고생을 털어낸 것일까, 오늘은 조민수도 의연해 보였다.

여러 의견들이 오갔다.

각 도에서 진행 중인 성곽의 수축과 군사징집부터 모두 중지토록 하자. 최영의 잔당들을 찾아 수감했다가 모두 유배 보내자……

"왕도 폐하고 죽여야 합니다!"

기어이 누군가 피비린내 풍기는 말을 꺼냈다. 그리고 기다렸다는 듯 연쇄적으로 으르렁대는 목소리들이 이어졌다.

"맞습니다. 당장 죽여야 합니다!"

"그동안 얼마나 못된 짓을 많이 했습니까."

"그런 자가 고려의 왕으로 14년 동안이나 보위를 더럽혔으니 생각할수록 기가 막힙니다."

반대하는 사람은 아무도 없었다. 사방에서 불꽃이 튀었다. 누가 불만 붙이면 그 즉시 도화선이 되어 온 궁궐에 한바탕 피바람이 몰아칠 것이다. 살육의 현장이 여럿의 눈에 이미 선했는지 입맛을 다시는 자들도 있었다. 작금의 수순이란 그것만큼 뻔한 게 없다고 다들 기다리고 있을지도 몰랐다.

어쩔 수 없이 이성계가 나섰다.

"아무리 왕이 흉포한 짓을 많이 저질렀어도 왕은 왕이고, 그 왕이 무도한 짓을 많이 했는데도 신하들이 바로 잡지 못했으니 우리에게도 일단의 책임이 있습니다. 또한 당장 왕을 죽이면 민심이 돌아설 것입니다. 이 점을 유념해야 합니다."

일순 장내가 조용해졌다.

조금 전까지만 해도 당장 왕을 죽이자며 흥분했던 장수들도 입을 다물었다. 아직은 겨우 찻잔에서 몰아치는 광기에 불과했다. 제 앞에 차를 한 모금씩 들이키면서 성급한 광기도 잦아들었다. 그보다 이성계 장군의 말에 오류가 없으니 스스로 서둘러 각자 분출했던 광기를 다잡을 수밖에 없었다.

꾀 오래 지속된 침묵을 깬 사람은 조민수였다.

"우시중 말씀에 일리가 있소. 왕은 지금 독 안에 든 쥐나 다름없으니 그리 서두를 일은 아닌 것 같습니다. 시일을 두고 차츰 생각해봐도 늦진 않을 것입니다."

그것으로 그날 모임은 일단락되었다.


왜 이렇게 불안하지?

그는 아까 중참 무렵부터 바잡았다. 그럴 만한 일이 있었던 건 아니었다. 하지만 정체를 알 수 없는 불길한 느낌이 등줄기를 타고 올라와 머릿살을 후벼 팠다.

그러다 깨달았다. 불길한 느낌의 근원은 왕이라는 걸.

그는 힘이 다 빠졌지만 아직은 왕이고, 궁궐엔 숙위군도 있고 근위 내시들도 있다. 그들 중엔 몸놀림도 재빠르고 무공도 뛰어난 자들이 적지 않다. 그들이 아무도 모르게 잠입, 잠들기를 기다렸다 칼을 꽂으면 살아날 사람이 없을 것이다. 아무리 무공으로 단련된 이성계라 하더라도.

우시중은 지금 어디에 머물고 있을까. 그 가족들은…….

만약 집에 있다면 경호는 철저히 하고 있을까?

아무리 빈틈없는 경호라도 바람처럼 왔다가 사라지는 자객을 무슨 수로 당해?

어둠이 내려앉기 시작하자 그는 말에 올라 내쳐 달렸다. 두 시진이 채 안 돼 그는 우시중의 집 앞에 도착했다.

두 사람이 경계를 서고 있는 것으로 미루어 집 안엔 식구들이라도 있는 모양이었다. 집 앞을 지키고 있던 군사 둘이 말발굽 소리에 긴장한 듯 공격 자세를 취하고 있다가 말에서 내리는 정도전의 얼굴을 확인하고 나서야 목례를 했다.

그때였다. 누군가 저쪽 담벼락에서 눈만 내밀고 이쪽 동정을 살피던 자가 있었다. 그자는 정도전의 시선이 자신을 향하자 후다닥 몸을 감췄다.

"시중께선?"

"집 안에 계십니다."

"집에? 호위군사가 모두 몇인가?"

"안에 있는 자들까지 합쳐 모두 열 명입니다."

"열 명?"

"왜 그러십니까?"

"아닐세."

도전은 대문을 밀치고 들어섰다. 낯이 익은 장교가 보고 아는 체를 했다.

인사를 받고 난 도전의 시선이 지붕 위로 향했다. 그때 무엇인가가 용마루를 넘어가는 것 같았다.

확실치는 않지만 대문 쪽과 마당 주위를 살피다 도전이 고개를 들자 용마루를 넘어 뒤쪽으로 사라진 게 아닌가 싶었다. 온몸에 소름이 돋았다. 긴장한 탓인지는 몰라도 집안 곳곳에서 불길한 기운이 느껴졌다.

"이보시오."

도전이 장교를 부르자 그가 몸을 돌려 다가왔다.

"우시중 어른과 그 가족들이 이 집을 비워두고 곧 군영으로 갈 것입니다. 호위할 군사들이 더 필요할 것 같으니 군영으로 사람을 보내 날랜 병사 쉰 명 쯤 보내 달라고 하시오."

"예에? 예, 알겠습니다."

"그리고…… 집 안을 엿보는 자가 있으니 경계를 철저히 하라고 이르시고."

"예, 그렇겠습니다."

집사의 안내로 방문을 열고 들어가자 강씨 부인과 차를 마시고 있던 우시중이 의아한 눈길을 던지며 물었다.

"삼봉! 이 밤중에 무슨 일인가?"

강씨 부인 역시 놀랍다는 표정을 감추지 않았다.

정도전이 자리에 앉으며 볼멘소리를 했다.

"주군! 이게 어찌된 일입니까?"

"뭐가 말인가?"

"대사가 다 끝났다고 생각하십니까?"

"그럴 리가 있나. 왜?"

"경계가 허술합니다. 나라와 백성의 운명이 주군의 양 어깨에 걸려 있다는 걸 모르십니까? 그렇다고 우호세력만 있는 건 아닙니다. 왕도 적이고, 권문세족들도 적입니다. 최영 장군의 잔당들도 적지 않을 것입니다. 그런데 경계가 이리도 허술해서야 되겠습니까?"

"지금 누가 나에게 대적하려 하겠는가. 괜히 군사들을 번거롭게 할 필요가 있겠는가?"

"아무리 형편없어도 왕은 왕입니다. 여전히 보위에 있고, 숙위군과 근위내시들도 많습니다. 최영 장군의 잔당도 있고, 사병을 거느린 권문세족들도 적지 않습니다. 어서 이 집에서 나가야 합니다."

"그럴 필요까지⋯⋯."

"백 리를 가는 사람은 구십 리를 반으로 쳐야 하는 법입니다. 마무리를 잘하려면 이미 걸어 온 구십 리와 남은 십 리 길을 똑같이 여길 정도로 신중하고 조심해야 한다는 말이지요. 마무리를 잘하지 못하면 지금까지의 노력이 다 허사가 될 수 있습니다."

"삼봉의 말이 틀린 건 아니지만⋯⋯."

"집안 동정을 살피는 자를 제 눈으로 똑똑히 보았습니다. 서두르십시오. 주군을 호위하고 군영으로 갈 병사들을 데려오라 했습니다."

우시중은 여전히 미적거렸으나 강씨 부인이 재빨리 움직였다. 종복들을 불러 당장 필요한 것들을 챙기도록 하는 등 이것저것 지시했다. 집안 동정을 살피는 자가 있었다는 도전의 말을 듣고 겁을 좀 먹은 것 같았다.

대충 짐을 다 챙겼을 무렵 마침 우시중 가족을 호위할 군사들도 도착했다.

우시중은 식솔들을 이끌고 성문 밖 군영으로 향하기에 앞서, 군사 한 사람을 불렀다.

"이걸 조민수 좌시중에게 전해주게."

그러면서 봉서 하나를 내밀었다. '수상한 기미가 느껴져 나는 당분간 가족과 함께 군영에서 지내려 한다. 좌시중도 당분간 군영에서 지내는 게 좋겠다' 는 내용이었다.


왕은 갑옷을 입은 채 좌정하고 있었다.

지금껏 본 적 없는 결연한 표정에다 자세에도 흐트러짐이 없었다. 저 사람이 난봉을 일삼던 그 왕이 맞는가 싶었다. 시녀들은 숨을 죽였다.

그때 내관 하나가 들어오더니 허리를 구부리며 나직이 말했다.

"이성계도, 조민수도 다 집에 있다고 하옵니다."

"호위군사는?"

"이성계 집엔 십여 명, 조민수 집엔 삼십여 명 정도라 합니다."

"그럼 됐다. 준비는 다 됐느냐?"

"예, 전하!"

"모두 몇이나 되느냐?"

"팔십 명입니다. 그 수는 많지 않으나 날랜 자들이니 능히 두 역도를 도모할 수 있을 것이옵니다."

"좋다, 가자!"

왕이 궁정 앞에 이르자 검정 옷을 입은 병사들이 칼과 활을 들고 줄
지어 서 있었다.

왕이 군사들 앞으로 나아가 입을 열었다.

"짐은 이제 왕명을 어기고 회군한 두 역도를 참하려 한다. 오늘 밤
거사가 성공하면 너희는 모두 공신의 위호와 함께 대대손손 부귀를
누리게 될 것이다."

소리를 내지 말라는 엄명이 있었기에 함성을 올리진 않았지만 병사
들은 기대감에 부풀어 어둠 속에서 눈짓을 주고받았다.

"자, 가자!"

왕이 말하고 나서 연에 올랐다. 왕의 연이 빠르게 움직였다.

그 뒤를 따라 군사들도 걸음을 빨리 했다. 그래도 그들의 발걸음 소
리 때문에 잠을 깬 백성은 없었다. 그만큼 조심하며 재빠르게 걸었다.

이성계의 집이 보이자 왕은 소리 내지 않고 연에서 내렸다. 그리고
칼을 빼든 채 조심조심 벽을 끼고 다가갔다. 대문이 보일 즈음 발걸음
이 저절로 뚝 멈췄다. 뭔가 이상했다. 집 밖에 경계를 서는 자가 보이
지 않았다.

한 병사가 조심스럽게 대문으로 다가가 밀쳐보았다. 꿈쩍도 하지
않았다.

날랜 병사 둘이 담을 넘어 들어가 대문을 열었다. 열린 문 안으로 군
사들이 쏟아져 들어갔다. 모든 방을 다 뒤졌으나 이성계와 그 가족들
은 어디에도 없었다. 잠을 자고 있던 병졸차림의 남자 셋과 종복들로
보이는 자들까지 애꿎은 십여 명만 목숨을 잃었다.

"어찌된 것이냐?"

왕이 묻자 한 환관이 나서며 기어들어가는 목소리로 대답했다.

"분명 아까는 모두 있었습니다. 정도전이라는 자가 들어가는 것까지 목격했사옵니다."

"이 버러지 같은 놈!"

그 말과 동시에 왕의 칼이 공중에서 빙그르 한 바퀴 도는가 싶더니 환관의 목 위로 떨어졌다.

"가자, 조민수의 집으로!"

왕의 명이 떨어지자 군사들은 재빨리 움직였다. 둘 중의 하나는 반드시 제거해야 했다. 그래야 그나마 반란군의 세를 줄일 수 있었다.

하지만 조민수의 집도 마찬가지였다. 집을 지키던 종복 한 사람뿐 텅 비어 있었다.

"조민수의 집을 보고 온 자는 누구냐?"

아무도 나서는 사람이 없었다. 대전 내시가 두리번거리더니 왕에게 말했다.

"그자가 보이지 않습니다. 달아난 모양입니다."

"이런 쳐 죽일 놈! 그자를 잡아오라!"

하지만 작정하고 달아난 자를 어디서 찾는단 말인가. 그러고 보니 왕을 따르던 군사의 수도 육십 명 정도뿐이었다. 이십 명 가량은 벌써 달아나버린 것이다.

왕은 이성계 집을 나설 때부터 '아차!' 했다. 괜한 짓을 했다! 하지만 이미 벌어진 일. 후회해봤자 때는 늦었다.

왕이 친히 무장한 내시들을 이끌고 두 시중의 집을 급습했다는 소식이 금방 두 시중에게 전해졌다.

조민수가 그날 밤 당장 이성계의 군막으로 찾아와 감격해했다.

"우시중이 아니었으면 큰일 날 뻔했소이다. 고맙소! 이 은혜, 잊지 않겠소."

　날이 밝자 두 시중은 수하들을 대궐로 보내 궁궐 안의 병장기와 안장 딸린 말들을 모두 군영으로 가져오게 했다. 왕이 또 다시 엉뚱한 짓을 획책할 수 없게 하기 위해서였다.


　장수들이 다시 한자리에 모였다. 뒤숭숭한 분위기였다. 왕이 내시 팔십여 명을 이끌고 두 시중의 집을 급습한 사실을 두고 격론이 벌어졌다.

　"이런 일엔 인정에 휩쓸리기보다 좀 모질더라도 화근을 뽑아내야 탈이 나지 않는 법입니다. 왕을 폐하고 죽였어야 했습니다."

　"맞습니다. 작은 일에 구애받다 큰 것을 잃게 될 수도 있다는 걸 간과해선 아니 됩니다."

　다분히 이성계를 겨냥한 말이었다.

　이성계의 눈빛이 날카롭게 빛났다. 노려보는 듯했지만 정확한 대상이 누군지는 알기 어려웠다. 그와 시선이 마주치기만 해도 자신을 응시했던 게 아닌가 하는 생각에 다들 소름이 돋았다. 그렇지만 왕을 살려둔 게 실수라는 생각엔 변함이 없는 것 같은 표정들이었다.

　이성계는 그들에게서 눈을 떼고 좌중을 휘둘러보았다. 지금 이들을 잘못 다스렸다간 반둥건둥해질 수 있었다. 압도적인 위엄으로 제압하지 않으면 안 되는 상황이라 판단했다.

　"그렇게만 생각할 일이 아니오. 그때 죽이지 않고 내버려두었기에 왕이 자충수를 둔 게 아니겠소. 이런 일이 거듭되면 폐위할 명분이 축

적되는 것이니 조금 더 기다려도 늦지 않을 것이오. 병장기를 다 거둬 왔으니 이젠 그런 짓을 할 엄두도 내지 못할 것이고."

조민수가 그 말을 받았다.

"왕은 그렇다 쳐도 죄인 최영의 딸 영비를 그대로 둘 수는 없는 것 아닙니까? 죽이기까진 않더라도 내보내야 할 것 같은데, 우시중의 생각은 어떠시오?"

"그건 왕을 어떻게 하느냐는 것과는 다른 문제입니다. 그렇게 하시지요."

그날 모임은 그렇게 끝이 났다. 몇 사람은 뭔가 석연치 않고 자꾸만 마음에 걸린다는 표정을 감추지 않았다.

이튿날, 서경도원수 심덕부 등 다섯 명이 왕을 만났다.

왕은 잔뜩 겁을 먹은 것 같았다. 왜 아니겠는가. 그제 밤 두 시중의 집을 급습한 건 벌집을 건드린 격이었다. 그들이 자신을 가만 둘 리 없다고 각오는 했지만 몸과 마음이 떨리는 건 어쩔 수 없었다.

"오늘의 혼란은 최영으로부터 비롯된 것입니다. 다행히 최영을 붙잡아 귀양을 보내는 것으로 혼란을 수습했지만 그의 딸이 전하의 비로 남아 있는 것은 옳지 못하옵니다. 당장 영비를 내치십시오."

영비를 내치라니 이건 또 뭔가? 불똥이 엉뚱한 데 떨어진 것만 같았다.

"영비가 무슨 죄가 있다고 내치란 말이오?"

"영비는 역도의 딸이옵니다. 그런 사람이 왕비 자리에 앉아 있는 것도 사리에 맞지 않을뿐더러 그대로 두었다가는 아비와 연통해 또 무슨 짓을 할지도 모릅니다. 통촉하시옵소서."

"안 되오. 나에게서 영비마저 빼앗아 가면 나는 어찌 살라고⋯⋯."

"정히 그러시다면 송구하오나 저희가 모시고 나갈 수밖에 없습니다."

심덕부 무리가 벌벌 떨며 울고 있는 영비에게로 다가가자 왕이 가로막으며 소리쳤다.

"네 이놈들! 영비를 어디로 데려갈 셈이냐?"

"강화부(江華府: 지금의 인천광역시 강화군)로 모실 것입니다."

"그렇다면 나도 함께 가겠다."

심덕부는 함께 온 사람들과 눈길을 나누고 나서 대답했다.

"전하께서 영비를 따라 가시겠다면 그것까지 저희가 말릴 순 없는 일이옵니다."

영비가 통곡을 하자 왕이 달랬다. 그러더니 심덕부에게 이것저것 챙길 게 있으니 나가서 기다리라고 했다.

밖으로 나와 기다린 지 한 시각이 지나 왕이 영비의 손을 잡고 방을 나왔다. 그 뒤를 왕이 총애한다는 기생 연쌍비도 따랐다.

미리 준비한 탈 것에 왕과 영비 그리고 연쌍비까지 태워 강화로 보냈다.

그렇게 왕은 폐위되었다. 고려 왕조에서 신하들에 의해 폐위된 왕은 한둘이 아니다. 그래도 차마 신하된 사람의 손으로 폐할 수가 없어 망설였는데 자진해서 궁을 나가주었으니 다행이다 싶었다.

왕이 궐을 떠난 뒤 좌시중과 우시중을 비롯한 백관들은 곧 어보를 받들어 정비전(定妃殿)에 안치했다.

어젠 비가 내려 그리 덥지는 않았는데 오늘은 불볕이 쏟아져 내리고 있었다. 쥘부채를 흔들어봤자 더운 바람만 나부꼈다. 이 여름을 어떻게 견뎌낼지, 걱정하는 사람이 적지 않았다.

하지만 궐 안은 달랐다. 무겁고 스산한 분위기 탓일 것이다. 궐 안에 웃음소리가 끊긴 지 이미 오래다. 발걸음 소리, 말소리마저 줄고 잦아들어 밤이면 금방이라도 귀신이 나올 것처럼 무서웠다.

이 더위에 아침부터 까마귀 몇 마리가 까악까악 울며 궐 안을 선회했다. 기분 나쁜 까마귀 소리 때문에 궐 안은 더욱 음산했다.

중신들이 도당에 모였다. 누구를 후사로 할 것인가를 정하기 위한 자리였다.

조민수가 이색을 흘끔 바라본 뒤 좌중의 눈치를 살피며 먼저 입을 열었다.

"왕이 스스로 보위를 비워두고 나갔으니 그 빈자리를 누구에게 맡길 것인지를 정해야 할 것이오. 내 생각엔 폐위된 왕에게 창(昌)이라는 아들이 있고, 이미 세자의 위호를 받았으니 마땅히 세자로 하여금 후사를 잇게 하는 것이 옳다고 여깁니다만, 여러분의 생각은 어떠신지 말씀해보시오."

이성계의 눈동자가 저절로 커지며 조민수를 향했다. 예상 밖의 돌출이었다. 누구와 입을 맞춘 것인가, 그 의문이 가장 먼저 떠올랐다.

조민수는 애써 이성계의 눈길을 외면했다.

회군 길에 이성계와 조민수는 안주에서 만나 '후사는 왕씨로 하여금 잇게 하자'고 약속했다. 먼저 말을 꺼낸 것은 이성계였으나 조민수도 동의를 했으니 약속을 한 거나 다름이 없었다. 그런데 이제 와서 딴소리를 하고 있었다.

저 반거들충이 같은 자가 갑자기 왜, 누구 때문에 마음을 바꾼 건가? 처음부터 저럴 생각이면서 안주에선 건성으로 동의해준 것일까.

불현듯 그의 지난날이 머리에 떠올랐다. 조민수는 이인임의 천거로 출세한 자다. 그런데 세자 창은 이인임의 고모 아들인 이림의 딸 근비(謹妃)의 소생이었다. 그러니까 창으로 하여금 왕위를 잇게 해주는 것은 자신에게 출세의 디딤돌을 놓아준 이인임에게 은혜를 갚는 일이 되고, 앞으로도 외척이나 다름없는 권세를 누릴 수도 있는 일석이조가 될 것이다. 조민수는 그걸 노린 게 틀림없었다.

우시중 이성계가 즉각 반대하고 나섰다.

"그건 안 될 말입니다. 폐위된 왕이 왕씨가 아니라 신돈의 자식이라는 얘기가 파다했습니다. 그렇다면 세자 역시 신씨일 터인데 왕씨의 나라에서 또 신씨를 왕으로 세우자는 것 아닙니까? 더구나 이제 겨우 아홉 살입니다. 폐주가 망나니짓을 하게 된 건 열 살밖에 안 된 어린 나이에 왕이 된 것과도 무관치 않을 것입니다."

그때 이색이 몸을 젖혀 의자 등받이에 밀착시킨 뒤 지그시 눈을 감았다.

이색에게 보냈던 시선을 거두며 조민수가 반문했다.

"그러니까 우시중께선 종친 중에서 한 분을 옹립해야 한다, 그런 말씀이십니까?"

"그리해야지요. 폐주가 즉위할 때도 반대하셨던 것으로 미루어 정비께서도 저와 같은 생각이실 것입니다."

안주에서 그렇게 하기로 약속을 해놓고 이제 와서 왜 딴 소리냐고 공박할 수는 없는 일이었다. 그것은 회군 직후 이미 반역을 하기로 뜻을 모았다는 사실을 자백하는 꼴이 되기 때문이었다.

이색의 미간이 좁아들었다. 뭔가 마땅찮은 모양이었다. 무슨 까닭인지 조민수는 자꾸만 이색을 흘깃거렸다. 두 사람인가? 둘이 미리 입을 맞추었어?

세자로 후사를 잇게 하느냐, 왕씨로 바꾸느냐는 두 의견을 놓고 여러 이야기가 오갔다. 심지어 세자를 왕으로 세웠다간 나중에 자라서 제 아비를 해친 사람들을 가만 두겠느냐, 반드시 복수하려 들 것이라는 의견까지 나왔다.

그때 잠자코 듣기만 하고 있던 이색이 몇 번 헛기침을 하고 나서 입을 열었다.

"폐주와 세자가 신씨라는 건 근거 없는 추측일 뿐입니다. 엄연히 세자가 있는데 종친 중에서 한 사람을 가려 후사를 잇게 하는 건 아니 될 말입니다."

팽팽했던 의견은 이색의 그 한마디에 세자 쪽으로 급격히 기울었다. 그만큼 이색의 말 한마디엔 만만찮은 무게감이 실려 있다는 얘기였다.

이성계는 저절로 미간이 찌푸려지는 걸 간신히 참고 있었다. 대다수가 고개를 끄덕였는데 또 다시 나서 반박할 수가 없었다.

이색은 폐주의 스승이었고 폐주 치세 중 판삼사사 등 요직을 역임한 사람이라 태자를 비호하는 건지도 모른다는 생각을 하면서도, 그런 사실을 들춰가며 공박하기가 싫었다.

도당이 파한 뒤 이성계는 조민수를 따로 만났다.

마치 처음 만나는 것처럼 낯설었고, 오히려 경계심마저 스멀거렸다.

"우리는 구국의 결단을 함께 한 처지였던 걸로 아오. 마주 앉아 후사를 논의하던 자리에서도 뜻을 같이 한 바 있는데 그 중차대한 약속을 헌 짚신짝 버리듯 하실 줄이야……. 조공을 다시 보게 되었습니다."

"정말 미안합니다. 저는 다만 원로이신 한산군(이색)께서 그리해야 한다기에 그 뜻을 따랐을 뿐입니다."

"한산군이 황제라도 된답니까?"

이성계가 기어이 분을 토해내자 조민수는 그저 고개를 끄덕거리며 어찌할 바를 모르는 시늉으로 사과만 거듭했다.

결국 그 다음 날인 6월 아흐레 날 정비의 교서를 받들어 아홉 살밖에 안 된 태자 창을 왕으로 옹립했다.

새 왕이 즉위한 직후 그의 모친인 근비 이씨를 왕대비로 높이는 한편 다른 왕비와 옹주는 모두 친정으로 돌려보내고, 그동안 떵떵거렸던 그 아비들은 모두 귀양을 보냈다.

또 참형과 교수형 이하의 죄수는 사면했으나 '최영은 국권을 농단하며 무고한 사람을 살육하고 함부로 군사를 일으켜 상국에 죄를 지었고, 그 죄상을 명나라에 보고해 명을 기다리는 중'이라는 이유로 사면에서 제외했다.

새 왕은 조민수를 양광도, 전라도, 경상도, 서해도, 교주도 도통사로, 이성계를 동북면, 삭방도, 강릉도 도통사로 각각 임명했다.

정도전은 성균관 대사성(大司成)에 제수돼 다시 개경으로 돌아왔다. 남양부사로 나간 지 불과 7개월여 만이었다. 외직에 머문 기간이 너무 짧았다는 아쉬움도 있었으나 우시중이 지근에 두고 싶어 천거했다니 어쩔 수 없는 일이었다.

비록 짧은 기간이었지만 그 사이 도전의 보살핌을 고맙게 여겨온 향리들과 구실아치들은 물론 일부 백성들까지 관아 밖에서 기다리다 개경으로 떠나는 그에게 절하고 혹은 눈물까지 훔치며 배웅해주었다.

대사성은 겸직 아닌 전임관 중에선 성균관의 으뜸 벼슬로 유학과

문묘의 관리를 맡는 주요한 직책이었다. 그 때문에 어깨도 무거웠지만 이제부턴 어쩔 수 없이 '이성계 사람'으로 굳어져 정적들의 주요 표적으로 떠올랐다는 부담도 안게 되었다.


　수시중에겐 정도전 말고도 조준과 남은 같은 측근들이 꽤 많이 생겨났다.

　병술생(1346년)인 조준은 명문가 출신이었다. 증조부는 문하시중을 지냈고 조부와 아버지는 대를 이어 판도판서를 지냈다.

　6형제 중 중형 조린은 요승 신돈을 제거하는 데 앞장섰던 지사(志士)였다. 신돈 암살을 모의하다 곤장을 맞고 관노가 돼 남쪽 변방으로 유배됐지만 그래도 굴하지 않고 다시 모의하다 적발돼 죽었다.

　갑오생(1354년)인 남은은 성균시에 급제, 벼슬길에 들어서 삼척의 지군사로 있을 땐 불과 수십 기로 수백 왜구를 격퇴한 바 있었다. 형 남재는 목은의 문인으로 좌부대언을 지냈고, 아우 남지도 벼슬을 하고 있었다.

　이들이 이성계와 자리를 함께 했다. 네 사람이 한 자리에 모인 경우는 그리 많지 않았다. 우연히 한두 번 있었을 뿐이다. 그렇게 만나는 걸 애써 피했던 건 아니다. 굳이 넷이 만나 머리를 맞대야 할 사안이 없어서였다. 분위기가 좀 무거웠다. 이색과 조민수의 야합으로 왕씨로 하여금 고려 왕위를 잇게 하려 했던 계획이 물거품이 되면서 정국이 꼬인 때문이었다.

　"아무래도 전제개혁(田制改革)을 서둘러야겠습니다."

정도전이었다.

"하긴 해야 하는데, 그게 말처럼 쉬운 일이 아니니……. 무신정권 이후 지난 백여 년 동안 수많은 신료들이 수도 없이, 쉴 새 없이 전제개혁을 부르짖었지만 성공한 적은 단 한 번도 없었잖은가."

"그랬기 때문에 더욱 서두르고, 이번엔 어떻게든 밀어붙여야 합니다. 전제개혁만 성공하면 민심은 확실한 우리 편이 될 것입니다. 그렇다고 민심을 얻기 위해 부당한 일을 하자는 것도 아니잖습니까. 생민(生民)에겐 전제개혁만큼 절실한 게 없습니다."

"그건 사실입니다. 전제개혁은 생민의 목숨 줄이나 다름없습니다."

조준도 가세했다.

"백성들이야 좋아하겠지만 한사코 반대하고 나설 재상들을 어떻게 설득하느냐, 그게 문제 아닌가?"

그 말을 조준이 받았다.

"자고로 국운은 민생의 고락(苦樂)에 좌우되고, 민생의 고락은 공평한 전제에서 비롯되는 것이라 했습니다. 주(周)나라가 8백 년, 한나라가 4백 년이나 천하를 다스릴 수 있었던 것은 백성들에게 농사지을 땅을 고루 나눠주고 전세(田稅)를 가볍게 해주었기 때문입니다."

"그렇습니다. 반대로 중국 최초로 통일을 완성했던 진(秦)나라가 15년도 채 버티지 못하고 패망한 것은 하(夏), 은(殷), 주(周) 삼대가 실시해온 정전법[13]을 철폐한 때문이었습니다."

정도전이 거들고 나서고, 조준이 동을 달았다.

---

13) 井田法: 사방 1리(里)의 농지를 '井' 자 모양으로 100무(畝)씩 9등분 한 다음, 그 중앙의 한 구역을 공전(公田)이라고 하고, 둘레의 여덟 구역을 사전(私田)이라고 하여 여덟 농가에게 맡기고 여덟 집에서 공동으로 공전을 부치어 그 수확을 나라에 바치게 하였다.

"우리 태조께서도 왕업을 일으켜 즉위하신 지 얼마 안 돼 그동안 지나치게 많이 받아온 조세를 철폐하고 수확량의 10분의 1만 받도록 하셨고, 전쟁을 일으켜 공을 세우기보다 백성을 구휼하는 것이 먼저라며 3년간 면세도 해주셨습니다. 그런 태조의 성지에 비추어 보더라도 지금 일부 권신들의 작태는 참으로 부끄럽기 짝이 없다고 몰아가시면 어떨까 합니다."

"궁금한 게 한 가지 생겼네. 개국 초에 3년간 조세를 받지 않았다면 나라 살림은 어떻게 했을까?"

"태조께선 송악의 토호셨고, 그밖의 지방 토호들과 손을 잡고 고려를 세우신 만큼 초기엔 그 토호들이 출연한 재물로 나라살림을 꾸렸을 것입니다."

정도전이 덧붙였다.

"권문세가의 무뢰배들은 떼를 지어 다니며 백성들의 땅을 빼앗고, 그 땅을 붙여먹는 불쌍한 백성들의 집에 들어가선 저들 마음대로 술과 밥을 배불리 먹고 심지어 말에게도 곡식을 실컷 먹이는 것으로도 모자라 면(綿)이나 마(麻), 개암, 대추, 밤, 육포 같은 것을 억지로 팔아먹기까지 한다 합니다."

"그러니 백성들이 어디 견뎌내겠습니까. 끼니를 이을 양식은커녕 전조[14]낼 것도 없어 처자식을 팔기까지 한 사람이 수도 없이 많다고 합니다."

"쳐 죽일 놈들 같으니라고……."

---

14) 田租: 수조권자가 경작자로부터 받는 토지 사용료. 전세(田稅)라고도 했으며 수확량의 1/10 정도를 냈으나 고려 말 혼란기엔 수확량의 절반 이상을 내기도 했다.

이성계가 두 사람을 번갈아 보다 '개혁의 핵심 내용은 무엇이냐'고 물었다. 정도전이 받았다.

"권문세족의 사전을 혁파, 국가 소유의 공전(公田)으로 편입시킨 뒤 일부는 관료들에게 과전(科田)으로 나눠주어 신진관료층의 경제적 토대를 마련해주고, 나머지는 애초 경작했던 백성들에게 돌려주는 것입니다."

"관료들에게 나눠준다?"

"예, 조정의 관료들에게 품계에 따라 농지를 나눠주고 그 땅에서 농사를 짓는 사람이 내야 하는 일정률의 전조를 관료가 받도록 하되, 그 관료가 자격을 상실할 땐 그 땅의 수조권(收租權)을 다시 국가에 귀속시키도록 해야 합니다."

"그렇게 하면 나라 곳간에선 과전을 받지 못한 하급 관원들의 녹봉만 주면 될 것입니다."

듣고만 있던 남은도 거들었다.

"아까도 말했지만 권문세족들의 반발이 심할 터인데, 각오가 되어 있겠지?"

"전제개혁을 반대한다는 것은 나라와 백성은 나 몰라라 하고 자기 재산만 지키겠다는 것이나 다름없으니까 갖가지 방법으로 방해는 해도 노골적으로 반대하고 나서기는 쉽지 않을 것입니다."

"좋네. 자네들 뜻대로 해보시게."

그들은 알았다. 전제개혁은 반드시 이루어내야 할 과제지만 결코 쉽지 않으리라는 것을. 그것을 수행하는 과정에선 무슨 일이 벌어질지 몰랐다. 정도전과 조준이 비장한 표정을 지었던 것도 그 때문일 것이다.

요즘 들어 도전은 주군이 전에 누군가로부터 받았다는 글 밑에 三奠三邑, 非衣와 함께 적힌 走肖는 조준일 것이라고 굳게 믿고 있었다.


전제개혁의 구체안과 실행계획, 반대세력 대응방안 등은 정도전과 조준이 마련하기로 했다. 그날 이후 두 사람은 자주 만나 개혁안을 논의하고 다듬었다.

여드레 동안 머리를 맞댄 끝에 개혁안을 만들었다. 하지만 문제는 역시 권세가들의 반대를 어떻게 돌파해 나가느냐 하는 것이었다.

반대할 명분이 약하니 노골적으로 반대하지는 못할 것이다. 그래도 그들은 무슨 수를 써서라도 개혁안이 실행되지 못하게 결사적으로 방해하고 나설 게 뻔했다.

정도전과 조준은 드러내놓고 의견을 나눈 적은 없지만 개혁안의 성패에 관해 다소 차이를 보였다. 정도전은 실패할 수도 있다는 건 아예 염두에 두지 않고 무조건 밀어붙여야 한다고 생각하고 있고, 조준은 아직도 반신반의했다. 권문세족들에겐 워낙 예민한 문제라 어떻게든 시행단계까지 가지 못하게 훼방을 놓을 것이고, 그걸 견뎌내기가 결코 쉽지 않을 것이라 예상했다.

개혁안의 선봉을 누가 맡느냐 하는 것을 놓고도 두 사람은 서로 생각이 달랐다. 정도전은 모난 돌로 찍힌 자신보다는 서분서분한 조준이 나서는 게 다소나마 반감을 줄일 수 있을 것으로 여겨 조준을 앞에 내세우고 싶어 했다.

하지만 조준은 전제개혁안을 밀어붙이자고 강력 주장하고 나선 사람은 정도전이니 그가 나서야 한다고 생각했다. 솔직히 그런 일에 앞장을 섰다가 세력가들의 지탄을 받게 되는 것도 부담스러웠다.

누가 전제개혁안을 발의할 것인가를 놓고 두 사람은 한 시진 이상 옥신각신했지만 조준은 간곡한 정도전의 부탁을 뿌리치지 못했다.

며칠 뒤, 대사헌 조준이 상서를 올렸다.

전제를 바르게 하여 나라의 비용을 넉넉히 확보하고 민생을 윤택하게 하며 또한 인재를 잘 가려 써서 기강을 진작시키고 법도와 규칙을 재정비하자는 것이었다.

그 중에서도 개인들이 사사로이 주고받아 토지를 겸병하는 폐단을 혁파해야 한다고 주장했다.

"서둘러 전제개혁에 관한 뜻을 밝히시고 양전[15]을 시행하시되 법을 어기는 자는 엄히 다스리도록 하소서."

권문세족들은 화들짝 놀랐다. 이자들이 지금 귀족들을 욕보이겠다고 작정하고 나선 것 아니냐며, 끼리끼리 모여 대책을 마련하느라 소동을 피웠다. 조준의 뒤를 이어 여러 간관들도 잇달아 비슷한 내용의 상소를 올려 사전을 혁파할 것을 한목소리로 청했다.

보통 권력을 쥐게 되기까지는 수단 방법을 가리지 않고, 권력을 쥐면 그것을 지키기 위해 더욱 강력한 힘을 가지려 한다. 그것이 권력의 속성이다.

---

15) 量田: 경작 상황 등을 알아보기 위해 농지의 면적을 측량하던 일.

또한 권력은 부자간에도 나누어 가질 수 없는 법이다. 호령은 한 입에서 나와야지 두 입에서 나오면 호령을 받는 이들도 헷갈리고 종국엔 필연적으로 두 입 간에 한바탕 격전이 벌어지게 마련이다.

그래서일까, 근래 이성계 우시중과 좌시중 조민수 사이가 단단히 틀어졌다. 서로 번대고 떠세 부리기를 예사로 하고 있었다. 두 사람 사이가 전 같지 않다는 건 수하들까지 다 알 정도였다. 그러다 보니 수하들 간에도 사사건건 부딪쳤다.

정도전이 영문을 알 수 없어 우시중에게 '왜 그러시느냐'고 물었을 때 우시중은 한마디만 했다.

"조민수는 믿을 사람이 못 돼!"

그 말뿐이었다.

정도전은 고심했다. 이런 상태가 오래 가면 공멸할 수도 있다……. 해결방안을 찾아야 했다.

작금의 시류에서 길은 두 갈래뿐이었다. 두 사람이 다시 손을 잡게 하거나 조민수를 쳐내는 것. 어떻게 해야 할까?

그날 밤, 윤병호, 차승철, 권인규가 머리를 맞댔다. 조민수의 수하들이었다.

"이성계를 어쩌지?"

"어쩌지라니?"

"이대로 보고만 있어야 하느냐고?"

"그럴 순 없지. 이성계가 살아 있는 한 우리가 할 수 있는 건 아무것도 없어."

"이성계를 죽이자고?"

"죽여야지."

"죽인다?"

"하늘의 해도, 달도 하나 뿐이야. 권력은 둘로 나누어질 수 없다, 그 말이야. 조공으로 하여금 권력을 쥐게 하려면 이성계를 죽이는 것 말고는 다른 방법이 없어."

"그 길밖엔 없는 건 맞지."

"어떻게? 어떻게 죽여?"

"내게 생각이 있다."

윤병호는 두 사람에게 손짓을 해 머리를 부딪칠 듯 가까이 오게 한 뒤 한참 동안 귀엣말을 했다.


박시진이 서찰을 보내왔다. 왠지 조민수가 자꾸만 마음에 걸려 아무도 모르게 정도전이 은밀히 심어둔 간자였다.

> 영감, 이쪽 움직임이 심상치 않습니다.
> 윤병호, 차승철, 권인규 등이 무슨 일인가를 꾸미고 있는 것 같습니다. 좌시중의 명을 받고 그러는 것인지, 좌시중을 위해 공을 세워보려고 그런 건지는 아직 모르겠습니다. 아무튼 대비하시기 바랍니다.

윤병호, 차승철, 권인규라고? 정도전은 서찰을 호롱불에 태우며 셋의 얼굴을 하나씩 떠올려보았다. 어찌 보면 차라리 잘된 일인지도 몰랐다. 그건 가장 쉬운 길이었다.

저 멀리서 재상 행차 같은 것이 오는 게 보였다.

뒤이어 길가 지붕 위에서 깃발이 흔들렸다. 이성계의 행차가 오고 있다는 신호였다.

최칠점은 품안에 넣어둔 도끼를 어루만지며 좌우를 살폈다. 그의 또 다른 이름은 최도끼였다. 보통 도끼의 절반가량 되는 작은 도끼를 잘 던진다 해서 붙여진 별명이었다.

50보 안이면 사람 몸뚱이엔 영락없이 박혔다. 멧돼지나 노루 같은 큰 짐승은 물론이고 토끼나 꿩 같은 것도 50보 안에만 들면 다 잡았다. 하지만 그의 도끼가 토끼나 꿩에 꽂이면 박살이 나버려 작은 짐승이나 새는 잡지 않고 큰 짐승만 잡는다고 했다. 도끼만 몸에 지니고 있으면 호랑이도 무서울 것 없다고 큰소리치곤 했다. 그의 솜씨를 한 번이라도 본 사람은 그 말이 결코 흰소리가 아님을 다 알았다.

오늘은 이성계를 향해 도끼를 날리라는 명을 받았다. 푸짐한 상급과 함께 무관 자리도 마련해준다고 했다. 이성계가 제 아무리 명장이라고는 하나 자신의 표적이 된 이상 살아날 가망은 전혀 없었다. 군사들에게 잡힐 염려도 없었다. 도끼를 던진 뒤 바로 돌아서면 몸을 숨길 수 있고, 그 길로 살금살금 조금만 걸어가면 말이 있다. 그 말을 타고 달아나면 그뿐이었다.

이성계 행차가 천천히 다가오고 있었다. 이성계는 탈것 위에 올라앉아 있고 그 탈것의 앞뒤에 기병이 이십여 명가량 호위하고 있었다. 지금 최칠점이 기다리고 있는 곳은 길이 꺾여 이성계의 옆모습이 잠깐 동안 노출되는 곳이다.

엄폐물이 많아 순식간에 던지고 숨으면 한동안은 도끼가 어디서 날아왔는지 몰라 허둥댈 것이고 그 사이 그는 말을 타고 빠져나가면 되었다.

그와 이성계가 올라앉은 탈것 간의 거리는 70보 정도로 좁혀졌다.

그는 품안에서 도끼를 꺼내 오른손으로 자루를 잡고 도끼날은 왼쪽 겨드랑이에 감추었다. 마치 팔짱을 낀 것처럼 보였다.

이제 60보 가량. 곧 이성계의 옆모습이 보일 것이다. 그는 천천히 도끼를 오른쪽 어깨 위로 치켜 올려 던질 채비를 했다.

그때였다. 휘익, 하는 소리와 함께 무엇인가가 자신을 향해 날아오는가 싶더니 그의 몸을 감쌌다. 그물이었다. 어디서 날아온 것인지는 알 수 없었다.

그물을 벗어나보려 했으나 소용없었다. 순간 꼼짝없이 잡혔다는 생각이 들었다.

건장한 장정 셋이 천천히 걸어오더니 그중 한 사람이 냅다 그의 옆구리를 걷어찼다.

헉! 순간 숨이 턱 막혔다. 도끼 자루를 쥐고 있던 손이 허전했다. 옆구리를 채이면서 통증을 못 이겨 손에서 빠져 나간 모양이었다. 한 사내가 그물망 사이로 도끼를 빼내며 이죽거렸다.

"어이, 최도끼! 이제 넌 영락없이 죽은 몸이네."

두 사람이 그물을 벗겨낸 뒤 최칠점에게 오라를 지웠다. 걷어 채인 옆구리가 너무 아파 통증 외엔 아무것도 느끼지 못하고 아무 생각도 나지 않았다.




"어떻게 된 거야?"

파랗게 질린 차승철이 윤병호에게 물었다.

"아직은…… 나도 몰라."

"하지만 이성계가 살아 있는 건 확실하다며?"

"그건 확실해."

"그럼…… 실패했다는 거잖아."

"……"

"답답하네. 말 좀 해 봐!"

"나더러 어쩌라고? 나도 모르는 걸……"

윤병호가 이맛살을 찌푸리며 차승철을 노려보았다.

"최도낀가 뭔가 하는 자는 잡힌 건가?"

"모르겠어. 감쪽같이 사라졌어."

"이제 우린 어떻게 되는 거지?"

"……"

"만약 이성계 측에 잡혔다면?"

"그쪽에 잡혔다면 큰 소리가 났다거나 사람들이 몰려들거나 했을 텐데 그런 움직임 같은 건 전혀 없었다는 거야."

"그자, 입은 무거운 편인가?"

"입이 무겁다한들 혹독한 고문을 무슨 수로 당하겠어?"

"공연한 짓을 해가지곤. 이제 어쩔 거야, 우리도 죽게 생겼잖아?"

권인규가 볼멘소리를 했다.

"왜 이제 와서 딴 소리야?"

윤병호가 버럭 화를 내며 받았다.

"우리 도망치자. 깊은 산속이나 섬으로……"

"가족들은 어찌하고?"

"그럼, 어쩌자는 거야?"

"나도 몰라!"

세 사람 다 반쯤 정신이 나간 것 같았다.

"너는 우시중 어른을 살해하려 했다. 그 죄가 얼마나 무거운지는 굳이
내가 설명하지 않아도 잘 알 것이다. 하지만 바른대로 고하면 네 목숨을
거두진 않겠다. 그러니 바른대로 말해야 한다. 좌시중이 시킨 것이지?"

이성계의 집 광 안. 어둠 속에서 누군가 조금 전 붙잡아 온 최도끼에
게 물었다. 큰 소리도 내지 않고 조용히 물었다.

"모, 목숨만 살려주십시오. 저에겐 노, 노모도 계시고 처, 처자식이
여섯이나 됩니다."

"그러니까 바른대로 말하란 말이야. 좌시중의 명을 받은 거, 맞지?"

"그, 그런 건 아닙니다. 저에게 일을 시킨 건 윤병호라는 사람입니
다. 좌시중이라는 분이 그에게 명을 내렸고 그 명에 따라 윤병호가 시
킨 것인지는 잘 모르겠지만."

"차승철과 권인규라는 자도 만나봤겠지?"

"예, 윤병호가 그 두 사람을 데려와 제가 도끼 던지는 걸 보여주었습
니다."

"그 두 사람 말고 또 만나본 사람, 모두 대봐."

"어, 없습니다."

"안 되겠네."

"저, 정말입니다. 이렇게 된 마당에 제, 제가 뭣 때문에 거짓말을 하
겠습니까?"

"안 되겠다. 화로 가져와! 불 맛부터 보여줘야겠다."

짐짓 겁을 주려고 한 말이었다. 장교 한 사람이 눈치를 채고 '예, 알겠습니다' 하고 광문을 열고 나갔다.

"좌시중이 시켰다고 말하라면 그렇게 하겠습니다. 그러니 제발······. 제가 죽거나 다치면 우리 일곱 식구는 꼼짝없이 죽게 됩니다."

"그러니까 좌시중은 만난 적은 없지만, 우리가 좌시중이 시켰다고 말하라 한다면 그렇게 해주겠다, 그런 말이야?"

"예."

좌시중이 직접 관련된 것 같진 않아 보였다.

다음 날, 최칠점은 전법사[16]로 넘겨졌고, 윤병호, 차승철, 권인규도 잡혀와 국문을 받았다. 그 소식을 들은 좌시중 조민수가 허겁지겁 이성계 우시중에게 달려왔다.

"이공! 이 무슨 날벼락입니까? 혹시라도 오해하진 마십시오. 맹세코 나는 전혀 몰랐던 일입니다. 믿어주십시오."

"제가 조공에게 한 번 속지 두 번 속겠습니까. 저는 조공을 믿지 않습니다. 제 목숨이 필요하시다면 수하들을 시키지 마시고 직접 저와 한판 붙는 게 어떻겠습니까."

"왜 이러시오, 이공! 정말 저는 모르는 일입니다. 지난 번 후사를 세울 때 제가 공을 배신한 것은 정말 잘못했소이다."

"······."

"이공! 내가 사직을 하겠소. 그러면 믿어주시겠소?"

"그건 제가 알 바 아닙니다. 알아서 하시지요. 저는 삼사에 볼 일이

---

16) 典法司: 조선시대의 형조(刑曹)와 포도청에 해당했던 관아.

있어 이만 실례하겠습니다."

우시중이 방을 나서자 조민수는 뒤따라 나서며 해명하려고 했다.

사헌부가 '주동자는 참형에 처하고, 그 배후도 철저히 조사해 다시는 이런 일이 일어나게 해서는 안 된다'고 거듭 주청했다.

전법서는 그 일을 주동한 윤병호, 차승철, 권인규를 국문, 배후를 추궁했으나 좌시중을 위해 공을 세워 볼 욕심으로 자신들이 저지른 일이라며 좌시중과는 상관없는 일이라고 했다. 결국 배후는 밝혀내지 못한 채 윤병호 등 세 사람은 참형에 처해졌다. 최칠점은 우시중의 청원으로 방면되었다.



"어떻게 된 것이야?"

"제가 이상한 느낌이 들어 좌시중 쪽에 간자 한 사람을 심어두었습니다."

"그래서?"

"좌시중의 수하인 윤병호, 차승철, 권인규라는 자가 근래 자주 만나 속닥거리는 게 아무래도 이상하다, 그런 전갈을 보내 왔습니다."

"그래서 그들에게 사람을 붙였군."

"예, 그랬더니 윤병호 집을 염탐하던 군관이 도끼를 잘 쓴다는 최칠점이라는 자를 만나 한참 동안 이야기를 나눴고 다음 날엔 차승철, 권인규를 데리고 윤병호가 사는 집 근처 산에 올라가 도끼 던지는 모습을 구경하고 갔다고 하더군요."

"도끼를 그렇게 잘 던지는 자인가?"

"도끼로 멧돼지 같은 산짐승을 잡아 팔아서 연명하는 자라고 합니다. 50보 안에선 백발백중이라고 하였습니다."

"그러니까 내가 삼봉이 아니었으면 도끼 맛을 볼 뻔했구먼."

"그러기야 했겠습니까. 그래서 무기는 도끼를 쓸 것 같다고 생각했습니다. 도끼나 창을 던지기 좋은 지점 같은 걸 잘 살핀다는 군관을 수소문해 도당에서부터 주군 댁까지 꼼꼼히 살피도록 했더니 두 곳이 나왔습니다."

"치밀하게 준비했네 그려."

이성계가 환하게 웃으며 정도전을 향해 따뜻한 눈길을 보냈다.

"그 두 곳에 사람을 배치해두고 한 사람은 최칠점이라는 자의 뒤를 살피게 했더니 첫 번째 지점이 아니라 두 번째 지점에 도착, 행차가 오기를 기다리고 있다는 연락을 받고 그물 잘 던지는 사람을 그곳에 보내 잡은 것입니다."

"내가 삼봉 덕분에 살았어. 잊지 않을 것이네."

"별 말씀을 다 하십니다. 군왕의 안위를 살피는 건 신하된 자의 의무입니다."

"이젠 아예 나를 군왕으로 칭하기까지 하는가?"

"때가 멀지 않았습니다."

"사람도 참……."



이성계 우시중 살해 음모 사건은 그렇게 일단락되었다.

하지만 정도전에게 그 사건은 아직 끝나지 않았다. 조민수를 어찌

할까, 꽤 오랜 시간 고심한 끝에 도전은 마침내 결론을 내렸다. 빠른 시일 안에 쳐내기로.

어떻게 쳐낼까? 폐주와 그의 아들인 금상은 왕씨가 아니라 신돈의 씨일 가능성이 높으니 가짜 왕을 몰아내고 진짜 왕을 세워야 한다는 폐가입진(廢假立眞)만 한 명분이 없다!

판세를 돌려놓은 사람은 이색이었지만 세자 창을 후사로 삼아야 하지 않겠느냐는 말을 처음 꺼낸 이는 조민수였다. 그렇다면 그는 폐가입진의 명분을 정면으로 거스른 사람이며, 왕씨의 나라에서 왕씨를 단절시킨 사람으로 몰아붙일 수 있을 것이다.

그렇게 할 경우, 한 가지 문제가 있었다. 폐가입진의 명분을 내세워 정적들을 내몰고 나면 곧바로 이씨 왕조를 세우기가 어려워진다는 것이다. 밀어붙이면 못할 건 없지만 그렇게 될 경우 모양새가 반듯하게 나오질 않았다.

정도전의 머릿속이 복잡해졌다. 그 복잡한 머릿속이 정리되기까지엔 그리 오랜 시간이 걸리지 않았다.

'일단 한 번은 왕씨로 돌아가자. 지금의 유주로 몇 년 가다가 이씨 왕조를 창건하는 것이나 곧 유주를 폐한 뒤 왕씨를 내세워 몇 년 가다가 새 왕조를 창건하는 것이나 길어야 1, 2년 차이밖에 더 나지 않을 것이다. 총총들이 반병이라 하지 않던가. 역성혁명을 도모하자는 것인데 도둑놈 소 몰듯 했다가는 동티가 날 수 있다.'

이때부터 정도전은 윤소종 등과 더불어 '우왕을 신씨(辛氏)라 하는 사람은 충신이요, 왕씨라 하는 사람은 역적'이라는 말을 공공연히 흘리기 시작했다.

기회는 뜻밖에 엉뚱한 데서 불거졌다. 조민수가 전제개혁안을 적극 반대하고 나선 것이다.

조준으로부터 촉발된 전제개혁안은 땅을 많이 가진 권문세족들에 겐 마른하늘에 날벼락이나 다름없었다. 전제를 개혁해야 한다는 얘기 는 이전에도 더러 나오긴 했으나 잠시 주고받다 말곤 했다. 그런데 이 번에 신진사대부들이 들고 나온 사전개혁안은 너무나 급진적이고 밀 어붙이는 힘도 예사롭지 않았다.

그들이 내놓은 전제개혁안은 '모든 토지는 나라의 것이다. 그동안 백성들의 생계안정을 위해 적당히 나눠주어 경작토록 해왔으나 그 토 지의 소유주는 여전히 나라다. 따라서 모든 토지를 몰수해 공전(公田) 으로 만든 다음, 계구수전(計口授田) 방식, 그러니까 식구 수대로 백성 들에게 다시 나눠주는 형식으로 당장 개혁하자'는 것이었다.

권문세족들이 반대하고 나서는 건 어쩌면 당연했다.

먼저 이색이 나섰다.

"예로부터 정해진 법은 함부로 바꾸는 게 아니오."

그러자 조민수가 맞장구를 쳤다.

"옳으신 말씀입니다. 예전부터 내려온 관습이나 법을 바꾸게 되면 실무를 맡은 관원들도 헷갈려 실수가 생기게 마련입니다. 지혜로운 군왕과 재상들이 펼칠 수 있는 가장 현명한 정치는 옛 관습이나 법의 테두리 안에서 다스리는 것입니다."

이색은 임진년(1352년 공민왕 1년)에 토지에 관련된 법을 고쳐야 한다 는 상소를 올린 바 있었다. 그때 이색은 소장에서 토지의 경계를 바르 게 정하고 정전(井田)을 균등하게 하는 일은 정치의 급선무라고 지적 했다. 또 토지의 경계가 바르게 획정되지 않아 권세 있는 자들이 겸병 하는 바람에 밭의 주인이 하나, 둘도 아니고 서넛, 일고여덟 집인 경우도 있어 그들에게 조(租)를 바치고 나면 농사지은 사람들은 부모를 봉양하고 처자를 양육할 길이 없다고 했다. 백성이 곤궁한 것은 오직 그릇된 토지제도 때문이라는 것이었다. 그런데 이제 와선 옛 법은 함부로 손을 대는 게 아니라니 해괴한 논리였다.

정도전이 즉각 반박하고 나섰다. 하지만 차마 30여 년 전에 올린 상소와 지금 말씀이 왜 그렇게 다르냐는 공박은 하지 못했다.

"예나 관습이나 법은 그 시대상황에 따라 고칠 수 있고 그래야 합니다. 하, 은, 주 3대도 그렇고 제나라 환공을 비롯해 춘추오패(春秋五覇)가 모두 새롭게 고친 법으로 패자가 되었다는 걸 모르십니까."

정도전의 말에 반박하는 사람이 아무도 없었다. 계속 말을 이었다.

"전제개혁은 옛 법을 지키고 바꾸는 문제로 치부할 일이 아닙니다. 헐벗고 굶주리는 백성들을 살리고 나라 살림을 튼튼하게 하는 길입니다. 고려의 녹을 먹는 신료라면 이 점을 잊어서는 안 될 것입니다."

역시 아무도 입을 열지 않았다. 정도전의 말을 듣고 나니 할 말을 잃은 것일까. 그건 아니었다. 더 이상 반론하지 않는다는 건 말로 할 필요 없는 방법을 모색하겠다는 의도에 다름 아니었다. 다만 조민수만이 그 후에도 조당에서 해괴한 논리를 펴며 계속 전제개혁을 반대하고 나섰다. 그 뒤로 숨죽인 권문세족들의 모략이 조민수를 방패 삼아 자라고 있을지도 모를 일이었다.

그때 해괴한 소문이 들려왔다. 만약 그게 사실이라면 폐가입진을 내세울 필요도 없었다.

잔재비에 능한 도전의 수하 조철주가 들어왔다. 손에는 문서꾸러미를 들고 얼굴엔 함박웃음을 머금은 채.

도전은 조철주가 입을 열기도 전에 모든 걸 알아챘다. 소문은 사실이고 그것을 입증할 수 있는 문서 필사본이 조철주의 손에 들려있다는 것을.

"얼마나 되던가?"

"120결 조금 넘습니다."

"됐네, 됐어. 수고하였네."

조민수가 한사코 전제개혁을 반대한 까닭이 마침내 드러났다. 도전은 다시 한 번 문서를 꼼꼼하게 들여다보며 생각했다. 조민수를 서둘러 잡아야 한다. 그래야 전제개혁안의 뿌리를 갉아 쓰러트리려는 쥐새끼들도 흩어버릴 수 있는 것이다!

다음 날부터 헌부가 조민수를 집중적으로 탄핵하기 시작했다.

"조민수는 임견미와 염흥방이 주륙되자 그 화가 자신에게 미칠지도 모른다고 여겨 백성들로부터 억지로 빼앗은 땅을 모두 돌려주었으나 회군 후 권력을 잡자 원래 주인들에게 돌려주었던 땅들을 다시 빼앗는 탐욕을 부려온 것으로 드러났습니다. 그렇게 빼앗은 땅이 120결도 넘습니다."

"전제개혁안이 발의되자 그 땅을 다시 빼앗기지 않기 위해 죽을 각오를 하고 반대해온 것입니다. 조민수의 그 같은 거조(擧措)는 백성들은 아랑곳 않고 자기 배만 불리려는 부패세력의 전형이라고 할 수 있습니다. 그런 자를 더 이상 신료들의 맨 윗자리에 앉혀놓을 수는 없습니다. 당장 그를 파직하시고 멀리 귀양 보내소서."

조민수를 벌하라는 상소는 며칠 동안 계속해서 여러 간관을 통해 이어졌다.

어린 왕에게 조민수는 가장 든든한 버팀목이었다. 모후도 그가 보살펴주는 동안엔 아무 문제도 없을 터이니 그가 하자는 대로 하시라고 했다.

 하지만 간관들이 잇따라 들고 일어나고 있을 뿐 아니라 덩달아 민심까지 들끓고 있다 했다. 더 이상은 왕도 어쩔 수가 없었다.

 결국 그를 파직하고 창령현(昌寧縣)으로 귀양을 보냈다. 그를 따르던 원수들 중 일부도 귀양을 갔고 나머지는 뿔뿔이 흩어졌다.

 조민수가 조정에서 쫓겨난 뒤 왕은 죄시중, 우시중을 다시 문하시중과 문하수시중으로 바꾸고 이색을 문하시중, 이성계를 수시중으로 삼았다. 정국은 곧 안정되었다. 하필이면 조민수와 색깔이 거의 같은 이색이 문하시중을 맡았다는 게 걸렸으나 수시중이 버티고 있으니 그도 엉뚱한 생각은 하지 못할 것이다.

# 죽음으로 말하는 사람들

"지금 내가 서둘러 꼭 읽어야 할 책은 무엇인가?"

"제왕의 도리를 아시고 싶으시면 『대학연의(大學衍義)』가 좋겠고, 그 다음엔 『맹자』를 읽으시면 어떨까 합니다. 하지만 나라를 다스리는 방법을 서책에서만 구할 수 있는 것도 아니고 그래서도 안 되는 것이죠. 나라를 다스리는 길이 꼭 하나만 있는 것도 아니고, 옛날의 성군들이 했던 대로 따라 한다고 되는 것도 아니기 때문입니다."

왜구들은 더욱 기승을 부렸다. 8월만 해도 거제현(지금의 경남 거제시)을 시작으로, 옥주(충북 옥천군), 영동현(지금의 충북 영동군 일대) 등지까지 출몰해 노략질을 일삼았다.

왕은 이성계 수시중에게 모든 군무를 관장하는 권한을 주어 왜구들을 소탕토록 했다.

정도전은 근래 마음이 편치 않았다. 때가 다가오고 있는 것 같고, 그렇다면 수시중이 왕업을 맡게 될 경우 무엇을 어찌할 것인가를 세밀하게 다듬기 시작해야 할 것 같은데 생각보다 더디기 때문이었다.

이런저런 생각 끝에 도전은 수시중을 찾아갔다. 정국 구상을 하기 전에 먼저 다짐을 받아두고 싶은 게 있었다.

술을 두어 모금 마신 뒤 도전이 입을 열었다.

"주군! 왕업을 맡게 되실 경우, 어떤 정치 형태를 갖추고자 하십니까?"

"무슨 말인가?"

"무력을 사용해 강압적으로 백성을 다스리는 패도정치를 할 것인가, 아니면 도덕적 교화를 통해 순리적으로 풀어가는 왕도정치를 할 것인가를 여쭙는 것이옵니다."

"그대가 늘 말하길 나라의 주인은 백성이라고 하지 않았는가. 그렇다면 왕도정치를 해야 하는 건 너무나도 당연한 일인데, 무슨 뜻으로 그런 질문을 한 것인가."

"왕도정치라고 다 똑같진 않습니다. 임금이 전권을 행사하는 왕권 정치와 임금은 군국 등 중요한 일만 결정해주고 나머지는 재상들에게 맡기는 재상 정치로 나눌 수 있습니다. 후자의 경우 신권(臣權)을 보장해 왕권과 균형을 맞춰주는 게 무엇보다 중요합니다."

"대사성은 어찌 생각하는가?"

"송구하오나 중국에서 성군이라는 칭송을 받아온 사람들도 그렇고, 주군도 완벽한 분이라고 말씀드리기는 어렵습니다."

"그야 당연한 일이지. 이 세상에 완벽한 사람이 어디 있어? 공자님 맹자님이라고 완벽했을까?"

"그렇습니다. 그래서 군왕에게도, 황제에게도 무제한의 권력이 부여되는 것은 바람직하지 않습니다. 그래도 좋을 만큼 완벽한 사람은 없기 때문입니다. 또 권력은 커질수록 남용되기 쉽고, 권력의 남용 뒤에 오는 것은 파국뿐입니다. 소신이 재상 정치를 더 높이 사는 까닭도 여러 사람의 지혜를 모을 수 있고 권력 남용의 폐해도 막을 수 있기 때문입니다."

"신권 또한 너무 강성해지면 남용될 수 있을 것 같은데……."

"그렇지 않습니다. 신권은 한두 사람에게 주어지는 게 아니라 여러 사람에게 나누어주는 형태가 돼 그들끼리 서로 견제를 하기 때문에 남용하기가 쉽지 않습니다. 또한 재상은 필요에 따라 얼마든지 바꿀 수도 있지만 군왕은 그럴 수도 없고 그래서도 안 되는 것입니다."

"군왕이 마음에 안 든다고 수시로 바꾸게 되면 혼란만 가중될 것이야."

"그렇습니다. 왕권정치에도 장점이 없는 건 아니지만 군왕이 독단적으로 모든 것을 결정하게 되면 그것이 실책일 경우 돌이킬 수 없는 파국을 맞게 된다는 단점이 더 두드러집니다."

"음……."

"전에 말씀드린 적이 있습니다만 백성들을 불행에 빠뜨리게 되는 군왕의 실책을 없애거나 최소화할 수 있는 방안은 왕권과 신권을 적절한 크기로 나누어놓고, 상호 견제하며 조화를 이루도록 하는 것이 정답이자 가장 이상적인 정치형태가 아닐까, 소신은 그리 생각하고 있습니다."

"대사성 말이 맞는 것 같군. 그게 좋겠어."

"노파심에서 한 말씀만 더 올리고 물러나려 합니다."

"그러시게."

"군주는 배요, 백성은 물이라 했습니다. 배는 물 위에 떠야 움직일 수 있습니다. 그렇게 물은 배를 띄우기도 합니다만 풍랑이 일 때는 배를 뒤집어 엎어버리기도 합니다. 또 군주는 그릇이요, 백성은 물이라는 말도 있습니다. 그릇이 바르면 물도 반듯하게 담기지만 그릇이 기울면 물도 기울고 그릇이 엎어지면 물은 다 쏟아져 없어지게 된다는 뜻이옵니다."

"무슨 말인지 잘 알겠네. 나는 자네만 믿네."

수시중으로부터 직접 재상정치 체제를 받아들이겠다는 확언을 받은 건 큰 성과라고 도전은 생각했다. 수용해줄 것으로 예상은 해왔지만.

전제개혁안은 아직도 겉돌고 있었다. 조민수가 파직되고 귀양 간 뒤 권세가들의 입은 더욱 무거워졌으나 뒤돌아선 별의별 짓을 다 해가며 훼방을 놓았다. 정도전이나 조준을 바라보는 그들의 눈길도 점점 더 사나와지고 있었다.

조준이 집에서 저녁을 먹고 있는데 집사가 들어오더니 봉서 하나를 내밀었다.

"조금 전에 누군가 대문을 두드려 나가보니 사람은 보이지 않고 이것만 대문 안쪽에 떨어져 있었습니다."

"이게 뭐지?"

집사가 밖으로 나가자 조준은 봉서를 열어 그 안에 들어 있던 서자를 펼쳐 보았다.

조준은 들으라.
네가 출세를 하더니 눈에 뵈는 게 없는 모양이구나. 전제개혁을 하자고? 어림없는 소리 하지도 말라. 만약 앞으로 한 번만 더 나불댔다간 너뿐 아니라 온 가족이 떼죽음을 당할 것이니 그리 알라.

누구인지는 알 수 없으나 어떤 부류의 사람인지는 빤했다. 그동안 제 수하들을 풀어 제 땅 인근 농지를 병점해온 권문세족 중 하나일 것이다.

조준은 코웃음을 쳤다.

'이자들이 날 어찌 보고 이런 짓을 한단 말인가?'

집사를 불렀다.

"아까 봉서를 보낸 자가 우리 집안사람을 해코지하려고 할지도 모르네. 외출할 땐 가급적 혼자 다니지 말고 두 사람 이상씩 다니도록 하게."

"예에?"

집사가 도대체 무슨 말을 하는지 모르겠다는 듯 빤히 쳐다보다 눈이 마주치자 얼른 머리를 숙였다.

"내가 조정에서 쓴소리를 좀 했더니 나를 시기하는 무리가 있는 모양이야. 그 정도만 알아두게."

"예, 알겠습니다요."

만약 밖으로 나다니는 자식이 있었다면 걱정이 됐을 것이다. 하지만 서른이 넘어서야 본 외아들 대림은 겨우 돌이 지났으니 처자식 걱정은 안 해도 될 듯싶었다.

다음 날, 조준은 도당에서 협박 서자를 받았다는 사실을 공개했다.

"어제 어둑해질 무렵 누군가 저에게 이 서자를 보냈습니다. 협박이었습니다. 이 서자를 보낸 자는 필시 그동안 어리석은 백성들 등을 쳐호의호식하고 살아왔을 것입니다."

"어떤 자가 그런 짓을 한 것인지, 빠른 시일 내에 붙잡아 국문해야 할 것이오."

영삼사사 홍영통이었다.

"아닙니다. 관원들은 지금 도적 잡고 악소배들 단속하는 데만도 손이 모자랍니다. 저에게 이런 종이쪽지 하나 보낸 자를 잡느라 애쓸 필요는 없습니다. 다만 제가 전제를 개혁하자고 주창하고 나선 까닭은 사사로운 이익을 위해서가 아니라 나라와 백성의 장래를 염두에 둔 대의에서 비롯된 것임을 알아주시기만 하면 됩니다."

"그걸 모르는 사람이 어디 있겠소. 아무리 일손이 달린다 해도 대사헌을 겁박하는 자들을 방치해선 안 될 것이오."

"오늘 이 자리에서 이 서자를 공개하는 까닭은 전법사에 범인을 잡아달라고 촉구하려는 게 아니라 그래봤자 소용없다는 것을 말씀드리기 위해섭니다."

"……"

"어떤 세력이 제 목숨을 노리든 저는 개의치 않을 것입니다. 제가 죽으면 전제개혁을 추진하다 목숨을 잃었다는 게 널리 알려질 것이고, 그렇게 되면 민심이 개혁론에 쏠려 그 누구도 지금처럼 반대하거나 훼방 놓진 못할 것입니다. 저는 제 한 목숨 바쳐 전제만 바로 잡을 수 있다면 보람으로 여길 것입니다."

표정도 목소리도 단호했다.

좌중의 얼굴들이 다들 각양각색이었다. '조준에게 저런 결기가 있었던가?' 하며 조금 놀라는 사람도 있고, 돌아가는 꼬락서니가 공칙스럽다는 듯 고개를 갸웃거리는 사람도 있었다. 눈을 감은 채 잠자코 듣고만 있는 사람도, 치밀어 오르는 의분을 참아내느라 얼굴이 벌게진 사람도 있었다.

이성계는 지그시 눈을 감은 채 듣기만 할 뿐 조준에게 협박 서자를 보냈다는 반대세력에 대해 분개하거나 겁써하는 것 같지도 않았다. 오히려 보일 듯 말 듯 미소를 짓는 것 같기도 했다. 자기 수하가 당차게 나오는 걸 보니 미덥고 든든한 기분이 들어서였을까.


지난 8월 밀직부사와 예문제학에 제수됐던 정도전은 10월엔 십학도제조(十學都提調)까지 겸하라는 명을 받았다. 십학은 문과, 무과는 물론 여러 잡과에 이르기까지 관원을 뽑는 데 필요한 지식을 모두 관장하는 관아다. 그런 관아의 수장이 되었으니 그의 어깨가 더욱 무거워졌다.

그 와중에 도전은 요즘 좀 엉뚱한 일을 하고 있었다. 의서(醫書)를 쓰기 시작한 것이다.

남양부사 시절 백성들의 고충을 들어보니 굶주리고 헐벗는 것 다음으로 고통스러운 것은 병이 나도 고칠 수가 없다는 것이라고 입을 모았다.

남양부에도 백성을 위한 의원이 있기는 했다. 하지만 약재가 변변치 않아 있으나 마나였다. 그러다 보니 의원이라는 자도 제 살아갈 방도를 찾는 데만 급급할 뿐 가난한 백성들을 돌보는 일은 등한시하는 것 같았다.

대개의 병에 약효가 있는 것으로 알려져 있는 산삼 등 좋은 약재는 모두 캐내 원나라에 공물로 바치는 바람에 씨가 마르다시피 해서 간혹 있어도 값이 너무 비싸 엄두도 내지 못했다.

그런 실정을 알고 난 도전은 글자를 어느 정도 아는 사람은 누구나 쉽게 스스로 진맥도 하고 그에 맞는 처방도 할 수 있는 의서를 써보기로 작정했다.

의서를 쓰려면 그만큼 알아야 했기에 중국 의서를 구해 밤을 새워가며 읽고 또 읽었다. 용하다는 의원들을 찾아다니며 묻고 듣고 배우기도 했고, 그동안 효과가 입증된 민간 전래의 처방들도 열심히 수집했다.

개경으로 돌아와선 어의들로부터 더 많은 자료를 수집할 수 있었다. 그 때문에 의서 쓰기가 훨씬 수월해졌다. 신체의 부위나 맥의 도해(圖解)는 화원들의 도움을 받아 그렸다.

그렇게 만든 의서가 『진맥도결(診脈圖訣)』이었다.

근래 도전은 선비들이 경서에만 매달리는 것도 문제라는 생각을 했다. 선비들이 경서를 파고드는 까닭은 과거에 급제해 벼슬길에 오르기 위한 것, 그러니까 자신의 출세를 위해서지 나라와 백성을 위해 제 한 몸 바쳐 일해 보겠다는 생각을 하는 신진사대부는 그리 많지 않을 것이다.

어쨌든 경서를 알든 모르든 그런 것과 상관없이 백성들의 생활에 도움을 주고 걱정을 덜어주는 일에 몰두하는 사람들이야말로 나라와 백성을 위해 크게 공헌한 사람이라고 생각했다. 화약을 만들고 화포를 개발한 최무선 공이나 원나라에서 목화씨를 가져다 널리 보급해 올 사이가 더 촘촘한 무명옷을 입을 수 있게 해준 문익점 공 같은 사람 말이다.

최무선이 초석 제조방법을 아는 중국인을 찾아내 화약 만드는 법을 배우고 화통도감(火筒都監)의 필요성을 역설해 각종 화포를 만든 뒤부터 왜구들의 분탕질도 줄어들었다. 전엔 여러 날 머물며 고을과 마을들을 휩쓸고 다녔지만 요즘엔 무서운 화포를 가진 군사들이 들이 닥치면 당할 재주가 없다는 걸 아는 터라 재빨리 훔치고 곧 빠져 나가는 수법을 쓰고 있었다.

문익점은 목화를 생산하는 것으로 그치지 않고 가업화(家業化)해서 그의 손자인 문래와 문영 형제는 목화에서 실을 뽑고, 그 실로 베를 짜는 기술까지 창안해 널리 보급했다. 그 덕분에 백성들은 모진 겨울 추위를 이겨내는 데 큰 도움을 받고 있으니 그 얼마나 고마운 일인가.

조준은 그날도 여느 때와 다름없이 해질 무렵 사헌부를 나섰다. 그런데 귀가 길에 뭔지는 알 수 없지만 오늘따라 왠지 가칫거리는 것 같은 느낌을 받았다.

그게 뭘까 해서 뒤를 돌아다보기도 했지만 이상한 낌새는 없었다. 오히려 자신은 겉으론 당당해지려고 애를 쓰고 있지만 사실은 자신도 모르게 자글거리는 것 같아 부끄러웠다.

조준! 왜 이러는 것이야? 너라는 놈의 그릇이 겨우 이 정도였어?

스스로를 나무라며 집에 들어가자 집사가 따라 들어왔다.

무슨 일이냐고 눈으로 묻자 그가 또 봉서 한 장을 내밀었다. 그 봉서를 보는 순간 그는 금세 수꿀해졌다.

"반 시각 전에 검은 삿갓을 쓴 자가 영감께 전해드리라며 주고 갔답니다."

봉서를 여는 조준의 손이 가늘게 떨렸다.


대사헌 영감!

저희는 영감을 엄중 경호하라는 명을 받았습니다. 영감과 댁은 저희가 지킬 것이니 너무 걱정하지 마십시오. 다만 멀리서 불화살이 날아들 경우에 대비, 집안 곳곳에 물을 가득 담은 항아리들을 비치해주시기 바랍니다.


보낸 사람의 이름도 없고, 누구의 명을 받은 것인지도 밝히지 않았다.

조준은 잠시 망설이다가 그 서자를 집사에게 넘겨주었다. 차마 자신의 입으로 물이 가득 담긴 항아리들을 여기저기 놔두라는 말을 꺼내기가 민망해서였다.

서자를 다 읽고 난 집사가 입을 열었다.

"물 항아리들을 준비해놓도록 하고, 종복들에게도 늘 긴장하도록 이르겠습니다."

"너무 수선 피우지는 말고, 조용히 물 항아리만 준비해둬."

"예, 그럼 그리하겠습니다."

집사가 방을 나가자 조준은 골똘히 생각에 잠겼다.

누굴까? 나를 도와준다는 사람이.

맨 먼저 떠오른 사람은 이성계 시중이었다. 그에게는 그런 일을 해줄 만한 수하가 많을 것이다. 이 시중이 아니고선 그런 일을 자청할 사람도, 그런 능력을 갖춘 사람도 없었다.

하지만 달리 생각해보면 그건 아닌 것 같기도 했다. 이성계 장군이 그리했다면 사람을 보내든가, 서자로 '내가 널 보호해줄 테니 너무 걱정하지 말라'고 했지, 검은 삿갓을 쓴 자를 통해 알려주었을 리가 만무한 것이다. 게다가 검은 삿갓이 보낸 서자엔 자신이 누구인지, 누가시킨 것인지도 밝히지 않았다. 이성계 시중이 지시한 거라면 그런 걸 감출 필요가 없었을 텐데…….

누굴까? 왜 이러는 걸까?

그러다 퍼뜩 이상한 생각이 들었다.

혹 36계 중 제17계던가, 돌을 던져 구슬을 얻는다는 포전인옥이 아닐까? 비슷한 것으로 적을 미혹한 뒤 공격을 한다는.

그러니까 보호해줄 테니 걱정 말라고 안심시켜놓은 뒤 불시에 공격하는 수법을 쓰려는 게 아닐까, 그런 생각이 든 것이다.

내가 왜 이러지? 도당에선 내 한 목숨 바쳐 전제만 바로 잡을 수 있다면 보람으로 여기겠다고 큰소리를 쳐놓고 뒤돌아선 전전긍긍하다니, 이게 무슨 꼴인가 싶었다.

그 시각, 정도전은 이성계 시중의 집에서 시중과 마주앉아 반주를 곁들여 저녁을 먹고 여러 얘기를 나누고 있었다.

　그러다 두 사람의 입에서 거의 동시에 '조준······'이 튀어나왔다.

　두 사람은 서로를 바라보다 홍소를 터뜨렸다.

　"말씀하시지요."

　"그날 도당에서 본 조준, 아주 당차 보여서 좋았네. 아직 아무것도 모르고 있는 거지?"

　"그럼요. 첫 서자를 보낸 게 저라는 건 전혀 짐작조차 못하고 있습니다. 검은 삿갓을 보낸 게 혹 주군이 아니실까 싶다가도 아직 말씀이 없는 걸 보면 아닌 것 같기도 하다면서. 그렇다면 도대체 누가 보낸 건지, 아무리 생각해봐도 알 수 없어 별 생각이 다 든다고 하였습니다."

　"어쨌든 그날 조준이 워낙 대차게 나와 그동안 땅따먹기 해온 자들, 이럴 수도 저럴 수도 없어 죽을 지경일 게야."

　"목숨까지 걸겠다고 큰소리를 쳤으니 이젠 누구도 조준을 해코지하려 들지는 못할 것 같지만 그래도 만약에 대비해 그를 경호해주시는 건 탁견이었습니다."

　"어쨌든 입에는 나라와 백성을 달고 살면서 사실은 제 곳간 채우는 데만 몰두했던 자들의 손발도 묶고, 조준의 진면목도 볼 수 있었던 괜찮은 책략이었어."

　"맞습니다. 조준을 속인 건 미안하지만······."

　이젠 일어나야지 하는 참인데 시중이 또 말을 걸었다.

　"지금 내가 서둘러 꼭 읽어야 할 책은 무엇인가?"

　"제왕의 도리를 아시고 싶으시면 『대학연의(大學衍義)』가 좋겠고, 그 다음엔 『맹자』를 읽으시면 어떨까 합니다. 하지만 나라를 다스리는 방법을 서책에서만 구할 수 있는 것도 아니고 그래서도 안 되는 것이죠. 나라를 다스리는 길이 꼭 하나만 있는 것도 아니고, 옛날의 성군들이 했던 대로 따라 한다고 되는 것도 아니기 때문입니다."

옛것만 가지고 지금 세상을 다루려고 하면 세상의 변천을 따라갈 수 없다, 성인도 시속을 따라야 한다, 제 아무리 슬기로운 사람이라도 변화를 받아들이고 그걸 쫓아가야 한다는 말이 나온 것도 그 때문이라고 덧붙였다.

"서책도 좀 읽어봐야겠다, 그런 생각이 들어 물어본 것이네."

도전은 문득 언제부턴가 주군에게서 군왕의 풍모가 느껴지는 것 같다는 생각을 해내곤 속웃음을 지었다.




"이번 신년 하례사로 내가 다녀올까 합니다."

문하시중 이색이 한 말이 도당의 중신들을 얼어붙게 만들었다. 뜬금없는 시중의 말에 놀라 모두가 무슨 일이냐는 듯 이색을 멀거니 바라보기만 했다.

"굳이 시중 어른께서 가실 필요가 있겠습니까?"

정몽주였다. 다른 신료들의 생각도 다르지 않았다. 시중이 챙겨야 할 나라 안 일도 많은데 가지 않아도 될 사행을 왜 자청하고 나서는지 알 수 없었다.

이색은 정몽주의 말엔 대답도 않고 이숭인과 김사안을 데려가겠다고 했다. 두 사람을 미리 부사로 지명한 것이다. 그들이 마다할 리 없었다.

"서장관은 추후 정하도록 하겠소."

저 노인네가 왜……. 무엇 때문에 만만치 않은 행로를 자청하고 나선 것일까?

생각해둔 노림수가 있을 것이라고 정도전은 생각했다. 하지만 속을 까뒤집어볼 수 없으니 무슨 꿍꿍이 속인지 알 도리가 없었다.

다음 날, 이색이 이성계를 향해 넌지시 말했다.

"이번 사행 길에 수시중의 자제 중에서 한 사람을 서장관으로 삼았으면 하는데, 수시중 생각은 어떠시오?"

"시중 어른의 뜻이 그러시다면 저야 영광이지요. 그렇게 하십시오."

"누가 좋겠습니까?"

"시중 어른을 모셔야 하니 아무래도 다섯째 방원이 그중 나을 듯싶습니다만."

"그럼 그렇게 하지요. 고맙소이다."

그 얘기를 전해 듣고 난 도전은 더더욱 이상하게 여겼다. 생각하기 따라선 이방원을 볼모 삼아 데려가겠다는 것이 아니겠는가.

궁금해 했던 이색의 속셈은 표문[17]을 작성하는 과정에서 모두 드러났다. 하늘을 놀라게 하고 땅을 뒤흔들 만한 일이었다.

왕의 이름으로 작성된 표문은 이랬다.

작은 나라가 살아남기 위해선 큰 나라를 섬겨야 하며 큰 나라가 멀리 있는 작은 나라를 안정시키려면 감독관을 두어야 하는 법이옵니다.

---

17) 表文: 중국의 황제들에게 보내던 외교 문서. 신료나 백성들이 임금에게 올리던 문서도 표문이라 했다.

저희 고려는 아득히 먼 변방에 위치한지라 비록 폐하의 밝으신 교화를 받고는 있사오나 아직도 예법과 도의가 제대로 정착되지 못한 실정입니다. 따라서 국정을 감독할 관리를 보내주신다면 폐하의 교화가 크게 퍼질 수 있을 것입니다.

부디 넓으신 도량과 관용으로 저희들에게도 차별 없이 인덕을 베푸시어 감독관을 보내 고려를 안정시켜 주실 것을 엎드려 빕니다. 그리되면 저는 당연히 어김없이 제후로서의 의무를 다할 것입니다.

어이가 없었다. 자진해서 '고려는 명나라의 제후국이 되겠다'는 내용이 아닌가. 그러니 고려에 명나라의 감독관, 즉 감국(監國)을 보내달라고 요청하고 있는 것이다.

명나라가 감국을 보내겠다고 해도 결사적으로 거절해야 마땅한데 스스로 감국을 자청한 것은 주권(主權)을 포기하고 원나라 지배를 받던 '충'자 돌림 왕대(王代)로 되돌아가겠다는 이야기나 다름없었다.

도전은 격분했다. 어떻게 이런 일이! 이런 스승 밑에서 수학을 했다는 것이 부끄러웠다.

문하시중이 감국을 자청한 까닭은 빤했다. 권력의 핵심으로 부상한 이성계 수시중을 견제할 수 있는 사람이 고려 안엔 없다고 판단한 것이다. 외세를 빌어서라도 손발을 묶어두어야겠다는 속셈이었다.

물론 권력이 집중되면 독단으로 흐르기 쉽고 남용될 소지도 크다. 그걸 막으려면 견제세력이 반드시 필요하다. 그래야 균형이 잡히고 탈이 나지 않게 된다. 하지만 어디까지나 고려 안에서 해결해야지 남의 나라 힘을 빌려 정적을 제어하려는 건 추악하고 비열한 꼼수였다.

어떻게 그런 짓까지 할 생각을 했는지, 그저 놀랍고 실망스럽다 못해 정나미가 뚝 떨어졌다.

스승 목은은 60년간 지속됐던 원의 지배와 간섭의 폐해를 누구보다 잘 알고 있는 분이었다. 그런 분이 수시중을 견제키 위해 감국을 자청하다니, 노망이 난 게 아니고서는…….

신진 사대부들도 불끈거렸다.

"어떻게 감국을 자청할 수 있단 말입니까!"

"다른 사람도 아니고 유종(儒宗)으로 추앙받던 분이 왜 그런 짓을 한 겁니까!"

"고려를 아예 명나라 아가리에 집어 넣어주지 그럽니까!"

심지어 저런 늙은이는 쫓아내야 한다는 말까지 나왔다.

권문세족들의 맞서는 목소리도 터져 나왔다.

"그럼 이성계가 나라 말아먹는 걸 보고만 있어야 하느냐."

"원로대신이 어련히 알아서 하시겠느냐. 젖비린내 나는 어린애들은 입을 다물어라!"

정도전과 조준은 즉각 간원들을 동원해 이색을 탄핵키로 했다. 하지만 어떻게 알았는지 이성계 수시중이 그 계획을 접으라 했다.

이색을 탄핵하고 나설 경우 그 배후로 자신을 지목할 게 뻔하고, 탄핵 과정에서 예기치 못한 과격한 표현이 등장할 경우 명나라 측이 시비를 걸어오거나 수시중을 경원시할 수도 있다는 것이었다.

듣고 보니 일리 있는 말이었다. 그래서 전략을 바꿨다. 있는 사실 그대로! 이색이 이성계 장군을 견제키 위해 명나라에 감국을 요청했으며 그 허물을 함께 나눌 생각으로 이성계 장군의 아들을 서장관으로 삼았다는 소문을 궐 밖에 흘리기로.

소문은 빠르게 퍼져 나갔다. 백성들은 '이색이 노망난 게 분명하다'

고 숙덕거렸다.

하지만 이색 측은 개의치 않았다. 정도전이나 조준의 움직임과는 상관없이 몇몇 유생들이 탄핵하는 상소를 올리기도 했으나 그 역시 묵살해버렸다.

목은은 또 그 표문과는 별도로 고려의 명문가 자제들이 명나라에서 공부할 수 있게 해줄 것을 요청하는 표문도 가져갔다. '우매한 우리 자제들이 상국의 준재들과 나란히 공부할 수 있게 해 달라'는 것이었다.

문하시중 이색을 정사로 하는 하례사 일행은 10월 초 명나라를 향해 길을 떠났다.

뜻밖에 난감한 소식이 들려왔다. 이성계 수시중의 이복형 이원계가 전날 밤 스스로 목숨을 끊었다는 것이다. 무진년(1388년) 10월 스무나흘 날 이른 아침에 날아든 흉보였다.

난감한 건 자진한 이유였다. '회군한 것도, 왕을 바꾼 것도 잘못'이라며 자책을 거듭하다 결국 자진의 길을 택했다는 것이다.

정도전은 그의 죽음을 애석해 하면서도 한편으론 크게 당황했다. 혁혁한 무공을 세운 장수를 잃었다는 상실감도 컸지만 그보다는 어찌 나올지 모를 뒷말에 신경이 쓰였다.

이 사실이 알려지면 회군의 명분에도 흠집이 나고 폐주를 옹호한 꼴이 된다. 아우가 형을 어떻게 대했기에 자진까지 했느냐는 악의적인 소문으로 부풀려질 가능성도 없지 않았다.

이성계 시중은 형님의 죽음을 무척 애통해 했다. 만군을 호령하던 장군의 두 눈에선 하염없이 눈물이 흘러내렸다.

그의 형제는 형 이원계와 아우 이화(李和) 등 모두 삼형제였다. 그 삼형제의 어머니가 모두 달랐지만 그들의 우애는 동복형제들보다 두터웠다.

다만 어떤 것이 나라와 왕실 그리고 백성을 위한 길인가에 대해선 형과 아우 사이에 견해차가 있었다. 이원계는 아우 이성계와 달리 요양을 정벌하라는 왕명을 따라야 한다고 생각했으나 대세가 회군 쪽으로 기울자 군말 않고 회군 대열에 참여, 개경으로 돌아왔다.

하지만 왕명을 어기고 회군한 것도, 왕을 폐한 것도 잘못이라고 여겨 자그마치 다섯 달 동안이나 혼자서 속을 끓이다 결국 자진을 택한 듯했다. 자진하던 날, 그는 저녁을 먹은 뒤 네 아들을 불러 놓고 당부했다고 한다.

"나의 마음은 네 숙부와 이미 돌아올 수 없는 강을 건넜지만, 너희는 나와 다르니 충의지심을 다해 숙부를 도와야 한다. 알겠느냐!"

네 아들은 그리하겠다 대답하면서도 별안간 아버지가 왜 그런 말씀을 하시는지 알지 못했으나 다음 날 아침 시신을 발견하고 나서야 그게 유언이었음을 알았다.

자진한 그의 방 서안에선 절명시도 발견됐다.

이 나라 땅 어디가 이 몸을 들 곳인가.
이 몸 죽어 지하에서 태백(泰伯)과 중옹(仲雍)을 만나 놀고 싶어라.
같은 처지에서 처신함이 다르다 말 마오,
형만 땅에는 바다에 뗏목 띄울 일 없어라.

주(周)나라의 주춧돌을 놓은 고공단보에겐 아들이 셋 있었다. 태백과 중옹, 계력이었다. 고공은 세 아들 중에서도 막내 계력을 사랑해 입버릇처럼 '계력이 우리의 대업을 일으켜줄 것'이라고 말하곤 했다.

고공이 세상을 떠나자 태백과 중옹은 아버지의 바람대로 왕위를 계력에게 넘겨주고 형만이라는 곳에 숨어 살았다.

계력은 아버지의 뜻을 잘 이었고, 어려서부터 총명했던 그의 아들 창(昌)은 탁월한 정치로 후대 사람들의 존경을 받은 서주 문왕, 그의 손자는 주나라를 창건한 무왕(武王)이 되었다.

이원계의 절명시는 바로 이 고사를 인용한 것이었다.

정도전은 이원계의 죽음이 몰고 올 파장을 걱정하고 경계했지만 조준은 이런 흉사가 일어나지 않았던 것보다야 못하겠지만 괜찮을 것이라고 했다. 과연 조준의 말대로 이원계의 자진이 불러온 파장은 예상했던 것보다 크지 않았다.

정적들이야 속으론 고소해 하며 가급적 크게 부풀리고 널리 퍼뜨리려 애를 썼을 것이다. 하지만 만약 요양 원정군이 회군하지 않고 요동 땅에 들어갔다면 명나라와의 전쟁은 불가피했을 것이고, 그렇게 됐을 경우 백성들이 겪게 됐을 참화를 생각하면 회군하기를 백번 잘했다는 백성들이 절대 다수를 차지해 그들의 책략은 먹혀들지 않았다.


뒤에는 높은 산이 서 있고 앞엔 자갈밭 사이로 실개천이 흐르는 충주의 궁벽한 두메에 금방이라도 쓰러져 갈 것 같은 밧집 한 채가 서 있었다. 언제부턴가 백발의 남자 노인이 이 밧집을 거처삼아 혼자 살고 있었다.

날이 채 다 밝기도 전에 노인은 잠에서 깨어났다. 사나운 꿈 때문에 뒤척이다 잠을 깬 것이다.

탐스러운 밤송이를 털려고 밤나무에 올라갔다 큰 가지를 잡고 바로 옆 밤나무로 건너가려다 그만 가지가 부러지는 바람에 땅바닥으로 떨어져버렸다. 높은 곳에서 떨어져 아프기도 했지만 장대로 땅바닥에 수북하게 털어놓은 밤송이 가시에 찔려 여기저기 아프고 피까지 흘렀다.

노인은 상체만 일으킨 채 눈을 감았다. 무슨 생각에 잠긴 걸까.

노인은 한참 동안 그 자세 그대로 앉아 있었다. 노인답지 않게 자세도 꼿꼿하고 주름이 많은 얼굴엔 위엄이 서렸다. 이윽고 눈을 뜬 노인은 백발을 두 손으로 몇 차례 쓸어 넘기고는 수건을 목에 두른 채 방문 쪽으로 향했다. 집 앞 실개천으로 가 소세도 하고 흐트러진 백발도 좀 다듬을 생각이었다.

겨울이라 실개천 물은 무척 차가웠지만 노인은 아랑곳하지 않고 아침마다 실개천에서 소세를 했다.

방문을 밀치자 우당탕탕 소리를 내며 문짝이 떨어져 나가 마루 위에 나뒹굴었다.

얼마 전부터 언제 떨어져 나갔는지 위쪽 돌쩌귀의 수짝이 보이지 않았는데 아래쪽에만 있던 돌쩌귀마저 헐거워진 것인지 문을 여닫을 때마다 찌꺽찌꺽 소리가 나곤 했다. 하지만 연장도 없고 해서 조심조심 문을 여닫곤 했는데 오늘 아침엔 깜빡하고 벌컥 밀쳤더니 기어이 아래쪽 돌쩌귀마저 망가진 모양이었다.

노인은 한참을 방안에 우두커니 선 채 떨어져 나간 문짝을 바라보다 방에서 나와 툇마루에 걸터앉았다.

한 줄기 찬바람이 백발 위로 날아와 머리카락들을 흩고 사라졌다.

"어느새 무진년도 저물어 가고, 이 늙은 몸도 무진년과 함께 떠날 모양이구나!"

노인이 혼자 중얼거렸다. 그러더니 한참 뒤 다시 중얼거렸다.

"갈 때 가더라도 몸은 깨끗이 하고 떠나야지."

노인은 몸을 일으켜 휘적휘적 실개천으로 향했다.

조준과 남은이 수시중을 찾아오더니 잠시 머뭇거리다 조준이 먼저 입을 열었다.

"최영을 저대로 두실 겁니까?"

"뜬금없이 그게 무슨 말인가?"

"죽여야 합니다."

남은이었다.

"갑자기 왜?"

"유주를 낳지는 않았지만 영비는 어머니뻘이고, 최영은 외조부인 셈입니다. 이대로 두었다간 무슨 일이 벌어질지 모릅니다."

수시중은 고개를 저었다.

"이빨 빠진 호랑이나 다름없는 늙은이를 뭐 하러……. 뚜렷한 명분도 없이 그를 죽였다간 민심만 잃을 수 있어."

"명분이 왜 없습니까. 명나라를 치려고 했던 죄인을 처형하지 않으면 명나라가 어찌 나올지 모르니, 그런 사태를 방지하기 위해 처형해야 한다고 상소를 올려 윤허를 받는 형식을 취한다면 별 문제가 없을 것입니다."

조준의 말은 그럴 듯했다. 시중은 가타부타 말이 없었다.

조준과 남은은 이성계 시중이 허락한 것으로 받아들였다.

다음 날부터 간관들이 잇따라 상소를 올려 최영을 처형하라고 주청했다.

머뭇거리던 왕도 나중엔 수시중과 상의해서 처리하라는 비답을 내려주었다.

수시중 이성계는 측근들의 재촉에도 불구하고 신중에 신중을 거듭했다. 결국 최영을 순군옥으로 데려와 참하라는 명을 내렸다.

처음엔 고봉으로 유배됐던 최영은 합포를 거쳐 지금은 충주에 정배돼 있었다.

최영은 밤나무에서 떨어진 꿈을 꾸고 문짝이 떨어져 나간 바로 그날 중참 전에 찾아온 군사들과 함께 큰 길까지 나와 대기하고 있던 함거에 실려 개경으로 왔다.

순군옥에 갇힌 지 사흘째 되던 날, 최영에 대한 참형이 집행되었다.

형장에는 최영의 죽음을 지켜보기 위해 많은 사람들이 몰려들었다. 그의 죽음을 안타까워하는 사람이 의외로 많았다.

처형에 앞서 포고문이 낭독되었다. 다른 때보다 좀 더 길었다.

"장수로서 그간 쌓은 군공은 적지 않으나 폐주를 도와 대국인 명나라를 치려고 군사를 위화도까지 보내 명나라 황제의 노여움을 샀다. 최영을 처형하지 않고 계속 두둔했다간 언제 명나라 대군이 압록강을 넘어올지 모르는 일이다. 이에 조정은 나라에 공이 많은 장수를 처형하는 게 가슴 아픈 일이나 전쟁의 참화로부터 나라와 백성들을 보호키 위해 참형에 처하는 것이니 백성들은 동요치 말고 생업에 힘쓰라."

포고문을 읽고 난 전법사 낭중이 최영에게 말했다.

"마지막으로 남기실 말씀이 있으면 하십시오."

최영은 슬쩍 웃는 얼굴을 들어 낭중에게 '고맙소'라고 사의를 표한 뒤 입을 열었다.

"내 나이 일흔 셋, 살 만큼 살았고 선왕 전하 여러분과 조상의 은덕으로 높은 벼슬자리에도 올라봤소. 나라를 위해 작은 공도 세워봤으니 무슨 여한이 있겠소. 나랏일을 할 때 사리(私利)를 탐해본 적 없고, 타고난 능력이 변변찮긴 했으나 최선을 다했으니 그 또한 다행스런 일이라 생각하오. 나를 이 자리에 앉힌 사람들에 대한 원망도 없소. 그들은 내가 미워서가 아니라 그들과 내가 나라와 백성을 위하는 방법이 달랐을 뿐이라 믿기 때문이오. 하늘이시여, 부디 고려의 사직과 백성들을 버리지 마시고 보살펴 거두어주소서!"

그 말을 끝으로 최영은 망나니의 칼을 받았다. 무진년 섣달그믐을 며칠 앞둔 날이었다.

# 그림자 속에 숨는 법

"나라의 근본은 백성이네. 올바른 정치는 백성을 먹이는 일부터 시작해야 한다는 말도 거기에서 나온 것이지. 정치는 민심을 따라야 하고, 심지어 군주가 잘못하면 백성들이 바꿀 수도 있어야 한다고 생각하네."

"백성들이 군주를 바꿀 수도 있어야 한다고요?"

"폭정을 일삼는 군주라면 그래야겠지."

해가 바뀌어 기사년(1389년) 2월, 동지밀직사사 윤사덕이 요양 정벌을 주도했던 최영을 처형했다는 사실을 알리기 위해 명나라로 떠났다.

며칠 뒤엔 왕의 친조(親朝)를 요청하기 위해 하례사 이색 일행보다 몇 달 먼저 명나라로 떠났던 강회백이 돌아왔다. 그가 명나라 예부의 자문[18]을 가지고 왔는데 그 내용은 이랬다.

고려는 우리와 그 풍속이 다르긴 하지만 신하들이 왕을 쫓아내고 그 아들을 옹립한 것은 신하로서 해서는 안 될 일이었다. 하지만 누구를 왕으로 옹립하는 것도 폐출하는 것도 다 그대들에게 달려 있으니 우리는 상관치 않을 것이다. 따라서 새 왕이 입조할 필요도 없다.

---

18) 咨文: 중국과 외교적인 교섭이나 통보, 조회할 일이 있을 때 주고받던 공식적인 외교문서.

자문을 보고서야 정도전은 걱정을 놓았다. 예상은 했지만 목은 이색이 허탕을 치고 돌아올 게 보다 분명해졌기 때문이었다.

하례사 이색 일행이 개경을 떠난 뒤 신료들의 관심은 온통 명나라 황제가 어떤 결정을 내릴지, 만약 명나라가 받아들인다면 고려의 운명은 또 어찌될지에 쏠려 있었다.

하지만 도전은 크게 걱정하지 않았다. 세상일엔 늘 돌발적인 변수가 생기기도 하지만, 명나라 예부가 보내 온 자문들을 분석해본 결과 고려가 감국을 자청했다 해서 선뜻 그러자고 나설 것 같지는 않다는 판단을 내렸다.

예상했던 대로 이색은 빈손으로 4월초 귀국했다. 명나라 황제로부터 들은 이야기라고는 '나에게 손자가 몇 명 있는데 음전한 딸아이를 둔 고려의 명문가가 있으면 혼인을 맺도록 하자'는 것뿐이었다고 했다.

내 그럴 줄 알았다. 망령 난 늙은이! 부끄러운 줄은 알까?

정도전은 한때 흠모해 마지않던 스승 이색을 이 무렵엔 거의 증오하고 있었다.

폐주의 아들을 왕으로 내세우고 전제개혁안을 반대하고 나섰을 때도 실망하는 정도였다. 하지만 환갑을 넘긴 나이에 굳이 하례사까지 자청하며 감국을 요청한 걸 보고 나선 자신의 머릿속에서 스승을 지워버렸다.


정도전은 명나라에 다녀온 이방원을 위해 술자리를 베풀었다. 조준과 남은도 부를까 하다 너무 떠들썩한 자리가 될 것 같아 그만두고 단 둘이 마주 앉았다.

"제가 모셔야 하는데 스승님께서 이런 자리를 마련해주시다니 황감하옵니다."

"사행 길이 만만치 않아 피로가 쌓였을 텐데, 이젠 좀 풀렸는가?"

"며칠 푹 쉬고 났더니 몸도 마음도 가뿐해졌습니다."

두 사람은 반주를 곁들여 저녁을 먹으며 이야기를 나누었다. 처음엔 사행을 전후해 보고 들었던 일들이 화제였다.

"발해를 건너다 회오리바람을 만나 큰일 날 뻔했다면서?"

"객선 두 척이 동행했는데 그 객선들은 침몰하고 우리가 탄 배도 하마터면 뒤집힐 뻔했습니다."

"정말 큰일 날 뻔했구먼. 그나저나 요즘 목은이 이상한 말을 하고 다닌다던데. 지금 황제는 줏대가 없는 사람 같았다고."

"저도 그 얘길 들었습니다. 고려에 대해 무엇을 물어볼 것인가 예상을 하고 갔는데 당신 예상대로 질문을 하지 않았다고 줏대 없는 사람이라니, 그게 무슨 말인지 도무지 모르겠습니다."

"그나저나 자넨 명나라를 보고 무엇을 느꼈는가?"

"중국은 예부터 땅덩어리가 크고 물산이 풍부하다 하여 지대물박(地大物博) 운운해 왔다는 걸 모르진 않았지만 이번에 명나라를 돌아보고 나선 고려가 범접하기 어려운 거인이라는 걸 새삼 느꼈습니다."

"……."

"학문을 비롯해 모든 면에서 고려보다 훨씬 앞서 있다는 걸 확인했습니다. 위화도에서 회군하길 잘했다, 만약 압록강을 건너 요동을 정벌했더라면 고려는 쑥대밭이 됐을 것이다, 그런 생각도 했습니다."

도전은 그의 대답에 다소 실망했다. 서장관 처지라 혼자서 여기저기 기웃거리며 살피긴 어려웠겠지만 명나라에 가서 보고 느낀 게 고작 명나라는 거인이었다는 것뿐이었단 말인가.

그때 이방원이 진지한 표정으로 동을 달았다.

"스승님께 진작부터 여쭙고 싶은 게 있었습니다."

"무엇인가?"

"새로운 왕업을 이루신다면 어떤 정치를 펼치고 싶으십니까?"

"아버님께도 말씀 올린 적이 있네만, 나는 이씨의 나라에선 주자학을 근간으로 하는 왕도정치를 펼쳐야 한다고 생각하네."

"왕도정치라면 고대 중국의 요임금 순임금, 주나라의 문왕과 무왕을 답습해야 한다, 그런 말씀이십니까?"

그런데 말본새가 좀 이상했다. 마치 시시비비를 따져보자고 덤비는 말투였다.

"그때와 지금은 다르니 그 전 것을 그대로 답습하자는 건 아니지만 백성을 덕으로 다스려야 한다는 근본은 같다고 할 수 있네."

"스승님께선 인의예지(仁義禮智) 사덕(四德)만으로 백성들을 다스릴 수 있다고 생각하십니까?"

확실히 오늘 방원의 말투는 좀 거슬렸다. 따져 묻고 다짐받기를 작정한 사람 같았다. 질문도 반문도 도전적으로 느껴졌다. 은근히 기분이 상해 속으로 삭이고 있는데 방원은 도전의 대답을 들어보지도 않고 제 말을 이었다.

"스승님께서도 잘 아시는 이야기지만······. 계강자(季康子)가 무도한 죄인들을 죽여 백성들로 하여금 겁을 먹고 유덕(有德)해지게 하는 것도 하나의 방법 아니냐고 묻자, 공자님은 '그대가 스스로 착해지고자 하면 백성들도 저절로 착해질 것이다. 군자의 덕은 바람이요, 소인의 덕은 풀이라, 풀은 반드시 바람에 자빠지게 돼 있는 것이야' 말씀하셨다지요?"

"그랬지."

"그게 가능한 일이라고 생각하십니까? 세상엔 별의별 사람이 다 있는데 군왕이 덕을 베푼다고 모두가 그대로 따라줄까요?"

"그래서 형벌이라는 게 필요한 것이고……. 자네 얘기를 듣자 하니 왕도정치를 순덕(純德)의 정치로 오해하는 것 같은데 그건 아니네. 왕도정치는 무력이나 강압으로 백성을 다스리는 패도정치와 대비되는 말일 뿐 오로지 덕으로만 백성을 다스려야 한다는 건 아니라는 말이지."

"……."

"왕권에 버금가는 신권이 필요한 것도 그 때문이네. 군왕은 저 높은 곳에서 백성들을 자애롭게 내려다보고 신하들은 지혜를 모아 백성들이 편안하게 살 수 있도록 법을 어기는 백성들도 단속하고 송사는 공정하게 처리하고."

"그 말씀은 군왕은 자리만 지키고 있고, 정사는 신하들이 맡아야 한다, 그렇게 들리기도 하는데, 제가 잘못 이해하고 있는 것입니까?"

"군국의 일이나 고위 관원들의 인사 같은 중요한 정사는 군왕이 살피고 결단해주는 게 마땅하지."

얘기를 나누다 보니 방원은 강력한 왕권으로 나라를 이끌어야 한다고 판단하는 것 같았다. 그건 도전에게 매우 위험한 발상으로 들렸다.

"자넨 신권이 강해지는 건 바람직하지 않고 강력한 왕권으로 백성들을 다스려야 한다, 그렇게 생각하는 것 같은데, 내 짐작이 맞는가?"

"그렇습니다, 스승님!"

"아무리 군왕이 지혜롭고 덕이 넘쳐도 모든 걸 군왕이 다 처리할 수는 없어. 그런 체제에선 군왕의 잘못된 판단 한 번으로 나라가 송두리째 무너질 수도 있으니까. 여러 사람의 지혜를 모아 국사를 처리하는 것이 가장 이상적이고 안정적인 정치형태라는 건 의심의 여지가 없네."

"하지만……."

"자네도 알지 않은가. 명문가 출신에 힘도 장사였던 항우가 하찮은 유방에게 천하를 내준 것은 수하들의 말을 듣지 않고 모든 걸 혼자서 처결한 결과였다는 것을."

"물론 군왕 혼자서 모든 국사를 다 처리하는 건 불가능할 것이고, 신료들의 간언에도 귀를 기울여야겠지요. 다만 신권보다는 왕권이 훨씬 더 강력해져야 나라가 바로 설 수 있을 것이라는 게 제 생각입니다."

"왜 그렇게 생각하는가?"

"신권이 강해지면 탈이 생기기 쉽다는 걸 고려가 보여주지 않았습니까?"

"고려가 이 꼴이 된 건 신권이 강대해서가 아니라 임금들이 어리석었기 때문이었네. 왕은 왕족에서 나오는 것이라 왕이 아무리 어리석고 무도한 짓을 하더라도 함부로 바꿀 수가 없어. 하지만 신하는 필요에 따라 수시로 바꿀 수 있지. 그러니까 군왕은 슬기로운 사람을 가려 등용하고 잘못 하면 갈아치우는 것만으로도 막강한 권위를 갖게 되는 것이야."

"……."

"나라의 근본은 백성이네. 올바른 정치는 백성을 먹이는 일부터 시작해야 한다는 말도 거기에서 나온 것이지. 정치는 민심을 따라야 하고, 심지어 군주가 잘못하면 백성들이 바꿀 수도 있어야 한다고 생각하네."

"백성들이 군주를 바꿀 수도 있어야 한다고요?"

"폭정을 일삼는 군주라면 그래야겠지. 하지만 그런 경우는 드물 것이야. 아무튼 군왕은 절대 권력을 갖고 재상은 통치하는 실권을 갖게되면 왕권과 신권이 균형을 이루어 이상적인 정치를 실현할 수 있을 것이야."

방원은 대답하지 않았다. 그는 여전히 강력한 왕권이 구축돼야 고려말기와 같은 혼란이 일어나지 않을 것이라고 믿는 것 같았다.

이날의 대화 이후 정도전은 이방원을 다시 보았다. 한때 그는 방원이 좀 허약해 보이는 겉모습과 달리 속은 야무지고 재기가 넘쳐흐른다고 대견해했다. 이성계의 여러 자식들 중에서 유일한 문과급제자인 점 등을 감안해 이성계의 후사를 잇는 데도 부족함이 없을 것이라 생각했다. 하지만 전엔 그토록 좋게 보였던 그의 눈빛에서 이따금 살기 같은 것도 느껴져, 만약 그가 왕위에 오른다면 어찌 될까 예상해본 적도 있었다. 왕실은 안정될 것이나 신권이 크게 약화되고…… 최악의 경우 피바람이 불지도 모르겠다!

그가 간 뒤에도 차라리 듣지 않았더라면 좋았을 얘기를 듣게 된 것이 계속 마음에 걸렸다.

이색은 형식상으론 조정의 대표 격이지만 실권은 없는 판문하부사로 물러앉았다.

새 문하시중엔 왕의 생모인 근비의 아버지, 그러니까 왕의 외조부인 이림이 서임됐다.

그렇다고 실권이야 어디 가겠는가. 실권은 여전히 수시중 이성계에게 있었다.

근자에 고려와 일본 간엔 주목할 만한 사건이 하나 있었다. 지난 2월 경상도 도순문사 박위가 이성계 수시중의 명에 따라 함선 백여 척을 끌고 대마도로 출격, 그들의 함선 3백여 척을 화포로 공격해 모두 불태우는 개가를 올리고 돌아온 것이다.

그 소문을 듣고 혹시 자신들에게도 화가 미칠지 모른다고 생각해서인지 유구국(琉球國: 지금의 오키나와) 왕이 보낸 사신이 지금 순천부(順天府)에 와 있다고 했다.

일본의 사신이 고려를 찾은 건 그들이 처음은 아니다. 한 해 전에도 일본국의 사신과 관서귀주절도사라는 자가 함께 찾아와 그들의 특산물을 바치고 왜구들이 포로로 잡아갔던 고려인 215명을 데리고 왔다.

유구국 사신들을 받아들일 것인가 말 것인가를 놓고 의논이 분분했다. 올 필요 없다고 단호히 잘라버리면 저들이 겁을 먹고 왜구들을 막아줄 것이라는 의견도 나왔다.

하지만 그건 일본 사정을 잘 몰라서 하는 말이었다. 고려 해안 고을에 출몰하는 왜구는 일본의 여러 소국 중 한두 나라의 적당이 아니다. 대마도 왜구도 있고, 유구국 왜구도 있었으며 일지국(一支國: 지금의 나가사키현 이키섬) 왜구도 있다. 더구나 왜구들은 소국들의 통제권 밖에 있어 영주들의 명도 받지 않았다.

그런 사정을 아는 사람은 고려에 그리 많지 않지만 정도전은 잘 알고 있었다. 신미년(1331년)에 무사(武士)정권이 무너지기 전과 후의 사정까지 훤히 꿰뚫고 있었다.

"삼봉의 생각은 어떤가? 유구국 사신 문제 말일세."

"그들을 물리칠 까닭은 없습니다. 제 발로 찾아 온 손님이니 예로 받아들이고 다독거리면 그들의 영이 왜구들에게 잘 먹히지 않는다 해도 전혀 효과가 없진 않을 것입니다. 특히 포로로 잡혀간 고려 백성들을 데려오는 데는 좋은 길목이 될 것입니다."

"왜구들이 노리는 건 재물만이 아니라 젊고 힘센 장정들도 포함돼 그동안 놈들에게 잡혀간 포로의 수를 다 따지면 2만도 훨씬 넘는다지?"

"그렇습니다. 포로로 잡혀간 장정들은 농사를 짓거나, 노를 젓거나, 노략질에도 동원된다고 합니다."

"그럼 해안가 고을에 출몰하는 왜구 중엔 고려인들도 있다는 말인가?"

"그건 아닙니다. 길 안내를 맡는 자들도 더러 있긴 하지만 고려인들은 명나라 쪽에, 명나라에서 잡아 온 포로들은 고려에 투입하고 있습니다. 왜구 때문에 골치를 않는 건 고려 뿐 아니고 과거 원나라도, 지금의 명나라도 마찬가집니다. 명나라를 공격하는 왜구 무리 가운데는 반명(反明)세력까지 포함돼 있다고 합니다."

"그러니까 다른 건 몰라도 일본으로 끌려간 고려인들을 데려오는 데는 유화책이 필요하다?"

"예, 주군!"

이성계 수시중은 정도전의 건의에 따라 전 판서 진의귀를 영접사로 삼아 유구국 사신들을 따뜻하게 맞아주도록 했다.

유구국은 세 개의 소국으로 이루어져 있다는데 개경에 온 자는 중산(中山)의 왕 찰도라는 자였다.

찰도는 특산물이라는 유황 3백 근에다 염료로도 쓰이고, 복통과 혈

행을 다스리는 약재로도 쓰인다는 소목(蘇木) 6백 근, 호초(胡椒: 후추) 3백 근, 갑옷 20벌을 왕에게 바쳤다.

그는 또 자청해서 왜구들이 포로로 잡아간 고려 백성들도 곧 돌려보내겠노라고 했다. 마다할 리 없는 일이었다.

조정은 그를 후하게 대접해 보낸 뒤 답방 사신단도 보냈다. 이후 대왜(對倭) 전략은 도발하지 않으면 다독이는 것으로 바뀌었다.




가을이 노랗게 익어가고 있었다. 곧 가을걷이가 시작될 것이다. 봄 여름내 땀을 몇 바가지씩 흘려가며 씨 뿌리고 김 메고 거름 주고 물을 대며 돌봐온 쌀과 콩, 기장, 메밀과 같이 가을에 여무는 곡식을 거두는 건 농부들의 기쁨이자 보람이다.

하지만 고려의 농부치고 이 가을에 기쁨과 보람을 거둘 수 있는 농부가 얼마나 될까. 전세로, 전조로 뜯기고 나면 가을걷이를 끝내고도 몇 달 못 가 또 끼니 걱정을 하게 될게 빤했다.

기사년(1389년) 8월, 정도전은 다시 전제개혁안을 꺼내 들었다. 이번에도 조준을 내세웠다. 여름내 땀범벅이 돼 농사를 지어 온 백성들이 또 다시 절망에 빠질 것을 생각하니 더 이상 미적거리고만 있을 수 없었다.

머리를 맞대고 작성한 상소 내용을 요약하면 다음과 같았다.

첫째, 사전(私田)은 권세 있는 개인에겐 이롭겠지만 나라에는 도움이 안 되며, 공전(公田)은 공적 이익도 있고 백성들에게도 매우 편리한 제도다.

둘째, 공전이 자리를 잡으면 국고가 넉넉해지고 땅을 빼앗고 빼앗긴 사람들 간의 쟁송(爭訟)이 그쳐 나라와 백성들이 편안해질 것이다.

셋째, 전지(田地)의 근본은 사람을 먹이고 기르는 것인데도 그동안은 사람을 해치는 작폐의 도구로 이용돼 그 폐해가 극도에 달했다.

넷째, 만약 또 다시 사전을 허용하면 고려의 백만 백성을 또 다시 고통 속으로 밀어 넣는 꼴이 될 것이다. 따라서 기내(畿內: 경기도 내)의 땅은 왕실을 보위하는 사대부들의 전지로 삼아 그들의 생계를 돕는데 쓰고, 나머지는 모두 거두어 궁중이나 제사용, 녹봉과 군용(軍用) 등으로 충당케 해야 마땅하다.

왕은 상소를 받아들였다. 기내 땅은 개경에 살면서 왕실을 시위하는 사족들에게 주고 다른 도의 농지는 모두 군전(軍田)으로 편입시켜 수확량의 10분의 9는 농사짓는 사람이 갖고 나머지 10분의 1은 군량미로 바쳐 군사들을 배불리 먹이도록 한 개혁안을 윤허한 것이다.

이로써 수백 년 동안 말로만 고쳐야 한다고 떠들어대다 말곤 했던 전제개혁안이 거지반은 성취되기에 이르렀다. 남은 문제라고는 새로 받게 될 전지로는 생계를 유지하기 어려우니 더 달라고 떼를 쓰는 권문세족들을 어떻게 처리할 것인가 하는 것뿐이었다.

그들은 자신들이 갖고 있던 땅을 모두 돌려주고 나면 관원들의 녹봉이나 군량미를 충당하고도 곡식이 남아돌 것이니 그동안 귀족들이 나라에 기여한 바를 생각해서라도 더 달라는 주장을 폈다.

도당에선 사대부들에게 기내 땅만 주려다 그렇게 된 것이니 다른 지역의 전지를 조금씩 더 나눠주는 것도 그리 나쁜 선택은 아닐 것 같다는 의논이 오갔다.

하지만 정도전과 조준은 반대했다. 한번 정한 원칙을 무너뜨려 예외를 두게 되면 다시 옛날로 돌아갈 가능성이 높기 때문이었다. 게다가 그들은 어떻게 셈을 했기에 곡식이 남아돌 것이라 주장하는 건지 모르지만 실상은 개혁안대로 해도 많이 모자랐다.

6도(六道) 관찰사의 보고를 취합해보니 농사를 지을 수 있는 땅은 50만 결(結)도 되지 않았다. 그렇다고 궁중이나 여러 관아에서 쓸 수 있는 곡식까지 줄일 수는 없어 좌창(左倉)과 우창(右倉) 그리고 사고[19] 등에 적정량을 배정하고 기내 땅 10만 결을 사대부들에게 나눠주고 나면 겨우 17만 결이 남는데, 그것으로는 각 도의 군사와 향리, 구실아치 등에게 줄 녹봉과 사신 접대 등에 쓸 만한 양곡을 충당하기엔 턱없이 부족했다.

정도전과 조준은 도당에 거둘 수 있는 전조의 양과 소요량 등 자료를 제시하고, 기내 밖의 전지는 애초 계획했던 대로 모두 군전으로 남겨두어야 3군(三軍)이 굶주리지 않고 나라를 지킬 수 있을 것이라고 거듭 강조했다.

결국 도당도 그들이 제시한 명백한 자료를 보고는 더 이상 왈가왈부할 수가 없어 모두 받아들이는 수밖엔 없었다.

'이 세상에 태어나 가장 잘한 일이고 가장 보람 있는 일이다.'

도전은 전제개혁안의 가닥이 잡혀가는 걸 지켜보면서 그런 생각을 했다.

성현의 말씀 중에 풍년에는 젊은이들이 대체로 선량하고, 흉년에는 포악해진다는 대목이 있었다. 그동안은 풍흉과 관계없이 애써 농사를 지어도 남기는커녕 계속 빚을 내어 살아온 터라 자신도 모르게 포악

---

19) 四庫: 음양설에서 말하는 진(辰)·술(戌)·축(丑)·미(未)의 네 방향을 이르는 말.

한 젊은이들이 적지 않았을 것이다. 하지만 이젠 달라질 것이다. 설사 흉년이 들어도 수확량의 10분의 1만 내면 되니 큰 어려움 없이 살게 될 것이다.

그렇다면 다음엔 뭘 할까? 문득 한 노인의 얼굴이 떠올랐다.


예의판서 곽충보가 한밤중에 집으로 이성계 시중을 찾아왔다.

무슨 까닭인지 그의 얼굴이 불그우리하게 상기돼 있었다.

"이 밤중에 무슨 일이오?"

"대감! 폐주가 대감을 시해할 뜻을 품고 있다고 합니다."

전 대호군 김저와 전 부령 정득후가 폐주를 몰래 만났다 했다. 이성계 시중이 배소를 옮긴 폐주를 찾아가 생일잔치를 열어주었는데 그로부터 며칠 지난 뒤였던 것 같다.

"김저는 최영의 조카로 그의 그늘에서 오랫동안 권세를 누려 왔고, 정득후 역시 최영의 친족입니다. 폐주가 이들을 보자 최영의 안부부터 묻더랍니다. 지난 해 연말에 처형됐다 했더니 우왕과 영비가 한참 동안 울고 나서 '내가 여기서 이대로 죽을 수는 없다'고 하더랍니다."

"지금 무슨 수로 뭘 어쩌겠다고?"

"너희가 역사(力士)들을 구해 죽여 달라. 너희 힘만으로 어려우면 곽충보를 만나 도움을 청하라 하더니 이 보검을 저에게 전하라 하더랍니다."

이성계가 칼을 받아 칼집을 요모조모 살펴보더니 스르릉 칼을 빼보았다.

"궁중에서 쓰던 보검이 맞군. 그대가 그 정도로 폐주의 신임을 받았던가."

"한때는 그랬습지요……. 이번 팔관일(八關日)에 거사토록 하라고 하더랍니다. 성공만 하면 대대손손 부귀를 누릴 수 있을 것이라면서."

"그래서 그댄 뭐라고 하였소?"

"그렇게 하자고 했습니다."

"잘하였소. 계속 그들을 도와주고, 일이 마무리될 때까진 나는 물론이고 내 수하들과도 아는 척도 하지 마시오."

"예, 잘 알겠습니다."

곽충보가 돌아간 뒤 이성계는 어리석은 폐주를 떠올려보고는 어찌할까 궁리했다.

김저와 정득후는 당장 잡아들여 요절을 낼 수 있었다. 하지만 그들이 또 누군가를 끌어들일지 모르니 국으로 참고 기다리기로 했다.

폐주가 팔관회 날을 거사일로 잡아준 이유도 짐작했다. 팔관회는 연등회와 함께 고려의 2대 중요 의식이다. 태조 왕건(王建)도 훈요십조[20]에서 팔관회의 중요성을 강조했다.

전엔 왕이 법왕사에 가는 것이 통례였으나 지금은 궐 안에서 신하들의 하례를 받고 지방관들의 축하선물을 받은 뒤 춤과 노래, 각종 기예 따위를 구경하는 것으로 시작돼 팔관회 당일인 다음 날까지 이어졌다. 그러다 보니 팔관회 날 사람이 많이 모여 늘 혼잡한데 반해 경계는 느슨해지기 마련이었다.

---

20) 訓要十條: 고려 태조가 자손들을 훈계하기 위해 942년(태조 25)에 몸소 지은 열 가지 유훈(遺訓).

이 시중은 소회일 전날부터 몸아 아프다는 이유로 도당에 나가지 않았다. 소회일 행사에도 참가하지 않고 집에 머물렀다. 여러 사람이 인사차 이 시중을 찾아왔다. 그날 밤 김저와 정득후도 제 발로 왔다.

기다리고 있던 군사들이 기다렸다는 듯 그들을 낚아챘다.

절차도 없었고, 말도 없었다. 이미 발각되었다는 것이 자명해보였는지 한 군사가 정득후의 왼팔을 붙잡는 순간 그는 오른손으로 숨기고 있던 칼을 빼내 자신의 목을 찔렀다. 정득후는 쓰러졌고 그의 목에선 쉴 새 없이 피가 뿜어져 나왔다.

김저 역시 자결을 시도했다. 하지만 이번에는 군사들이 더 빨랐다. 한꺼번에 셋이 달라붙어 그를 결박하고 옷 속에 감추고 있던 칼도 빼앗았다. 김저는 그 길로 순군옥에 수감됐다.

다음 날 대간들이 나서 합동으로 신문에 들어갔다.

고문도 시작되었다. 한쪽 허벅지에 시뻘건 인두를 들이대자 비명을 올리던 그가 바른대로 다 말하겠다고 했다.

"이성계 수시중을 시해하려 했던 게 사실이냐?"

"이성계를 죽인 뒤 여흥왕(驪興王: 폐주를 일컫는 말)을 복위시키고자 하였습니다."

"너희 배후에 누가 있느냐?"

"예의판서 곽충보입니다."

"또!"

"어, 없습니다."

"이놈이 아직 정신을 못 차렸구나. 바른 말이 나올 때까지 더 지져라!"

형리가 인두를 들고 오자 김저가 다급하게 외쳤다.

"전 판서 조방흥과 변안열도 아, 알고 있습니다."

"또!"

"……."

"불 맛을 더 보여줘라."

"아, 아닙니다. 이림과 우현보, 그 아들 홍수, 우현보의 친족인 인열, 왕안덕 등과도 공모했습니다."

모든 것이 명명백백 드러났다. 지금이다! 정도전은 절호의 기회라고 판단했다. 절대로 놓쳐서는 안 되는 더 없이 좋은 기회.

득달같이 수시중을 찾아가 단호하게 말했다.

"주군! 김저의 입에서 나온 자들은 물론 폐주와 유주까지 모두 처단해야 합니다."

"주상까지?"

"쇠는 달았을 때 쳐야 합니다."

"하지만 유주가 직접 연루된 흔적은 없지 않은가?"

"그 아비를 처형해야 하는데 그 아들을 보위에 둘 수는 없는 일 아닙니까."

"아직 어린아이인데……. 그가 죄를 지은 것도 아니고……."

"주군! 작은 일에 구애를 받다가 큰 것을 잃을 수도 있고, 때를 얻기는 어렵지만 잃기는 쉬운 법입니다. 결단하셔야 합니다."

다음 날, 간원들이 앞을 다투듯 나섰다. 수시중 살해 음모에 가담한 자는 모두 처형하거나 유배 보내고 폐주와 유주도 폐한 뒤 처형해야 한다고.

하지만 일에는 순서가 있는 법이니 한꺼번에 모든 걸 다 처리할 순 없었다. 먼저 폐주의 배소를 강릉부(江陵府: 지금의 강원도 강릉시)로 옮기고 폐서인한 뒤 관련자들은 처형하거나 귀양 보내기로 했다.

유주를 어떻게 할 것인지는 그 후에 논의하기로 했다.

공론은 두 갈래로 나뉘었다. 우와 창은 본래 왕씨가 아닌데도 그들을 보위에 앉혀놓고 종묘제향을 받게 한 것 자체가 잘못된 일이었다는 주장과 그렇다면 그런 가짜 왕들의 신하로 살아온 우리 자신의 잘못부터 다스려야 하는 것 아니냐는 주장이었다.

전자가 우세했지만 후자에도 설득력이 없진 않았다.

설왕설래가 계속되고 있는데 갑자기 정몽주가 벌떡 일어서서 말했다.

"여기서 중언부언할 게 아니라 원로이신 목은 선생의 고견을 들어보면 어떻겠습니까?"

정도전은 하마터면 소리를 내지를 뻔했다. 남의 나라에 감국을 요청한 자가 무슨 원로냐고. 다행히 간신히 참아냈다. 문제는 이색에게 물을 경우 주상을 폐하고 새로 왕을 세우는 걸 반대할 가능성이 높다는 데 있었다.

그런데 참석자 중 상당수가 그렇게 하는 것이 좋겠다고 거들었다.

정도전을 포함해 세 사람이 이색을 찾아가 그의 의향을 물어보기로 했다. 내키지 않았으나 이 시중을 믿고 나섰다. 목은이 뭐라 하든 개의치 않고 밀어 붙일 것이니 다녀오라던.

도전이 제자의 예를 극진히 갖추었으나 그 제자를 바라보는 스승의 눈길은 곱지 않았다. 그에게도 귀가 있으니 정도전이 자신에 관해 무어라 하고 다니는지 다 알고 있을 터였다. 그럴 만도 했다.

목은이 대답했다.

"아무리 부자간이라도 우왕과 금상은 다른 사람이고 서로 통해 온 정황도 없는데 신하들이 함부로 왕을 폐한다는 건 있을 수 없는 일이라는 게 내 생각일세."

정도전이 예상한 그대로였다. 하지만 수시중 이성계는 정도전에게 약속한 대로 이색의 반대의견 같은 것엔 개의치 않고, 유주를 폐하고 왕씨로 하여금 보위를 잇도록 하는 방안을 추진하기 시작했다.

수시중을 비롯해 판삼사사 심덕부와 찬성사 지용기를 비롯 정몽주, 설장수, 성석린, 조준, 박위 등이 다시 흥국사에 모였다. 물론 왕명의 출납과 군사기밀 등을 관장하는 밀직사부사로 자리를 옮긴 정도전도 함께 했다.

군사들이 흥국사 주변을 빙 둘러싸고 삼엄한 경계를 펴고 있었다.

그날 흥국사 모임에선 어린 왕을 폐한 뒤 왕씨 종친 중에서 후사를 찾아보자는 데 이의를 제기한 사람은 아무도 없었다.

정몽주도 스승인 목은이 금상을 폐하는 걸 반대했다는 걸 알면서도 이 모임에 참석했고, 불편해 하지도 않았다. 오히려 무슨 일이 있더라도 폐가입진은 이루어져야 한다며 자신의 의견을 적극 개진했다.

문제는 다음 왕으로 세울 만한 적당한 인물이 없다는 데 있었다.

무엇보다 왕씨 종친 중 근친이 그리 많지 않았다. 족보상으로는 신종의 7세손인 정창군 왕요(王瑤)가 가장 가까웠다.

그렇다면 그를 옹립해야 하는 것 아니냐는 의견이 나오자 조준이 즉각 반대하고 나섰다.

"정창군은 그동안 부귀만 누려온 사람이며, 재산을 모으는 것만 알 뿐 나라를 다스리는 방도는 알지 못할 것입니다. 그런 사람을 왕으로 세우는 건 적절치 않습니다."

성석린이 그 말을 받아 왕을 세우려면 마땅히 어진 이를 가려서 세워야지, 족보상 친소관계를 따지는 게 무슨 의미가 있겠느냐고 했다.

결국 몇몇 종친의 이름을 써서 보내 태조(왕건)의 영전에 고하게 한 뒤 제비를 뽑았더니 공교롭게도 정창군의 이름이 뽑혔다.

새벽녘에 수시중이 심덕부 등 여덟 명과 함께 왕대비를 찾아가 신하들이 의논한 결과를 아뢰었다. 왕대비도 반대하지 않았다.

곧바로 교지가 작성되었다. 그 교지에 따라 금상을 강화부로 추방하고, 정창군을 새 왕으로 옹립했다.

정창군은 꿈에도 생각해보지 못한 왕위에 오르라고 하자 처음엔 자지러지듯 놀라며 사양했다. 하지만 정창부원군으로 봉한 뒤 왕대비가 그를 불러 손수 옥새를 건네자 마지못해 받들었다.

새 왕은 11월 보름날 수창궁에서 즉위했다.

이어 이색을 판문하부사, 심덕부를 문하시중, 이성계를 수문하시중, 정몽주와 지용기를 문하찬성사, 조준은 지문하부사 겸 사헌부 대사헌으로 삼았다. 정도전은 정2품 삼사우사에 제수되었다.



목은! 정도전은 부심하고 있었다.

이색은 자신의 스승이었고, 친명정책을 지지하는 정치적 기반도 다르지 않았다. 또한 성리학이 들어오면서 척불론(斥佛論)이 대두됐을 때, 승려들의 자질향상과 승려의 수를 제한키 위한 도첩제를 도입, 억불(抑佛)에 힘써 온 점에서도 일맥상통했다.

대사성 시절 성균관 학칙을 새로 만들고 정몽주와 함께 성리학의 보급과 발전에 기여한 공로 또한 자못 컸다. 사제 간의 정 또한 몇 년 전까지만 해도 두터웠다.

하지만 우왕이 강화로 쫓겨난 뒤, 후사를 정하는 과정부터 사제 사이가 어긋나기 시작했다. 우왕의 사부를 지냈다는 인연을 끊어내지 못하고 조민수와 함께 우왕의 아들 창을 새로운 왕으로 옹립하고 사전개혁안에 반대한 것도 마땅치 않았다.

게다가 직접 명나라에 가선 고려에 감독관을 파견해 줄 것을 주청했는가 하면 창왕의 폐위도 반대하는 등 사사건건 흑책질을 하고 있었다.

어찌해야 할까? 여러 날 고심한 끝에 도전은 결론을 내렸다. 그것은 대의멸친(大義滅親)이었다. 한 자를 굽혀 여덟 자를 바르게 할 수 있다면 작은 욕 쯤 얻어먹어도 어쩔 수 없다고 여겼다.

춘추시대에 위나라의 공자 주우가 주군인 환공을 시해하고 왕위를 강탈하자 환공의 측신이었던 석작은 주우와 가까이 지내는 아들 후에게 옳지 않다고 타일렀다. 그러나 듣지 않자 진나라에 서찰을 보내 주우와 후가 가거든 죽이라고 한 뒤 두 사람을 꼬드겨 진나라로 보내 죽게 했다. 신하의 도리를 다하기 위해 부자의 정마저도 저버리고 대의를 택한 것이다.

도전은 이 고사를 곱씹으며 결심을 굳혔다.

다음 날부터 오사충과 조박 등이 잇달아 우왕과 창왕을 처형해야 한다고 주장했다. 그들을 옹립했던 이색을 비롯 조민수, 이인임 무리에게도 벌을 주어야 한다고 탄핵하기 시작했다.

결국 12월 초하루 날, 왕은 이색과 그의 아들 이종학, 이숭인, 하륜 등을 파직하고, 창왕의 생일 날 특사로 풀려났던 조민수의 관작을 빼앗아 서인으로 강등시킨 뒤 다시 귀양 보냈다. 또 이미 저 세상 사람이 된 이인임의 집을 헐어낸 뒤 그 집터를 웅덩이로 만들어버렸다.

며칠 뒤 사재부령 윤회종이 우왕과 창왕을 처형하는 것이 마땅하다고 다시 아뢰자 왕은 재상들을 하나하나 지목하며 어떻게 했으면 좋겠느냐고 물었다.

　다른 이들은 이도저도 아닌 요상한 말로 우물거렸으나 이성계 시중은 분명하게 처형을 반대하고 나섰다. 우왕을 강릉에 안치했다고 명나라 조정에 이미 알렸는데 그를 죽였다 하면 말을 바꾼 것이 될 뿐 아니라, 저들이 반란을 일으킬 간계를 꾸민다 한들 걱정될 게 없으니 그대로 두는 것이 좋겠다는 것이었다.

　하지만 왕은 '우는 무고한 사람들을 많이 죽였으니 죽어 마땅하다' 며 정당문학 서균형과 예문관대제학 유구를 강릉과 강화에 보내 우와 창 부자를 처형토록 했다.

# 마주 볼 수 없는
# 순간이 온다

덕이라는 것은 애초부터 타고난 사람도 있고 수양을 거쳐 얻는 사람도 있는데 폐하께선 큰 도량과 인자하신 천성은 애초부터 타고 나셨으나 평소 책을 읽어 성현들께서 이루신 법을 서로 견주어 살펴보신 적도 없고, 나랏일을 하실 때 무엇을 먼저 고려해야 하는지를 잘 알지 못하시니 정사에 결점이 없었다고 말하기도 어렵습니다. 무엇보다 폐하께서 벼슬을 내린 뒤, 아무개는 주상의 오랜 친구요, 아무개는 외척이라는 비판도 나오고 있습니다.

스승 이색이 파직된 뒤에도 스승을 탄핵하는 소는 그치지 않았다. 그 배후엔 필시 정도전이 있을 것이다!

　그들이 스승에게 벌을 내려야 한다고 주장하는 요점은 여섯 가지다. 그것 역시 정도전의 머리에서 나왔을 가능성이 높았다.

　신우의 아들 창을 왕으로 세운 것, 이인임 일파의 패악을 방관한 것, 아들의 매관매직한 비리를 덮은 것, 명나라에 다녀와 신우를 복위시키려한 정황이 있었다는 것까지.

　정몽주는 저들이 내세운 죄목들과 스승이 전혀 관련이 없다고 생각하는 건 아니었다. 다만 그 일에 앞장서고 있는 사람이 동문수학했던 정도전이라는 점에서 절망하고 있었다. 한때 그에게 마음을 주었다는 걸 후회하고 있을 정도였다.

　짐작컨대 정도전은 대의멸친에 입각해 스승을 몰아세우고 있는 것 같았다. 문제는 대의멸친만 알지 군사부일체는 모르는 것 같다는 데 있었다.

정몽주라고 해서 스승 이색이 좋기만 한 건 아니었다. 그래도 스승이니 가능한 한 제자의 도리는 다 하고 살고 싶었다. 헌데 정도전은 제자의 도리는커녕 오히려 앞장서 스승을 탄핵하고 있었다. 외조모가 천출이라는 한계를 뛰어넘기 위한 발버둥일 것이라고 이해하고 싶을 때도 있지만 그래도 그 정도가 지나쳤다.

왕은 소장을 검토한 뒤 기어이 스승 이색은 장단현으로, 이종학은 순천으로 유배 보냈다.

정몽주는 외성 밖까지 스승을 배웅하고 돌아오면서 정도전을 쳐낼 궁리를 해봐야겠다고 작심했다.

며칠 후엔 더욱 안 좋은 소식이 들려왔다. 왕명에 따라 창녕에 유배된 조민수를 신문한 결과 처음엔 '창왕을 세운 죄는 내가 혼자 지고 가겠다'고 하더니 여러 날 다그치자 '이색과 사전에 입을 맞췄다'고 자복했다는 것이다.

스승의 앞날이 아무래도 평탄치 않을 것 같았다.


언제부턴가 주상이 수상쩍은 움직임을 보이기 시작했다.

얼마 전, 우왕 복위사건에 연루돼 한양에 안치된 영삼사사 변안열을 국문하지 말고 주살하라 명한 것이다.

연루된 자들을 캐지 않고 죽이면 안 된다 반발하자 뒤늦게 오사충을 보내 국문토록 했다. 하지만 이미 한양부윤 김백흥이 왕명에 따라 변안열을 처형한 뒤였다.

분개한 윤소종이 상소를 올렸다. 변안열이 죽기 전에 했다는 말을 되살려냈다.

함께 모의한 자가 많은데, 왜 나만 죽어야 하느냐!

김백흥은 그 말을 듣고도 자세히 묻지 않고 바로 죽였다니 매우 이상하다는 것이었다. 변안열의 심복 이을진을 국문해 진상을 밝히고, 김백흥과 조민수와 황제의 조서를 열어보고 그 내용을 이림에게 알려준 권근도 처벌해야 한다고 주장했다.

주상은 명했다. 조민수는 더 먼 곳으로 보내고, 권근은 곤장 1백 대를 친 뒤 역시 먼 지방에 유배할 것이며, 김백흥은 파직 후 국문하라고.

헌부의 관원들이 청주로 가 이을진을 국문하자 그의 입에서 이림, 이귀생, 변안열의 처족인 병기소윤 원상, 정주목사 이경도, 정지 등의 이름이 나왔다.

그들을 붙잡아 차례로 신문하자 그중 원상은 그저 사전개혁을 원망하다가 신우(辛禑)를 다시 세워 그 일을 막으려고 했을 뿐이라고 자백했다.

얼마 안 돼 이번엔 김백흥이 옥 안에서 죽었다. 고문의 후유증이 심해 죽은 것으로 밝혀졌다.

주상이 정몽주를 불렀다. 여러 정사에 관해 묻고 답하기를 계속하다 주상이 말했다.

"순군들이 법을 지키지 않고 제멋대로 혹독한 고문을 가해 사람들을 죽이곤 한다 하오. 특히 재상들의 경우 아무리 무거운 죄를 지었다해도 처형 여부는 군왕이 결정해야 하는데도 그것조차 지켜지지 않으니 개탄스러운 일이오."

그러더니 느닷없이 엉뚱하게도 원상을 풀어주라는 명을 내렸다.

정도전은 이 대목에 두 가지 문제가 있다고 판단했다. 그런 일을 왜 하필이면 정몽주와 상의한 것인가? 왕이 풀어준 원상은 이미 자백해 우왕 복위음모가 사실이었음이 드러났는데 무엇 때문에 풀어주었나, 하는 것이었다.

그뿐이 아니었다. 그로부터 한 달 뒤, 주상은 예의판서 윤소종을 파직하고 금주(錦州: 지금의 충남 금산군)로 귀양을 보내버렸다. 윤소종이 이성계 수시중의 측근 중 한 사람이라는 건 누구나 다 아는 일이었다.

이성계 시중이 나서 직언하는 자에게 죄를 주면 안 된다고 했으나 왕은 묵묵부답이었다.

이성계는 이에 반발해 병을 핑계로 관직에서 물러나겠다고 했다.

다급해진 주상은 다음 날 환관을 보내 문병하고 관직에 복귀해줄 것을 통사정하듯 했다.

정도전은 고개를 갸웃거렸다. 잘못돼 가고 있어…….

동심우였던 정몽주의 최근 행보도 수상쩍게 여겨지던 참인데 주상이 그를 가까이 하는 것이나 원상을 풀어주었다는 게 자꾸만 마음에 걸렸다. 중신들이 까딱 잘못해 귀양 가는 일이야 흔한 일이긴 하지만 윤소종을 귀양 보낸 일의 전후 사정 등을 살펴볼 때 주상에게 뭔가 꿍꿍이속이 있는 게 아닐까 하는 느낌이 온 것이다.

우려는 현실로 나타났다. 왕은 며칠 뒤 이번엔 지신사 이행과 우대언 조인옥을 파직하고, 이행은 청주로 귀양까지 보냈다. 정몽주 측 간관들의 탄핵 때문이었다. 그들은 이행과 조인옥이 이색을 탄핵하는 과정에서 임금을 기만했다고 주장했다.

윤소종을 비롯해 이행, 조인옥은 모두 이성계 시중을 지지하는 개혁파였다. 그러니까 지금 왕은 누군가의 사주로 이성계 시중의 손발을 하나씩 잘라내고 있는 것이다.

그러고 나선 마치 그에 대한 보상이라도 해주려는 듯 윤4월엔 정도 전을 정당문학으로, 수시중의 아들 이방원은 왕명의 출납 등을 맡아 보는 밀직사의 정3품직인 우부대언으로 삼았다.

"일이 이상하게 돌아가고 있는 것 같소."

"그렇습니다. 왕이 근래 자꾸만 이상한 짓을 하고 있으니……."

"정몽주의 움직임도 예사롭지 않습니다."

"주상이 시중 어른의 손을 놓은 것 같기도 하고……."

"그 대신 정몽주의 손을 잡았다?"

"맞소. 그렇게 봐야 할 것 같소."

"그렇다면 이제 어쩐다?"

"서둘러 돌파구를 마련해야 할 것 같은데……."

정도전과 조준, 남은은 공감했다. 잘못했다간 위기에 직면할 수도 있을 것이라고.

그때 생각지도 않게 더미씌우기 좋은 호재가 불쑥 나타났다.

5월 초하루 날, 고주사[21]로 명나라에 갔던 왕방과 조반이 허겁지겁 귀국하더니 놀라운 소식을 전해준 것이다.

명나라 예부에서 두 사람을 불러 알려주었다는 사실은 충격적이었다.

"귀국의 파평군 윤이와 중랑장 이초라는 자가 와서 황제에게 호소 했소!"

---

21) 告奏使: 국내의 문제를 보고하는 임무를 띠고 파견되었던 사신.

고려의 이 시중이 종친이 아니라 인척에 불과한 사람을 왕으로 옹립했다. 왕요와 이성계는 장차 병마를 움직여 상국(명나라)을 범하려는 계획을 세웠고, 이를 반대한 재상 이색 등 열 명을 살해하고 우현보 등 아홉 명을 멀리 유배 보냈는데, 우리는 유배된 재상들의 은밀한 부탁을 받고 여기에 왔다. 부디 고려를 토벌해 달라.

그러면서 예부 관리는 둘의 입에서 나온 사람들의 명단을 넘겨주었다.

이런 걸 아닌 밤중에 차시루떡이라고 하는 것일 게다. 이성계 진영이 즉각 반격에 나섰다.

곧바로 그 명단에 적힌 열아홉 명을 잡아 옥에 가두었다.

그런데 옥에 갇혔던 사람 중 전라도 도절제사를 지낸 김종연이 그날 밤 탈옥을 해버렸다. 귀신이 곡할 노릇이었다. 일대를 샅샅이 뒤졌으나 그의 머리카락도 보이지 않았다.

며칠 뒤, 이번엔 이삼 일 간격으로 윤이의 친족인 윤유린이 자살하고, 최공철은 죄를 자복했으며, 홍인계는 고신을 받다 죽었다. 그들의 목은 베어져 큰 거리에 내걸렸다.

살아남은 죄인들은 청주의 순군옥으로 옮겨졌다. 우왕의 아들 창을 왕으로 세운 죄로 지난 4월에 귀양 가 있던 이색, 이종학 부자와 이림, 권근, 이숭인 등 10여 명도 함거에 실려와 청주옥에 갇혔다.

정몽주 쪽에서 불만의 소리들이 새어나오기 시작했다. 왕방이 가져온 명단에 들어 있는 사람들 중 이색, 조민수 등 여럿은 '나는 전혀 모르는 일'이라고 한다는데 이성계 측이 그걸 핑계로 생사람을 잡는 게 아니냐는 것이었다.

그 와중에 6월 초나흘 날, 청주 지역에 폭우가 쏟아졌다.

거세게 퍼붓듯 쏟아진 빗물로 하천이 넘쳐 청주성이 모두 물에 잠겼다. 순군옥이라고 예외가 아니었다. 흙탕물이 허리까지 차오르자 옥리가 각자 살길을 찾으라며 옥문을 열어주었다. 고신으로 거동이 불편한 죄수들이 적지 않았지만 그래도 살아보겠다며 두리번거리다 순군옥 앞에 있는 커다란 은행나무 위로 올라갔다.

죄수와 옥리들은 꼬박 하루 동안 그 은행나무에 매달려 있었다. 그 사이 비가 그치고 물이 빠지자 모두 내려와 한숨을 돌렸다.

이틀 뒤 이런 사정을 적은 장계가 도착했다. 이번엔 정몽주 측이 재빨리 움직였다. 왕에게 이색 등의 석방을 탄원하는 상소를 올린 것이다.

"왕방이 가져온 명단 중 일부를 제외하곤 윤이와 이초라는 자를 알지도 못한다는데 억지로 죄를 만들어 씌워 고신하고 옥에 가두자 하늘도 노하여 청주에 폭우를 쏟아 부은 게 아닌가 싶습니다. 그들을 풀어주소서."

주상이 기다렸다는 듯 심덕부와 이성계를 불러 죄수들을 사면하는 게 어떻겠냐고 물었다.

심덕부는 좋다고 했고, 이성계는 대답하지 않았다.

주상은 이조판서 조온을 청주에 보내 즉각 죄수들을 석방, 여러 곳에 나누어 안치토록 하라고 명했다.


송곳눈에 심한 주걱턱, 그리고 답삭나룻. 겉모습은 하나도 볼 게 없었다. 하지만 볼품없는 얼굴에도 불구하고 뿜어져 나오는 위엄은 이루 말로 다하기 어려웠다. 천하를 호령하는 황제라는 선입견 때문일까. 아무튼 그에게 압도됐던 기억은 지금도 생생하다.

빈농 출신에다 열일곱 살 때 부모를 다 잃고 떠돌다가 한 절에서 탁발승 노릇을 하며 전전했다. 우연히 홍건적의 한 부장 밑에 들어가더니 두각을 나타내기 시작했고, 그의 양녀와 혼인도 했다. 장인의 군대가 여러 패거리로 나뉘게 되자 독자적으로 군대를 모아 세력을 키워나간 끝에 천하를 제패했다. 홍무제의 얘기다. 그건 아무리 생각해봐도 이루어지기 어려운 꿈같은 얘기였다.

정몽주의 서장관으로 명나라에 갔을 때 지척에서 바라 볼 수 있었던 홍무제. 그의 얼굴이 이따금 떠오른 까닭은 무엇일까?

그가 명나라에 갔던 갑자년(1384년)은 명나라 시조이기도 한 홍무제가 집권한 지 불과 17년밖에 안 됐을 때였다. 그런데도 거리엔 활기가 넘치고 백성들의 생활이 안정돼 있어 전쟁의 흔적 같은 건 찾아보기 어려웠다. 그렇게 될 수 있었던 건 홍무제가 원나라를 북쪽 변방으로 쫓아낸 이후엔 더 이상 전쟁을 벌이지 않고 내정(內政)에만 주력한 덕분이었다.

당시 정도전이 매우 인상적으로 보았던 건 홍무제가 자급자족 농경사회 구축을 위해 마련했다는 이갑제(里甲制)였다. 이갑제는 징세 및 노역의 의무를 부여하기 위한 제도였다. 유복한 한 집과 10호를 묶어 갑(甲)이라 하고, 10갑이 모이면 리(里)라고 했다. 홍무제는 이들로 하여금 합심해서 농경지도 개간하고 열심히 농사를 짓도록 했다.

만약 한 집이 야반도주라도 하면 다른 집에서 공동으로 그 세금을 부담해야 하기 때문에 서로 감시를 해서 도망치지 못하게 했고, 그러다 보니 어디에도 갈 곳이 없어 떠도는 유랑민이라고는 없었다.

물론 도전이 몰랐거나 간과한 부작용도 있었을 것이다. 하지만 그렇게 묶어놓고 독려하니 힘써 농사를 짓는데다 고려처럼 수탈해 가는 권문세족들도 없으니 굶는 사람이 없는 건 어찌 보면 당연한 일이었을 것이다.

또 보조금까지 지급해 가며 온 나라에 학교를 설립해 원하는 사람은 누구나 공부할 수 있게 해주고 성적이 뛰어난 사람은 관원으로 발탁하는 제도도 본받을 만했다.

농촌에서 거둔 농작물은 물론 손재주 좋은 사람들이 만든 여러 가지 물건들을 사고파는 장사가 번성해 경제의 주요한 한 축을 이루고 있다는 건 경이롭기까지 했다.

이밖에도 부러운 게 많았다. 학문이 높고 진귀한 서책들을 쉽게 구할 수 있다는 것도.

하지만 그때 도전은 다른 시각에서 홍무제를 바라보고 깨달은 바가 있었다. 역시 독단적이며 강력한 군왕은 위험하다는 것. 직접 겪어본 건 아니지만 듣자하니 홍무제야말로 문제가 많은 인물이었다.

그는 대업을 달성한 뒤 문신들을 위험한 세력으로 간주, 공신들을 견제하고 내쫓은 뒤 그 자리를 새로 뽑은 사람들로 채웠다. 만약 황제의 뜻을 거스르거나 노엽게 하면 가차 없이 베어버렸다.

과거의 중서령도 폐지하고 6부를 황제 직속으로 만들어 모든 것을 혼자 결정했다. 이 같은 독단적 공포정치는 황제의 위엄을 높이고 신하들을 일사불란하게 움직이게 하는 효과는 있었다. 하지만 이런 체제가 천년만년 계속될 수 있겠는가.

제 아무리 홍무제라도 백수를 누리지는 못할 것이고 그 자손들 중 형편없는 암군(暗君)이 보위에 앉는다면 한순간에 나라는 엉망진창이 될 것이다.

홍무제처럼 강력하고 독단적인 정치가 아니라 그 반대로 지혜로운 재상들이 머리를 맞대 가며 나랏일을 보살핀다면 아무리 임금이 어리석어도 군국의 일이나 백성을 보살피는 건 늘 비슷하게 수행해 나갈 수 있을 것이다.

도전이 주군 이성계를 만나 일찌감치 재상중심 정치를 하겠다는 약속을 받아놓은 것도 그 때문이었다.

만약 이성계 장군이 용상에 앉는다면 어떤 모습일까? 풍모만 따진다면 홍무제는 주군의 발뒤꿈치도 따라가기 어려울 것이라는 생각을 하며 도전은 풀썩 웃었다. 중국에 비하면 나라가 너무 작기는 하다만.

6월 열사흘 날 왕명을 받고 명나라로 떠났던 정도전은 11월 스무사흘 날 한양에 도착했다. 명나라 황제의 생일인 성절(聖節)을 하례키 위한 성절사 겸 변무사[22]의 소임을 마치고 돌아오자 왕은 그에게 동판도평의사사 겸 성균관 대사성이라는 벼슬을 내려주었다.

도평의사사는 2품 이상의 재추(宰樞)들이 모여 국가의 중대사를 의논하는 최고 의결기구였다. 어느새 정도전이 재상이 되어 도당에 앉아 나라의 중대사를 논의할 수 있게 된 것이다.

도전이 개경이 아닌 한양으로 간 것은 놀랍게도 그 사이 수도를 옮긴 때문이었다.

한양으로 천도했다는 얘기는 명나라에서 오던 길에 들었고, 곧바로

---

22) 辨誣使: 나라 간에 곡해하는 일이 생겼을 때 관련 사실을 밝히기 위해 파견하던 사신.

한양으로 왔다.

천도는 어느 날 갑자기 결정됐다고 했다. 주상이 당장 한양으로 천도를 하자고 서둘렀다는 것이다.

좌헌납 이실 등이 반대했으나 소용없었다. 아직 추수도 끝나지 않아 인마(人馬)가 곡식을 짓밟고 가면 백성들의 원성을 사게 될 것이라고 해도 막무가내였다. 오히려 '만약 천도하지 않으면 임금과 신하가 모두 궤멸되고 말 것'이라는 예언이 비록에 분명 적혀 있는 걸 봤는데 무슨 까닭으로 반대를 하는 것이냐'고 나무라기만 했다.

결국 9월 열이레 날, 한양으로 천도한다는 교지를 내리고 즉각 길을 잡았다.

개경은 판삼사사 안종원과 문하평리 윤호에게 지키도록 했다.

어가는 개경을 떠난 지 닷새만인 스무하루 날 도착, 이후 한양에 머무르고 있었다.

정도전이 당도하기 전인 11월 초엔 이성계 시중이 '이초의 변' 같은 해괴한 변고를 막지 못한 책임이 있으니 수문하시중의 직임을 수행할 수 없다고 거듭 사양하자, 영삼사사로 자리를 옮겨주었다. 수시중 자리엔 정몽주를 앉히고, 이성계의 둘째 아들 이방과에겐 판밀직사사를 제수했다.

하지만 이틀 뒤, 주상은 별안간 문하시중 심덕부를 파직하고 이성계를 다시 문하시중으로 삼으며, 수문하시중 정몽주는 그대로 둔다는 전교를 내렸다.

도대체 무슨 일이 있었던 걸까? 며칠 뒤 그 사연이 드러났다.

"너는 재상이 되고 싶은 생각이 없는 것이야?"

"재상되는 걸 싫다할 사람이 어디 있나. 마음은 굴뚝같지만 그게 되고 싶다고 해서 되는 일인가!"

"김종연이라고 알지?"

"이초의 변에 연루돼 옥에 갇혔다가 그날 밤 달아났다는 그자?"
"그자가 판사 조유와 함께 내게 와서 말하더군. 이성계를 죽이려고 하는데 그대가 정병을 거느리고 우리와 뜻을 같이 한다면 재상이 될 수 있을 거라고."

서경의 천호 윤귀택이 함께 술을 마시던 천호 양백지에게 혀꼬부라진 소리로 말했다.

양백지는 금방 술이 확 깨는 것 같았다.

"자네도 동참하는 게 어떤가? 심덕부 시중도 알고 있다더군."

"그렇다면…… 나도 거들지."

아침에 잠을 깬 윤귀택은 어젯밤 술김에 자신이 큰 실수를 저질렀다는 걸 깨달았다. 곰곰 생각해보니 양백지는 그런 일에 끼어들 사람이 아닌데 거들겠다고 했다.

큰일 났다 싶었다. 양백지가 이성계에게 고변하면 살아남지 못할 것이다.

마침 이성계가 영삼사사로 물러나고 심덕부가 문하시중이 됐다는 개경 소식이 들려왔다.

윤귀택은 판세를 가늠해보았다. 무슨 까닭인지 몰라도 이성계는 영삼사사로 자리를 옮기고 심덕부가 권부의 핵심인 문하시중이 됐다면 얘기가 달라지는 게 아닐까.

그러나 다시 생각해보니 그게 아니었다. 이성계는 무슨 벼슬을 달고 있든 간에 그를 받쳐주는 세력은 여전히 생동생동한 반면 심덕부는 9공신 중의 한 사람이긴 해도 이렇다 할 세력이라는 게 없었다.

그렇다면?

윤귀택은 서둘러 외출 준비를 하고 개경으로 향했다.

양백지보다 늦으면 안 돼. 양백지가 먼저 가서 어젯밤 일을 얘기하면 나는 죽어.

개경에 도착하자 곧바로 이성계를 찾아갔다. 다행히 양백지의 모습은 보이지 않았다.

"무슨 일이신가?"

"대감! 김종연이 서경으로 도망쳐 나에게 와서 함께 군사를 일으켜 대감을 해치자고 하였습니다. 그 자리엔 심덕부 시중의 측근인 조유도 함께 왔는데 심 시중도 알고 있다 하였고, 지용기, 정희계, 박위 등 여러 사람이 뜻을 같이 하고 있다고 하였습니다."

"틀림없는 사실인가?"

"예, 어느 안전인데 감히 거짓을 고하겠습니까."

"잘 알았네. 자넨 그만 서경으로 돌아가 있게."

이성계는 윤귀택에게 수고했다고 치하해준 뒤 생각에 잠겼다.

심덕부가 나를 해하려 했다고? 아무리 생각해봐도 그럴 것 같진 않았다. 심덕부는 그럴 사람이 아니었다.

이성계는 그날 밤 또 다른 자신과 마주 앉았다. 욕망으로 가득 찬 또 하나의 이성계였다. 자신의 저 깊은 곳에 늘 꿈틀거리던 게 똑같은 형체를 하고 추악한 얼굴을 드러낸 것이다. 그가 말했다.

'반이성계 세력이 꿈틀거리고 있다는 것, 당신도 알잖아. 그 중심에 정몽주가 있다는 것도. 윤귀택의 고변을 이용해봐. 그걸 빌미로 옥사

를 일으켜 정몽주 세력을 쓸어버려. 그렇게만 되면 당신은 왕이 되는 거야!'

이성계는 가만히 고개를 저었다. 칼은 피를 부르고, 한 번 피비린내를 풍긴 칼은 계속 휘두르지 않으면 견디질 못하리라.

다음 날 이성계는 심덕부를 기다렸다.

심덕부가 환하게 웃으며 들어왔다. 두 번째 문하시중을 맡아 처음 등청하는 길이었다. 이성계는 반갑게 그를 맞아 마주 앉았다.

처음엔 정몽주도 함께 있어 잡다한 이야기를 나누다 그가 나간 뒤 이성계가 입을 열었다.

"이런 자리에서 꺼낼 얘기는 아닌 줄 압니다만 자칫 잘못했다간 일이 크게 번질 수도 있을것 같아 지금 말씀을 드려야겠습니다."

"무슨 말씀이십니까? 공과 저 사이에 나누지 못할 얘기가 뭐 있겠습니까."

"수하 중에 조유라는 자가 있습니까?"

"예, 그자에게 무슨 문제라도 있는 겁니까?"

자초지종을 털어놨다.

심덕부가 기겁했다. 예상했던 대로 그는 전혀 모르고 있었던 게 분명해보였다.

"이공! 미안하오이다. 그가 제 주제도 모르고 큰일을 저지를 뻔했습니다……. 내가 이러고 있을 때가 아니오. 우선 전하께 말씀을 올리고 처분을 기다리겠습니다."

"조용히 처리하셔도 될 듯하오만."

"아닙니다. 김종연이라는 자도 잡아들여야지요."

심덕부는 곧 주상을 찾아가 사직의 뜻을 밝히고 조유와 김종연 등을 엄단해줄 것을 청했다. 다음 날, 조유와 김종연이 잡혀 순군옥에 갇혔고, 왕명에 따라 국문이 시작됐다.

그 사이 이성계는 주상을 만났다.

"심 시중과는 동북면에 침투한 왜구를 토벌할 때 함께 공을 세우는 등 인연이 적지 않고, 그동안 한 마음으로 나라 일을 해왔을 뿐 서로 의심하거나 시기해본 적이 없습니다."

"무슨 말씀을 하고 싶으신 겁니까?"

"조유를 국문하지 마시고 조용히 덮었으면 하옵니다."

"그래요? 한번 생각해 보십시다."

주상은 이성계의 말에 일리가 있다 여겨 조유를 풀어줄까 하던 참인데 간관들이 일제히 들고 있어났다. 조유 등을 엄단하고 그 배후를 밝혀야 한다고.

결국 조유는 죄를 자백해 처형되고, 심덕부와 지용기, 조언 등은 파직돼 귀양을 갔다.

주상은 이성계에게 겨우 이틀 만에 다시 문하시중으로 복귀하라는 전교를 내렸다. 이성계는 즉각 사양하는 글을 올렸지만 속히 나와 나를 도와 달라는 독촉을 이겨내지 못하고 다시 문하시중의 직임을 맡았다.

주상은 연경궁으로 향했다.

그 궁 안에 있는 법왕사(法王寺)를 찾아 향을 올리고 기도하기 위해서였다.

신하들은 매달 초하루와 보름날 승려들을 불러 불경을 듣고 부처님에게 기도하는 걸 마땅찮게 여겼다. 철따라 열세 곳에 제단을 차려 법석을 열고 별기은(別祈恩)이라는 산신제를 지내는 건 더더욱 싫어했다.

그들은 자신의 마음을 모른다. 왜 그토록 왕이 부처에게 매달리고 있는지.

어느 날 갑자기 여러 사람이 몰려와 궐로 가자고 하더니 꿈에도 본적 없는 왕좌에 앉으라 했다. 사양했지만 대왕대비까지 나서 권하는 바람에 왕의 자리에 올라앉았다.

처음엔 어리벙벙했으나 차츰 실감이 나고 이게 웬 횡재냐 하는 생각도 들었다. 하지만 그건 불과 몇 달이었다.

어느 날 문득 생각해보니 자신은 허수아비에 불과했다. 친인척 몇 사람, 과거에 친하게 지낸 몇 사람에게 벼슬자리를 나눠주었더니 간관들이 나서 부당하다고 시비를 걸었다. 승려들을 불러 불경을 듣고 기도하는 것도 안 된다고 했다.

일부 신료들이 난데없이 전제개혁안을 들고 나왔을 땐 크게 당황했다. 조상 대대로 물려받은 많은 농지를 다 잃게 됐기 때문이었다. 그렇다고 왕이라는 사람이 자기 재산 지키겠다고 전제개혁은 안 된다고 할 수도 없어 국으로 참았다.

막연히 이전에도 여러 번 그랬던 것처럼 이번에도 흐지부지됐으면 좋겠다고 생각하고 그렇게 되기만을 빌었다. 그런데 1년여 만에 각 지역별 양전 작업이 끝나고, 급전도감(給田都監)이 관리들에게 나눠줄 농지와 땔감을 채취할 임야의 배분 작업까지 마무리하고 나더니 전적(田籍)들을 저잣거리에 쌓아놓고 불을 질러버렸다. 천도하기 직전의 일이다.

그 불길이 사흘밤낮이나 타올랐다는 얘기를 들으면서 그의 가슴은 미어졌다. 전제개혁안인가 뭔가를 들고 나와 밀어붙인 정도전과 조준 일당이 한없이 미웠다.

그래도 왕 노릇이나 제대로 할 수 있다면 그걸로 위안을 삼을 터인데 그것도 아니다.

자신은 이름만 왕이고 이따금 용상에 앉아 조회를 받기도 하지만 정사를 좌지우지하는 건 이성계였다. 이성계 덕분에 왕이 되긴 했지만 날로 그가 껄끄럽게 여겨지기 시작한 것도 그 때문이었다. 그래서 이성계를 견제할 만한 세력으로 이색을 염두에 두고 살펴보기 시작했으나 그는 얼마 못 가 밀려나버렸다.

그러던 차에 정몽주가 눈에 들어왔다. 그를 불러 얘기를 몇 번 나눠보니 잘 통했다. 무엇보다 자신을 왕으로 옹립할 땐 이성계와 함께 했지만 지금은 거리를 두려 한다는 그의 말이 마음에 들었다. 그뿐 아니라 정도전에 대한 적의도 엿보였다. 그보다 더 나은 사람은 없다고 판단했다.

정몽주는 지금까진 잘해주고 있었다. 무엇보다 미주알고주알 따지고 들던 사헌부 놈들을 소리 소문도 없이 차근차근 물갈이해 나가는 걸 보면 정치력 또한 출중해보였다.

정몽주, 그는 이제 확실한 자기편이 돼 가고 있었다. 그를 통해 이성계를 견제하면서 느긋하게 기다리다 보면 이성계를 잡아 죽이거나 멀리 내쫓을 기회가 반드시 올 것이다.

정몽주……

정도전은 요즘 정몽주 때문에 초심고려(焦心苦慮)하는 중이었다. 정치가 무엇이기에, 명분이 무엇이기에 동심우를 자처했던 두 사람이 어쩌다 서로 견련을 보게 된 것인지 목에 가시가 걸린 것처럼 쓰라렸다.

정몽주는 목은 선생 문하에서 함께 공부했다는 인연을 뛰어넘어 오랫동안 깊이 사귀어 온 특별한 사람이었다.

목은 문인(門人) 시절, 누가 어떻게 해서 알고 수군거렸는지 알 수 없지만 도전의 외조모가 천출이라는 소문이 돌면서 권문세족 자제들은 노골적으로 그를 멀리 했다. 다 그런 건 아니다. 몇 사람은 그런 추잡한 뒷말 같은 것에 개의치 않고 따뜻하게 대해주었다. 그 중에서도 도전을 가장 잘 챙겨준 사람이 정몽주였다. 어쩌면 정몽주의 선조 3대도 영일현의 호장(戶長)을 지내는 데 그친 한미한 가문 출신이었기 때문인지도 몰랐다.

도전은 과거에 급제해 처음 벼슬을 받을 때도 어머니의 신분 때문에 대간들이 고신을 늦게 내주었는가 하면 벼슬길에 들어선 뒤에도 순탄하게 앞길이 열린 적은 없다시피 했다.

그때마다 따뜻하게 위로의 말을 건네주곤 하던 사람이 바로 정몽주였다.

두 사람은 뜻이 잘 맞았다. 다섯 살이나 더 많은 정몽주가 먼저 우리는 동심우라고 한 것도 그 때문이었을 것이다.

귀양을 가 있을 때도 정몽주는 서찰과 함께 『맹자』 한 질을 보내주었다. 도전은 책장들이 다 헤질 정도로 읽고 또 읽었다. 맹자에 관한 한 그 누구보다 더 잘 알 수 있게 된 것도 따지고 보면 정몽주 덕분이었다.

또 명나라에 갈 때 그를 서장관으로 발탁해 9년여 만에 복직의 길을 열어준 이도 정몽주였으니 그 고마움을 어찌 잊겠는가.

그뿐만이 아니었다. 폐가입진이라는 명분을 내세워 신창을 폐하고 왕씨 후손인 지금의 주상을 옹립할 때도 뜻을 함께 했다.

그런데 언제부턴가 두 사람은 버성기게 되었다. 그건 두 사람 중 어느 한 쪽만 느끼고 있는 게 아니었다. 서로 다 빤히 알고 있는 것이다. 근래 조정 일을 놓고도 두 사람은 이견을 보여 왔다. 우선 전제개혁과 관련해 정도전은 강력히 밀어붙이는 데 반해 정몽주는 굳이 반대하는 건 아니지만 그렇다고 찬성하지도 않았다.

결정적으로 틀어지게 된 건 이초의 변을 처리할 때가 아니었나 싶었다. 정도전은 모든 관련자들을 엄벌해야 한다는 입장이었고, 정몽주는 '그들을 알지도 못한다는 사람들도 있으니 함부로 죄를 주어선 안 된다'고 했다. 특히 정도전이 스승인 이색을 지나칠 정도로 강하게 몰아붙이는 것에 대해 정몽주는 의아하고 실망스럽기까지 하다는 뜻을 전해 왔다.

하지만 정몽주가 어찌했든 간에 도전은 여전히 그를 마음에서 버리지 못했다. 한번 세운 뜻은 바꿀 줄 모르고, 남에게 마음을 쉽게 열진 못해도 일단 마음을 주면 변치 않는 성격 탓이기도 할 것이다. 하지만 그보다는 그를 여전히 흠모하기 때문이라고 해야 옳을 것 같았다.

도전이 포은을 흠모하는 까닭은 그가 장원급제를 했고 벼슬길에서도 자신보다 늘 앞서 나가서가 아니었다. 그는 훌륭한 학자이자 명나라와 일본을 오가며 현안을 해결해낸 뛰어난 외교가이며, 문신인 데도 종군(從軍) 활동에 적극적인 면모를 보여준 때문이었다. 단순히 다

양한 활동만 해온 것으로 그치지 않고 자신이 맡은 일은 늘 확실하게 잘해내곤 했다.

특히 외교활동은 눈부실 정도였다. 일본엔 한 차례 가서 왜구들이 포로로 잡아 간 고려 백성 수백 명을 데려왔고, 명나라엔 자그마치 일곱 번이나 다녀왔다.

그가 종군을 한 것은 그의 좌주[23] 한방신의 종사관으로 여진 정벌에 참여한 것이 처음이었다. 그 후로는 이성계 장군 휘하에서 운봉전투 등 왜구 토벌에도 참가했고, 최영 장군이 출정할 때도 종군했다.

도전은 스스로 생각하기에도 자기주장이 너무 강한 모난 돌이지만, 정몽주는 차분하고 원만해서 맡은 일들을 온건한 방법으로 소리 나지 않게 처리하는 미덕도 지니고 있었다. 도전에겐 그런 모습 또한 부럽게 비쳤다.

도전은 근래 두 사람 사이가 서먹해진 것은 사실이지만 우정은 변치 않았을 것이라 믿었다. 본시 우정이란 틈새가 생기면 메우고 꼬이면 풀어야지 끊어내선 안 되는 것이다.

지금 그가 정몽주를 찾아 나선 것도 틈새를 찾아 메우고, 꼬인 건 풀기 위해서였다.

그의 집에 들어서자 그가 좀 놀란 표정으로 맞았다.

"자네가 연통도 없이 내 집엔 웬일인가?"

"제가 언제 형님 댁에 연통을 하고 드나들었던가요?"

"그렇긴 하지만 근래 좀 뜸했던 편이라……."

은근히 나무라는 투였다. 그러고 보니 조정 안에서 공적으론 자주

---

23) 座主: 고려시대 과거 급제자가 시관(試官)을 이르던 말.

보지만 그의 집에서 사적으로 만난 건 꽤 오래된 것 같았다.

정몽주 집 사랑채엔 이미 여러 사람이 와 있었다. 대부분 아는 얼굴이었다. 새삼스럽게 포은 형님도 이젠 일파를 거느리고 있구나, 하는 생각을 했다. 하긴 어느새 벼슬이 수시중에 이르렀으니 그럴 만도 했다.

차를 마시면서 방안에 둘러앉은 여러 사람들과 한참 동안 별로 중요하지 않는 이야기를 나누었다.

이런 자리에서 속 깊은 얘기를 나누기는 어려우니 나중에 연통을 하고 와야겠다, 그런 생각을 하고 있는데 정몽주가 좌중의 다른 사람들에게 말했다.

"내가 삼봉과 긴히 할 얘기가 있소. 잠시 자리를 좀 비켜주시겠소?"

모두들 자리에서 일어나 방문을 열고 나갔다. 그들은 다른 방에 모여 앉아 정도전 자신에 관한 이야기나 두 사람이 무슨 얘기를 할까 등으로 선소리를 속닥거릴 것이다.

"안 그래도 일간 자넬 만나 얘기를 좀 나누고 싶었네."

"저 역시 그래서 오늘 찾아뵌 것입니다."

"역시 우린 동심우일세."

"저도 그리 생각하고 있습니다."

그 말을 끝으로 두 사람을 침묵이 휘감았다. 흔히 하기 어렵거나 엄청난 얘기를 꺼내기 전에 감돌곤 하는 그런 분위기였다.

잠시 지그시 눈을 감고 있던 정몽주가 눈을 뜨며 입을 열었다.

"이건 입에 담기 좀 민망한 말이네만, 내가 아니면 누구도 자네에게 이런 말을 해줄 수 없을 것이라 여겨 내 입으로 전하겠네."

"말씀하시지요. 무슨 말씀을 하시든 그게 다 저를 위해 하시는 거라고 알고 잘 듣겠습니다."

"자네가 이성계 시중 뒤뽈치고 있다는 건 세상이 다 아는 일이네만, 삼봉 그대가 지나칠 정도로 터울거리는 건……. 모친의 신분이 가로막은 장벽을 타고 넘기 위한 방편으로 이성계 시중을 선택했을 것이라고 말하는 사람들이 적지 않네."

도전은 한 방 된통 얻어맞은 느낌이었다. 그가 주군과 자신의 사이를 탐탁지 않게 여기고 있다는 걸 알기에 그와 관련된 말을 할 것으로 예상은 했지만 어머니까지 들먹일 줄은 미처 예상하지 못했다. 몸 안 깊숙한 곳에서 불덩이 같은 게 치밀어 올랐다.

"형님께서도 그리 생각하십니까?"

"오해하시지 말게. 내가 그러지 않았는가. 그렇게 말하고 다니는 사람들이 있다고."

"……."

"약한 것이 강한 것을 이기고, 부드러운 것이 억센 것을 이기는 것이 자연의 이치라는 건 자네도 알지 않은가. 물만큼 부드러운 게 없지만 그 부드러운 물이 세월이 지나면 바위도 다듬고 그 바위에 구멍을 뚫기도 하지. 아름드리 거목들도 부러뜨리는 강풍에도 버들가지는 꺾이지 않는다네."

"저라고 왜 그런 걸 모르겠습니까? 다만 제 성정이 그렇게 생겨먹어서 그런 거지 다른 뜻은 없습니다."

"나도 알지. 그걸 내가 왜 모르겠나. 자넨 한 번 뜻을 세우면 물러서는 법이 없다는 거, 나도 잘 알아. 하지만 세상은 혼자 사는 게 아니라 함께 살아가는 것 아닌가."

"……."

"함께 살아간다는 게 뭐겠는가. 남을 인정하고 배려해준다는 거 아니겠나. 그러니까 자네 뜻에 좀 거슬리거나 방해가 된다 하더라도 밀어붙이려고만 하지 말고 타협도 하고 그러라는 말일세."

"저도 그랬으면 좋겠습니다만……."

"그리고, 또 하나……. 그동안 나는 이성계 시중과 뜻을 함께 해왔지만, 여기까지네. 더 이상은 안 되네."

"그게 무슨 말씀이신지?"

"몰라서 묻는 건가?"

"제가 알면서도 능치는 것으로 보이십니까?"

"……."

더 이상은 안 된다니, 그렇다면 정몽주는 역성혁명의 기운을 이미 감지하고 있다는 건가?

"저는 무슨 말씀을 하시는지 잘 모르겠습니다."

정몽주는 대답하지 않았다. 그냥 빤히 정도전을 바라보기만 했다. 왠지 그 시선이 은근히 불편하고 불쾌하기까지 했다.

"선비들은 태평한 시대엔 재상에게 의지하고, 난세엔 장군에게 의지한다고 했습니다. 만약 문신을 대표하시는 형님과 무신의 대표 격인 이성계 시중이 손을 잡는다면 거칠 게 없을 것 같다, 그런 말씀을 드리려고 온 것인데……."

"고려를 지키기 위해 힘을 합치자면 나도 마다하지 않겠네. 하지만 이 시중과 자네는 지금 딴 생각을 하고 있지 않은가?"

정몽주의 언성이 높아졌다. 정도전도 지지 않고 언성을 높여 받았다.

"도대체 우리가 무슨 딴 생각을 하고 있단 말입니까? 그게 무슨 말씀이냐고 여쭈어도 대답은 하지 않으시고 더 이상은 안 된다, 몰라서 묻느냐고 반문만 하시니 답답합니다."

이번에도 정몽주는 대답하지 않았다. 입을 잘못 열면 상황이 돌이킬 수 없게 될까 봐 조심하고 있는 게 분명했다.

도전은 다시 한 번 다그치듯 말했다.

"무엇 때문에 저희가 딴 생각을 하고 있다고 여기시는지 모르겠지만, 형님께 오해를 살 만한 일은 없고 계획하는 바도 없다는 걸 분명하게 말씀드리고 오늘은 이만 물러나겠습니다."

정도전이 자리를 털고 일어나며 말하자 정몽주도 주섬주섬 일어나며 말했다.

"나는……. 내가 왜 이런 말을 하는 것인지 자넨 다 꿰뚫고 있을 것이라고 생각하네."

이번엔 도전이 대답하지 않았다. 그리고 알았다. 정몽주가 '그것만은 용납할 수 없다'고 말한 것처럼 도전도 더 이상은 그와 함께 갈 수 없다는 것을.

하긴 꽃이 백 일 동안 붉을 수 없듯이 사람 또한 천 날 좋을 수만은 없을 것이다. 그래서 우애나 우정에도 틈이 생기고 벌어지고 그러는 게 아니겠는가.




정도전은 얼마 전부터 나라를 다스림, 이른 바 경국(經國)에 관한 서책을 쓰고 있었다. 새로운 나라를 세운 뒤 왕실과 조정을 어떻게 운영해 나갈 것인가를 제시하는 지침서 같은 것이라고나 할까. 남양부사 시절 대충 얼개는 짜두었다.

다른 건 몰라도 가장 중요한 치국의 이념은 오래 전부터 생각해둔 게 있었다. 그것은 인(仁)이다. 도전이 생각해낸 게 아니다. 공자님의 중심사상이기도 했다.

인을 구성하는 덕목이 어디 한두 가지뿐일까만 그 중에서도 핵심이 되는 것은 사랑이라 하셨다. 그 사랑이 부모에게 미치면 효(孝)가 되고, 형제에게 미치면 우(友)가 되며, 남의 부모에게 미치면 제(悌)가 되며 나라에 미치면 충(忠)이 된다는 것이다.

또 그 사랑이 자녀에게 이르면 자(慈)가 되고, 남의 자녀에 미치면 관(寬)이 되며, 나아가 백성에게 까지 고루 이르게 되면 혜(惠)가 된다 했으니, 그 효우제충과 자관혜를 성실하게 실천하면 모든 게 다 저절로 해결되리라, 그렇게 생각했다.

하지만 그런 것들을 실현하기 위해 반드시 필요한 전제조건이 있었다. 백성들이 굶주리고 헐벗지 않게 해주어야 한다는 것이었다.

사람은 누구나 굶주림과 추위에서 벗어난 뒤에야 스스로의 몸을 다스리고 명예와 부끄러움도 가린다지 않던가. 그래서 위정자는 무엇보다 먼저 백성들이 먹고 사는 문제를 해결하는 데 힘써야 한다. 고방에 먹을 것이 차야 예절을 알고 의식이 족해야 영욕을 알게 된다는 건 만고불변의 진리니까.

어리석은 자들은 백성은 힘으로 제압하면 되는 것으로 여긴다. 하지만 그렇지 않다. 이미 지칠 대로 지친 말에겐 아무리 채찍질을 가해도 소용이 없는 법이다. 마찬가지로 굶주려 이미 죽을 지경이 된 사람들은 법이 아무리 가혹해도 그걸 두려워하지 않게 된다.

백성들을 굶주리지도, 헐벗지도 않게 하려면 나라의 수입을 늘리고 비용은 줄이는 길밖엔 없다. 먼저 수입을 늘리려면 군현제도와 호적

제도를 정비하고 새로운 농지를 개간해서 농상(農桑)을 장려해 나가야 한다. 같은 넓이의 땅에서 더 많은 소출을 올리려면 가뭄과 물난리를 막는 데 힘써야 하고, 새로운 농법도 찾아내야 한다. 또한 지출은 최대한 억제하고 예비경비를 많이 비축해 두어야 가뭄 같은 천재(天災)에 대비할 수 있을 것이다.

이런 일을 할 수 있는 사람은 군왕을 비롯한 재상들과 나랏일을 보는 관원들이다.

이미 주군으로부터 재상 중심의 왕도정치를 펴겠다는 약속은 받아 놓았으니 위로는 현명한 재상, 아래로는 청렴하고 부지런한 관원을 뽑아야 할 것이다.

당연히 윗물이 맑아야 아랫물도 맑은 법이니 재상급 인재부터 잘 선발해야 한다. 이럴 때 저지르기 쉬운 어리석음은 세상의 평판으로 사람을 뽑는 것이다.

세상 사람들로부터 칭찬을 받는다 해서 좋은 인재는 아니며, 평판이 좋은가, 나쁜가로 인재를 등용하게 되면 패거리가 많은 자들만 등용될 가능성이 높기 때문이다. 파당을 지어 움직이는 자들은 좋은 인재의 등용을 막고 나설 수도 있다.

따라서 재상급 인재는 맡은 일을 제대로 해낼 수 있는지 다각도로 살펴보고, 자신이 맡은 일에 대한 공과의 책임은 그가 지도록 해서 늘 긴장하며 정사를 살피게 해야 할 것이다.

도전은 또 시문을 잘 하는 사람을 관원으로 뽑는 과거제도는 문제가 있다고 판단했다. 시문을 잘 하고 싶다 해서 아무나 잘 할 수 있는 건 아니지만 그렇다고 시문을 잘한다고 다른 일까지도 다 잘할 수 있는 건 아니기 때문이다.

사람마다 잘 할 수 있는 일이 따로 있는 법이니 그 일을 잘할 수 있는 사람을 찾아 쓰는 방안을 강구할 필요가 있다고 생각했다. 다만 그렇게 되면 이 사람 저 사람이 나서 '아무개가 그 일에 적합하다'고 나서 오히려 혼란이 가중될 우려가 있다. 그래도 그건 차츰 생각해가며 개선책을 찾으면 될 것이었다.

　아울러 모든 관원은 반드시 지방관을 거치도록 해서 백성들과 직접 만나 그들의 생각과 바람 같은 것을 듣고 보고 살필 필요가 있다고 생각하고 있다.

　백성의 고혈을 짜내고 나라의 재정을 파탄 낸 불교를 철저히 배격하고 성리학을 국가이념으로 삼아야 한다는 믿음에도 변함이 없었다.

　생각을 다듬고 정리해야 할 것은 그뿐이 아니었다. 외교와 학교의 운영, 군제(軍制)와 군기(軍器)는 어떻게 고치고 관리할 것이며, 형벌은 어떻게 운영할 것인지도 따져 보아야 했다.

　궁원(宮苑)을 포함한 모든 공사엔 사치를 막아 국고의 낭비를 막고, 과다한 부역에 동원해 백성들을 피로하지 않게 하는 데도 힘써야 한다는 대목도 기술할 예정이었다.

　치세의 요령까지 포함시킬 것인가, 아니면 주군에게만 서찰 형태로 남길 것인가 하는 문제도 고심하는 중이었다.

　뭐 괄목할 만한 비책이 있는 건 아니었다. 대개는 고사에 나와 있는 것들이다. 예컨대 주나라 문왕과 무왕은 백성을 대할 때 완급조절을 잘했다고 한다. 활시위를 죄었다 늦추었다 하는 것에 비유해 군주는 일장일이(一張一弛)를 잘해야 한다고 했다. 신료이건 백성이건 간에 부릴 때는 힘써 부리되 쉴 때는 푹 쉬도록 해주어야 한다는 것이다.

　또 군주든 재상이든 지방관이든 백성을 다스리고 정치를 하는 이는 모든 사람에게 다 잘해줄 수는 없는 법이다. 그렇게 하려 했다간 끝이 없어 기본을 잃기 쉽다. 그러니까 정치는 넓은 시야에서 커다란 덕으로 할 일이지, 눈앞에 보이는 것에 작은 혜택을 주는 데 주안점을 두어선 안 된다는 말이었다.

또 신하들에게 지시는 간단하게 하고 백성을 다스릴 땐 엄하기보다 관대한 모습을 보여주는 것이 무엇보다 필요하다고 했다.

명령이 너무 가혹하면 그 명을 좇지 아니하게 되고, 금하는 일이 너무 많으면 아무도 실행하지 않게 된다는 사론(史論)에도 귀를 기울여야 할 것이다.

신미년(1391년)으로 해가 바뀌면서 군제가 개편되었다.

5군 중 전군과 후군을 없애고 중군과 좌군, 우군 등 3군 체제로 바뀌었다. 모든 군무는 도총제부가 관장, 통솔케 함에 따라 원수부(元帥府)도 없어졌다.

그동안 5군 지휘부는 도원수와 상원수, 도지병마사, 병마사, 지병마사 등으로 구성됐으며, 왜구들의 준동이 잦아진 뒤론 각 도마다 3명 안팎의 원수를 두고 유사시 지방군을 징집해 왜구를 방어토록 했다.

군제가 개편된 이후 여기저기서 구시렁거리는 소리들이 들려왔다. 원수부가 없어지면서 원수들이 모두 설 자리를 잃게 되고, 앞으론 벼슬한 집안의 장정들도 군적(軍籍)에 오르게 돼 군대에서 복역하거나 각 진영에서 부역을 하거나, 군량미를 바치는 등 일정의 군역을 부담하게 된 때문이었다.

왕은 초이레 날, 이성계를 삼군도총제사로, 배극렴을 중군총제사, 조준을 좌군총제사, 정도전을 우군총제사로 삼았다.

권문세가들이 삼삼오오 모여 불만을 토로했다.

"정도전이 중국에 갔다 온 뒤 갑자기 중국 제도를 모방한 군제로 바뀌었어."

"대대로 벼슬한 집안도 이제부턴 모두 천역에 복무하라니, 그게 말이 되는 소리요?"

"신우와 신창을 폐하고 왕씨 종친을 왕으로 세워 왕씨의 나라로 되돌려놓았다고 했지만 군권을 이성계 일파가 죄다 차지한 걸 보면 왕씨의 나라가 아니야. 이씨의 나라지."

그런 세론이 부담스러운 것인지 이성계는 도총제사 직에서 물러나겠다는 뜻을 밝혔다.

정도전도 왕을 찾아뵙고 우군총제사 직을 거두어 달라고 청했다.

"전하께서 군제 개편안을 만드신 것은 소신이 중국에 간 사이 사헌부의 건의에 따른 것일 뿐 신은 몰랐던 일이지만 신을 총제사로 삼으신 뒤 제가 원수부를 혁파하고 스스로 총제가 되었다고 비난하고 있습니다. 또 소신은 활을 쏘고 말달리기에 익숙하지 못해 그 일을 감당하기도 어려우니 그 자리엔 다른 사람을 앉히소서."

"경의 말이 맞다. 군제 개편과 경은 아무 상관이 없다. 3군 제도는 옛날부터 이어져 온 법이었다. 중간에 권신들이 제멋대로 5군으로 늘리고, 귀족들이 모두 원수가 되어 온 나라 백성들을 자신의 부하로 삼는 등 그 폐해가 많아 원수부를 없애고 옛 제도에 따라 3군을 세운 것이다."

"하지만 전하! 신은 사전을 개혁한 일 등으로 여러 사람들로부터 미움을 사고 있는데 신이 총제를 맡게 되면 참소하는 말이 나날이 불어

나서 소신이 운신하기 어려울 것이옵니다."

하지만 왕은 받아들이지 않았다. 시중 두 사람과 의논한 끝에 경에게 맡긴 것이니 사양하지 말라고 했고, 도전은 그렇다면 혹시 참소하는 말이 있어도 신을 끝까지 보호해 달라고 청했다. 그러겠다는 왕의 대답을 듣고 나서야 받아들였다.

군제 개편이 끝난 지 얼마 안 돼 왕은 환도(還都)할 것을 명했다. 남경으로 천도한 지 넉 달 남짓 만이었다.



남양부의 호장 주병호가 서찰을 보내왔다. 며칠 전 사헌부 관원이라는 사람 둘이 남양부에 와서 정도전이 부사로 있던 시절 행적을 꼬치꼬치 캐묻고 갔다는 것이다.

> 그들이 말을 나누면서 포은 공이 어쩌고 하다가 황급히 입을 닫았습니다. 그래서 제 짐작으로는 혹 포은 공이 보낸 자들이 아닐까, 그런 생각이 들었습니다.
>
> 영감께서 남양부사로 계실 때 온 고을 사람들이 영감을 칭송했고 지금도 잊지 못하고 있는데 무슨 까닭으로 헌부가 영감의 뒷조사를 하고 다니는지 알 길이 없습니다. 알고 계시는 게 좋을 것 같아 알려드리옵니다.

남양부에 다녀간 헌부 관원을 사헌부에 알아보니 그런 사람은 없다고 했다. 그러니까 그자들은 사헌부 관원을 사칭하고 다닌 것 같았다.

마침 조준이 왔기에 그 얘기를 해주었더니 깜짝 놀라며 자신도 그런 일을 겪었다 했다.

"제가 전에 강릉도 안렴사로 있을 때의 발자취를 묻는 자들이 있었다던데, 이런 기막힐 일이 있나……. 도대체 어떤 자들일까요?"

"남양부에서 나에게 귀띔해준 사람 말로는 그들이 포은 공 어쩌고 했었다며 정몽주 공이 시킨 게 아닌지 모르겠다고 하던데, 나는 그렇게 생각하지 않습니다. 포은은 그렇게 졸렬한 분이 아닙니다."

"동감입니다. 저희와 뜻을 달리하지만 그렇다 해도 그런 짓까지 할 분은 아니지요."

"그래서 난 두 가지로 생각해보고 있습니다. 하나는, 조공과 나를 원수 보듯 하는 몇몇 권문세족들이 우리를 탄핵할 만한 꼬투리라도 잡아내려고 사람을 푼 것 같습니다. 뒷조사를 하면서 포은 공을 입에 올려 눈길도 그쪽으로 돌리고 이간도 획책하는 게 아닌가 싶고, 또 하나는 포은 공의 수하 중 일부가 공을 세우려고 포은 공 몰래 사람을 풀었을 가능성이 있다, 그렇게요."

"정공의 추측이 맞을 것 같습니다. 둘 중의 하나일 것입니다."

"어쨌든 그들이 누구이든 우리 두 사람을 표적 삼아 은밀히 움직이는 세력이 있다는 건 확실해진 셈입니다."

"제가 강릉도에 있었던 게 십여 년 전이니, 그자들은 작정하고 우리 두 사람 뒤를 샅샅이 훑고 있는 것 같습니다."

"그래봤자 괜한 고생만 하게 될 겁니다."

정도전이 껄껄 웃자 조준도 따라 웃었다.

정도전은 그들이 어디 가서 무얼 묻던 바끄러운 일을 한 적은 없으니 떳떳했다. 정도전이 어떤 사람인가는 다들 알고 있으니 함부로 뇌물을 가져다줄 사람도 없겠지만 혹 집을 비웠을 때 누군가 뭔가를 놓고 가려 해도 아내는 그런 걸 받아둘 사람이 아니었다.

벼슬살이를 하고 있는 아들에게도 평소 단단히 일러두곤 했으니 뒤가 꿀리는 짓은 하지 않았을 것이다.

집에 갔더니 아내가 봉서 한 장을 내밀었다. 아까 낮에 건장하고 날렵하게 생긴 젊은 남자가 와서 영감께 전해드리라며 놓고 갔다는 것이다.

서자는 '소인은 이성계 시중의 명에 따라 은밀히 영감을 경호 중인 무사 중 하나입니다'로 시작되었다.

며칠 전부터 도전의 집 주변을 어슬렁거리는 자가 있어 잡으려 했으나 워낙 발이 빠른 자라 놓친 적이 있으며, 10여 일 전엔 어스름에 귀가하던 도전을 향해 수리검을 던지려던 자를 잡았다고 했다.

조사를 해보니 그는 악소배로 수리검의 일인자였는데 어느 날 그를 찾아온 사람이 있었다 한다. 처음 보는 자가 소은병(小銀甁)을 하나 주면서 '정도전이라는 사람을 찾아 그에게 수리검을 던져 죽게 하거나 치명상을 입히면 다시 두 개를 더 주겠다'고 했단다. 여러 날 조사했으나 그 이상은 아는 게 없는 것 같아 풀어주었다며 각별히 조심해줄 것을 당부했다.



그 서자를 통해 도전이 알게 된 건 두 가지였다.

이미 짐작하던 일이긴 하지만 그 하나는 자신을 노리는 무리가 있다는 것이고, 다른 하나는 시중의 명으로 자신을 경호하는 무리가 있다는 사실이었다. 그간엔 '경호하는 자'가 있을지도 모른다고 짐작해왔으나 '경호하는 무리'로 바꾼 건 서자를 보낸 자가 자신을 '경호 중인 무사 중 하나'라고 밝힌 때문이었다.

그들이 아니었다면 등에 수리검이 꽂힐 뻔했다는 생각을 하니 순간적으로 모골이 송연한 느낌을 받았으나 이내 평정심을 되찾았다.

도전은 죽고 사는 것에 대해선 달관한 지 이미 오래였다. 을묘년에 귀양살이를 하면서 삶과 죽음에 대해 많은 생각을 했다. 오랜 생각 끝에 그럭저럭 살다가 제 명대로 살지 못하고 죽는 건 허무한 일이지만 치열하게 살다가 명분과 함께 죽는 건 군색하게 사는 것보다 오히려 더 가치 있는 것이라는 뜻을 세웠다.

수리검을 던지라고 시킨 자는 남양부에 사람을 보내 뒷조사를 한 자와 같을 수도 있고 다를 수도 있을 것이다. 권문세족 측이거나 정몽주 측 둘 중 하나겠지.

그러다 가만 생각해보니 그들이 만약 포은의 수하들 지시에 따라 움직인다면 포은에게도 문제가 있다는 생각이 들었다. 직접 지시했다거나 묵인을 했을 것 같지는 않지만 수하들 단속을 잘못한 허물은 피할 수 없다는 생각이 들어서다.

다음 날, 조준이 찾아와 또 기막힌 얘기를 들려주었다. 정몽주의 수하인 양수만이라는 자가 선왕들의 실록을 편찬하면서 따로 모아두었다는 청백리들에 관한 기록의 행방을 수소문하고 있다는 것이었다.

조준이 말했다.

"익재 선생이 수집한 청백리 기록은 불과 다섯 분밖에 안 되지만 거기에 정공의 선친이신 정운경 공의 행장도 들어 있다는 걸 아는지라 저들이 혹 그걸 찾아내 없애려고 그러는 건 아닐까, 그런 생각이 들었습니다."

"생각보다 집요하고 무서운 사람들이군요."

"우리가 포은 공을 너무 과대평가하고 있는 건 아닌지 모르겠습니다."

"글쎄요……. 그게 사실이라 하더라도 아직은 포은 형님이 직접 개입됐을 거라고는 생각하지 않습니다. 수하 중에 아주 못된 자가 고린 짓을 진두지휘하고 있는 게 아닐까, 그런 생각이 듭니다."

"그게 누구일까요?"

"글쎄요……. 아무튼 선친의 행장까지 건드리려 한다는 점에 대해선 분개하지만 그 대목은 걱정하지 않습니다."

"무슨 말씀이신지?"

"저희 선친께서 돌아가셨을 때 익재 선생께서 종이와 쌀을 보내주셔서 장례를 끝내고 인사차 찾아갔더니 아버님의 행장[24]을 보여주셨습니다. 그래서 선생께 양해의 말씀을 올리고 그걸 필사해 보관하고 있습니다."

"그러셨군요."

"어차피 고려사는 새 왕조에 들어 우리가 써야 할 것 아닙니까. 설사 그들이 익재 선생의 기록을 찾아내더라도 다른 분들의 것은 그대로 두고 제 선친 것만 파기할 터이니, 그땐 제가 보관 중인 필사본을 내놓으면 될 것입니다."

그 말을 끝으로 다른 얘기들을 나누다 조공을 경호하는 무사들의 정체를 알아냈느냐고 물었다. 조준은 껄껄 웃으며 궁금해서 견딜 수가 없어 시중께 여쭤봤더니 그렇다 하시더라며 그도 크게 웃었다. 저

---

24) 청백리 정운경의 행장은 조선 문종때 정인지 등에 의해 편찬된 고려사 권121 열전 중 양리조(良吏條)에 실렸다.

녘에 귀가하면서 도전은 아버지를 떠올렸다. 어찌된 영문인지 부친이 서른여덟이 돼서야 3남1녀의 맏아들로 태어난 도전은 어린 시절 아버지가 꽤 높은 벼슬을 하고 있는데도 끼니를 거를 때가 많은 걸 이상하게 여겼다. 그게 아버지가 그만큼 청백하게 사셨다는 증좌였다는 건 철이 든 뒤에야 깨달았다.

4월 스무엿새 날, 왕이 정치에 대한 간언을 구하는 교서를 내렸다.

각급 신료들은 모두 밀봉한 글을 올려 과인의 허물을 포함 현 정치의 잘잘못과 백성들의 고충 등을 숨김없이 알리도록 하라. 받아들일 만한 건의를 한 사람에겐 상을 내릴 것이며, 비록 그 글 내용이 무례하더라도 죄를 묻지 않겠다.

정도전은 장문의 상소를 올렸다.

덕이라는 것은 애초부터 타고난 사람도 있고 수양을 거쳐 얻는 사람도 있는데 폐하께선 큰 도량과 인자하신 천성은 애초부터 타고 나셨으나 평소 책을 읽어 성현들께서 이루신 법을 서로 견주어 살펴보신 적도 없고, 나랏일을 하실 때 무엇을 먼저 고려해야 하는지를 잘 알지 못하시니 정사에 결점이 없었다고 말하기도 어렵습니다. 무엇보다 폐하께서 벼슬을 내린 뒤, 아무개는 주상의 오랜 친구요, 아무개는 외척이라는 비판도 나오고 있습니다.

대놓고 왕이 부덕하고 무능하다는 걸 은근히 들춰냈으니 읽고 나면 화가 날 것이다. 그래도 어쩔 수 없다, 내친김에 하고 싶은 말은 다 해보기로 했다.

사안은 동일한데 상벌은 다르게 적용된 경우가 있었습니다.

김저의 공술은 하나인데 그에 따라 극형에 처해진 자가 있는 반면 발탁되어 등용된 자가 있었고, 김종연이 옥중에서 달아난 사건 역시 감시하던 관원 가운데 한 사람은 처형당하고 한 사람은 등용되었으며, 김종연이 도피 중에 반란을 모의한 것도 하나인데, 모의에 가담하고 숨겨준 사람 가운데 어떤 자는 살고 어떤 자는 죽었습니다.

김저의 옥사에 연루된 사람 중 변안열은 죽이고 왕안덕은 판삼사사로 발탁한 것 등을 꼬집은 것이다.

또 우현보와 이색을 사면해 마음대로 살게 해준 것을 직접 거론하진 않았지만 '장수들이 회군한 후 왕씨를 옹립하기로 의논을 모았으나, 그 의논을 저지하고 결국 신우의 아들 신창을 옹립함으로써 왕씨를 다시 일어나지 못하게 한 난적들이 있었으나 전하께선 그들의 생명을 보전해주고 먼 지방에 안치시켰다가 지금은 모두 풀어주어 편히 살게 해주었으니 그래가지고서야 앞으로 어떻게 난신적자들을 처벌할 수 있겠느냐'고 지적했다.

사람을 쓰거나 형벌에 처할 땐 친소 관계나 신분의 귀천을 따지지 마시고 오로지 잘잘못만을 살펴 각자 올바르게 행동하게 하고 분수에 넘치는 짓을 하지 못하게 하셔야 합니다.

또 삼사의 회계를 살펴보니 너무 많은 불사 비용 때문에 나라 재정이 어렵게 됐다는 걸 알 수 있었습니다. 전하께서 즉위한 이래 도량(道場)을 궁궐보다 더 웅장하게 세우고 자주 법석을 열었으며 그밖에 갖가지 불사에 너무나 많은 재화를 낭비하셨다는 생각이 듭니다.

불교에 빠져 있는 주상에겐 이 대목도 마음에 들지 않을 것이다.

도전은 또 '참소하고 아첨하는 자들은 그 자취를 드러내지 않으려고 많은 사람들 앞에서는 말하지 않고 임금과 독대(獨對)해 남을 헐뜯곤 하니 이런 자들을 경계하시라' 며 충정을 다해 숨김없이 간절히 말씀 올린다는 말로 글을 맺었다.

왕은 많은 신하들이 글을 올렸으나 정도전이 올린 글이 그 중 제일 나았다고 칭찬했다.

겉말은 그랬지만 너무나 거리낌 없이 할 말을 다 한데다 그중에서도 부마의 조부인 우현보에 관한 직언이 포함돼 있어 마땅치 않게 여겼을 것이라 도전은 짐작했다.

당연히 이색과 우현보 등도 정도전이 올렸다는 상소의 내용을 전해 듣고 매우 분개하며 미워했다.

하지만 정도전은 굴하지 않고 다시 도당에 글을 올려 이색과 우현보를 처형해야 한다고 주장했다. 왕씨로 하여금 대를 잇게 하자는 의논을 가로 막고 신우의 아들 신창을 왕위에 올려 왕씨의 계통을 끊어낸 죄는 반역죄 중에서도 가장 심하다는 것이 그 이유였다.

내용이 다소 과격했지만 틀린 말은 아니었다.

도전은 개의치 않고 도당에 또 다시 글을 올렸다

혹자는 이색과 우현보는 그대의 스승이고 선배인데 이처럼 심하게 공격하는 것은 너무 야박하지 않느냐고 합니다. 이미 전하께서 사면하셨는데 다시 글을 올려 죄주기를 고집하는 건 너무 심하지 않느냐고도 합니다. 허나 대의를 위해선 혈육도 저버린 사례가 무수히 많으니 제가 새삼스럽게 설명하지 않아도 다 아실 것입니다. 두 사람은 반드시 목을 베어야 합니다.

도당에선 설왕설래하며 시끌벅적하기만 하고 왕은 여전히 비답을 내리지 않은 채 침묵했다. 며칠 뒤 간관들이 '정도전은 사직을 보존하는 일에 적지 않은 공을 세웠는데 전하께서 공신을 그처럼 야박하게 대우하면 안 된다'고 간하자 왕은 그때서야 정도전을 다시 정당문학으로 삼았다.

이때 정도전이 우현보를 물고 늘어지는 까닭은 우현보의 아들 홍수 등이 어려서부터 '우리 집안 종의 자손'이라고 업신여겼기 때문이라는 얘기들이 떠돌았다. 하지만 그건 터무니없는 말이었다. 우현보의 맏아들인 홍수는 도전보다 열세 살이나 아래여서 서로 찧고 까불 처지가 아니었다. 그 말의 출처가 정몽주 측인 것으로 확인돼 정도전은 다시 한 번 절망했다.

동강 물줄기가 내려다보이는 한 바위에 나이가 지긋해 보이는 남자가 혼자 앉아 있었다. 무심하게 흘러가는 물길을 말없이, 거의 꼼짝도 않고 앉아 있은 지 두 식경도 더 되는 것 같았다. 그러더니 이윽고 몸을 일으켜 강가로 천천히 내려와 물가에 섰다.

햇볕도 따갑고 그늘도 없지만 물바람 덕분인지 서 있을 만했다. 그는 일렁이는 물너울에 넋이 나간 듯 한참을 바라보다 이번엔 오른손을 펴 이마에 대고 하늘을 올려다보았다. 파란 하늘에 하얀 구름들이 두둥실 떠다녔다.

이윽고 하늘에서 거둔 눈길을 다시 물너울로 던지며 그가 알 수 없는 혼잣말을 중얼거렸다.

"그래, 쳐내자. 그를 쳐내야만 고려를 구한다."

정몽주였다. 그는 뭔가 중대한 결정을 내려야 할 땐 동강을 찾곤 했다. 우왕이 기생들을 데리고 질펀하게 뱃놀이를 하던 곳이라 청정한 곳이라고는 할 수 없어도, 함경도 마식령에서 발원, 서남쪽으로 흘러내려가다 이곳에서 열수(洌水: 한강)와 합쳐져 황해로 빠져나간다니 모으고, 만나고, 어울리고, 싸우고, 대답한다는 뜻을 지닌 합(合)의 지점이라는 의미 있는 곳이라 여긴 때문이었다.

그가 방금 전 쳐내기로 결단한 대상은 정도전이었다. 30년 넘게 이어온 우정이지만 고려를 지키기 위해선 어쩔 수 없다고 작심한 것이다.

극심한 혼란기를 살아오면서 두 사람은 '이대로는 안 된다. 바꿔야 한다'는 데는 이신전심으로 뜻을 같이 했다. 그래서 그와 많은 얘기도 나누고 여러 가지 개혁 작업도 함께 해왔다. 헌데 근래 그가 지극히 위험한 생각을 하고 있다는 것을 간파했다.

자신은 임금이 있어야 나라도 있고, 나라가 있어야 백성도 있는 것이라고 믿는 반면 정도전은 거꾸로 생각하고 있었다. 임금보다 나라가 먼저고, 나라보다는 백성이 더 중요하다는 것이다.

그뿐 아니라 그는 고려를 지키고자 하는 것이 아니라 새로운 왕조를 꿈꾸고 있는 것 같았다. 자신이 새로운 왕조를 세우겠다는 것보다 이성계를 내세우려는 게 아닌가 싶었다. 그건 제도나 기구 같은 것을 뜯어 고치는 개혁이 아니었다. 급격하게 바꿔 아주 달라지게 만드는 변혁이요, 이전 관습이나 제도, 방식 따위를 단번에 깨뜨리고 질적으로 새로운 것을 내세우려는 혁명이었다.

고려의 신하된 사람이 고려를 지키려는 게 아니라 새로운 나라를 세우겠다니 그건 반역이다. 결코 용서할 수 없는 일이다!

그를 쳐내는 건 그리 어렵지 않을 것이다. 왜냐하면 그는 과격하고 고집불통이라는 약점이 있으니까. 그것만 파고들면 그를 쉽게 무너뜨릴 수 있을 것이다. 그 다음엔 조준, 남은…… 이성계의 측근들을 하나 둘 쳐내기 시작하면 이성계가 아무리 용쓰는 힘을 쓴다 한들 그리 오래 버티지는 못할 것이다.

게다가 그의 곁엔 주상이 있었다. 허수아비나 다름없는 왕이라도 왕은 왕이다. 필요할 때 자신을 거들어주고 뒤를 밀어줄 힘은 있는 사람이다.

조금 전 산등성이 바위에 걸터앉아 있을 때만 해도 심란했으나 결단하고 나니 오히려 마음이 편해졌다. 정몽주는 다시 산등성이로 올라가 근처에 메어 둔 말 등 위에 올라앉았다.

# 날개를 꺾인 새는
# 하늘을 보지 않는다

"글쎄……. 정도전이 귀양을 가면서 나에게 서자를 보내
한 말이 있다만."

"뭐라고 하였습니까?"

"내가 이미 바다 한가운데 나와 있다더군. 이제 배를 저어
앞으로 나아갈 것인가, 아니면 배를 가라앉혀 죽을 것인가,
그 두 가지 중에 하나를 택해야 한다고……"

새로운 전제의 기준을 정한 과전법(科田法)이 공표되었다.

과전은 직급에 따라 18등급으로 나눠 최상급은 150결, 최하급엔 10결까지 주되 당대에 한하도록 했다. 또한 수확량의 절반을 바치던 병작반수제를 엄금하고, 수확량의 10분의 1, 그러니까 결당 서른 말만 주도록 했다. 아울러 전주(田主)가 되는 왕실이나 각급 관아, 벼슬아치라도 제멋대로 소작인을 바꾸지 못하게 하고, 소작인 역시 경작권을 사고팔지 못하게 해 농부들은 다른 걱정 없이 농사에만 전념할 수 있게 했다.

그 대신 과거 권문세가의 전주들이 나서 불법으로 면제해준 부역의무는 어김없이 이행토록 했다.

다른 지방에선 별 문제가 없었다. 다만 기내의 경우 지급대상에 줄 토지보다 실재하는 토지가 부족해 그걸 해결하느라 애를 좀 먹긴 했어도 큰 탈 없이 넘어갔다.

전주에게 떼어줘야 하는 곡식의 양을 종전에 비해 큰 폭으로 줄여주는 조치가 법으로 확정되자 소작인들은 환호하며 개경 쪽을 향해 큰 절을 올리는 사람들이 적지 않았다.

반면에 갖가지 방법으로 끝이 잘 안 보일 정도로 어마어마하게 넓은 땅을 차지한 뒤 수확량의 절반을 갈취하듯 해온 권문세족들은 하루아침에 생활기반을 잃어버려 어찌할 줄 몰라 했다. 재물은 노고로 얻고 근심으로 지키며 잃을 땐 슬픔이 크다는 말은 예전부터 돌았지만 그들은 노고도 없이 얻은 땅을 내놓으면서도 몹시 고통스러워했다.

이 과전법의 토대를 마련했던 정도전은 처음으로 세상에 태어난 보람을 느꼈다. 힘이 빠진 권문세족들과 그들에게 짓눌려 지내온 힘없는 백성들의 환호하는 모습이 교차되면서 자신도 모르게 눈물까지 흘렸다.

이색과 우현보에게 죄를 주라는 신하들의 상소와 주청이 계속 이어졌다. 왕도, 정몽주도 그들 배후엔 정도전이 있다는 걸 알고 있었다.

왕은 신하들의 거듭된 상소에 대해 비답도 내리지 않고 뭉갰다. 이색에게 벌을 내리는 것도 주저됐지만 우현보는 부마인 우성범의 조부라 더욱 망설여졌다.

정도전 등이 이색과 함께 우현보를 집중 공략하는 데는 그럴 만한 이유가 있었다.

위화도회군 후 우현보는 우왕에 의해 좌시중으로 발탁돼 회군 세력을 막아내는 데 온 힘을 다했다. 그렇다면 벌을 받아야 마땅한데 공양왕이 즉위한 뒤 부마 손자 덕분에 단양부원군에 봉해졌고, 경오년

(1390년)엔 판삼사사로 다시 등용됐다.

그 후 이초의 변에도 연루돼 유배됐지만 주상이 다시 그를 석방해 주었다.

아무리 왕의 인척이라 해도 법을 한 번도 아니고 두 번이나 어긴 사람을 벌하지 않는다는 것은 법을 무용지물로 만들고 나라의 근간을 뒤흔드는 일이라 결코 방관할 수 없다는 게 이성계 측의 시각이었다.

그밖에도 정도전이 염두에 두는 또 다른 이유도 있었다. 우현보는 이색, 이숭인, 정몽주 일파와 교분이 두텁다. 따라서 이색과 우현보를 쳐내면 왕과 정몽주를 중심으로 결집 중인 것으로 파악되고 있는 반 이성계파이기도 한 온건파, 그러니까 개혁은 하되 고려 왕조는 지켜 내자는 세력에 큰 타격을 줄 수 있을 것이다.

결국 왕은 신하들의 등쌀에 떠밀려 우현보를 귀양 보내라 명했다.

그로부터 얼마 안 돼 정몽주 측이 반격을 시작했다.

7월 초닷새 날, 정몽주가 여러 재상들과 함께 그동안 일부 무리들이 성헌[25]과 형조를 시켜 창왕의 옹립, 이초의 옥사 등 다섯 가지 죄목을 들먹여 나라를 혼란스럽게 하고 있으니 그 죄목의 시비를 분명히 밝히자고 상소를 올린 것이다. 주상도 곧 이를 허락했다.

이른 바 오죄(五罪)란 왕씨 옹립에 관한 논의를 막은 죄, 우왕의 옹립을 도와 왕씨의 계승을 끊으려 한 죄, 윤이와 이초를 명나라로 보낸 죄, 김종연의 모반사건에 참여한 죄, 선왕(先王)의 서얼 자손을 몰래 양육하여 반역을 도모한 죄를 일컫는 말이다.

---

25) 省憲: 시정 논의와 풍속교정 및 관료들의 규찰과 핵을 담당하던 어사대 간원들과 간쟁과 봉박(封駁: 어명의 내용이 합당하지 못할 경우 이를 봉함하여 되돌려 공박하는 제도)을 맡은 중서문하성의 관원을 합쳐 부르던 말.

정몽주 일당이 '오죄의 시비를 밝히자'고 나선 것은 그동안 이성계파가 반대파를 제거할 때 자주 오죄를 들먹여왔음을 겨냥한 반격이었다.

정몽주 측은 그것으로 그치지 않았다. 지난 4월에 있었던 감찰규정 박자량 사건까지 다시 들춰냈다.

박자량 사건이란 우홍득이 사헌부 집의가 되어 부임했는데도 박자량이 그를 영접하기는커녕 비난을 하고 다닌 것을 일컫는다. 우홍득은 우현보의 아들이었다.

박자량이 비난한 내용은 명료했다. 이색과 우현보의 죄는 같으니 우홍득이 이색의 죄를 논했다면 그 아버지의 죄도 논했거나 즉시 사직했어야 마땅한데도 그렇게 하지 않아 사헌부 집의가 될 자격이 없다는 것이었다.

헌데 이 과정에서 그 불똥이 엉뚱하게도 정도전에게 튀었다.

국문장에서 그런 내용은 밀봉돼 올라간 건데 어떻게 알았느냐고 묻자 박자량은 안승경에게 들었다 했고, 안승경은 정도전에게 들었다고 한 것이다.

정도전은 '안승경이 와서 묻기에 자네들은 우와 창 그리고 이초의 무리들을 대악(大惡)이라 하지만, 그것은 이미 지난 일이라고 말했을 뿐'이라 대답했으나 처벌을 피하진 못했다.

박자량에겐 장형이 가해졌고, 안승경은 수졸로 떨어졌는가 하면 정도전은 평양부윤으로, 우홍득은 전교령으로 좌천되었다. 9월 중순의 일이었다.

그걸로 그치지 않았다. 어느새 정몽주 측 사람들로 채워진 사헌부와 형조는 잇달아 소를 올려, 정도전을 극형에 처하라고 거듭 청했다.

주상은 그가 공신이므로 그 정도의 과실은 용서하는 게 마땅하다고 했지만 정몽주파는 물러서지 않았다. '정도전이 외람되이 공신의 반열에 있으면서 속으로는 간악한 마음을 품고 겉으로 충직한 척하면서 국정을 어지럽혔다. 죄를 주어야 마땅하다'고 다시 청했다.

결국 왕은 그달 스무 날, 정도전을 그의 고향 봉화현으로 귀양을 보냈다.

정도전은 담담하게 받아들였다. 거센 바람을 맞고 자란 나무가 더 크고 튼튼한 법이다, 그렇게 생각했다.

귀양을 떠나기 전 도전은 주군 이성계에게 서자를 써서 보냈다.

주군께선 이미 바다 한가운데 계십니다. 노를 저어 앞으로 나아갈 것인가, 아니면 이대로 가라앉을 것인가, 두 가지 길 중 하나를 택하셔야 합니다.

정도전이 귀양을 간 뒤에도 정몽주 측의 정도전 죽이기는 멈추지 않았다. 정몽주가 간관 김진양 등을 사주해 '정도전은 미천한 신분에서 벼슬에 올라 높은 지위를 훔쳤으며 미천한 근본을 감추려고 본래의 주인을 제거하려는 음모를 꾸몄다'며 유배지에서 참형에 처하는 것이 옳다고 주장했다.

정도전의 가계에 대한 소문도 꼬리를 물었다. 김전이라는 중이 한 노비의 처와 간통해 딸 하나를 낳았고, 그 딸이 자라서 선비 우연에게 시집을 가 낳은 딸이 정도전의 어머니라고 했다.

그뿐 아니라 정도전이 우현보를 기어코 쳐내려 했던 것은 김전이 우현보의 겨레붙이어서 그 사실을 알고 있었고, 자신의 외할머니가 천민이었다는 사실을 퍼뜨린 건 우현보 가족들이라 여긴 때문이라고도 했다.

간관들은 그 뒤에도 계속 '정도전은 가풍(家風)이 바르지 못하고 파계(派系)가 분명치 못한데도, 외람되게 높은 관직을 받고……' 운운하며 그의 죄를 더욱 분명하게 밝혀 엄히 다스려야 한다고 주장했다. 왕은 못이기는 척 간관들이 청한 대로 공신녹권 등을 회수하고 나주로 이배했다. 정도전의 아들 전농정, 정진과 조카 종부부령 정담도 파직을 당했다.

사태가 그 지경에 이르렀으니 이제 정도전에게 정몽주는 반드시 죽여 없애야 할 원수였고, 정몽주에게도 이성계 역당들로부터 고려를 지키기 위해 맨 처음 제거해야 할 대상은 정도전임이 더욱 확실해졌다.

이성계 시중도 가만있지 않았다. 정도전을 귀양 보낸 데 반발해 그날 곧바로 문하시중 직을 사직해버렸다.

왕은 심덕부를 문하시중, 형인 왕우를 영삼사사로 삼고, 이성계는 판문하부사로 옮겨주었다.

정몽주파의 창끝이 이번엔 개성윤 조반으로 향했다. 조반이 제멋대로 수십 결의 공전(公田)을 빼앗았다고 논박하기 시작한 것이다.

왕은 조반이 세운 공이 적지 않으니 정직시킨 후 외지에 유배하는 선에서 끝내라고 했지만 정몽주 측이 계속 이것저것 갖다 붙여가며 물고 늘어져 결국 조반도 죽림으로 유배 보냈다.

세상이 급변했다. 정도전이 귀양 간 뒤부터였다.

주상은 정몽주에게 노골적으로 힘을 실어주기 시작하더니 섣달그믐을 며칠 앞둔 스무나흘 날엔 이색과 우현보도 풀어주고, 정몽주에겐 공신 칭호 하나를 더 붙여주었다. 이젠 정몽주 세상이라고 해도 지나친 말이 아닐 정도였다.

그렇다고 주상과 이성계가 서로 소 닭 보듯 하며 지낸 건 아니었다. 주상은 틈틈이 이성계를 불러 국사도 논의하고 진귀한 물품도 내려주었다.

3월 들어 명나라에 갔던 세자가 귀국 중이라는 소식을 들었을 때도 이성계에게 자신의 형 왕우와 함께 황주(黃州: 황해도 황주군 일대)까지 가서 맞이해달라고 부탁한 것도 일종의 서로치기였을 것이다.

이성계는 주상의 청을 마다 않고 황주로 가 세자를 맞이한 뒤 해주(海州)까지 함께 왔다가 남은 길은 그의 백부 왕우와 함께 가라하고 자신은 오랜 만에 해주에서 사냥을 시작했다.

헌데 그날따라 운수가 불길했던지 말에서 떨어져 허리를 크게 다쳤다.

이 소식은 곧 개경에 알려졌다. 왕은 잇달아 환관을 보내 안부를 물었다. 그의 나이 쉰여덟, 적지 않은 나이니 심각한 상태일 수도 있어 그런 것들을 파악해보고 싶었을 것이다.

정몽주 일파도 부산하게 움직이기 시작했다. 성급한 자들은 공공연히 지금이 이성계를 도모할 수 있는 절호의 기회라고 입을 모았다.

정몽주도 그의 무리들을 모아놓고 말했다.

"마침내 때가 온 것 같소. 항우도 댕댕이 덩굴에 넘어진다더니 이성계가 말에서 떨어져 허리 등 여러 곳을 크게 다쳤다고 합니다. 환갑이 얼마 남지 않은 사람이라 쉽게 일어나긴 어렵지 않을까 싶습니다."

"그럼요. 저대로 죽을 수도 있습니다."

이숭인이었다.

"그거야 두고 봐야 할 일이지만, 그래도 그를 따르는 장수들이 많으니 당장 이성계를 도모하기는 어려울 것이오. 그보다는 이참에 그를 보좌해온 조준과 정도전, 남은, 윤소종 같은 자들을 제거하고 나면 이성계도 힘이 빠질 것이니 이성계는 그 후에 처단해도 될 것이오."

정몽주는 좌중의 여러 사람 중에서도 유독 간관 김진양에게 눈길을 주며 말을 이어갔다. 김진양에게 그 일에 앞장서라는 뜻이었다.

다음 날, 김진양을 비롯해 간관 여섯이 잇달아 조준과 정도전, 남은, 윤소종, 남재, 조박 등을 논죄하기 시작했다.

정도전을 논핵할 땐 어김없이 '미천한 신분임에도 얕은꾀로 높은 자리를 훔치고' 운운하는 말이 들어갔다.

왕은 처음엔 간관들의 소장을 읽어보기만 하고 아무런 조치를 취하지 않았으나 소장이 잇달아 올라오자 시중 심덕부와 정몽주를 불러 어찌했으면 좋겠느냐고 물었다.

그들의 대답은 뻔했다. 결국 조준과 남은, 윤소종, 남재, 조박의 관직을 삭탈하고 멀리 귀양을 보냈다. 자주 상소를 올려 주상을 귀찮게 했던 오사충 역시 관직을 삭탈 당한 뒤 유배되었다.

정몽주는 또 봉화에 유배된 정도전을 묶어 보주(甫州: 지금의 경북 예천)로 압송해 가두라고 명했다.

이틀 뒤 문하성의 한 낭사가 또 소를 올렸다.

"조준은 정도전과 그 죄가 같아 어제 모두 목을 베도록 청했으나 오직 정도전만 그리하라는 윤허를 받고 나머지는 외방에 귀양 보내는 것으로 그쳤는데 죄는 같은데 벌이 다르면 안 되니 조준도 극형에 처하소서."

주상은 그때서야 정신이 번쩍 드는 듯 깜짝 놀라며 형조에 물었다.

"누가 정도전의 목을 베라 했는가?"

"간관들이 전하의 윤허를 받았다는 얘기만 들었습니다. 어명을 기다리는 중이옵니다."

"그게 무슨 소리야? 정도전은 아홉 공신 중의 한 사람이다. 과인이 아홉 공신의 노고를 치하하는 교서에 뭐라 했던가. 비록 대역죄를 범하더라도 그 죄를 경감해주겠다고 한 것을 잊었는가?"

"신들의 불찰이옵니다. 다행히 정도전에겐 아직 아무런 형벌을 가한 적이 없사옵니다."

주상은 가슴을 쓸어내렸다. 경위야 어찌됐든 이성계의 오른팔이라는 정도전을 참했더라면 이성계가 가만있었겠는가. 그는 병중이라 누워 있어도 수하들을 시켜 군사들을 이끌고 궁궐로 쳐들어가 왕을 죽이라고 명했을지도 모를 일이었다.

정도전 역시 하마터면 참형에 처해질 뻔했다가 아슬아슬하게 목숨을 구했다.

연통도 없이 정몽주가 찾아왔다.

자신을 귀양 보낸 것으로도 모자라 집안 내력까지 들먹인 걸 생각하면 얼굴에 침이라도 뱉어주고 싶었으나 지금은 먼 길을 찾아와준 손님이었다.

"형님이 어쩐 일이십니까?"

그렇게 말해놓고 보니 정몽주의 차림새가 이상했다. 머리부터 발끝까지 하얀 천으로 휘감다시피 하고 있었다. 어찌 보면 신선 같기도 했지만 달리 보면 염을 끝낸 시신 같다는 생각을 하며 속으로 피식 웃었다.

"자네를 이 꼴로 만든 게 마음에 걸려서 왔네. 미안하네. 하지만 역성혁명은 안 되네. 우리는 고려의 신하가 아닌가. 그런데 이성계를 왕으로 세우겠다니, 그게 말이나 되는가?"

"그걸 어찌 아셨습니까?"

"내가 바보인 줄 아는가?"

"고려는 그 운명을 다한 것 같습니다. 신돈의 자식 우가 왕위에 있을 때 어찌 했는지 생각해보십시오. 끔찍하지 않았습니까. 우왕 부자를 폐하고 간신히 왕씨를 찾아 세운 금상은 우유부단하기 짝이 없고 자기 아는 사람들 찾아 벼슬 주기 바쁩니다. 그 자식인 세자가 왕위를 이어도 마찬가지일 것입니다."

"아니야. 내가 잘 보좌하면 괜찮아질 것이야. 그러니까 내 손을 잡으시게. 이성계는 이미 끝났어."

"그럴 순 없습니다. 이성계 장군은 이미 나의 주군이십니다."

그 순간 정몽주의 낯빛이 확 변하더니 가슴에서 날이 시퍼렇게 선 칼을 빼들었다. 그 칼을 도전의 목에 들이댄 채 소리쳤다.

"네 이놈, 이래도 내 말을 듣지 않을 것이냐!"

"형님께서 이 정도전을 그렇게 하찮게 보셨습니까!"

설마 찌르기야 하랴 싶었으나 정몽주는 사정없이 도전의 목에 칼을 깊숙이 꽂았다. 피가 콸콸 쏟아져 금방 온 방안을 적셨다.

정몽주는 입가에 비웃음을 빼문 채 죽어가는 도전을 내려다보고 있었다.

아악!

도전이 소스라치며 눈을 떴다. 꿈이었다.

어제 밤새 책을 읽고, 이것저것 쓰느라 새벽에야 잠이 들었다가 평소보다 조금 늦게 일어났다. 아침을 먹고 책을 읽다가 중참을 먹고 다시 서안에 앉았으나 계속 하품이 나오더니 낮잠에 빠져들었던 모양이다.

그나저나 꿈이 예사롭지 않았다.

정몽주 패거리가 왕에게 나를 죽이라고 거듭 소를 올려 형리를 보낸 건 아닐까. 그렇다면 이대로 꼼짝없이 죽게 될 것이다. 내가 품었던 웅지가 과한 것이었나……. 새로운 나라를 세워보겠다고 꿈꾼 것 자체가 무리였던 것일까?

머리가 지끈거렸다. 저 멀리서 말 달려오는 소리가 어렴풋이 들려왔다. 형리가 오고 있는 것일까?

더럭 겁이 났다. 지금이라도 산속 깊이 도망쳐버릴까? 그런데 가만히 들어보니 말이 달려오는 소리는 더 이상 들려오지 않았다. 두려움이 환청이 되어 그의 귀에 달라붙었던 모양이었다.

그러다 문득 이상한 생각이 들었다. 꿈은 반대라고 하지 않던가. 그뿐 아니라 아까 꿈에서 본 정몽주의 차림새도 이상했다. 머리부터 발끝까지 하얀 천으로 감싸여 있던.

그렇다면 혹 주군이 직접 나서 전세가 역전되고 있는 건 아닐까? 정몽주가 설마 죽지는 않겠지만 아까 본 그 차림새는 그의 패배를 의미하는 것일지도 모른다, 그런 생각이 들었다.

근래 일마다 공칙하게 돌아가고 있었다. 어디서부터 잘못된 것인지 가늠하기 어려웠다. 정도전을 시작으로 조준 남은 등 이성계 진영은 받쳐 온 신료들이 모두 귀양을 갔다. 어떻게 이런 일이 벌어질 수 있을까.

처음엔 당황하고 격분했지만 그러고 있을 일만도 아니었다. 뭔가 수습책을 마련해야 했다. 강씨 부인이 이방원에게 사람을 보냈다. 급히 귀가하라고.

이방원은 한씨가 세상을 떠난 뒤 여묘살이를 하던 중이었다.

개경에 와 그동안 벌어진 일들을 전해 듣고 난 이방원은 크게 놀라 어찌할 바를 몰랐다.

그때 강씨 부인이 이방원에게 말했다.

"아무래도 안 되겠다. 네가 지금 당장 벽란도로 가서 아버님을 모시고 와야겠다."

이때 이성계는 해주로부터 벽란도로 옮겨 의원으로부터 침도 맞고 탕약을 들고 나서 막 잠을 청하려던 참이었다.

갑자기 들이닥친 아들 방원이 다급한 목소리로 조준을 비롯한 측근들이 모두 귀양을 간 사실을 알렸다. 그러니 급히 개경으로 가셔야 한다고 했다.

"어쩌다 일이 이 지경에 이르렀느냐?"

"왕과 정몽주입니다. 왕이 정몽주를 앞세워 나라를 파국으로 몰아가고 있습니다."

"쯧쯧쯧……."

"아버님, 이제 어찌하시렵니까?"

"글쎄……. 정도전이 귀양을 가면서 나에게 서자를 보내 한 말이 있다만."

"뭐라고 하였습니까?"

"내가 이미 바다 한가운데 나와 있다더군. 이제 배를 저어 앞으로 나아갈 것인가, 아니면 배를 가라앉혀 죽을 것인가, 그 두 가지 중에 하나를 택해야 한다고…….”

"무슨 말씀이신지 알겠습니다. 소자가 숙부님과 의논해보겠습니다."

이방원이 말하는 숙부란 아버지의 이복아우인 이화다. 노비의 몸에서 태어났지만 이성계는 다섯 살 아래인 그 이복동생을 끔찍이 아꼈고, 이화 역시 형을 무척 따랐다.

군사들 사이에선 이성계 장군 곁엔 늘 아우 이화 원수가 계신다는 말이 나돌 정도였다.

말을 탈 수 없던 이성계는 할 수 없이 탈 것에 비스듬히 기댄 채 통증을 참아가며 다음 날 밤에야 귀가했다.

그 사이에도 간관들은 끊임없이 번갈아 글을 올려 조준과 정도전 등의 목을 벨 것을 거듭 청하였다.

이성계는 아무 말도 없이 안방에 누웠고, 이화를 비롯해 방과, 방원 두 아들과 사위 이제 등이 자주 머리를 맞댔다. 충직한 장수들도 구경만 하고 있진 않았다. 만약의 사태에 대비, 군사들의 훈련을 강화하는 한편 자주 이성계를 문병하고 명령을 기다렸다.

이방원이 장수 몇 사람과 차를 마시다 그들에게 말했다.

"아버님께서 고려 왕실에 충성을 다했다는 건 온 나라 사람들이 다 아는 일입니다. 그런데 정몽주가 정권을 휘어잡고 나선 아버님을 보좌해주던 충신들을 모두 귀양 보내고 이젠 그 창끝을 우리 집안으로 겨누고 한발 한발 다가오고 있습니다. 이대로 당하고만 있을 수는 없지 않겠습니까?"

"당연하네. 당장 쳐들어가서 정몽주 그놈을 요절내버립시다."

무용(武勇)은 나무랄 데가 없지만 성격이 왈왈해서 이따금 이성계 장군으로부터 주의를 받곤 하는 최문철이 씩씩거리며 대답했다.

다른 장수들도 마찬가지였다. 우리가 어른을 모시고 있는 이상 제 깟 놈들이 뭘 어쩌겠느냐고 큰소리쳤다.

"그렇게 단순하게만 생각하실 일은 아닌 듯합니다. 저들도 무력으론 우리를 당해낼 수 없다는 걸 잘 알고 있을 것입니다. 따라서 도당에서 아버님의 죄를 만들어내 먼저 국법으로 옭아맨 뒤에 군권을 장악해 나가는 수순을 밟아가지 않을까 싶습니다. 그러기 전에 정몽주 측에 결정적인 타격을 입히는 방안을 강구해봐야 할 것 같습니다."

"뭘 그렇게 복잡하게 생각하오? 정몽주 측이 아니라 정몽주를 죽여버리면 될 걸."

이번에도 최문철이었다. 함부로 말부터 내뱉는 그의 성정을 아는지라 평소 이방원은 그의 말은 가볍게 흘려버리는 편이었다. 그런데 이번은 달랐다. 그 말을 듣는 순간 이방원은 무엇인가가 폐부를 찌르는 것 같은 느낌을 받았다.

대충 논의를 끝내고 일어서는데 변중량이 들어섰다. 그는 무진년에 자진한 백부의 둘째 사위로 정몽주의 문하생이기도 했다.

"자형께서 어쩐 일이십니까?"

"어쩐 일은? 숙부님께서 낙마를 하셨다는 말을 듣고 문병 차 왔다가 모두 여기 있을 것 같아 들러봤지."

"어서 앉으시지요."

장수들은 나가고 이화와 이제까지 네 사람은 다시 자리를 잡고 앉았다.

"정국이 이상하게 돌아가는 거 같아."

변중량이 먼저 입을 열었다. 이방원은 알고 있었다. 그는 남이 아니지만 아버지 편에 서기보다는 정몽주 편에 설 것이라는 걸. 문병을 왔다고 했지만 동태도 파악해 정몽주에게 일러바칠 것이라는 것도.

"정도전 공을 시작으로 아버님을 보좌하던 사람들을 죄다 귀양 보낸 이 사태를 자형께선 어찌 생각하십니까?"

"나야 나라의 녹을 먹고 있다곤 해도 말단인데 윗분들이 하는 일을 어찌 알겠는가."

예상했던 대로 그의 대답은 뜨뜻미지근했다.

이성계의 집을 나선 변중량은 곧바로 정몽주를 찾아갔다. 이방원이 예상한 행보 그대로였다.

"아무래도 이성계 쪽 동정이 수상쩍습니다."

"어떻게?"

"아침을 먹고 병문안을 갔더니 이방원이 여러 장수들을 불러 뭔가를 의논하는 것 같았습니다."

정몽주는 피식 웃었다. 이미 판세는 다 기울었는데 이제 와서 뭘 어쩌겠는가 싶어서였다.

"그러든 말든 그 일엔 신경 쓸 것 없고……. 판문하의 병세는 어떻던가?"

"생각보다 심했습니다. 지금은 곁부축을 받지 않으면 혼자서 일어나 앉지도 못하신답니다."

"오늘 저녁 무렵에 나도 문병을 가려 하네."

"문병이라니요? 지금 저들은 스승님을 어찌해볼 기회만 노리고 있는데 그 위험한 곳에 가시겠다는 말씀이십니까?"

"가봐야지. 내가 안 가면 오히려 의심만 더 키우게 돼. 이미 퇴청 길에 가겠다고 연통도 해놨고."

"아니 됩니다. 큰일 나십니다."

"걱정하지 말게. 나는 수시중이고, 그는 판문하부산데 멀리 있다면 모를까 두 사람 다 개경 안에 있는데 문병을 안 간다는 건 이상한 일이지. 안 그런가?"

"그렇긴 합니다만……. 그럼 가시더라도 나중에……."

"됐어. 그 얘긴 그만하게."

변중량은 스승인 정몽주가 말을 막아버리는 바람에 더 이상 말리진 못했다. 하지만 불안했다. 금방이라도 무슨 일이 벌어질 것만 같은 느낌이 들어 조마조마했다.

저들은 지금 악에 받쳐 있었다. 수장은 병석에 누워 있고 수족들은 모두 잘려 나갔다. 이판사판이라고 덤벼들 가능성이 농후했다. 이를 어쩌지?


지금까진 계획한 대로 모든 일이 잘 풀려왔다. 간관들에게 이렇게 저렇게 하라고 일일이 얘기해주지 않아도 스스로 알아서 연일 정도전과 조준의 목을 베라고 주상을 압박하고 있으니.

비록 이성계가 부상하긴 했어도 아직은 건재하다. 주상도 당장 그들의 목을 베라고 하기는 어려울 것이다. 하지만 계속 물고 뜯으면 주상인들 어쩌겠는가. 못이기는 척 '아뢴 대로 하라'고 하는 수밖에.

그들의 목을 베기까진 못하더라도 먼 곳에 장기간 유배만 보낼 수 있다면 그 다음엔 이성계를 향해 집중 포화를 퍼부으면 되는 것이다. 수하들이 백방으로 그를 탄핵할 자료를 수집하고 있으니까.

난세에는 장수가 힘을 쓰게 마련이라곤 하지만 명분은 칼로 벨 수도 없고, 활로 쏘아 쓰러뜨릴 수도 없는 것이다. 그들이 그동안 개혁을 한답시고 죽이고 귀양 보낸 사람들이 적지 않으니 그들의 억울한 사연을 앞세워 공략하면 이성계도 어쩌지 못하리라.

얼마 전 종친 왕담과 성균 사예 유백순은 한담을 조심하지 못한 게 화근이 되어 유배를 갔다. 여러 장수가 요동을 치라는 왕명을 받고도 군사를 돌린 건 어명을 어긴 것이니 벌을 받았어야 마땅한데 오히려 포상을 받은 건 잘못이다. 정도전 일파가 나라의 권력을 마음대로 휘둘러 대고 있으니 걱정이라는 내용이었다. 이 일로 왕담은 왕실 족보에서 삭제되기까지 했다.

하지만 곰곰 생각해보면 그 사건 또한 예사롭게 볼 일이 아니다. 큰 방죽도 개미구멍으로 무너진다고 하지 않던가. 이번엔 그런 말을 입에 올린 이가 겨우 둘에 불과했지만, 회군 자체를 부정적으로 보고 정도전이 설치는 걸 마땅치 않다고 여기는 사람들이 적지 않다는 사실이 처음으로 수면 위로 드러난 게 아닌가. 차츰 그런 사람들이 늘어나다 보면 일이 커질 수도 있는 법이다.




이성계는 아우와 아들 방과, 사위 그리고 휘하 장수들을 주상에게 보냈다. 간관들이 정도전과 조준을 계속 물고 늘어지며 '목을 베라'고 주청한다는 얘기를 들어서였다.

"시중께서 몸이 불편하신 터라 무례를 무릅쓰고 저희더러 전하를 뵙고 아뢰고 오라 하셨습니다."

"무슨 말이오?"

"지금 대간들은 조준이 전하를 왕으로 세울 때 다른 사람을 세우려 했으나 시중이 그 일을 저지했다고 논핵하고 있다 하옵니다. 조준이 천거하려 했다는 사람이 누구이며, 그때 시중이 조준을 말릴 때 한 말을 들은 사람이 누구인지, 조준과 주변 인물들을 불러 대간들과 변론할 수 있게 해주십사, 말씀 올리라 하셨습니다."

"......."

"전하! 옥음을 내려주소서."

"알았으니 그만 물러들 가오."

그 말뿐이었다. 더는 어떤 말도 들을 수 없었다. 명령할 수 없는 왕일 때는 아무것도 아니더니 명령하지 않는 왕은 그래도 명색이 왕이었다. 벽처럼 행세하는 왕 앞에서 더 버티고 있을 수는 없었다.

그들은 어전에서 물러나와 이성계에게 한마디를 전할 수 있을 뿐이었다. 알았으니 그만 물러가라! 이성계는 드러내진 않았으나 심한 배신감을 느꼈다.

'이성계를 비롯한 공신들이 명분을 바로 잡고 왕실을 부흥시켜 왕업을 잇게 해주었으니 그 공은 태조 당시 개국공신보다 낮지 않으며 산하가 마르고 닳도록 잊기 어려울 것이다.'

왕으로 세우고 난 뒤 자신을 비롯한 아홉 공신의 공적을 기리는 교서에서 그렇게 말했다.

'해와 달보다 더 빛나는 이성계와 공신들의 충성이 삼한에 공정히 드러났다.'

불과 2년 반 전에 있었던 일이다. 자신도 모르게 저절로 몸이 부르르 떨렸다.

아우와 아들이 주상을 만나고 온 뒤 이성계는 도통 입을 열지 않았다. 왕에 대한 실망이나 분노 때문이 아닐까 짐작은 해보지만 가타부타 말이 없으니 그 속을 누가 알까.

이방원이 아버지에게 아침 문안을 드리고 난 뒤에도 나가지 않고 미적거렸다.

"할 말이 있는 것이냐?"

"예, 지금 정몽주가 간관들을 사주해 정도전, 조준 두 분의 목을 베라고 저 야단을 하고 있는 걸 보면 끝장을 보자는 것 같은데, 어찌하시렵니까?"

아버지는 아들을 흘깃 한 번 쳐다 본 뒤 태평스럽게 말했다.

"어찌하기는 뭘? 죽고 사는 것은 천명에 달려 있는 것이야. 너는 다른 걱정 하지 말고 속히 여막으로 가 어머님의 시묘나 끝내고 오도록 해라!"

"사태가 이 지경인데 제가 어떻게 집을 떠나겠습니까?"

"……."

"아버님, 지금 이러고 계실 때가 아니옵니다."

"어쩌자는 것이냐?"

"아무래도……."

"아무래도 뭐?"

"정몽주를……."

"무슨 말을 하려고 이러는 것이냐?"

"제거해야……."

"지금 무슨 말을 하는 것이야! 정몽주를 죽이자고?"

"그렇게 하는 것 말고는 다른 방도가 없어 보입니다. 숙부님을 비롯해 여러 분이 그래야 한다고 말씀하십니다."

"쓸데없는 소리! 다시는 그런 소리 입에 담지 말거라. 어서 여막으로 가!"

"아버님! 제가 이곳에 남아 아버님 병수발이라도 들게 해주십시오."

"잔말 말고 어서 가! 네 놈을 여기 두었다고 무슨 낭패를 보려고……."

이성계는 끝내 허락하지 않았다. 여막으로 돌아가라고 쫓아내다시피 했다.

방원이 돌아오자 숙부가 물었다.

"안 된다고 그러셨을 게다. 죽이진 말라고……."

"다시는 입에도 담지 말라 하십니다."

이두란 장군과 최문철 장군, 판전객시사 조영규도 와 있었다.

"정몽주를 죽이는 것 말고는 다른 방도가 없어……."

"그걸 알면서 뭘 망설입니까? 해치웁시다."

"대감의 의견을 묻는 것부터가 잘못된 것이야. 이런 일은 수하들이 알아서 소리 소문 없이 해치워야 하는 것이지."

자형 이제까지 모두가 한마디씩 했다. 당장 정몽주를 죽여야 한다는 것이다.

"그럼 누가, 어떻게?"

"내가 하지."

"아니, 내가 할 거요."

이두란과 조영규가 나서자 최문철이 발끈하고 나섰다.

"아니, 왜들 이러시오. 정몽주를 죽여야 한다고 말을 꺼낸 사람이 누구요? 내가 그랬잖소. 그러니 내가 해야 하오."

정몽주를 죽여야 한다고 맨 처음 나선 사람이 최문철 장군인 건 맞다. 하지만 그는 좀 덤벙대는 편이라 미덥지가 않았다.

"누가 먼저 죽이자 했느냐가 중요한 게 아니오. 나는 내일 장졸 몇 사람을 데리고 도당으로 가 그 자리에서 정몽주를 죽일 생각이오. 그 동안 나불거렸던 다른 자들도 겁을 좀 먹게. 그런데 누가 거길 가야 사람들이 더 겁을 먹겠습니까. 두 분보다는 이 이두란이가 더 낫지 않겠소?"

"두 분도 좋지만 내가 더 적합한 이유를 설명해드리겠소. 나는 정몽주와 인척 간입니다. 집안끼리도 더러 보곤 하지요. 도당으로 가든 그의 집으로 가든 그들은 날 의심하진 않을 겁니다. 어떻습니까, 내가 해야 마땅한 것 아닙니까?"

조영규였다. 이두란과 최문철은 더 이상 입을 열지 못했다. 그렇게 조영규가 정몽주를 격살하기로 정해졌다.

조영규는 이성계의 사병 출신이었다. 누구보다 충직한 이성계 사람이고, 지금은 벼슬도 높아져 판전객시사는 종1품에 이르렀다. 또 가계가 분명치는 않지만 정몽주와 인척관계인 것도 틀림없는 사실이었다. 그때 집사가 들어오더니 이방원에게 귀엣말로 '정몽주가 저녁 전에 문병을 오겠다는 연통을 해왔다' 고 전해주었다.

집사가 나간 뒤 방원이 입을 열었다.

"허, 참……. 물 본 기러기요, 꽃 본 나비라는 건 이런 경우를 두고 하는 말인가요?"

"무슨 말인가?"

"정몽주가 아버님을 문병하겠다며 집으로 오고 있답니다."

"그래? 그럼 어떻게 한다? 집 안으로 들어오자마자 해치울까?"

"집안은 좀 그렇고, 문병을 마치고 집을 나간 뒤에 해치우는 게 나을 것 같은데."

이방원은 무슨 생각을 그리 골똘하게 하는지 다른 사람들이 하는 얘기도 듣지 않고 방안을 서성였다. 그러더니 잠시 후 조영규의 곁으로 다가와 말했다.

"문병을 하고 나오면 제가 한번 정몽주를 떠보겠습니다. 가능성은 낮지만 다행히 뜻이 통하면 좀 더 지켜보고, 아니면 집을 나간 뒤에 처치하도록 하시지요. 준비는 미리 해두시고 제가 말씀드리면 그때……."

"떠보긴 뭘 떠봐? 그냥 해치워버려."

괄괄한 최문철이었다.

"제게 생각이 있습니다. 저도 준비할 게 있어서 그만……."

방원이 나간 뒤 남은 사람들은 '정몽주를 어떻게 죽일 것인가'를 놓고 의견을 모았다.

방원은 자신의 방에 들어가자마자 시조 한 수를 썼다. 고치고 다시 쓴 뒤 또 고치고 찢기를 여러 번 반복한 끝에 다 쓴 시조를 한쪽 벽에 붙였다.

지금까진 잘 달려왔다. 조금만 더 힘을 내면 손에 넣을 수 있다. 그런데 훼방꾼이 나타났다. 정몽주 선생, 아니 정몽주다. 다들 죽이자고 한다. 나 역시 같은 생각이다. 하지만 단 한 번의 기회도 주지 않고 그냥 죽여 버리기엔 아까운 인재다. 만약 그를 회유할 수만 있다면 정도전 공을 능가하는 아버님의 조력자가 될 수 있을 것이다.

이 밤에 단 한 번 그에게 기회를 주고자 한 것은 그의 재능에 대한 예의다. 잠깐 동안 딱 한 번 흔들어보고 흔들리지 않으면 가차 없이 죽일 것이다. 한 번 더 줄 기회는 없다. 그랬다간 그가 우리를 죽일 테니까.

이방원의 두 눈에 시퍼런 살기가 피어올랐다.

정몽주가 혹 호위무사들이라도 데려 올 경우, 가병(家兵)을 총동원할 수 있게 단단히 준비해두라고 일렀다.

약속한 시간에 정몽주가 집 안으로 들어섰다.

경호군사는 없고 족등(足燈)을 켜든 종복 하나뿐이었다. 이방원이 부리나케 쫓아가 깊숙이 머리를 조아려 인사했다.

정몽주는 이방원의 등을 툭툭 쳐주기까지 하며 친근감을 표시하곤 안으로 들어갔다. 이방원은 정몽주의 뒷모습을 바라보며 이맛살을 찌푸렸다. 왠지 그의 손길이 스치고 간 곳이 거슬렸다.

"대감! 이 어찌된 일입니까? 대감께서 낙마를 하시다니요?"

정몽주가 그답지 않게 호들갑을 떨며 안으로 들어섰다.

이성계가 상체를 들어 올리려다 통증 때문인지 얼굴을 찡그리며 다시 드러누웠다.

"이거, 손님을 누워서 맞이하다니 예가 아니외다."

"별 말씀을 다하십니다. 좀 차도는 있으신지요?"

"그제보단 어제가 낫고, 어제보단 오늘이 더 나은 것 같으니 차도가 있다고 해야겠지요."

"불행 중 다행입니다. 판문하부사께서 출사하지 않으시니 조정이 텅 빈 듯합니다."

"그럴 리가요. 정 시중께서 잘해주고 계시는데……."

이성계는 조준도, 정도전의 일도 아예 입에 올리지 않았다. 새삼 이성계가 두렵게 느껴진 것도 그 때문이었다. 여기로 오는 도중 정몽주는 조준을 왜 그렇게 했느냐고 따지거나 그들을 풀어주라고 부탁할 것으로 예상했다.

그런데 그들과 자신은 아무 관계가 없다는 듯 엉뚱한 이야기만 늘어놓았다.

"강한 화살도 기운이 다한 곳에 이르면 비단 한 조각도 뚫지 못하고, 하루 천리를 달리던 준마도 늙으면 조랑말에도 뒤지는 법이지요. 천하를 호령하던 영웅도 늙고 병들면 여느 사람만도 못하게 되는 게 세상 이치 아니겠소."

자기 얘기라고 콕 집어서 한 건 아니었지만 자신의 운도, 기력도 예전 같지 않다는 사실을 털어놓는 것 같았다.

"그건 그렇고……. 화(禍)는 입에서 나오고, 병은 입으로 들어간다, 언제나 코 아래 두 치 구멍이 문제라는 경구는 예전부터 내려오던 말인데 요즘 조정에는 아무 말이나 함부로 입에 담는 젊은 선비들이 많아졌다고 들었소이다. 그래도 괜찮은 건지 모르겠소."

"그들도 나름 나라와 백성을 위해 무엇인가 해보겠다고 그러는 것이겠지요."

"하지만 대개 그런 자들은 혓바닥만 길고 손은 짧은지라, 그런 젊은이가 많다는 건 결코 바람직한 일은 아니지요."

"글쎄요. 하지만 언로가 통하면 나라가 잘 다스려져 편안하고, 언로가 막히면 나라가 어지러워 망하기 쉽다는 건 성현들이 남기신 말씀입니다."

"정 시중이나 나나 살 만큼 살아보아서 아는 일이지만 세상이 어디 그리 만만하던가요. 왜 그런 말이 있잖습니까. 달이 뜨자 구름 끼고 꽃 피자 바람 분다고. 세상 일이 모두 마음먹은 대로 되는 건 아니지요."

분명 가시가 있는 말이었지만 정몽주는 못 들은 척했다. 어차피 곧 제거될 사람인데 왈가왈부하며 계속 말을 섞고 싶지 않았다.

정몽주가 그만 일어나겠다고 했다.

그때 불현듯 문 밖에 아들 방원의 그림자가 얼비치듯 나타났다.

방원이 아닐지도 몰랐지만 이성계는 그림자가 몹시 불길해보였다. 그 자리에 붙박인 듯 서서 어룽거리니 더욱 그리 짐작되었다.

저 녀석을……. 이성계는 불현듯 저 문 밖에 아들이 짓고 있을 표정이 떠올라 순간 소름이 돋았다.

"포은 공! 호위무사들을 몇이나 데리고 오신 게요?"

"호위무사요? 저 혼자 왔습니다. 종자 하나만 데리고……."

"괜찮겠소?"

"……."

"비밀 경호라도 받으면 모를까?"

"무슨 말씀이신지……."

"자신감인가요? 아니면 혹 내 집에 호위무사를 데리고 오는 건 결례라고 생각해서 혼자 오신 게요?"

"전자는 아니고, 후자일 수는 있을 것입니다."

"그렇다면 앞으로는 내 집에 오든 다른 데를 가시든 꼭 호위무사들을 데리고 다니시지요."

느닷없이 왜 저런 말을 하는 걸까. 이상했지만 왜 그러는 것이냐고 꼬치꼬치 캐묻기도 그래서 그만 작별인사를 남기고 밖으로 나왔다.

왠지 개운치 않은 느낌이 들었다. 이성계라는 사람은 괜히 실없는 말이나 흘리는 사람이 아니었다. 그저 그런 무장이긴 해도 무공도 많이 쌓았고 진중해서 언제 어디서 봐도 무게감이 느껴졌다. 그런데 뜬금없이 호위무사 얘기를 꺼냈다. 그가 그리 말한 까닭은 무엇일까.

두려움 반 궁금증 반인 생각에 빠져 있던 그의 앞을 이방원이 가로막아서듯 하며 말했다.

"시중 어른! 괜찮으시면 제 방에 들러 차 한 잔 더 하고 가시지요."

"가는 길에 문상을 갈 집이 있긴 하지만 차 한 잔 더 나눌 시간이야 없겠는가."

그러더니 순순히 따라왔다. 방안을 휘둘러보고 나서 정몽주가 좌정하자 이방원이 공손하게 그의 찻잔에 차를 따랐다.

방안을 다시 둘러보던 정몽주가 벽에 붙은 시조를 보더니 히죽 웃고 나서 소리 내 읽었다.

"이런들 어떠리, 저런들 어떠리, 만수산 드렁 칡이 얽혀진들 어떠리, 우리도 이같이 얽혀 백년까지 누리리라……. 저 시조는 나에게 보여주기 위해 쓴 것 같군."

"……."

"차 한 잔 하고 가라는 게 저걸 보여주려고?"

"글쎄요. 뭐 그렇게까지……."

"아무튼 저 시조에 대해 내가 답을 해야 할 것 같구먼."

"……."

생각을 가다듬는 듯 잠시 눈을 감고 있던 정몽주가 눈을 감은 그대로 시조를 읊조리기 시작했다.

"이 몸이 죽고 죽어 일백 번 고쳐 죽어, 백골이 진토 되어 넋이라도 있고 없고, 임 향한 일편단심이야 가실 줄이 있으랴."

방원의 손이 먼저 움찔거렸다. 머리보다 몸이 먼저 반응한 것이다. 그가 읊어대는 시조가 자신의 목을 겨눈 칼처럼 날카롭게 느껴졌다.

당장 칼을 들어 이자의 목을 베고 싶다는 욕망이 꿈틀거렸다. 자리에서 벌떡 일어나 서너 걸음만 걸어가면 날이 잘 선 칼이 걸려 있었다. 순식간에 끝낼 수 있다. 그를 베면 일백 번 고쳐 죽을 수 있는지, 죽어도 일편단심은 변치 않는지도 확인해볼 수 있을 것이다.

그러나 이방원의 입에서 나온 말은 온몸 구석구석 빈틈없이 들어차 있는 살의와는 멀어도 너무 멀었다.

"시중 어른의 충심은 어디서나 빛나십니다."

"신하된 사람이야 다 그런 것이지 어디 나만 그렇겠는가. 난 이만 가봐야겠네. 문상을 가야 해서……."

"아, 참 그러셨지요."

정몽주가 자리에서 일어나 앞서 나가자 방원은 서안 옆에 걸려 있는 칼에 눈독을 올렸다.

하지만 끝내 칼을 빼들진 않았다. 정몽주는 어차피 죽을 사람이지만 바깥사람들은 그가 죽은 곳이 어디냐에 따라 다른 의미를 둘 것이었다. 집 안에서 죽였을 경우엔 아버님의 노여움도 더 커질 테고.

정몽주가 신발을 신고 대여섯 걸음을 떼었을 때 반보쯤 떨어져 뒤따르던 이방원이 물었다.

"시중 어른께선 잘 짖는 개가 좋은 개라고 여기십니까?"

"무슨 뜻으로 묻는 것인가?"

"어디선가 짖지 않는 개와 소리 없이 흐르는 강물을 조심하라는 글을 읽은 적이 있습니다. 잘 짖는 개보다 짖지 않는 개가 갑자기 사람을 물 수 있고, 소리 없이 흐르는 강은 깊어서 위험하다, 그런 뜻이었던 것으로 기억합니다. 고양이도 쥐를 잡을 땐 소리를 내지 않는데 근래 조정엔 잘 짖는 개가 너무 많은 것 같다는 생각이 들었습니다."

정몽주를 수행해 온 사람이 족등을 켜 들고 있긴 했어도 얼굴 쪽은 흐릿해서 자세히 본 건 아니지만 일순 정몽주의 표정이 확 변한 것 같았다.

"자네가 지칭하는 잘 짖는 개가 일부 간관들이라면, 자네 말투가 좀 고약하군."

"그렇게 들으셨다면 송구합니다. 살펴 가십시오."

정몽주는 대꾸도 않고 대문을 나서 말 위에 올랐다.

그때 이방원의 뒤쪽에서 조영규가 나타나자 이방원이 고개를 까딱해 보였다. 조영규가 부리나케 뒷문으로 나갔다. 빠른 말발굽 소리가 어둠을 흔들었다.

그 말발굽 소리에 정몽주의 머릿살이 삐죽 섰다. 호위무사를 데리고 다니라고 하던 이성계의 말이 가시처럼 귀에 박혀 따갑게 굴었다.

그래, 맞는 말이야. 내일부턴 호위무사들을 준비시켜야겠어. 지금은 난세가 아닌가. 언제 어디서 무슨 일이 벌어질지 알 수 없는.

그런데 하필 이성계가 그 말을 했다는 게 걸렸다. 내게 포용력이나 여유 같은 걸 보여주고 싶었던 걸까? 그 반대라면 무슨 의미냐? 도무지 짐작조차 할 수 없었다.

하늘엔 초승달이 걸려 있었다. 어둠을 밀어내기엔 턱없이 모자라는 희미한 빛을 지닌.

선지교(選地橋: 훗날 선죽교로 바뀌었다)에 막 들어섰을 때 반대쪽에서 이쪽으로 오고 있는 작은 불빛이 보였다.

견마꾼이 들고 있는 족등인 듯했다. 살풋살풋 도깨비불처럼 등불이 흔들리자 돌연 등줄기가 서늘해졌다. 그때야 정몽주는 어둠을 급하게 둘러보았다. 아무것도 보이지 않았다.

아무것도 없는 어둠이 자신에게 지금 이 순간 아무것도 없다는 사실을 깨닫게 했다. 이런, 칼도 없이 나온 경솔함이 사무쳤다.

꼼짝없이 당할 수밖에 없는 다리 위. 그렇다고 갑자기 방향을 바꿔 달아나듯 하는 것도 우스운 일이었다. 이쪽 등은 가고 저쪽 등은 왔다. 그와 두 마신(馬身) 정도 됐을 때 상대가 말했다.

"혹 수시중 어른 아니시오?"

"뉘시오?"

"나요, 조영규!"

그 말을 듣는 순간 온몸에 뭉쳐 있던 긴장감이 일시에 풀리며 자신도 모르게 푸우, 하고 한숨을 토하고 말았다.

"조공께서 이 밤중에 어디를 가시느라……."

말하다 말고 다시 등줄기가 서늘해졌다. 그래, 이자가 어느 한쪽 편에 서 있는 자인가? 문득 깨달았다. 그가 이성계의 그늘에서 커온 사람이라는 걸. 눈여겨본 적이 없었을 뿐이었다.

따지고 보면 조영규와 자신은 먼 친척간이지만 더 따져볼 것은 현재였다. 타고난 관계야 어쩔 수 없으나 만나며 맺은 관계엔 마음이 담긴다. 자신은 조영규에게 아무런 마음이 없었다. 이 자리에서 그런 게 다 아쉬울 줄은 몰랐다. 인사라도 잘 받아주고 할 것을. 지금 그의 마음이 그렇게 궁금할 수가 없었지만 그래도 정몽주는 핏줄은 어디 가지 않을 것을 믿고 싶었다.

"판문하부사 댁에 문병을 가시는 모양입니다."

"아, 예. 겸사겸사……."

얼버무리는 대답이 좀 이상했다. 이 모든 게 기우로 끝나면 좋으련만.

말들은 비껴서고 두 사람은 팔을 뻗으면 닿을 거리였다.

"그럼, 다녀가세요."

인사를 끝냈으니 서로 갈 길을 가면 되었다. 정몽주는 다시 아무것도 보이지 않는 어둠을 휘 둘러보았다. 어차피 이자도 종복 하나뿐이지 않은가. 헌데 조영규가 앞을 막아선 채 비켜주지 않았다. 그 순간 알 수 없는 두려움이 다시 엄습했다. 칼이라도 품고 있다면! 그가 금방이라도 칼을 뽑아 내려칠 것 같은 두려움에 온몸이 돌덩이처럼 굳어갔다.

그때서야 정몽주는 본능적으로 소리쳤다.

"무슨 짓이야?"

정몽주가 젖 먹던 힘까지 짜내 버럭 소리를 질렀다. 마지막 발악을 하듯.

그때 조영규가 종복에게서 족등을 받아 올려 자신의 얼굴을 비췄다. 그는 불빛 속에서 씨익 웃고 있었다. 그 모습이 저승사자보다 더 무서웠다. 온몸에 저릿한 한기가 돌았다. 머릿속이 하얗게 비었다.

"자, 시작하자!"

조영규가 말하자 어디선가 칼을 든 무사 넷이 튀어 나와 정몽주와 종복을 에워쌌다.

"이게 뭐 하자는 짓이냐!"

정몽주가 유일한 무기를 휘두르듯 소리쳤다. 조영규가 저승사자의 목소리가 이렇지 않을까 싶은 음성으로 뇌까렸다.

"고명한 학자시니 잘 알겠지만 양웅(兩雄)은 같이 서지 못하고 양현(兩賢)은 나란히 서지 못한다니 어쩌겠소. 죽어줘야지!"

"이놈이!"

"죽여라!"

칼 넷이 몇 번 춤을 추었다. 정몽주는 그렇게 끽 소리 한번 내보지 못하고 세상을 떠났다. 임신년 4월 초나흘 날 밤의 일이다.

"시신을 잠시 숨겨두어라!"

숨진 것을 확인한 조영규가 수하들에게 명한 뒤 빠른 걸음으로 이성계의 집으로 향했다. 문득 하늘을 올려다보니 초승달마저 구름 뒤로 숨었다.

언제 나타났는지 조영규가 담 옆에 서 있었다.

"날세."

대문 밖에서 바장이던 이방원이 담벼락에서 어둠을 벗고 나오는 조영규에게 물었다.

"어찌 됐습니까?"

"처단했네."

몰아쉬는 숨소리에 자신감이 배어나오는 조영규를 보며 방원은 정몽주가 어떻게 죽었을지 상상해보았다. 그의 상상 속에서 정몽주는 목이 잘린 채 두 눈을 부릅뜨고 죽어 있었다. 방원은 침착하고 낮은 어조로 말했다.

"수고하셨습니다. 아버님을 뵙고 오겠습니다."

방원이 휘적휘적 발걸음을 놓으며 사랑채로 걸어갔다. 그의 몸놀림에선 그 어떤 긴장감 같은 것도 느껴지지 않았다.

방문을 열고 들어가려는데 안에서 아버지의 말소리가 새어 나왔다.

"자네, 어서 수시중을 따라가서 집까지 호위해주게."

"수시중 대감이요?"

"그래, 어서, 빨리 가! 예감이 좋지 않아. 어서!"

"예, 명 받들겠습니다."

그때 방원이 문을 열고 방안으로 들어서며 말했다.

"아버님! 그러실 필요 없습니다."

"무슨 소리냐?"

아버지의 물음엔 대답을 않고 방원이 천천히 무릎을 꿇으며 고개를 숙인 채 말했다.

"이미 끝냈습니다."

"끝내다니, 뭘?"

"……."

"그게 무슨 말이냐고 묻지 않느냐!"

이성계가 언성을 높여 다시 물었다.

"어쩔 수 없었습니다. 그렇게 끝낼 수밖에는……."

"끝내다니, 뭘 끝냈다는 것이야?"

"정몽주 말입니다."

"그러니까…… 정몽주를 죽이기라도 했다는 말이냐?"

"예."

"뭐야?"

이성계가 벌떡 상체를 일으키더니 옆에 있던 목침을 냅다 방원을 향해 던졌다. 방원이 얼른 몸을 피하자 목침이 쿵 소리를 내며 벽을 맞고 떨어졌다.

"칼을 가져오느라! 내가 이놈을 이 자리에서 죽일 것이다."

강씨 부인이 이성계의 상체를 부여잡고 어쩔 줄 몰라 했다.

"뭐하느냐? 네 칼을 이리 내라."

아직 방안에 있던 군관에게 소리쳤다. 그때 강씨 부인이 나섰다.

"정말 방원이를 죽이기라도 하시려고요? 대감답지 않게 왜 이러십니까? 이미 끝난 일입니다. 죽은 사람에겐 안 된 말이지만 달리 생각해보세요. 제가 생각하기에도 방원이 잘 처리한 것 같습니다. 너무 나무라지만 마십시오. 방원이라고 사람 죽이는 일이 좋아서 그리했겠습니까. 고심 끝에 내린 결정이었을 것입니다."

이성계는 그때야 급작스레 일으킨 몸에 통증이 와락 밀려드는지 고통스런 표정을 지었다. 우드득 이 가는 소리가 온 방안에 퍼질 정도로 크게 들렸다. 감은 눈은 무언가를 한참 생각하는 듯 가볍게 떨렸다. 그리고 천천히 입이 열렸다.

"이놈아! 시키지도 않은 짓을 왜 해? 사람 목숨을 그리 가볍게 여겨서야 널 어디에 쓰겠느냐! 정몽주를 이대로 두면 안 되겠다는 생각은 나라고 못했겠느냐? 잠시 붙잡아 두었다 귀양을 보내면 될 것을 왜 죽이기까지 했느냐, 그 말이다."

"아버님의 허락도 받지 않고 그런 일을 저지른 것은 소자의 잘못이지만 화근을 뽑아버리지 않으면……."

"시끄럽다! 네가 마음대로 대신을 죽였으니, 백성들이 어떻게 생각하겠느냐? 다들 내가 시켜서 죽였다고 할 게 아니냐?"

그런 생각은 미처 하지 못했다. 어떻게든 정몽주를 죽여야 한다는 생각만 했을 뿐이다. 모든 것은 그 후의 문제였고, 방원은 처음으로 아차, 하는 생각에 미쳤다. 그래도 지금 되돌릴 수 있다 해도 그 정도는 다 감수하더라도 결국 일은 벌였을 것이다.

"아버님! 정몽주는 우리 집안을 멸문하고자 했습니다. 어떻게 가만히 앉아서 당하고만 있겠습니까."

"아무리 그래도 그렇지, 나에게 문병 왔던 사람을 내 아들이 죽였으니, 세상 사람들이 무어라 하겠느냐, 이 인숭무례기야! 꼴도 보기 싫다. 어서 나가!"

방원이 일어서는 시늉을 하면서 미적거리자 다시 던질 것을 찾는 듯 두리번거리며 '어서 나가지 못하느냐'고 소리를 질렀다.

방원이 주춤주춤 뒤로 물러나 방문을 열고 밖으로 나왔다. 등줄기에 땀이 흥건했다.

"어쩐지 이상한 느낌이 들었어. 혹 저 놈이 흉악한 짓을 저지르지 않을까, 자꾸만 그런 생각이 들더라고. 그래도 내 아들인데 설마 그렇게까지 하랴 싶었다가도 또 불길한 생각이 고개를 들고……. 그래서 호위군을 보내야겠다, 그랬는데……. 허어, 참!"

"대감! 이제 그만 고정하세요. 다 끝난 일입니다."

그 말을 듣고 나니, 아까 아들 녀석이 '이미 끝냈습니다'하고 말했을 때 엄습해온 공포감이 떠올랐다. 평소에도 자주 쓰는 '끝냈다'는 말이 아들의 입에서 나온 순간, 왜 그렇게 무서웠는지 모른다.

그동안 방원은 이성계에겐 큰 자랑거리였다. 감히 바라지도 않던 문과에 급제를 했다는 소식을 들었을 땐 세상을 다 가진 것처럼 기뻤다.

그런데 오늘 다시 보니 불현듯 '큰일 낼 녀석'이라는 생각이 머리를 스쳐갔다.

알게 모르게 자신에게 일렁였던 권력에 대한 욕망이 저 아들 녀석에게 대물림된 것인가.

그 정도라면 괜찮겠는데 방원에게선 왜 그러는지 피 냄새 같은 게 자주 나는 것 같았다.

요즘 간간히 읽고 있는 맹자의 한 구절이 떠올랐다.

'그대에게서 나온 것은 그대에게로 돌아간다!'

방원이 방안으로 들어가자 숙부와 이두란, 조영규, 최문철이 기다리고 있었다.

"야단을 맞은 게로구나."

"그 정도는 각오를 하고 벌인 일이었습니다. 조대감께서 수고 많으셨습니다."

"그 정도 가지고 뭐 수고라고까지……."

"아무튼 이젠 됐습니다. 앓던 이가 빠졌으니."

"잘 된 일이고말고. 이제 고려는 우리 대감 손에 들어 온 거나 다름없어!"

"모두들 수고하셨소. 이젠 밤도 깊었으니 집에 가야지."

이두란이 말하자 이방원이 아직 남은 일이 있다는 듯 동을 달았다.

"앞으로 어떻게 했으면 좋을지도 논의해야 할 것 같은데요."

"그건 내게 다 생각이 있다. 다음 일은 방과에게 맡길 것이다. 걱정하지 말거라."

이화가 말했다. 자신 있는 말투로 미루어 묘안이 있는 모양이었다.

"그럼 숙부님만 믿겠습니다."

이방원은 곧 휘하 장졸들로 하여금 혹시 일어날지도 모르는 변고에 대비, 더욱 철저히 경계를 하도록 했다.



비로소 살맛이 난다. 요즘에야 진짜 왕이 된 것 같은 느낌이 든다. 이성계의 손을 놓고 정몽주의 손을 잡길 얼마나 잘했는지 모른다. 솔직히 자신이 군왕이 될 만한 재목이 못 된다는 건 스스로도 안다. 그래도 왕좌를 지키고 있으니 왕인 건 분명한데 이성계가 버티고 있을 땐 자꾸만 거슬리고 신경이 쓰였다. 언제 어디서 무슨 일을 하든 늘 자괴감이 앞서곤 해서 꺼렸다.

그런데 정몽주는 다르다. 학식이 뛰어난 대학자라 저절로 우러러 보일 정도인데도 그는 신하의 도리를 다하려 애쓰는 것이 눈에 보였다. 그를 따르는 사람들도 많다. 문신만 따지면 이성계 쪽보다 훨씬 많다. 지금이야 왜구와 외적을 상대하느라 무신이 두루 쓰이지만 그것만 아니라면 나라를 지탱해주는 건 문신이지 무신이 아니다.

무엇보다 기쁜 건 근래 정몽주 측이 나서 이성계 측을 착착 제거해 나가고 있다는 것이었다. 그동안 정도전과 조준 같은 자들이 얼마나 거슬렸던가. 근래 조용히 진행되고 있는 이성계 손발 자르기가 마무리되고 나면 국법질서도 바로 잡히고 그땐 제대로 왕 노릇을 할 수 있을 것이다.

요즘 왕은 그때가 멀지 않았다고 판단해서 여러 사람을 만나 향후 정국운영에 관한 구상도 다듬어 가는 중이었다.

환관이 문 밖에서 아뢰는 소리가 들렸다.

"전하! 이방과 판밀직사사가 알현을 청하옵니다."

이방과? 이성계의 아들이 아닌가.

자신도 모르게 눈살이 찌푸려졌다. 그러다 왕은 마음을 고쳐먹었다. 그들을 볼 날도 얼마 남지 않은 것 같다는 생각이 들어서였다.

"들라 하라!"

이윽고 이방과가 들어와 허리를 굽혔다.

"전하를 뵈옵니다."

"나를 보자 한 까닭은 무엇인가?"

이방과가 머뭇거렸다. 무슨 말을 하려고 또 저러는 거냐? 슬그머니 짜증이 났다.

"과인이 묻지 않았는가!"

"예, 전하! 말씀 올리겠습니다……. 그동안 나라의 으뜸 공신이신 저희 아버님을 모해하고 측근들을 모두 귀양 보내는 등 못된 짓을 해온 정몽주를 저희가 죽였습니다."

"……."

누가 누굴 죽였다고?

"다시 한 번 말해 보라! 누구를? 정몽주를?"

"예, 어젯밤 정몽주를 죽였습니다."

주상이 입을 헤벌린 채 어쩔 줄 몰라 했다. 완전히 정신이 나간 사람 같았다.

어이가 없었다. 조금 전까지만 해도 왕의 머릿속은 봄날이었다. 만물이 생동하고 꽃이 아름다우며 바람결이 부드러운 봄날. 그런데 순식간에 북풍한설로 얼어붙었다. 이 봄날에 오한이라니! 살다 살다 이런 해괴한 경험이 다 있나! 왕의 눈에 죽어가는 정몽주가 보였다. 아득하게 멀어지는 정몽주의 모습은 어느새 점이 되고 말더니 그나마 어디론가 사라져 아무것도 보이지 않았다. 눈앞이 하얘졌다가 어두컴컴해졌다. 왕은 자신도 모르게 중얼거렸다.

그러면 그렇지 내가 무슨 복으로 왕 노릇을 제대로 해보겠다고…….

그에게 정몽주는 마지막 보루였다. 그가 피살됐다니 이젠 누구에게 의지한단 말인가.

"전하! 정몽주의 사주를 받고 재상들 간에 이간질을 해온 대간 등 정몽주 잔당을 모조리 붙잡아 국문한 뒤 벌을 내리시옵소서."

"……"

"전하! 저희는 나라를 어지럽힌 정몽주를 선참후계(先斬後啓)한 것이지만 그게 불충이라 여기시오면 저희에게 벌을 내리소서."

주상은 눈을 감았다. 어찌하는 게 좋을지 생각을 정리하려는 것 같았다.

이윽고 눈을 뜬 주상이 머뭇거리다 말했다.

"일전에 이 시중은 탄핵당한 사람들이 대간들에게 변론할 수 있게 해달라고 청했지만 그건 전례도 없는 일이라 들어줄 수 없소."

마지막 발악이었다. 아무리 저들이 정몽주를 죽였다 해도 그래도 왕인데 바로 꺾일 순 없다, 그렇게 생각한 것이다.

이방과가 무엄하게도 주상을 흘깃 바라본 뒤 쐐기를 박았다.

"부친께선 주상 전하로부터 배신을 당했다 여기시고 매우 격분하고 계시옵니다."

"과인이 이 시중을 배신하다니, 그게 무슨 말인가? 내가 어떻게 이 시중을 배신해? 그건 오해야."

결국 주상은 다시 명을 내렸다.

"대간들을 모두 붙잡아 옥에 가두라. 그들 모두를 귀양 보낼 것이니 굳이 국문할 필요는 없다."

처음엔 그랬다. 대간들을 최대한 보호해주고 싶어 국문하지 말라고 한 것이다. 왕의 마지막 자존심이었는지도 몰랐다.

하지만 그날 낮 살벌했다는 도당의 소식을 듣고 나선 판삼사사 배극렴과 문하평리 김주, 순군 제조관 김사형 등으로 하여금 그들을 국문하라 명했다.

이와 함께 대간들의 허황된 거짓말로 귀양 가 있는 조준 등을 모두

소환하라고 명했다.

 궐 안 후원 우거진 숲속에 4월 봄볕이 살포시 내려앉아 번들거렸다. 청아한 목소리를 가진 황조(黃鳥)들이 삣 삐요코 삐요, 하고 이리 저리 날며 서로를 희롱했다.



 계절은 아직 봄인데 햇살은 여름 것이다. 그가 방문을 열어놓은 채, 방문 옆에 서안을 갖다놓고 서책을 읽고 있는 것은 빛은 좋지만 볕은 따갑기 때문이다.

 그는 세 식경 전부터 서책에다 두 눈을 박아두기라도 한 듯 꼼짝도 않고 있었다. 간간히 책장만 넘겼을 뿐이다.

 헌데 그가 넘길 때보니 책장들이 죄다 너덜너덜했다. 거의 다 헤어졌다고 해도 좋을 정도였다. 저 정도면 뭉개진 글자도 많을 것이다.

 궁색해서일까. 버릴 때가 지난 서책을 아직도 간직하고 있는 건.

 물론 그게 아닐 수도 있다. 그 서책에 소중한 추억이나 사연이 담겨 있다면 저보다 더 낡아도 버릴 순 없을 것이다.

 그가 고개를 들었다. 목이 아픈지 오른손을 뻗어 뒷목을 주무르더니 고개를 서너 번 좌우로 꺾었다. 귀양살이가 그리 고된 건 아닌지 얼굴은 편안해 보였다.

 정도전이 읽고 있는 책은 『맹자』였다. 을묘년에 회진으로 귀양을 갔을 때 정몽주가 보내주었던 바로 그 책. 도전은 귀양지에서 이 책을 읽고 또 읽었다. 그냥 읽기만 한 게 아니다. 생각하면서 읽고, 읽으면서도 생각했다.

그런 책인데 어떻게 버릴 수 있겠는가. 자신이 죽을 땐 그 책을 관에 함께 넣어 달라고 할 생각이었다. 그럴 만한 이유가 따로 있었다. 아직 아무에게도 말한 적은 없지만 『맹자』는 자신에게 역성혁명을 꿈꾸게 해준 토양이자 씨앗이며 물과 햇볕이었다. 『맹자』를 통해 군주의 권력과 권위의 원천인 천명은 민심을 따라 움직인다는 것을 알았고, 그렇다면 민심이 떠난 왕조나 군왕은 천명을 잃은 것이니 역성혁명을 통해 모든 사람이 보는 곳, 모든 이가 가리키는 곳을 찾아 바꾸는 것이 옳다는 생각을 굳혔다.

그러니까 그의 역성혁명 의지는 '고려를 지킬 뿐 역성혁명은 절대로 안 된다' 했던 정몽주가 마련해준 기틀에서 생성된 것이라고도 할 수 있을 것이다.

불현듯 정몽주의 얼굴이 떠올랐다. 정몽주는 오랜 세월 누구보다 마음이 잘 통하는 동심우였고 자상한 형님이었으며 든든한 후원자 중의 한 사람이었다. 그러나 정치라는 걸 하면서 갈라졌고, 한동안 서로 등지고 헐뜯기까지 했다. 지금 이곳에 자신을 귀양 보낸 사람도 정몽주일 것이다. 그가 천출인 외가를 들먹이며 자신을 공격하고 나섰을 땐 절망하다 못해 증오하기까지 했다. 무슨 수를 써서라도 반드시 그를 죽여 버리겠다고 속다짐을 했다. 하지만 지금은 많이 누그러졌다. 자주는 아니지만 이따금 그와는 이렇게까지 돼서는 안 되는 사이였다는 걸 깨닫곤 했다.

어디선가 말 달리는 소리가 들려왔다. 그 소리가 점점 더 가까워오고 있었다.

더운 기운이 좀 덜하다 싶어 서산을 바라보니 해가 붉은 빛을 더해 가며 그쪽으로 가고 있었다. 한 식경 후쯤엔 저 산봉우리에 해가 걸릴 것이다.

잦았던 말발굽 소리가 느려지면서 더욱 가까워졌다. 누군가 이 집으로 오고 있는 게 분명했다. 예상했던 대로 집 앞에 말 한 마리가 서더니, 한 군관이 말에서 내려 뚜벅뚜벅 걸어왔다. 이름은 기억이 나지 않지만 낯이 익은 이성계 시중의 휘하 군관이었다.

"그동안 잘 지내셨습니까? 저 박전용입니다."

아, 맞다. 박전용. 그때서야 기억이 났다.

도전이 자리에서 일어나 툇마루로 나가 그를 맞았다.

"박 군관께서 이 먼 곳까지 어인 일이시오? 어서 여기 앉으세요. 내가 시원한 물이라도 떠오리다."

"아닙니다. 점심을 걸러 배가 고파 조금 전 저 앞 주막에서 요기를 하고 물도 마시고 왔습니다."

"아, 그러셨군요. 시중께선 무고하시오?"

"그 사이 많은 일이 있었습니다. 장군께선 해주에서 사냥을 하시다 낙마하셔서 몸져누우셨고, 조준 남은 공 등 여러 분이 모두 귀양을 갔습니다."

"시중께선 부상하시고 조준 공과 남은 공은 귀양을 갔다고?"

그렇다면 모든 게 다 끝나버렸다는 얘긴가. 참으로 허망하고 허망하다는 생각이 들어 한숨을 내쉬었다.

"전해드릴 소식이 더 있습니다. 정몽주가 격살됐습니다."

"포은 공이 죽어? 누가? 어떻게?"

정도전이 다급하게 묻자 박전용은 이상하다는 듯 도전을 찬찬히 바라보다 대답했다.

"일을 꾸민 건 이방원 공 등이고 격살한 사람은 조영규 대감으로 알고 있습니다."

정도전이 갑자기 휘청하더니 문기둥을 부여잡고 간신히 버텼다.

박전용이 달려가 부축하려 하자 정도전이 됐다는 시늉으로 휘저었다.

도전은 방안으로 들어가더니 가만히 문을 닫았다.

박전용은 어찌된 영문인지 알 수 없어 눈만 껌벅거렸다. 정도전에게 정몽주는 정적이었다. 정도전을 귀양 보낸 사람도 정몽주라 했다. 그런 자가 격살됐다면 춤이라도 추며 반색할 일이다. 이제 그의 귀양살이도 풀리게 되었으니까.

방에 들어간 지 한참 됐는데 뭘 하기에 안 나오지. '영감, 영감!' 하고 불러 보았으나 대답이 없었다.

살그머니 문을 열어본 박전용은 방안의 생경한 풍경에 또 한 번 놀랐다. 구석에 개켜진 이불에 얼굴을 파묻은 채 정도전이 울고 있는 게 아닌가.

그로서는 아무리 생각해봐도 알 수 없는 일이었다.

# 멸망의 수레바퀴

"우리, 그동안 참 먼 길을 걸어온 것 같네."

"멀고도 험했지요."

"삭풍에 몸을 맡긴 채 동북면을 지키고 있던 내가 오늘 같은 날을 맞이하리라 누가 짐작이나 했겠는가. 나는 가끔 그때 자네가 날 찾아주지 않았다면 지금쯤 어디서 뭘 하고 있을까, 그런 생각을 해보곤 하네."

"제가 가지 않았더라도 천명은 주군께 닿아 있었으니 별반 다르지 않았을 것입니다."

"그렇지 않아. 만약 자네가 없었다면 내가 움직이지 않았을 테니까."

"……"

"내가 자네에게 뭘 어떻게 해주면 되겠는가?"

"제가 바라는 건 한 가지뿐입니다. 백성이 먼저인 나라, 지혜로운 재상들이 뜻을 모아 국사를 살피는 나라, 강건하신 군주가 덕으로 다스리는 나라를 이루는 것, 그것뿐입니다."

정도전과 조준의 탄핵에 앞장섰던 김진양은 고문을 가한 지 얼마 안 돼 자백했다.

"정몽주와 이색, 우현보 등이 이숭인, 이종학을 시켜 이성계가 자신의 공을 믿고 조정을 마음대로 주물러 왔으나 마침 낙마해 위독하다고 하니 그를 보좌해 온 조준부터 제거한 뒤 차후 이성계를 도모하자고 하였습니다."

김진양의 자백에 따라 이숭인과 이종학, 조호 등이 잡혀와 순군옥에서 혹독한 국문을 받은 뒤 먼 곳에 부처(付處)되었다.

일부 강경파들은 김진양 일파의 죄는 참형에 해당한다며 그들의 목을 벨 것을 주청했으나 이성계 판문하부사는 도당에 서자를 보내 '나는 이미 그들을 용서했으니 그를 죽이지 않았으면 좋겠다'는 뜻을 밝혀 죽음을 면했다.

하지만 설장수는 며칠 뒤 정몽주에게 붙어 충성스럽고 어진 사람들을 무함하여 국가를 흔들어 어지럽히고자 했다는 사헌부의 탄핵을 받고 귀양을 갔다.

정몽주는 조영규의 수하들이 휘두른 칼을 맞고 숨진 것으로 끝나지 않았다. 그의 가산은 적몰됐고 그의 시신조차 가만 두지 않았다. 그의 목을 베어 장대에 머리를 꽂아 저자 거리에 내걸었다.

그 밑에 방이 붙어 있었다.

이자는 없는 사실을 그럴듯하게 꾸며 대간들을 꾀어 대신들을 모해하고 국가를 혼란에 빠뜨렸다.

성리학에 밝았고 개성에 5부 학당, 지방엔 향교를 세워 교육진흥에 주력했으며, 의창제도를 도입해 빈민구제에도 힘썼던 뛰어난 학자이자 정치가이며, 외교가. 어떤 일을 맡겨도 조용히 매끄럽게 잘 처리해 이성계까지도 그를 중히 여겨 왕에게 여러 번 추천했을 정도로 걸출했던 고려의 국사(國士) 정몽주의 최후는 그렇듯 처참했다.

며칠 후, 주상은 심덕부를 판문하부사, 이성계를 문하시중으로 자리를 맞바꿔주고 이원굉을 정당문학, 이방원을 밀직제학으로 삼았다. 정도전은 충의군(忠義君)에 봉해지고 조반은 지밀직사사가 되었다.

또 얼마 후엔 조준을 경기 좌우도 절제사, 남은을 경상도 절제사로 삼아 관내 병마를 장악토록 했다.

왕이 이성계를 다시 문하시중으로 삼은 뒤 그의 집을 찾아 문병하자 이성계는 왕을 위해 주연을 베풀었다. 그 자리에서 왕이 이성계에게 말했다.

"내가 비록 공을 후히 보답하지는 못했지만 그렇다고 공의 은덕까지 어찌 잊었겠소."

그러면서 눈물까지 흘렸다.

이성계는 지난 일은 다 잊자며 위로해준 뒤 즐겁게 마시도록 했다.

술자리가 파한 뒤 왕은 악공들에게 궁에서 가져 온 거문고와 비파 등 악기를 이곳에 남겨두라더니 이성계에게 말했다.

"병환 중에는 듣고 보는 것을 즐기며 요양하는 것이 좋다고 하니 이것들로 위안을 삼고 어서 조정에 나와 국사를 살펴주시오."

"아닙니다. 이런 몸으로 어떻게 정사를 살필 수 있겠습니까. 사직토록 해주소서."

"사직은 안 됩니다. 어서 나와 과인을 도와주십시오."

다음 날, 헌부가 상소를 올려 임금을 압박했다.

'전하가 즉위한 이후 변고가 잇달고 있는 건 조정이 화목하지 못하기 때문이며 그렇게 된 건 상벌이 명확하지 못하고 은혜와 의리를 분별하지 못한데서 비롯된 일'이라고 은근히 나무랐다.

이색과 우현보를 계속 감싸고 충신들을 제거하려 모의하며 오직 보복만을 일삼아 서로를 의심하게 하고 신하들끼리 화목하지 못하게 해 여러 사람들을 실망시켰다고도 했다. 그래도 왕은 버텼다.

하지만 6월 들어 우현보와 네 아들, 남평군 왕화를 비롯한 종친 7명을 포함 20여 명을 귀양 보냈다. 왕명이 아니라 도당의 명이었다.

도당은 그들을 귀양 보낸 뒤에야 왕에게 아뢰었다.

"우현보는 여러 번 죄를 짓고도 지나칠 정도로 용서를 받았으나 또 다시 난을 일으키려고 꾀했음이 드러나 난신적자는 먼저 베어 죽일 수 있다는 법에 따라 그와 일당을 먼저 외방에 나누어 귀양 보냈습니다."

이색은 여흥에 자리를 잡았다. 왕이 사자를 보내 '경의 두 아들이 죄를 얻었으니 양강(兩江) 밖으로 가라'고 명하자 사방을 둘러보아도 전택(田宅)이 없으니 어디로 갈 것인가 한탄하다가 여흥으로 간 것이다.

이로써 국정 전부가 이성계 측에 넘어왔다. 왕은 자리나 지키고 앉아 있는 허수아비나 다름없었다. 왕 역시 왕 노릇은 이미 포기한 지 오래고 목숨이나 부지할 수 있기를 바랄 뿐이었다.


정도전은 귀양에서 풀려나 개경으로 올라온 뒤부턴 집에도 잘 가지 않고 이성계 시중의 문객처럼 머물며 시시때때로 밀려드는 일들을 하나씩 차분하게 처결해 나갔다.

이방원에게도, 조영규에게도 왜 정몽주를 죽였느냐고 따지지 않았다. 그래봤자 소용없는 일이고 이방원과는 지난 번 정치체제에 관해 상반된 견해를 갖고 있음을 확인한 뒤로는 자신도 모르게 멀리하게 되었다.

아직 완전히 회복된 건 아니지만 혼자서 앉고 설 수 있게 된 이성계 시중에게 군왕의 도리와 앞으로 해야 할 일들에 관한 강론도 계속했다.

"공자님께선 전술을 가르치지 않은 백성을 징발해 전쟁을 하는 것은 곧 백성을 버리는 것이라고 하셨습니다. 농한기를 틈타 창정들에게 진법이나 무술훈련을 시켜두어야 그것이 곧 백성을 보호하고 살리는 길임을 강조하신 말씀이라고 할 수 있습니다."

"맞는 얘길세. 장수의 시각으로 봐도 그렇지. 아무리 건장해도 훈련이 안 된 장정들은 전장에 데리고 나가봤자 쓸모도 없고 애꿎은 목숨이나 잃게 되기 십상이니까."

"해서 소신이 훈련교습편이나 강무도(講武圖) 같은 병서를 지어 올릴 것이니 주군께서 살펴보시고 쓸 만하다 여기시면 널리 보급하셔서 그것을 토대로 틈틈이 군사훈련을 하도록 해주셨으면 합니다."

"당연히 그렇게 해야지. 삼봉, 그대는 시문에도 뛰어나지만 병법에도 통달해 있으니 그야말로 문무겸전의 재사라고 할 만하네."

"과찬이시옵니다."

"자넨 먼 길을 마다 않고 변방의 장수에 불과했던 나를 찾아와 웅지를 품게 해준 사람이었네. 우리가 여기까지 오게 된 것은 모두가 자네 공일세. 감사하네."

시중이 느닷없이 달이 밝으니 밖에 나가 달구경이나 하자고 해 밖으로 나갔다.

오늘따라 달이 더 커 보이고 그 빛은 더 밝아 보였다.

"달빛이 참 곱지?"

"그렇습니다. 오늘따라 유난히 더 그리 보이옵니다."

시중은 잠시 말없이 달을 바라보다 시선은 그대로 둔 채 다시 말문을 열었다.

"우리, 그동안 참 먼 길을 걸어온 것 같네."

"멀고도 험했지요."

"삭풍에 몸을 맡긴 채 동북면을 지키고 있던 내가 오늘 같은 날을 맞이하리라 누가 짐작이나 했겠는가. 나는 가끔 그때 자네가 날 찾아주지 않았다면 지금쯤 어디서 뭘 하고 있을까, 그런 생각을 해보곤 하네."

"제가 가지 않았더라도 천명은 주군께 닿아 있었으니 별반 다르지 않았을 것입니다."

"그렇지 않아. 만약 자네가 없었다면 내가 움직이지 않았을 테니까."

"……."

"내가 자네에게 뭘 어떻게 해주면 되겠는가?"

"제가 바라는 건 한 가지뿐입니다. 백성이 먼저인 나라, 지혜로운 재상들이 뜻을 모아 국사를 살피는 나라, 강건하신 군주가 덕으로 다스리는 나라를 이루는 것, 그것뿐입니다."

"그건 내가 이미 그렇게 하겠다고 약속하지 않았는가. 걱정 말게."

시중이 팔을 뻗어 도전의 손을 굳게 잡았다. 도전도 주군에게 잡힌 손에 불끈 힘을 주었다.

정도전은 그후 『팔진삼십육변도보(八陣三十六變圖譜)』니, 『오행진출기도(五行陣出奇圖)』니, 『강무도』니 하는 병서를 지어 바쳤다.

정도전은 이 시중이 장차 왕위에 올랐을 때 국정을 살피는 데 도움이 될 만한 고사들을 자주 들려주었다.

"물이 맑으면 고기가 모이지 않고, 사람이 너무 밝고 맑으면 그를 따르는 사람들이 없다는 말을 들어보셨을 것입니다. 실제로 맑은 물엔 피라미 같은 건 살지만 몸집이 큰 고기들은 없습니다. 숨을 곳이 없어섭니다. 정치 또한 너무 투명하고 엄격하면 득(得)보다 실(失)이 더 많게 됩니다. 너무 밝고 맑으면 따르는 사람이 없어 정치를 할 수가 없기 때문이지요."

때로는 밤이 깊도록 둘의 대화가 이어졌다.

"옛말에 '깊은 산 속에서 길을 잃었을 땐 늙은 말을 따라 가고, 가지고 간 물이 바닥났을 땐 개미굴 근처를 찾아보라'고 했습니다. 늙은 말은 빨리 달리지도 못하고 무거운 짐을 얹으면 비틀거리지만 제 갈 길은 잘 찾고, 개미는 겨울엔 산의 북쪽에, 겨울엔 남쪽에 굴을 파고 사는데 그 개미집이 있는 곳을 여덟 자만 파면 반드시 물이 솟는다고 합니다."

하릴없는 처지가 돼 용상이나 지키던 주상이 이방원과 사예 조용을 불렀다.

두 신하를 번갈아 바라보던 주상의 입에서 뜻밖의 말이 나왔다.

"내가 이 시중과 동맹을 맺어야겠다. 경들은 내 말을 시중에게 전한 뒤 시중의 말을 들어보고 맹서의 글을 작성토록 하라."

이방원은 그저 웃음밖에 나오지 않았다. 속으로 웃느라 힘들 지경이었다. 살아보겠다고 발악을 하는구나!

조용이 과거 열국(列國)들 간엔 동맹을 맺은 일이 있으나 군신 간에 동맹을 맺었다는 얘기는 들어보지 못했다고 난색을 표했다. 그런데도 주상은 막무가내였다.

"과거에 어찌됐던 나는 시중과 동맹을 맺었으면 하니 시중을 찾아 뵙고 그 분의 의견을 들어보라!"

그동안 정몽주를 앞세워 한 짓이 악몽처럼 계속 떠오르는 모양인지 왕은 갈수록 초췌해졌다. 왕은 본시 유약하고 우유부단한 사람이 아니던가. 그저 왕족이라는 칭호를 달고 재산 모으기에만 급급하며 살았던 사람이 어느 날 갑자기 왕위에 올라 정사를 처리하려다 보니 힘에 부쳤을 것이다. 그러다 머리를 잘못 굴려 위난(危難)을 맞았으니 자리와 목숨을 지키기 위해선 무슨 짓이든 해야 할 것이다. 아들 방원과 조용으로부터 그 말을 전해들은 이 시중이 피식 웃고 나서 말했다.

"전하께서 그리 말씀하셨다면 어쩌겠느냐. 이 판국에 내가 그럴 필요 없다, 동맹은 무슨 동맹이냐고 자르랑거릴 수는 없는 일 아니냐?"

시중의 입장에선 그렇기도 할 것 같았다. 조용이 어전으로 가 이성계 시중의 말을 전하자 주상의 얼굴이 활짝 펴지더니 어서 초안을 작성해 오라고 독촉했다.

처음엔 뭐라고 써야 할지 난감했으나 지금 왕의 처지에서 이 시중에게 다짐을 받아두고 싶어 하는 게 뭘까 생각해보고 그대로 써내려 바쳤다.

경이 없었으면 과인이 어찌 이 자리에 앉을 수 있었겠는가. 그래서 나는 경의 공과 덕을 감히 잊을 수 없을 것이다. 하늘의 신과 땅의 신이 위에 있고 곁에 있으니, 대대로 자손들은 서로 해치치 말지어다. 내가 경에게 바라는 바는 이 맹세와 같다.

주상은 아주 잘 됐다며 만족해했다.

정도전을 비롯해 우시중 배극렴, 판삼사사 조준, 동지밀직사사 남은 등은 연일 머리를 맞댔다. 7월 열이튿 날, 중참을 들고 나서 네 사람이 다시 모였다.

"이젠 더 이상 미룰 수가 없을 것 같소."

환갑을 훨씬 넘겨 칠순을 바라보는 배극렴이었다. 그즈음 도전은 非衣는 다름 아닌 바로 裵, 배극렴이 틀림없을 것이라고 짐작했다.

그 말을 받아 조준이 말했다.

"우시중 어른! 하늘의 때를 얻었다고 해도 지리(地利)가 없으면 성취할 수 없고, 지리를 얻어도 인화(人和)가 없으면 성공하지 못한다고 하였습니다. 때를 얻고 지리를 얻는 것보다는 인화를 얻는 게 더 중요하다는 말인데 과연 민심은 우리 편에 있는 것입니까?"

"내가 보기엔 그렇게 봐도 무방할 것 같은데……."

배극렴이 어물거리자 정도전이 그 말을 받았다.

"조공께서 매우 적절한 말씀을 해주셨습니다. 하늘의 도리에 순종하는 사람은 흥하고 거역하는 자는 망한다는 건 예부터 내려온 성인들의 말씀인데 하늘은 백성을 통해 보고 듣고 알아서 그 도리를 정하는 것이니, 지금 무엇보다 중요한 것은 민심이 어디에 있는지를 알아내는 것입니다. 민심을 얻지 않고는 아무것도 얻을 수 없습니다."

하나라 걸왕, 은나라 주왕이 패망한 까닭은 백성을 잃은 때문이었다는 건 널리 알려진 얘기였다.

"전제개혁 이후 민심은 우리에게 쏠려 있었으나 정몽주를 죽인 일로 다소 뜨악해 하는 백성들도 적지 않은 것으로 보여 조금 걱정이 됩니다."

정도전의 말이 끝나기가 무섭게 배극렴이 받았다.

"이 늙은이가 두 선비에게 딱 잘라 말씀드리리다. 지금은 공자왈 맹자왈 하고 있을 때가 아니오. 민심이 천심이라는 건 무부인 나도 아는 일이지만 정몽주 일로 일부 민심이 돌아섰다 해도 대세는 우리 시중에게 있소. 시작도 해보지 않고 콩팔칠팔하다가 때를 놓치면 어쩌려고 그러오?"

다른 사람들이 잠자코 있자 그가 다시 말을 이었다.

"모든 일의 성패는 완급과 진퇴 등 때를 잘 가려내는데 달려 있는 것이오. 오늘 왕이 시중을 찾아 맹약을 맺겠다는데 그런 것쯤이야 버리면 그뿐이지만 백성들은 두 사람이 맹약을 하기 전에 왕을 폐했느냐, 그 후에 폐했느냐에 따라 서로 다른 인식을 갖게 될 것이오."

우시중의 그 말을 듣고 난 정도전과 조준이 동시에 놀란 눈으로 서로를 바라보았다. 미처 생각해보지 못한 대목이었다. 그래서 '의논은 나이 든 이, 전쟁은 젊은이' 라는 말이 나왔나 보다.

마침내 때가 왔다, 때를 놓치면 안 된다, 서둘러야 한다고 두 사람은 생각했다. 하지만 이럴 때일수록 신중해야 한다는 마음이 두 사람을 주춤거리게 만들었다. 먼저 할 일을 뒤로 미루는 것도 어리석은 일이지만, 중요한 일을 가볍게 해서도 안 된다고.

그러다 '금상을 맹약 전에 폐하느냐, 후에 하느냐에 따라 백성들의 인식에 차이가 있을 것' 이라는 우시중의 말을 듣고 정신이 번쩍 든 것이다.

그때 남은이 좀 엉뚱한 말을 했다.

"시중 어른의 심중은 어떠신지, 알아볼 필요가 있지 않을까요?"

"아니요, 이런 일은 그분과 상의해선 안 됩니다. 당연히 그러지 말라고 하실 게 빤하니 절대로 그리해선 안 됩니다."

정도전이 쐐기를 박자 남은은 고개를 끄덕이는 것으로 그의 말에 동의했다.

"좋습니다. 그럼 결행하시지요."

조준의 말을 받아 정도전이 동을 달았다.

"제가 생각하는 수순은 이렇습니다. 먼저 대왕대비를 찾아뵙고 금상을 폐해줄 것을 청하고 허락을 받아야 합니다. 대왕대비께서 안 된다고 하시지는 않으실 것이니 교서를 미리 준비했다가 주상이 시중어른의 사저로 떠나기 전에 주상에게 그 교서를 전달해 주상이 거둥하지 못하게 해야 합니다."

"그래야겠지. 대왕대비 전엔 내가 가겠소. 어서 교서나 지어 주오."

배극렴이 재촉하듯 말했다. 그 말을 듣고 정도전과 조준이 소곤거리듯 말을 주고받고 나서 정도전이 붓을 잡았다.

그날 주상은 이성계 시중의 집으로 거둥, 술자리를 베풀고 동맹의 의식을 가질 것이니 준비하라고 좌우에 명해 의장(儀仗) 및 경호군들은 이미 이 시중의 사저로 향하고 있었다.

왕은 한 시진 뒤쯤 출발할 예정이었다.

바로 그 시각에 우시중 배극렴과 동지밀직사사 남은, 문하평리 정희계 등이 대왕대비를 찾았다.

"대왕대비마마! 신들이 대왕대비마마께 급히 아뢸 말씀이 있어 찾아뵈었나이다."

대왕대비(공민왕의 제4비 정비)는 그들에게서 심상치 않은 기운을 느꼈다.

주상은 맹약인지 뭔지를 맺겠다며 곧 이성계 시중의 집에 간다고 하던데 이들은 무슨 일로 나를 찾아왔을까. 또 사람들을 죽이고 매질하고 귀양 보내자는 말을 하려고 찾아온 것일까?

아니지. 그런 얘기라면 주상에게 해야지 나에게 할 말은 아닌데……. 그렇다면 주상에 관한 일이다…….

대왕대비는 저들이 무슨 말을 하든 놀라지 말고 의연하게 대처하자, 그렇게 마음을 다지고 나서 물었다.

"무슨 일이오?"

"여쭙기조차 민망하고 황감한 일이오나 금상은 정몽주 등을 앞세워 자신을 왕으로 옹립한 이성계 시중 등을 모해하려는 음모를 획책하다 실패하는 등 용렬한 짓을 거듭해 왔습니다. 그뿐 아니라 사리에도 어둡고 임금의 도리를 다 하지 못한 탓에 민심도 이미 멀어져 사직과 백성의 주재자(主宰者)가 될 수 없사오니 그를 폐위시켜 주시옵소서."

대왕대비는 화들짝 놀랐다. 그동안 주상이 이성계 측근들을 모두 귀양 보내는 등 심하게 압박해온 터라 이성계 측이 당하고만 있지는 않을 것이라는 예상은 했다. 그래도 대왕대비가 예상한 모양새는 주상을 허수아비로 만들어놓고 자기들 멋대로 국정을 좌지우지하는 정도였다. 헌데 이들은 주상을 아예 폐하자고 한다.

자신이 생각하기에도 주상은 한 나라를 이끌어 갈 만한 능력을 갖춘 사람은 아니다. 그렇다고 신하들이 왕을 폐위하자고 나서다니.

어쩌다 나라꼴이 이렇게 됐나 싶었지만 가만 생각해보니 그게 이번이 처음도 아니었다. 무신정권 때도, 원나라 부마국 시절에도 그랬다. 가까이는 공민왕은 신하들에게 피살됐고 우왕과 창왕은 신하들에 의해 폐위된 뒤 처형됐다. 이미 전권을 쥐다시피 하고 있는 이성계 측이 나서 왕을 폐위해 달라는데 그럴 수는 없다고 해봤자 받아주지도 않겠지만 굳이 그래야 할 이유도 없었다. 그렇다면 후사는 어찌하자는 것일까?

"후사는 누구로 하자는 것이오?"

"모든 국사는 당분간 대왕대비마마께서 처결해주시고, 후사는 차후 의논하면 될 것입니다."

대왕대비는 잠깐 동안 이를 어찌해야 하나 망설였으나 이내 어차피 할 수밖에 없는 일임을 깨닫고 천천히 입을 열었다.

"좋소. 그렇게 합시다."

찾아온 신료들이 일제히 엎드리며 입을 모았다.

"대왕대비 마마의 은혜가 망극하옵니다."

"교서는 지어왔는가?"

"예, 마마!"

정희계가 건네준 교서를 우시중이 받아 대왕대비에게 올렸다.

교서를 훑어보고 난 대왕대비가 교서를 탁자 위에 놓고 환관에게 눈짓을 하자 환관이 대왕대비 인(印)을 찍었다. 대왕대비는 그 교서를 우시중에게 건네며 명했다.

"이대로 시행토록 하라."

그들이 물러난 뒤 대왕대비는 한숨을 내쉬었다.

결국 고려는 이대로 주저앉고 말리라, 그렇게 판단했다. 왕씨 중에서 제왕감이라고 할 만한 사람이 있다면 모를까 왕씨로 후사를 잇게 할 가능성은 별로 없어 보였다.

그렇다면? 이성계 말고 누가 있겠는가. 이성계가 왕위에 오른다면 왕씨의 나라 고려는 문을 닫게 되는 것이다. 신하된 자가 왕을 폐하고 그 자리를 차지하다니, 그건 심히 부당한 일이지만 막을 방도가 없었다.

남은은 정희계 등과 함께 교지를 가지고 주상이 머물고 있는 북천동(北泉洞)의 시좌궁[26]에 이르렀다.

"뭐라고 여쭐까요?"

"대왕대비마마의 교지를 가지고 왔다고 전하시게."

환관의 물음에 남은이 대답했다. 환관이 안에다 고했다.

"전하! 동지밀직사사가 대왕대비 마마의 교지를 가지고 왔나이다." 이성계의 집으로 거둥하기 위해 막 일어서려던 왕은 혹 잘못 들었나 싶어 되물었다.

"지금 뭐라고 했느냐?"

"동지밀직사사가 대왕대비 마마의 교지를 가지고 왔사옵나이다."

그 말을 듣고 왕은 그 자리에 털썩 주저앉았다.

대왕대비의 교지라고? 올 것이 오고 말았다는 얘기 아닌가?

온몸이 부들부들 떨렸다. 명색이 왕이라는 사람이 몸을 떠는 것 말고는 스스로 할 수 있는 게 아무 것도 없다는 사실에 그는 절망했다.

어찌할 것인가. 그러나 답은 이미 정해져 있고, 그는 그 답이 무엇인지 알고 있었다. 아무 것도 거스를 수 없다는 것.

안에서 아무 소리가 없자 환관이 다시 아뢰었다. 아까와 똑같은 말을, 똑같은 말투로 반복한 그의 말은 무미건조하기 짝이 없었다.

"들라 하라!"

왕이 맥 빠진 소리로 받았다.

남은과 정희계, 우부대언 한상경이 안으로 들어갔다.

용포 차림의 왕은 그 사이 간신히 침정을 되찾고 용상에 좌정해 있

26) 時坐宮: 임금이 임시로 머물던 처소. 시어소(時御所)와 같은 말.

었다.

"전하! 대왕대비 마마께서 전하께 교서를 내리셨나이다."

그 말에 잠시 멈칫하던 주상이 천천히 용상에서 내려와 대왕대비 전을 향해 무릎을 꿇었다.

남은이 눈짓을 하자 한상경이 교서를 펼쳐 읽기 시작했다.

"태조께옵서 고려를 세우신 이래 직계자손이 왕위를 이은 지 5백 년을 이어왔으나 공민왕 전하께서 역도들에게 시해 당하신 뒤 후사가 끊어지자 이인임 같은 역신들에 의해 다른 성 붙이들이 잇따라 왕위를 더럽혀 온 게 어언 15년이나 되었다. 다행히 이성계 등 충신들이 뜻을 모아 잘못을 바로 잡고 왕씨 종친 중에서 어진 사람을 세우기로 의논을 모아 그대 왕요를 추천하기에 승낙해 그대가 왕위에 올랐으나 시정(時政)이 바르지 못해 혼란이 거듭되고 그대의 실덕(失德)까지 드러났다. 이래가지고서야 어떻게 나라를 통치하고 백성을 다스리며 종묘사직의 신령을 받들 수 있겠는가. 고심 끝에 왕요를 왕에서 폐하고 적당한 곳에서 살도록 하였으니 그리 알라."

부복한 채 교서를 듣고 난 왕의 눈에서 눈물이 흘러내렸다. 그러더니 엎드린 그 자세로 고개만 쳐들어 마치 바로 앞에 대왕대비가 있는 것처럼 중얼거렸다.

"아시는 바와 같이 저는 임금이 되고 싶은 마음이 추호도 없었습니다. 그런데도 여러 신하들이 저를 거의 강제로 왕으로 내세웠습니다. 하지만 제 성품이 본디 어리석고 둔해 국정의 기틀이 무엇인지조차 잘 알지 못하니 어찌 제 구실을 다할 수 있었겠습니까. 대왕대비 마마의 성지를 받들겠나이다."

그리고 나선 천천히 일어나 용포를 벗기 시작했다.

훌쩍이는 궁녀들의 부축을 받아가며 사대부 옷으로 갈아입으면서 왕은 눈을 감았다. 지난 3년을 떠올려 보니 만감이 교차했다. 이성계의 손을 놓고 정몽주의 손을 잡은 것은 일생일대의 실수였다. 조금만 더 왕의 위세를 부려보고 싶었던 욕심이 이 지경에 이르게 할 줄이야 어찌 알았으랴.

애초에 왕이 되고 싶은 생각은 없었으니 용상에서 쫓겨나는 건 그렇다고 치자. 그러나 목숨이라도 온전하게 부지할 수 있을까? 지금은 그것이 문제였다.

그는 곧바로 원주(原州)로 떠났다. 그가 출궁한 뒤 백관은 국새를 받들어 대왕대비에게 올리고, 당분간 모든 정무를 보살펴 주기를 청해 재결을 받았다.

다음 날인 열사흘 날, 대왕대비가 이성계를 감록국사(監錄國事)로 삼는다는 교지를 내렸다. 감록국사는 인사권을 포함 국정을 총괄하는 임시직이지만 최고의 관직인 문하시중의 윗자리다. 그렇다면 임금과 같은 반열이라고 해도 무방할 것이다.

# 여름에 봄꽃이 피다

"내 좁은 소견으로 왕이 가장 신경 써야 할 일은 올곧은 사람을 가려 쓰는 것이라고 생각하오. 문제는 어떤 기준으로 사람을 가려낼 것인가 하는 것인데 그에 관한 그대들의 탁견(卓見)을 듣고 싶소."

정도전이 받았다.

"하문하신 것에 대해 탁견은 못 되지만 평소 신이 생각해 온 졸견을 아뢰옵기 전에 한 말씀 올리겠습니다. 전하께선 '내 좁은 소견'으로는 왕이 가장 신경 써야 할 일은 올곧은 사람을 가려 쓰는 것이라고 생각하신다는 옥음을 내리셨는데 그런 생각은 좁은 소견에선 나올 수 없는 것입니다. 전하께선 좁은 소견에선 나올 수 없는 큰 생각을 가지고 계시옵니다."

"그게 무슨 말인가?"

"올곧은 사람을 가려 쓰는 일이야말로 군왕이 해야 하고 할 수 있는 일 중에서 가장 중요한 것이고 그것이 전부라고 해도 지나치지 않다고 감히 말씀드릴 수 있습니다."

우시중 배극렴의 주재로 도당이 열렸다.

도당은 정사를 의논하는 재추(宰樞)의 합의기관인 동시에, 백관을 거느리고 정사를 관장하는 최고의 정무기구였다.

중서문하성 2품 이상의 재신(宰臣)들과 중추원과 추밀원의 2품 이상의 추신(樞臣), 삼사의 정원[27], 각 기관의 상의[28]까지 참석자가 80명 가까웠다.

배극렴이 먼저 입을 열었다.

"나는 무부라 잘은 모르지만 군자는 과분한 명성이나 평판을 얻는 것을 오히려 부끄러워해야 하고, 실력이 없으면서 허명(虛名)을 얻는 것을 삼가야 한다는데 정몽주는 이성계 시중과 함께 15년간 왕위를 더

---

27) 正員: 중앙과 지방 전곡(錢穀)의 출납(出納)과 회계 업무를 총괄하던 삼사의 판사와 좌사, 우사를 일컬음.

28) 商議: 재추(宰樞)의 관직 뒤에 붙여 그 관직과 동등한 지위를 가지고 도당에 합좌해 국정을 의논하던 직책.

럽혀 온 신씨들을 몰아낸 뒤 승승장구하더니 급기야 천하를 제 손에 움켜쥔 양 거들먹거리며 충신들을 모두 귀양 보내는 등 불충을 저질러 왔소."

배극렴은 찻잔을 들어 입을 축인 뒤 다시 말을 이었다.

"그러다가 정몽주가 주살된 것은 여러분도 익히 아실 것이오. 그 후 정몽주와 한통속이 돼 나라를 어지럽힌 공양군을 축출해 왕위가 비어 있는 상태올시다. 왕위는 한시도 비워둘 수 없는 터라 하루 빨리 용상의 주인을 가려 옹립해야 할 것이니, 좋은 의견이 있으시거든 말씀들 해보시오."

아무도 입을 여는 사람이 없었다. 입을 잘못 놀렸다가는 죽게 된다는 걸 알기 때문이었다.

혼자 죽는 것으로 그친다면 담대 무쌍하게 큰 소리 한번 쳐볼 패기를 가진 자가 어찌 없을까만 멸문지화를 당하게 되는지라 차마 그럴 수는 없었을 것이다.

"왜들 말이 없으시오. 그냥 이대로 대왕대비에게 용상을 내주자는 것이오?"

그 말을 받아 조준이 입을 열었다.

"이미 이성계 감록국사가 계신데 또 누구를 천거할 수 있겠습니까. 대왕대비께서 이성계 시중을 감록국사로 삼으셨다는 건 후사로 염두에 두고 계신다는 뜻이 아니겠습니까?"

조준의 말을 정총이 받았다.

"그렇습니다. 왕씨 중에서 내세울 만한 인물이 있는 것도 아니잖습니까. 그렇다고 왕씨라고 해서 아무나 왕으로 세웠다가는 폐주 신우 같은 망나니를 또 만날 수도 있습니다. 다시는 그런 일이 있어서는 안 될 것입니다.”

"고려의 국록을 먹어온 제가 입에 담기는 주저됩니다만 고려의 국운은 공민왕 이후 다했다고 봅니다. 국운이 다한 나라를 다시 일으켜 세우겠다고 발버둥쳐봤자 소용없는 일입니다. 우리는 모름지기 백성부터 생각해야 합니다. 아마도 백성들은 고려가 지긋지긋하게 여겨졌을 것입니다.”

정희계였다. 조인옥도 나섰다.

"대세는 이미 정해졌는데 왈가왈부해서 뭘 하겠습니까? 어서 감록국사로 하여금 후사를 잇게 하자는 데 뜻을 모읍시다.”

다시 배극렴이 말을 보탰다.

"나도 이성계 감록국사 이상의 인물은 없다고 생각합니다. 혹 이견이 있으시면 주저하지 마시고 말씀들 하십시오.”

여기서 저기서 좋습니다, 그렇게 합시다, 같은 말만 들려올 뿐 다른의견을 제시하는 사람은 없었다.

"좋습니다. 그럼 우리 도당에선 모두가 뜻을 모아 이성계 감록국사를 새 주상으로 모시기로 했다고 대왕대비에게 아뢴 뒤 교서를 받아즉위절차를 밟도록 하겠습니다.”

도당은 그렇게 끝났다.

대왕대비를 찾아가 도당의 뜻을 전했다.

그녀는 이미 알고 있었다는 듯 '알았소' 하고 짧게 대답한 뒤 교서에 인장을 눌러주었다.

다음 날인 열엿새 날, 배극렴과 정도전, 조준을 비롯해 대소신료들과 기로[29] 등은 교서와 국새를 받들고 줄을 지어 이성계 감록국사의 집으로 향했다. 어느새 소식을 듣고 수많은 백성들이 골목길을 메우고 있었다.

일행 중 대사헌 민개만이 기뻐하기는커녕 시무룩해 하고 있었다. 민개를 빤히 바라보던 남은이 버럭 화를 내며 칼을 빼들자 여러 사람이 말렸다.

배극렴 등 백관이 감록국사의 방안으로 들어갔다.

"대왕대비 마마의 교서와 국새를 받으소서."

배극렴이 부복한 채 아뢰자 이성계 감록국사가 받았다.

"나는 감록국사라는 직임조차 너무 무거워 감당키 어려운 사람이오. 한 나라를 맡을 그릇이 못 됩니다."

"전하! 사양치 마시고 받으소서."

"전하라니……. 그런 말, 입에 담지 마시오."

"대왕대비 마마의 분부에 따라 군왕이 되신 분을 전하라고 하지 않고 무엇이라 하오리까. 더는 사양치 마소서."

백관이 거듭 재촉했음에도 고개만 젓던 감록국사는 해질 무렵 조카의 곁부축을 받고 방문 밖으로 나와 마루에 섰다.

백관이 늘어서서 북을 치면서 천세를 부르자 이성계는 말없이 난감한 표정을 지었다.

배극렴이 추대의 글을 읽었다. 정도전과 조준이 작성해준 것이었다.

"15년 동안 끊겨 있던 왕씨 왕조를 정창군으로 하여금 잇게 해주었

29) 耆老: 연로하고 덕이 높은 사람. 기(耆)는 예순 살을, 로(老)는 일흔 살을 이른다.

으나 제 할일을 다하지 못하고 백성의 마음도 떠나가자 사직과 백성의 주재자가 될 수 없음을 알고 스스로 물러났습니다. 군국의 일은 매우 번거롭기도 하고 지극히 중대하니 하루라도 통솔이 없어서는 안 되는 것이니 공께서는 서둘러 왕위에 올라 천명과 백성들의 기대에 부응하소서.”

감록국사가 한참을 망설인 뒤 대답했다.

“예로부터 군왕은 천명을 타고나야 한다고 하였소. 나는 별로 덕도 없는 사람인데 어찌 감히 군왕의 자리를 감당할 수 있겠소? 아무래도 난 아니오. 그러니 모두들 돌아가시오.”

그리고는 다시 안으로 들어가 버렸다. 대소 신료들은 조를 나눠 일부는 감록국사 댁에 남고 일부는 집에 돌아갔다가 새벽에 교대해 하회(下回)를 기다리기로 했다.

집에 가지 않고 버티는 사람들을 위해 강씨 부인은 서둘러 저녁을 차려냈다.

일부 대신들이 방 안으로 들어가 간절한 말로 왕위에 오르기를 권했으나 감록국사는 여전히 묵묵부답이었다.

이성계는 벽에 등을 기댄 채 눈을 감았다. 젊은 시절에 꾸었던 꿈과 이상한 일들이 바로 엊그제 일처럼 또렷하게 떠올랐다.

그는 어려서부터 활을 잘 쏘았다. 어느 날 담장 위에 앉아 있는 까치 다섯 마리를 화살 한발에 꿰어 맞춘 것을 본 어머니가 칭찬을 해주기는커녕 크게 놀라시며 엄하게 주의를 주셨다. 지금 있었던 일은 아무에게도 발설하지 말고 다른 사람 앞에서 활 솜씨 자랑 같은 건 절대로 하지 말라시며.

병신년에 북방 순시 길에 아버지를 찾아왔던 동북면 도순무사 이달충이라는 분이 했던 말도 기이했다.

그분에게 인사하고 술잔을 올리라는 아버지의 명대로 했더니 갑자기 그가 무릎을 꿇고 술잔을 받았다. 당황하신 아버지가 왜 그러시느냐고 묻자 이 아드님으로 인해 집안이 크게 번창할 것 어쩌고 하는 말을 남겼다.

이상한 일은 더 있었다. 그가 스물일곱이던 신축년(1361년) 4월 아버님이 작고하셔서 산안(山眼)이 밝다는 스님과 함께 좋은 묏자리를 구하러 다녔다. 그때 그 스님은 아버님을 모신 그 자리를 짚어주며 이곳에 부친을 장사지내고 나면 그때부터 당신 집안이 일어나기 시작해 오백년 동안 그 영화를 이어갈 수 있을 것이라고 했다.

그런 말, 일화 하나하나가 새삼 뚜렷한 의미로 되살아났다.

이인임, 지윤 등과 함께 재상의 지위에 올랐으나 그들과는 달리 청렴했던 경복흥도 이상한 말을 한 적이 있었다. 동북면 도원수 시절 개경에 왔던 길에 그의 집으로 인사를 갔더니 극진히 영접하고는 부인을 불러 인사를 시키고 나서 '내 어리석은 자손들을 잘 보살펴주시오. 내가 이렇게 간곡하게 부탁하니 부디 잊지 마시오' 했다. 또 왜구 등을 정벌하기 위해 출진할 땐 '동한(東韓)의 사직이 장차 그대 손안에 들어갈 것이니 전쟁의 괴로움을 꺼려하지 말고 공을 세우라'고 말하곤 했다.

그 모든 것들이 계시였다는 말인가. 괴이한 꿈들 그리고 이상한 일들이 내 운명을 암시해준 것들이었다?

삼봉이 전에 그랬다. 사람의 한평생을 지배하는 건 지혜가 아니라 운명이라고. 그 누구도 자신의 운명을 바꿀 수는 없다고.


다음 날 아침에 일어나자마자 다시 여러 사람이 문 앞에 서서 '어서 천명을 받으시라'고 했다. 감록국사는 그들을 모두 방안으로 들어오라 했다. 일부는 방에 와 앉고 일부는 대청마루에 앉았다.

"밤새 고심하였소. 이 모든 게 타고난 내 운명이라면 받아들이자고."

정도전이 벌떡 일어나 '천세!' 하고 외쳤다.

모두가 따라 일어나 '천세! 천천세!'를 합창했다.

이성계가 정도전을 힐끗 보고 나서 모두에게 말했다.

"여러분, 그거 아시오? 나에게 천명을 받으라고 맨 처음 꼬드긴 사람이 삼봉이었소. 내가 동북면에 있을 때 함주 군영으로 찾아와 그랬습니다."

모두들 새 임금과 정도전을 번갈아 바라보며 홍소를 터뜨렸다.

그날 오시가 되기 직전, 새 왕이 궁궐 안으로 들어섰다.

백관들이 궁문 서쪽에서 줄을 지어 영접하자 새 왕은 걸어서 왕좌가 있는 단상으로 올라갔다. 하지만 용상에는 앉지 않고 그 옆에 선 채 여러 신하들의 조하(朝賀)를 받았다.

"나는 덕이 적은 사람이라 중차대한 군왕의 소임을 맡기가 두려워 여러 번 사양하였소. 그러나 여러 사람이 말하기를, 백성의 마음이 같으니 하늘의 뜻도 알 수 있다고 했소. 여러 사람의 요청도 거절할 수가 없고, 하늘의 뜻도 거스를 수는 없는 것이라고 고집하기에 권유에 굽혀 마지못해 왕위에 오르는 것이오."

그렇게 이성계는 고려의 새 왕으로 등극했다. 임신년(1392년) 7월 열이레 날의 일이다.

하례가 끝나자 새 임금이 말했다.

"나는 군왕이 될 자질도 갖추지 못했지만 지금은 더구나 병까지 걸려 손발도 제대로 쓸 수 없는 지경이니, 경들은 마땅히 각자 마음과 힘을 합하여 부덕한 이 사람을 잘 보좌해주기 바라오."

그러면서 새로운 제도를 마련할 때까지 중앙과 지방의 대소 신료들은 종전대로 나랏일을 처결해주도록 당부했다.

천세 소리가 궁 안을 흔드는 가운데 새 임금은 다시 사저로 돌아갔다.

다음 날 조반을 명나라로 보냈다. 먼저 예부에라도 새 왕이 즉위했음을 알리기 위해서였다.

조반이 가지고 간 전문엔, 신우와 신창 그리고 공양왕에 이르기까지 이전 3대 왕의 허물을 열거하고 대왕대비의 명령으로 전왕을 물러가게 하였다고 했다.

이어 '나라엔 하루라도 통솔이 없어서는 안 되는 일이라 종친 중에서 가려 뽑아보려 했으나 백성들의 바람에 부응할 만한 인물이 없고, 오직 문하시중 이성계만이 그 소임을 다할 수 있을 것 같아 온 나라의 대소신료와 군민들이 모두 왕으로 추대하였다'고 적었다.

이로써 고려는 34대 475년 만에 역사의 뒤안길로 사라져 갔다.

하지만 군사력을 앞세운 반정은 결단코 아니었다. 그동안 고려는 무신정권에 짓밟히고 원나라에 유린당한 데 이어 신우, 신창이 망쳐

놓아 스스로 그 운명을 다했다. 이번에 왕을 바꾼 것도 무신정권이나 원나라가 했던 것과는 전혀 달랐다. 그들은 자기들 마음 내키는 대로 폐하고 세웠지만 이번에 즉위한 임금은 백성들의 지지라는 굳건한 기반 위에 옹립되었다. 이제 왕씨 왕조는 사라지고 이씨 왕조가 들어섰지만 지극히 평화롭게 왕조가 교체됐다는 사실을 부인할 사람은 아무도 없었다.

이날 밤 새 왕의 사저엔 많은 사람들이 몰려들었다. 당연히 새 왕의 친족과 왕비 강씨의 친인척 등이 많았다. 헌데 문과에 급제한 뒤 벼슬길에 올라 삼사우사까지 지냈던 강비의 큰오빠 강득룡의 모습만 보이지 않았다.

속으로만 궁금해 하고 있던 차에 정총이 귀엣말로 속삭였다.

"왕후의 큰 오라버니 강득룡은 고려의 멸망을 애도하면서 여생을 보내겠다며 모든 관직을 버리고 한양의 한 암자를 향해 길을 떠났다 합니다."

정도전은 문득 언젠가 강비가 꾸었던 바닷가에 지은 집의 불과 파도를 떠올리고는 그건 예사로운 꿈이 아니라 예지몽(豫知夢) 같은 것이었음을 깨달았다.

배극렴을 비롯 정도전, 조준, 남은, 정총, 정희계 등 십여 명은 새 왕과 함께 저녁을 들었다.

반주를 곁들여 저녁을 먹고 나서 차를 마시면서 새 왕이 말했다.

"내 좁은 소견으로 왕이 가장 신경 써야 할 일은 올곧은 사람을 가려 쓰는 것이라고 생각하오. 문제는 어떤 기준으로 사람을 가려낼 것인가 하는 것인데 그에 관한 그대들의 탁견(卓見)을 듣고 싶소."

정도전이 받았다.

"하문하신 것에 대해 탁견은 못 되지만 평소 신이 생각해온 졸견을 아뢰옵기 전에 한 말씀 올리겠습니다. 전하께선 '내 좁은 소견'으로는 왕이 가장 신경 써야 할 일은 올곧은 사람을 가려 쓰는 것이라고 생각하신다는 옥음을 내리셨는데 그런 생각은 좁은 소견에선 나올 수 없는 것입니다. 전하께선 좁은 소견에선 나올 수 없는 큰 생각을 가지고 계시옵니다."

"그게 무슨 말인가?"

"올곧은 사람을 가려 쓰는 일이야말로 군왕이 해야 하고 할 수 있는 일 중에서 가장 중요한 것이고 그것이 전부라고 해도 지나치지 않다고 감히 말씀드릴 수 있습니다."

"그럼, 말씀해보시게."

"먼저 그가 불우했을 때 어떤 사람과 친하게 지냈는가를 살펴보시고 그 다음으론 부유했을 때 누구에게 얼마나 나누어주었는가, 높은 지위에 있을 때 어떤 사람을 등용했는가, 궁지에 몰렸을 때 거기서 벗어나기 위해 올바르지 못한 짓을 하진 않았는가, 가난했을 때 재물을 탐하지는 않았는가를 살펴보십시오."

"좋은 말이긴 한데 그 대상이 부유한 적도 없었고 높은 지위에 올라본 적이 없는 사람이라면 어찌해야 하는가?"

"자신이 맡은 일은 잘하지만 독단적이거나 전횡하며 전하께 아첨하는 사람, 파당을 짓고 남을 모함하는 사람, 사생활이 깨끗하지 못하는 사람은 버리시고, 무슨 일을 맡기든 사적인 이득은 염두에 두지 않고 멸사봉공하는 마음으로 소임을 다 하는 사람은 삼고초려를 해서라도 취하셔야 하옵니다."

조준은 간관과 감찰관의 기능을 확대하고 언로를 활짝 열어주어야 한다고 했다.

남은은 지방관들의 자질을 높이는데 주력하고 지방관들에 대한 감사기능을 강화하는 것이 시급하다고 아뢰었다.

정총은 주권은 지키되 큰 나라와는 가급적 부딪치지 말고 사이좋게 지내는 데 주력하는 게 좋겠다고 했고, 정희계는 단계적으로 군사력을 확충하는 데 힘써 만약의 사태에 대비해야 한다고 진언했다.

마지막으로 정도전이 다시 나섰다.

"전하! 지금은 용체가 불편하시지만 회복이 되신 후엔 누구보다 부지런히 정사를 살피셔야 나라가 반석에 서고 백성이 편안해진다는 것을 유념해주소서. 아침에는 정사를 처리하시고, 낮에는 어진 이를 찾아보시거나 불러 만나보시고, 저녁에는 내일 아침에 처리할 정사와 명령을 생각하시고, 밤에는 용체를 편히 쉬도록 하시옵소서."

"그러니까 지금 삼봉이 하는 얘기는 나더러 죽도록 일만 하라는 얘기 아닌가?"

"황공하옵니다. 전하! 하지만 그것은 천명을 받은 전하께서 감수하셔야 할 일이옵니다."

"알았네, 알았어."

새 임금이 이날 처음으로 너털웃음을 지어보였다.

늦더위의 기세는 유난히 가물고 무더웠던 여름자락에 아직 달라붙어 있었다.

눈을 들어 하늘을 보자 오른쪽만 약간 어두울 뿐 보름달이나 마찬가지인 큼지막한 달이 걸려 있었다. 그렇다면 밤에 보는 궁궐도 달빛에 훤히 드러나 보여야 할 터인데 그렇지가 않았다. 사방에서 시커먼 구름들이 서서히 몰려들고 있었다.

비가 오려나. 비가 내리면 좋지. 비야, 제발 좀 내려라!

그의 눈길이 다시 궐내 여러 전각들을 더듬었다.

정녕 꿈은 아니겠지. 아까부터 몇 번이나 같은 속말을 뇌까렸는지 모른다.

아까 낮에 보았던 즉위식 모습이 눈앞에 어른거렸다. 천지를 진동하는 것 같던 천세, 천천세하던 외침소리도 귓전에서 맴돌았다.

아버님은 만백성의 어버이이신 임금님이시고, 나는 이제 왕자다.

뿌듯했지만 감격할 일은 아니라고 생각했다. 거저 얻어낸 게 아니라 우리가 이룬 것이니까.

우리라……. 누가 우리일까? 아버님을 추대한 52인?

잘 모르겠다. 하지만 정도전, 조준, 배극렴, 남은 등등은 우리라고 할 수 있을 것이다.

물론 결정적인 변수가 될 수도 있었던 정몽주를 제거한 나 역시 포함될 것이고.

그런데 이상하게도 정도전은 본능적으로 거슬렸다. 백성들이 왕을 바꿀 수도 있어야 한다던. 그의 말대로 왕이 바뀌었다. 그것은 그의 가장 큰 전력이 되었다. 그러나 자신 역시 정몽주를 통해 정적은 어떻게 처리할 수 있는지 깨달았다. 모든 것을 걸어야 할 때는 반드시 온다. 그건 아마도 훨씬 나중의 일이 될 것이다.

지금은 그보다 앞서는 고민이 있었다. 세자는 누가 될까? 큰 형이 돼야 맞는 거겠지만 병약하다. 둘째 형은? 글쎄…….

그렇다고 설마 어린아이들을 염두에 둘 사람도 있을까. 그래서는 안 되는 일이다.

이방원은 고개를 흔들었다. 그런 일은 결코 일어나서는 안 된다고 마음을 다잡으며.

하늘이 점점 더 어두워지고 있었다. 밀려든 먹구름에 가려지며.




다음 날 비가 쏟아졌다. 작달비였다. 지긋지긋했던 오랜 가뭄을 단번에 날려버리고도 남을 만한.

물난리를 겪은 곳도 있겠지만 그 비가 가뭄으로 갈라졌던 땅을 흠뻑 적셔줄 것이고, 백성들은 무척 기뻐할 것이다.

정도전은 마당으로 나가 그 비를 맞으며 지난 세월을 돌아보았다. 비루한 자들은 이따금 천출이었다는 외할머니를 들먹이며 그의 가슴을 우비려들었다. 더러 따끔거리고 쓰라리기도 했고, 열등감이 고개를 든 적도 있었다.

하지만 그는 어린 시절부터 의연하게 그들을 타매하며 그것들이 상처로 깊어지지 않도록 스스로 마음을 다잡았다. 그런 일을 겪을 때마다 그는 더욱 치열해졌다. 어쩌면 그 생채기들은 도전으로 하여금 늘 치열하게 살 수 있게 해준 힘의 원천이었는지도 모른다.

과거에 급제하고 벼슬길에 올라보니 세상이 너무나 어지러웠다. 한

참 일할 나이에 귀양도 가고 여러 해 정처 없이 떠돌기도 했다. 그 사이 세상은 더욱 엉망이 돼 가고 있었다.

이럴 때 내가 할 수 있는 일는 무엇일까?

고심을 거듭한 끝에 뜻을 세우고 계해년 겨울 철령을 넘어 함주로 향했다. 지금은 임금이 된 이성계 장군을 찾아서. 그게 9년 전이다.

지난 9년 동안 그는 자신의 모든 것을 바쳐 새로운 왕조를 세우기 위해 온 힘을 다 했다. 그 결과 '구년지수(九年之水) 해 돋듯' 온 나라에 퍼지고 있는 밝고 따스한 햇살을 볼 수 있었다.

때론 막혀 돌아가고, 돌부리 같은 것에 걸려 넘어질 뻔하기도 했고, 급박한 상황을 맞았을 땐 끼니도 잊고 바쁘게 돌아다니기도 했지만 그땐 이루어야 할 목표가 있고 그에 대한 기대감 때문에 집중하고 몰입할 수 있었다. 그 때문이었을까. 스스로 생각하기에 지난 9년 중 대개는 그의 몸속에서 알 수 없는 활기가 꿈틀거렸고, 세상 살아가는 맛도 있었다.

그런데 참 이상하다. 꿈에도 그렸던 이씨 왕조를 성취하고 난 뒤 벅찬 기쁨으로 들떴던 게 불과 하루 전인데, 지금 밀려드는 이 스산한 느낌이며 혼란스러움은 도대체 무어란 말인가?

몸도 마음도 텅 비어버린 것 같은 허전함이랄까, 이 허무감의 정체는 무엇이란 말인가?

행복도, 성취도 다 허무한 것이라더니 정말 그러한 것일까. 짧은 시간에 빈손으로 왔다가 빈손으로 가는 게 인생이라느니, 일취지몽(一炊之夢)이니, 조로인생(朝露人生)이니, 부생약몽(浮生若夢)이니 하는 말들이 잇달아 떠올랐다가 사라졌다.

지독한 통증이 엄습해 왔다. 새로운 왕조 창업이라는 목표를 달성키 위해 매진하는 과정에서 자신 때문에 죽고 귀양 간 여러 사람들의 얼굴이 떠오르면서 찾아온 통증이었다.

지금 생각해보니 값싼 인정 때문에 대사를 망칠 순 없다는 생각으로 밀어붙인 자신의 미련함으로 죽고 다친 사람이 적지 않았다. 자신이 죽어 지하에서 만나면 그들에게 어떻게 용서를 빌어야 할까?

그 누구보다 이색 사부님과 동심우 정몽주의 모습이 유독 또렷하게 떠올랐다. 스승은 생존해 계시니 언젠가 찾아뵙고 사죄의 말씀을 올리겠지만, 이미 세상을 떠난 정몽주는 죽어서나 만나 볼 수 있을 뿐이다.

그러고 보니 새로 열린 세상은 많은 사람들의 희생을 수반했고, 자신이 얻은 성취감 또한 그 뿌리가 같았다. 백년 천년 갈 줄 알았던 그 성취감은 금방 잦아들고 그 자리를 차지한 허무감이 안겨준 쓸쓸함을 곱씹으며 새삼 사람 한평생이 얼마나 덧없는 것인지를 깨달았다.

한단지몽(邯鄲之夢)이라는 고사가 떠올랐다. 당나라 현종 때의 일이라고 한다. 도사 여옹은 진시황의 출생지로 잘 알려진 한단으로 가던 도중 주막에서 쉬다가 노생이라는 젊은이를 만났다. 그는 아무리 애를 써 봐도 가난에서 헤어나지 못하는 자신의 신세를 한탄하더니 졸기 시작했다. 어쩌면 여옹이 그를 잠들게 했는지도 모른다.

어쨌든 여옹은 자기 보따리 속에서 양쪽으로 구멍이 뚫린 도자기 베개를 꺼내 노생의 머리 밑에 밀어 넣었다. 잠에 곯아떨어진 노생은 그 도자기 베개의 구멍으로 들어갔다. 눈앞에 커다란 기와집이 나타났다. 그 고을에선 최고의 명문가라 했다. 노생은 그 집의 식객으로 머물다 그 집 딸과 결혼하고 과거에도 급제, 벼슬길에 올라 마침내 재상까지 되었다.

한동안 명재상으로 이름을 날렸으나 어느 날 역적으로 몰려 잡혀가게 되자 그때 노생은 '내 고향에서 농사나 짓고 살았으면 가난하기는 해도 이런 꼴은 당하지 않았을 터인데' 하고 후회를 하다 자결을 하려 했다. 하지만 처자식들이 말려 자진하진 못하고 멀리 유배를 떠났다.

그 후 그의 역모 혐의는 정적들의 모함이었음이 드러나 다시 재상의 자리로 복귀했고, 그의 다섯 아들도 모두 높은 벼슬에 올라 떵떵거리며 살다가 나이 여든이 되어 세상을 떠났다.

노생이 눈을 떠보니 꿈이었다. 옆에는 여옹이 앉아 있었고, 조금 전 자신이 주문한 조밥은 아직 뜸이 들지 않았다. 그러니까 무척 짧은 시간 동안에 여든 평생의 꿈을 꾼 것이다.

그때 여옹이 웃으면서 말했다.

"인생이란 건 다 그런 것이라네. 한순간의 꿈에 불과한 거지."

그러면서 덧붙였다. 재물이든 권력이든 많이 가진 자는 그걸 지켜야 하기 때문에 늘 불안하고, 그런 걸 갖지 못한 사람은 지켜야 할 걱정이 없어 편안한 법이라고.

노생은 잠시 잠깐의 꿈속에서 온갖 영욕과 부귀와 죽음까지도 다 겪게 해줌으로써 부질없는 욕망을 막아준 여옹의 가르침에 머리 숙여 감사하고 한단을 떠났다고 한다.

한단지몽을 떠올려보고 정도전은 생각했다. 나도 한바탕 꿈을 꾸었다 생각하고 어디엔가 깊이 숨어 살거나, 새로운 대업을 이룰 수 있는 곳을 찾아가야 하는 건 아닐까?

그러다 이내 마음을 바꾸었다.

아니지. 나는 계속 꿈을 꾸어야 한다. 백성들의 피가 되고 살이 되어 백성들의 꿈을 대신 꾸어줘야 해. 그래서 이 땅에 민본주의가 활짝 꽃

피도록 해야만 한다고.

새도 저절로 나는 건 아니다. 깃을 쳐야 날 수 있다. 새 왕조가 훨훨 날 수 있게 하려면 깃을 쳐주는 사람이 있어야 한다. 새 왕조가 훨훨 날 수 있게 깃을 쳐주는 일, 그것도 내 몫이야. 내가 할 일이라고.

조금 전까지 그를 짓눌렀던 허무감은 흔적도 없이 사라지고 없었다. 그의 온몸에 다시 힘이 불끈 솟아올랐다.

(끝)

## 오늘 우리가 정도전을 읽는 것은
## 내일이 어제와 다르기를 간절히 바라기 때문이다

인생 자체가 연극이라는 말도 있지만 유독 드라마틱한 인생을 살다 간 사람들이 더러 있다. 그중에서도 한 사람을 꼽아보라면 나는 주저하지 않고 삼봉(三峰) 정도전(鄭道傳) 선생을 꼽을 것이다.

조선의 브레인이었던 그는 조선왕조를 설계하고 정치, 경제, 국방 등 거의 전 분야에 걸쳐 개혁을 주도했던 이다.

참으로 놀라운 것은 그가 지금으로부터 630여 년 전, 그러니까 아직 조선도 개국하기 전인 고려 말에 백성이 먼저인 이상국가를 꿈꾸고, 군주가 폭정을 일삼을 경우 천명(天命)을 거역한 것으로 보고 몰아낼 수 있다는 정치논리, 즉 역성혁명의 명분에 눈독을 들였다는 사실이다.

당시엔 아무도 상상조차 못했던 그 꿈의 출처는 『맹자』였다고 한다. 그렇다면 이상하다. 글 좀 한다는 선비치고 『맹자』를 읽지 않은 사람은 없었을 터인데 왜 그만이 그런 발칙한(?) 꿈을 꾸게 됐을까. 대다수는 간과했을 것이고, 일부는 감지하고도 감당하기 어려워 일부러 외면하지 않았을까 싶다.

역성혁명의 명분에 대해선 여전히 이견이 있으니 그렇다 쳐도 그 시대에 오늘의 민주주의라 할 수 있는 '백성이 먼저인 나라'를 꿈꾸었다는 건 정말 대단한 일이다. 물론 고리타분한 유교적 세계관에서 벗어나지 못했다는 아쉬움이 있긴 하지만 그 시대에 그것까지 깨부수고 뛰쳐나왔더라면 더 좋았을 걸 기대하는 것 자체가 무리일 것이다.

하지만 아쉽게도 그의 꿈은 다 이루어지지 못했다. 왕권보다 신권을 중시하는 정치관, 세자 낙점 과정 등을 지켜보며 그렇지 않아도 불만이 많았는데 사병 혁파까지 들고 나오자 정도전이 살아 있는 한 운신하기가 어려울 것으로 판단한 이방원의 칼날에 스러졌기 때문이다.

어떤 이들은 정도전이 아무리 대단한 인물이었다 해도 오늘에 와서까지 자주 그를 들먹이는 까닭을 잘 모르겠다고 한다.

나는 그들에게 말해주고 싶다. 오히려 지금이야말로 정도전 같은 개혁가가 절실하게 필요한 때라고.

21세기 초엽의 대한민국엔 꽉 막힌 곳도 많고, 구겨지거나 굽은 것, 잘못된 것들이 수두룩하다. 그런 것들을 외면하거나 버려두면 대한민국은 앞으로 나아갈 수가 없다. 그것들을 뚫고, 펴고, 바로 잡는 노력이 뒤따르지 않으면 정체의 늪에 빠져들기 쉽다는 말이다.

물론 개혁엔 기득권 세력의 반대가 뒤따른다. 그들은 개혁 같은 건 안 해도 잘 먹고 편히 잘 살고 있는데 개혁을 한답시고 낯선 제도를 만들어 공연히 귀찮게 하고, 가진 것을 조금 내놓으라고 하면 죽자 사자 덤벼들며 반대하곤 한다.

하지만 개혁은 보다 나은 세상을 맞이하기 위해, 모든 사람과 모든 분야의 발전을 위해 반드시 필요한 성장통(成長痛) 같은 것이다.

자유롭고 안전한 나라, 서로 도와 다 함께 잘 사는 나라를 만들어 행복하게 살다가 후손들에게 물려주려면 우리가 부지런히 개혁의 바퀴를 굴려 나가야 한다.

책 제목 중 정도전 앞에 '천황을 맨발로 걸어간 자'라는 수식어가 붙어 있다. 여기서의 천황은 天荒이다. '천지가 미개한 때의 혼돈한 모양' 혹은 '한없이 넓고 먼 땅'이라는 뜻이다. 이 책이 정도전이라는 위인의 삶과 생애 그리고 개혁에 대한 통찰의 시간을 갖는 데 도움이 되면 좋겠다는 생각을 해본다.

김용상

## 정도전(鄭道傳 1342~1398)

본관은 봉화(奉化). 자는 종지(宗之), 호는 삼봉(三峰). 형부상서 운경(云敬)의 3남 1녀 중 장남으로 경북 영주에서 태어났다.

목은 이색의 문하에서 정몽주 등과 수학했으며, 1362년 문과에 급제, 충주사록 (忠州司錄)을 시작으로 벼슬길에 올라 1370년에는 성균 박사가 되고, 한때는 인사행정을 맡는 전선(銓選)을 5년간이나 맡았다. 하지만 이인임 등의 친원배명(親元排明) 정책에 맞서 북원(北元) 사신의 접대를 거부한 일로 전라도 나주목 회진현(會津縣)에서 2년간 귀양을 살았다. 그 후로는 7년이나 여기저기 떠돌며 후학을 가르치는 것으로 한 시절을 보내다 함주(咸州)로 이성계를 찾아가 의기투합, 백성이 먼저인 나라를 세우고자 역성혁명을 꿈꾸기 시작했다.

성균좨주, 남양부사, 삼사우사를 거친 뒤, 권력을 쥔 정몽주 일파에 의해 다시 귀양을 갔으나 정몽주가 격살된 후 돌아와 정당문학 등을 거치며 이성계를 왕위에 올리는 데 성공했다. 한양천도에 이어 정치 외교는 물론 군사, 역사, 성리학에 이르기까지 다방면에 걸쳐 초기 건국 작업에 기여, '조선의 설계자'로 일컬어졌으며 숭유척불을 국시로 삼게 해 유학을 발전시키는 데 기여했다. 그 후에도 여러 개혁 작업을 진두지휘했으나 1398년 제1차 왕자의 난 때 이방원의 습격을 받아 죽었다.

유학의 대가였으며 글씨도 잘 썼다. 태조의 명으로 정총 등과 함께 《고려사》 37권을 편찬하였다. 주요 저서로는 《삼봉집》《경제육전》 등이 있으며 작품으로는 〈궁수분곡〉〈납씨가〉〈문덕곡〉〈정동방곡〉등의 악장 등이 전한다. 시호는 문헌(文憲)이다.

## 이성계(李成桂 1335~1408)

원나라 천호(千戶) 이자춘(李子春)의 둘째 아들로 영흥(永興)에서 출생했다. 1356년(공민왕 5년) 고려의 쌍성총관부 공격 때 내응해 원나라 세력을 축출하는 데 큰 공을 세워 삭방도 만호 겸 병마사가 된 아버지의 뒤를 이어 아버지의 봉작을 세습, 동북면의 실력자가 되었다.

활을 잘 쏘아 홍건적과 왜구 등을 물리치는 등 많은 무공을 세웠으며, 안으로는 우왕 때 최영 장군과 협력해 전횡을 일삼던 이인임 일당을 제거하기도 했다. 1388년(우왕 14년) 왕과 최영 장군이 고집한 요동정벌을 만류했으나 듣지 않자 위화도에서 회군, 반대파를 제거하고 권력을 잡았다.

조민수가 옹립한 창왕을 폐하고 공양왕을 세운 뒤 정도전, 조준 등과 함께 전제개혁을 단행하는 등 백성들을 위한 시책을 펴 민심을 얻은 끝에 1392년 선위(禪位) 형식으로 왕위에 올라 조선을 개국하였다.

즉위 후 정치적으로는 명나라를 종주국으로 삼고, 경제적으론 농본주의(農本主義), 문화적으론 숭유배불(崇儒排佛)을 건국이념으로 삼는 등 3대 정책을 추진했다. 또 왕씨의 본거지인 개경(開京)을 버리고 한양(漢陽)으로 천도, 도성을 신축하는 등 국가의 새로운 면모를 갖추었다. 하지만 왕위를 놓고 자식들 간에 두 차례나 골육상쟁이 벌어지자 정치에 염증을 느껴 둘째 아들에게 왕위를 물려주고 고향인 함흥과 한양을 오가며 보내다 죽었다.

1392년부터 1398년까지 재위했으며, 그의 진영(眞影)이 영흥의 준원전(濬源殿), 전주의 경기전(慶基殿)에 있으며, 동구릉 경내에 있는 건원릉(健元陵)에 잠들었다.

## 최영(崔瑩 1316~1388)

본관은 창원(昌原). 사헌규정(司憲糾正) 최원직(崔元直)의 아들로 태어났다. 풍채가 좋고 힘도 장사였다.

대대로 문신을 지낸 집안에서 태어났으나 청렴한 아버지 때문에 가세가 빈한해 공부다운 공부를 한 적이 없었던 데다 자신에겐 무관이 더 적합하다고 판단, 무관으로 나서 여기저기서 많은 무공을 세웠다.

신돈이 집권했을 땐 신돈의 미움을 사 계림윤(鷄林尹)으로 좌천되었다가 귀양까지 갔지만 1371년 신돈이 처형된 직후 6년 만에 풀려나 찬성사로 복귀했다.

권신 이인임과 가깝게 지내며 군권을 통솔하고 문하수시중, 문하시중 등을 역임해 일부 신진사대부들은 그를 경계하기도 했으나 백성들의 땅을 빼앗고 벼슬자리를 팔아 치부한 이인임과는 달리 뇌물이나 청탁 같은 건 받지 않고 청렴했다.

1388년에 다시 문하시중이 됐을 땐 왕의 밀령(密令)을 받고 이성계와 함께 권력을 악용해 부정부패를 일삼던 염흥방과 임견미 일당을 참살, 숙청하고 이인임도 귀양을 보냈다.

이때 명나라가 철령 이북 지역을 모두 요동에 예속시키려 하자 우왕과 함께 요동과 심양 지역 정벌을 결심, 팔도도통사가 되어 조민수와 이성계에게 좌군과 우군을 맡겨 요동을 정벌토록 했으나 위화도에서 회군한 그들에게 붙잡혀 유배됐다가 그 해 12월 개경에서 참수되었다.

이성계는 새 왕조를 세운 뒤 6년 만에 무민(武愍)이라는 시호를 내려 넋을 위로해주었으며, 경기도 고양시 덕양구 대자동에 잠들어 있다.

## 정몽주(鄭夢周 1337~1392)

본관은 영일(迎日). 자는 달가(達可). 호는 포은(圃隱). 시호는 문충(文忠). 성균관 재생(齋生) 운관(云瓘)의 아들로 경북 영천(永川)에서 태어났다.

목은 이색의 문하에서 수학했으며, 1360년 문과에 장원급제해 1362년 예문관의 검열, 수찬 등으로 벼슬길에 올랐다.

명나라에만 일곱 번을 다녀오고 일본에도 한 차례 다녀오는 등 외교관으로서 활발하게 활동한 것은 물론 한방신, 이성계, 최영 등의 종사관, 조전원수 등으로 종군해 군공도 많이 세웠다.

1376년(우왕 2년) 성균관 대사성(大司成)으로 있을 땐 이인임 등의 배명친원 외교 방침에 반대하다가 언양(彦陽)에 유배되었으나 이듬해 풀려났다.

개경에 오부학당(五部學堂), 지방에는 향교를 세우도록 하는 등 교육진흥에 힘 썼으며 쓸데없이 채용된 관원을 내보내고 훌륭한 인재를 등용했는가 하면 의창 (義倉)을 다시 세워 궁핍한 사람을 구제하는 데도 주력하며 기울어져 가는 국운 을 바로잡기 위해 온 힘을 다 했다.

문하수시중으로 있을 때 정도전과 조준, 남은 등이 고려를 무너뜨리고 이성계를 추대, 새로운 왕조를 세우려는 낌새를 눈치 채고 이를 막으려 노심초사하던 중 이성계가 사냥을 하다 낙마하자 이 틈을 이용해 이성계를 제거하고자 분위기를 살피려 문병을 갔다가 귀가 길에 오히려 이방원이 보낸 조영규에 의해 격살 당 했다.

성리학에 조예가 깊어 스승 이색은 그를 '동방이학의 시조'라고 치켜세웠으며 문집《포은집(圃隱集)》이 전해 온다. 경기도 용인시 모현면 능원리에 묘가 있다.

## 이인임(李仁任 ?~1388)

본관은 성주(星州). 시호는 황무(荒繆). 예문관대제학을 지냈으며 충직한 인물로 정평이 났던 성산군(星山君) 이조년(李兆年)의 손자이자 검교시중을 지낸 이포 (李褒)의 6남 중 차남으로 태어났다.

형제 넷은 문과에 급제했으나 그는 음보(蔭補)로 관직에 올라 형과 아우들 덕분에 비교적 잘 나가다 1359년(공민왕 8년) 서경존무사라는 지방관으로 있다가 홍건적 1차 침입 땐 2등공신, 2차 침입 땐 1등공신이 되면서 빛을 보기 시작했다. 1364년 서북면 순문사 겸 평양윤으로 있을 땐 최유 등이 덕흥군(德興君)을 앞세워 쳐들어오자 격퇴하였다.

이듬해 삼사우사, 도첨의찬성사가 되고 1368년 좌시중을 거쳐 이듬해 수문하시중이 되었다. 그 해 서북면도통사가 되어 원나라의 동녕부를 정벌하고, 광평부원군(廣平府院君)에 봉해졌다. 1374년 공민왕이 피살돼 후사(後嗣) 문제가 일어나자 명덕태후와 경복흥 등의 주장을 꺾고 우왕(禑王)을 추대하는 데 성공하면서 정권의 실세로 등장했다.

그때 마침 당시 고려에 와 있던 명나라 사신 채빈이 공민왕 피살사건을 본국에 보고하면 그 책임이 재상인 자신에게 돌아올까 염려해 호송관 김의(金義)로 하여금 사신을 살해토록 한 뒤, 그동안 배척했던 원나라에 손을 내밀고 친명파(親明派)를 추방했다. 또 지윤과 임견미, 염흥방 등 측복들을 요직에 앉히고, 매관매직을 일삼았는가 하면 경복흥을 무고해 죽이는 등 전횡을 일삼았다. 그들의 횡포를 보다 못한 우왕이 최영과 이성계 등에게 밀명을 내려 그 일당은 참살하고 병중인 그는 그의 본관인 경산부(京山府: 성주)에 안치했으나 얼마 후 병으로 죽었다.